DIE LÜGNERIN

WEITERE TITEL VON K.L. SLATER

In Deutscher Sprache

Verschwunden

Die Hochzeit

Die Witwe

Der Fehler

Seine andere Frau

Die Lügnerin

Die schweigenden Mädchen

In Englischer Sprache

Husband and Wife

The Bedroom Window

The Narrator

The Girlfriend

Missing

The Widow

The Evidence

The Marriage

The Girl She Wanted

Little Whispers

Single

The Silent Ones

Finding Grace

Closer

The Secret

The Visitor

The Mistake

Liar

Blink

Safe With Me

K.L. SLATER

DIE LÜGNERIN

Übersetzt von Judith Farny

bookouture

Die Originalausgabe erschien 2017 unter dem Titel
„Liar“
bei Storyfire Ltd. trading as Bookouture.

Deutsche Erstausgabe herausgegeben von Bookouture, 2024
1. Auflage März 2024

Ein Imprint von Storyfire Ltd.
Carmelite House
50 Victoria Embankment
London EC4Y 0DZ

deutschland.bookouture.com

ISBN: 978-1-83525-617-6
eBook ISBN: 978-1-83525-616-9

Für Mac, meinen Ehemann
Danke für alles …
Ohne dich würde ich es nicht schaffen x

DAS ENDE

Reglos steht sie da und hält das Messer. Ihre Finger in die feuchte, klebrige Schmiere gepresst, die den Griff bedeckt und in einem dünnen Rinnsal über ihrem Handgelenk ausläuft.

Das Haus hält still, als hielte es den Atem an. Sie kann das Ticken der Wanduhr hören und manchmal ein tiefes Dröhnen, wenn ein großes Fahrzeug auf der Straße draußen vorbeifährt.

Sie starrt hinunter auf die Frau, die zusammengesackt vor ihr auf dem Boden liegt. Sie haben einander so lange verachtet und zum Ende hin gab es Zeiten, in denen sie es nicht einmal ausgehalten hat, sie nur anzusehen. Jetzt aber kann sie ihre Augen gar nicht mehr abwenden. Der rubinrot erblühende Kranz, der sich um den Kopf der Sterbenden bildet, hält sie gefangen.

Es konnte so nicht weitergehen, mit diesem stillen Krieg zwischen ihnen. Am Ende musste eine von ihnen weichen.

Innerlich fühlt sie sich jetzt ruhig, ruhiger als seit langer, langer Zeit. Wie sehr sie diese Frau gehasst hat. So lange Zeit gehasst und doch ... jetzt fühlt sie nichts.

Die Augen der Frau sind geschlossen, aber ihre Brust bewegt sich noch leicht. Alle paar Sekunden pulsiert etwas schnell und verzweifelt unter dem über der Brust rot durchtränkten dünnen Stoff. Einer Bluse, die zuvor strahlend weiß war.

Wer hat das Rotkehlchen umgebracht?
Ich, sagte der Spatz.
Mit Pfeil und Bogen ratzfatz.
Ich hab das Rotkehlchen umgebracht.

Flüsternd sagt sie die Verse des Kinderreims auf und lächelt, weil sie ihn als Kind am liebsten mochte.

Die Jungs haben zu Hause ein Buch mit dem Reim und manchmal liest sie ihn dem kleinen Josh vor.

Die Jungs.

Wie glücklich sie sein werden, dass sie jetzt endlich ganz ihr gehören.

Das ist das Einzige, dessen sie sich immer sicher war: Die Jungs werden ihr gehören.

Und das Allerschönste ist, dass sie ihr jetzt niemand jemals wieder nehmen kann.

DER ANFANG

EINS

AMBER

Gegenwart

Mit dem Job und der Wohnung war seit einer Weile alles geregelt und endlich stand auch die Geschichte über ihre Vergangenheit. In Gedanken war sie alles immer wieder durchgegangen, bis es sich real angefühlt hatte.

Das Warten war die reinste Hölle gewesen, doch sie wusste, wie wichtig es war, alle Unwägbarkeiten zu beseitigen. Das war absolut notwendig gewesen, wenn dieser letzte, grandiose Teil ihres Plans gelingen sollte.

Die letzten drei Jahre waren quälend langsam vergangen. Sie hatte sich unendlich ohnmächtig und verzweifelt gefühlt. Doch jetzt lag all das hinter ihr. Schon bald würden sich die einzelnen Bruchstücke zu einem Ganzen zusammenfügen, langsam und mühelos wie die Teile eines raffinierten Puzzles.

Amber hatte eine Zeit lang darüber nachgedacht, wie sie es anstellen könnte, eine Begegnung mit Ben Jukes herbeizuführen, die wie zufällig aussah, doch am Ende war das gar nicht nötig gewesen. Als sie eines Morgens im Zeitungsladen gleich um die Ecke von ihrer Arbeit vorbeigeschaut hatte, war er einfach da, hatte allein vor dem Regal gestanden und die Zeitschriften durchgesehen.

Als er sich in die Schlange an der Kasse einreihte, drängelte sie sich entschlossen mit ihrer Boulevardzeitung und einem Frühstücksriegel direkt hinter ihn. Er roch nach Seife und Sandelholz. Den meisten Menschen sagten diese Düfte wohl eher zu, doch ihr drehte sich fast der Magen um.

Er bemerkte sie nicht, sondern starrte nur aus dem Fenster, während sich die Schlange vorwärtsschob. Im gnadenlosen Licht des Morgens zeichnete sich seine markante, blasse Kieferpartie deutlich ab. Sie ging ein wenig zur Seite, um mehr von seinem Gesicht sehen zu können. Sein ins Leere gerichteter Blick verriet, dass er in Gedanken versunken war. Gedanken an seine kalte, tote Frau vielleicht. Sie lächelte still in sich hinein.

Das Piepsen des Kartenlesers und das Gemurmel der anderen Kunden umschwirrten sie wie lästige Insekten, doch zugleich hatte sie immer mehr das Gefühl, als gäbe es in diesem Moment nur sie und Ben.

»Der Nächste, bitte«, blaffte der Kassierer.

Schlagartig erwachte Ben aus seinem tranceartigen Zustand und ging einen Schritt weiter. Ihr wurde klar, dass er sich wohl doch nicht in ihre Richtung umdrehen würde, und sie spürte, wie der Funke der Erwartung in ihrer Brust erlosch wie ein benutztes Streichholz. Doch schon im nächsten Moment hatte sie sich wieder unter Kontrolle.

Es war nur ein kurzer Augenblick der Unsicherheit gewesen, sonst nichts. Sie würden zusammen sein, das stand für sie fest. Das Schicksal wollte es so.

Nichts könnte das verhindern. Sie würde nicht zulassen, dass sich ihr irgendetwas oder irgendjemand in den Weg stellte.

Am Tag nach ihrer ersten Beinahe-Begegnung hatte Amber den Wecker auf sechs Uhr gestellt, sich frisiert und sich sogar die

Zeit genommen, Make-up aufzulegen. Dann verließ sie ihr winziges Einzimmerapartment.

An ihrem Tiefpunkt hatte sie sich kaum etwas aus Körperpflege oder ihrem Aussehen gemacht. Sich vor der Arbeit zurechtzumachen, fühlte sich völlig anders an, als morgens in letzter Minute aus dem Haus zu stürmen, ungeschminkt und mit noch feuchten Haaren.

Es hatte sie überrascht, mit wie wenig Aufwand sich ihr Äußeres verändern ließ. Ein geschwungener Lidstrich mit flüssigem Eyeliner und ein Hauch Wimperntusche reichten aus, um ihre unscheinbaren, matten grauen Augen schmal und mandelförmig, fast schon katzenhaft, wirken zu lassen.

Mit einer Handvoll Gel und einer ordentlichen Portion billigem Haarspray verwandelte sich ihr fettiger blonder Schopf in die schicke fransige Kurzhaarfrisur, die ihr Friseur wohl ursprünglich vor Augen gehabt hatte.

Regelmäßige Mahlzeiten empfand Amber inzwischen als lästig. Sie hatte schon seit Langem kaum mehr Appetit. Die trüben Gedanken, die sich in alles einschlichen, was sie tat, hatten ihn ihr verdorben. Sie hatte sich daran gewöhnt und aß im Grunde immer nur dann, wenn ihr Magen wütend knurrte.

Auch neue Kleidung zu kaufen machte ihr schon seit Jahren keinen Spaß mehr; es erschien ihr so nutzlos und oberflächlich. Als sie die Schranktüren öffnete, stellte sie fest, dass dort immer noch einige Sachen hingen, die nicht *ganz so* schäbig aussahen, und suchte etwas davon aus.

Nun stand sie endlich kurz davor, mit Ben Jukes zu sprechen. Sie hatte lange dafür gebraucht. Und jetzt, wo es ganz danach aussah, als würde sie ihm ein weiteres Mal über den Weg laufen, musste alles genau nach Plan gehen.

All die Jahre, die sie gegen dieses Feuer angekämpft hatte, das in ihr loderte und sie zu verschlingen drohte, all die unermüdlichen Planungen und dann das schier endlose Warten auf diese Gelegenheit ... Sie hatte gewiss nicht vor, die Sache nun zu vermasseln.

Nach ihrer ersten zufälligen Begegnung mit Ben sorgte Amber deshalb dafür, dass sie morgens immer schon zehn Minuten früher als sonst im Zeitungsladen ankam. Da die meisten Menschen für gewöhnlich regelmäßig in solchen kleinen Läden einkauften, ging sie davon aus, dass auch er nicht zum ersten und letzten Mal dort gewesen war. Außerdem wusste sie, dass es der Laden war, der seiner Arbeitsstelle am nächsten lag.

Sie beschloss daher, ihren neuen Zeitplan auch weiterhin genau beizubehalten. Und tatsächlich: Drei Tage später war er wieder da. Diesmal, so schwor sie sich, würde sie aufs Ganze gehen.

Sie hielt sich in der Nähe der Kekse und Chips auf, holte im letzten Moment einen Milchkarton aus dem kleinen Kühlregal neben der Tür und ging damit wie beiläufig genau im selben Moment wie er zur Kasse. Doch genau in dem Augenblick, als er sich in die kurze Schlange einreihte, stolperte sie vor ihm und ließ dabei ihren Autoschlüssel neben seine Füße fallen.

»Entschuldigung! Tut mir leid!«, stammelte sie. »Ich bin so ein Tollpatsch.«

Sie beugte sich nach vorn, ganz bewusst genau im richtigen Winkel, sodass er gar nicht anders konnte, als einen Blick auf ihr glattes, leicht gebräuntes Dekolleté zu werfen.

Dann kam sie wieder hoch, den Milchkarton, ihre Handtasche und den Schlüssel umständlich in beiden Händen jonglierend. Sie lächelte, jedoch ohne ihn direkt anzusehen. Und endlich, als sie schon fürchtete, er würde sich abwenden, ohne sie richtig zur Kenntnis zu nehmen, sprach er sie an.

»Ganz schön was los hier, was?« Er lächelte und ihr fiel auf, wie gepflegt und ebenmäßig seine Zähne waren. »Ich sag denen immer wieder, dass ich das nächste Mal zu Tesco in der Palmer Street gehe, aber dort ist es wahrscheinlich noch voller.«

»Ich arbeite gleich ums Eck«, erklärte Amber und richtete sich vollständig auf. »Für mich ist es deshalb ganz praktisch, hierher zu kommen.«

Er war ungefähr einen Meter fünfundachtzig groß, doch da sie nur wenige Zentimeter kleiner war und dicht neben ihm stand, konnte sie erkennen, dass er haselnussbraune Augen hatte. Wieder stieg ihr der Sandelholzgeruch in die Nase und sie versuchte, möglichst flach zu atmen.

»Wo arbeiten Sie denn?«, hakte Ben nach und legte die Stirn in Falten. Es gab in der Gegend außer dem Zeitungsladen und der Wohnsiedlung eigentlich so gut wie nichts anderes. »In der Schule?«

»Im Familienzentrum«, antwortete Amber. »Wir sind gleich hinter der Schule.«

»Dann sind Sie Lehrerin?«

Sie schüttelte lachend den Kopf. »Ich arbeite in der Erziehungshilfe.«

»Die Welt ist klein.« Er grinste und streckte ihr die Hand entgegen. »Ben Jukes. Ich unterrichte an der Schule.«

»Ach, wirklich?« Sie machte große Augen, sah ihn freudig überrascht an und griff nach seiner Hand. Am liebsten hätte sie laut aufgelacht. »So ein Zufall. Ich bin Amber Carr.«

Sie wusste seit Monaten, wo Ben arbeitete.

Sie wusste, in welcher Straße er wohnte und in welchem Supermarkt in der Gegend er seinen wöchentlichen Einkauf erledigte.

Sie wusste, dass seine Mutter mittwochs und freitags zum Putzen zu ihm kam.

Und was am wichtigsten war: Sie wusste, wie seine beiden Söhne hießen.

ZWEI

JUDI

Alles ist fertig.

Der Schweinebraten ist im Ofen, jetzt ohne Alufolie darüber, und ein rascher Kontrollblick zeigt zu meiner Zufriedenheit, dass die Kruste wunderbar knusprig wird. Genau so, wie Ben es mag.

Der Apfel-Crumble mit meinem Spezialtopping aus Haferflocken steht schon bereit und eine große Packung Vanillesoße von Marks and Spencer lagert im Kühlschrank. Ein wenig Tricksen hier und da ist noch niemandem aufgefallen. Man darf es nur nicht übertreiben.

Ich habe das Kochen schon immer genossen; es gehört zu den wenigen Dingen, von denen ich wirklich das Gefühl habe, es zu beherrschen. In den letzten Jahren haben mich Sendungen wie *Masterchef* und *The Great British Bake Off* in ihren Bann gezogen und je begeisterter ich war, umso lieber mochte auch meine Familie mein Essen. Meine Sonntagsbraten sind zu einer echten Familientradition geworden.

Ich werfe einen Blick auf die Uhr. Eine halbe Stunde noch und meine Jungs werden hier sein.

Die Hintertür geht auf und Henry erscheint mit einem Grinsen im Gesicht.

»Irgendwas hier riecht verdammt gut.«

Er schlurft in die Küche und seine alten Lederstiefel verteilen frisch gemähtes Gras, das sich im Sohlenprofil verfangen hat, auf den vor Kurzem gewischten Bodenfliesen.

»Sie kommen ungefähr in einer halben Stunde.« Ich kehre ihm den Rücken zu und tauche meine Hände in das Becken mit fast kochend heißem Spülwasser. »Vergiss nicht, dass du den Jungs nach dem Mittagessen ein paar Fotos zeigen wolltest.«

»Ah ja, das wollte ich«, sagt er. Ich höre, wie er im Hauswirtschaftsraum seine Stiefel von sich schleudert. »Ich schau mal gleich auf dem Dachboden nach. Ist noch Tee da?«

Als ich die Finger wieder aus dem Wasser ziehe, sehe ich, dass sie aufgesprungen und rot sind. Die Haut auf den Handrücken, die früher prall und glatt war, hat sich verändert: Sie ist knitterig und wird nicht mehr so schnell wieder glatt, wenn man eine Falte hochzieht. Ich war früher total pedantisch und habe immer Gummihandschuhe angezogen und Handcreme benutzt. Ich weiß gar nicht mehr, wann ich damit aufgehört habe.

Ich schließe kurz die Augen und halte weiter das dampfend heiße Wasser an meinen Händen aus, die heftig brennen. Ich hole tief Luft und halte den Atem ein, zwei Augenblicke lang an.

Mein Herz rast und meine Knie fühlen sich schwach an. Warum bloß? Das passiert immer in den unpassendsten Momenten. Alles gut, rede ich mir selbst gut zu. Das wird schnell vorübergehen.

Es ist der bloße Gedanke daran, was ich alles noch zu tun habe. Das Mittagessen. Mehr ist es eigentlich nicht, aber momentan fühlt sich selbst die kleinste Kleinigkeit für mich wie ein Berg an, den ich besteigen muss.

Ich habe immer das Bedürfnis, dass alles perfekt sein soll, aber das ist es natürlich höchst selten.

Gleich werden die Jungs hier sein und das Haus wird sich wieder in ein echtes Zuhause verwandeln. Dasselbe laute, herrliche Chaos wie früher, als Ben und David jung waren. Lange vor den falschen Entscheidungen und ihren katastrophalen Folgen.

Im Laufe von zehn Jahren, seit Beginn unserer Ehe, hat sich Henry zum Filialleiter bei der großen National Westminster Bank in der Innenstadt von Nottingham hochgearbeitet. Manche Leute würden vielleicht sagen, dass wir damals ein spießiges und allzu vorhersehbares Leben führten, aber ich habe den Glanz und Glamour von London, auf den einige seiner Kollegen so scharf waren, nie vermisst, genauso wenig wie eine eigene berufliche Karriere.

Am glücklichsten war ich immer bei meinen Tätigkeiten zu Hause: Brot backen, die Schulferien mit den Kindern verbringen, Gemüse im Kleingarten ziehen oder die Sommer in unserem kleinen Cottage in Staithes verleben, wo Henry immer am Wochenende zu uns stieß. Wir haben es nie vermietet; es war nur für uns bestimmt. Unser wunderbares kleines Versteck vor der Welt.

Heute fällt es mir schwer, an diese Zeiten überhaupt nur zu denken.

Henry stellt sich neben mich.

»Was geht in deinem Oberstübchen vor?« Er drückt sich noch ein wenig näher an mich, als könnte er so meine Gedanken lesen. Ich schiebe das Bild vom Cottage beiseite.

Dann ziehe ich die Hände ruckartig aus dem Wasser und schüttle die Seifenbläschen ab.

»Ich überlege gerade, was noch fürs Mittagessen getan werden muss.« Ich schnappe mir ein Geschirrhandtuch und tupfe damit meine tiefroten Hände ab. Henry nimmt wieder einen Schritt Abstand.

»Ich habe mich gerade gefragt, ob ich den Tisch decken soll, bevor ich mich auf die Suche nach diesen alten Fotos mache.«

»Nein, nicht nötig, vielen Dank. Das mach ich schon.« Ich greife nach meinem Wasserglas und nehme einen Schluck, um die Trockenheit in meinem Mund loszuwerden. »Ich habe für die Jungs Servietten mit der kleinen Lokomotive Thomas gekauft.«

Henry schlurft aus der Küche, zögert aber und dreht sich noch einmal um. »Ich dachte, sie interessieren sich jetzt mehr für dieses ganze Superhelden-Zeugs, die Marvel-Figuren und so was?«

»Dieses Zeug ist so brutal. Das möchte ich wirklich nicht unterstützen. Gibst du mir mal ein sauberes Geschirrtuch rüber, bitte?«

Ich gieße die Kartoffeln ab, gebe Butter und Vollmilch dazu und fange an, sie zu pürieren.

Ein paar Minuten später höre ich Henry oben auf dem Dachboden auf der Suche nach den Fotos herumkramen.

Ich habe noch im Ohr, wie er Anfang der Woche Noah und Josh erzählte, was ihr Dad und Onkel David bei unseren Cottage-Aufenthalten alles so angestellt haben. Die Jungs waren begeistert von seinen albernen Geschichten über ihre Dinosaurierjagden und die seltenen Fossilienfunde unterhalb der Steilküste.

Geschichten, die mein Herz zusammenschrumpeln ließen, bis es sich wie eine Dörrpflaume in meiner Brust anfühlte.

Ein paar Minuten später kommt Henry wieder in die Küche und hält wie eine Trophäe eine prall gefüllte Einkaufstüte in die Höhe: »Ich bin fündig geworden.«

Die Andeutung eines Lächelns huscht über meine Lippen, mehr bringe ich nicht zustande.

Wir zucken beide zusammen, als auf einmal das Brummen eines Automotors ertönt und der Kies in der Einfahrt knirscht.

»Sie sind da«, ruft Henry und läuft schon in die Diele.

»Sie sind früh dran.« Als ich auf die Wanduhr sehe, beschleunigt sich mein Herzschlag.

Die Eingangstür wird mit Schwung aufgestoßen und ich freue mich, als der übliche Radau bei der Ankunft meiner Enkelsöhne in der Diele zu hören ist. Sie bearbeiten die Wände mit blinkenden Lichtschwertern und surrenden Plastikmonstern, die sich auf Knopfdruck in High-Tech-Fahrzeuge verwandeln können.

Die Schuhe werden anbehalten; ich höre sie über das Laminat in der Diele poltern.

Louise hat die Jungs beim Reinkommen ins Haus immer so gut wie möglich gebändigt, aber Ben fällt das Chaos nicht mal auf und ich habe ihn dafür immer geliebt. Es ist jetzt etwas mehr als zwei Jahre her, dass wir Louise verloren haben, und es ist eine enorme Leistung von ihm, seine Söhne allein aufzuziehen.

Ich lege den Deckel wieder auf den Topf, überlasse die erst halb pürierten Kartoffeln einen Moment sich selbst und wische mir die Hände an meiner Schürze ab, während ich zur Küchentür gehe, um Hallo zu sagen.

Ich suche Bens Blick, aber er ist damit beschäftigt, die Schnürsenkel seiner Stiefel zu lösen.

Mir kommt in den Sinn, dass er sich vielleicht nicht so gut fühlt. Normalerweise singt oder summt er etwas vor sich hin, manchmal auch beides im Wechsel. Heute kommt er mir ungewöhnlich still vor.

Sofort geht mein Atem wieder schneller. Ich krame in meinem Gedächtnis, was meine derzeitige Bibel, *Das vollständige Handbuch der Frauengesundheit*, dazu sagt, die ich hinten in der Garderobe vor neugierigen Blicken versteckt habe.

Wende dich positiveren Gedanken zu.
Entspanne deine Schultern.
Atme.

Ich versuche es.

»Dad hat uns den Leader von der neuesten Transformers-Generation gekauft«, erzählt mir Noah in einem atemlosen langen Satz. Er streckt mir einen aggressiv aussehenden, dreißig Zentimeter hohen Roboter aus weißem und rotem Plastik entgegen. »Schau, der hat Neutronenblaster als Arme, Granny.«

»Fantastisch.« Ich stupse das fürchterliche Ding vorsichtig mit dem Zeigefinger an. »Hoffentlich mag er, was ich koche; er sieht so aus, als könnte er ziemlich wütend werden.«

Ben schaut endlich von seinen Schnürsenkeln hoch und zwinkert mir zu.

»Transformers *essen* doch nicht, Granny.« Josh lacht sich kaputt. »Sie sind ja *Raketenroboter*.«

»Ach ja, natürlich.« Ich strecke Ben die Wange entgegen. »Wie dumm von mir.«

Ich schnappe mir Josh, der gerade vorbeiflitzt, und vergrabe mein Gesicht in seinem apfelduftenden Haar. Ganz offensichtlich benutzt Ben jetzt das Shampoo, das ich ihnen letzte Woche besorgt habe, und auch wenn es albern ist, freue ich mich wie eine Schneekönigin darüber.

Josh will sich mir entwinden und schnell seinem Bruder ins Wohnzimmer folgen. Widerstrebend lasse ich ihn los.

Ich gehe wieder in die Küche, um das Mittagessen fertig zu machen. Mein Schritt ist beschwingter, mein Herz erfüllt.

Meine Jungs sind zu Hause.

DREI

JUDI

Wäre das möglich, würde sich der große alte Eichentisch sicherlich biegen unter dem Gewicht der bis zum Rand gefüllten Porzellanterrinen – Röstkartoffeln aus dem Ofen, Kartoffelpüree, verschiedene Gemüse, darunter die allseits beliebten honigglasierten Pastinaken – und einer Platte mit dick geschnittenen Schweinebratenscheiben.

Das Sonnenlicht eines frühen Märztags scheint schwach durch das Fenster hinter Ben herein, sodass seine Haare wie ein Heiligenschein erstrahlen. Noah und Josh stürzen sich mit großem Appetit aufs Essen. Ich spüre, wie meine Schultern sich ein wenig entspannen und nehme einen winzigen Schluck aus dem kleinen Glas mit Weißwein, das Henry mir eingeschenkt hat.

Es wärmt mir das Herz, den Tisch so reich gedeckt zu sehen und dass die Menschen, die ich am meisten liebe, das Haus mit Leben füllen.

»Wir können gar nicht genug kriegen von Grannys Mittagessen, oder Jungs?« Ben mustert seine Söhne. Als er sich mir zuwendet, kann ich an den Lachfältchen um seine Augen erkennen, wie stolz er auf sie ist: »Wir freuen uns immer schon die ganze Woche auf dein Sonntagsessen, das ist dir hoffentlich klar, Mum?«

»Das Fleisch ist wieder genau auf den Punkt gebraten, Jude, wirklich toll«, merkt Henry an.

Ich bekomme vor Freude rote Wangen, als ich mich nach der Sauciere ausstrecke und die köstlich sämige braune Zwiebelsoße über Joshs Fleisch und Kartoffeln gieße. Meine Familie zu bekochen ist für mich die reinste Form der Liebe.

Ich strahle meinen Sohn an. »Unsere kleine Familie, wir alle hier beisammen, das macht mich so glücklich.«

»Ist ja auch das Wichtigste im Leben«, fügt Henry hinzu.

Louises Tod hat uns alle schwer getroffen. Vor zwei Jahren, als Noah gerade sechs war und Josh erst drei, wurde bei ihr Leukämie diagnostiziert. Louise und Ben haben mir und Henry das damals eröffnet, als wir gerade unseren Sonntagsspaziergang im Wollaton Park machten. Die Jungs waren vorausgelaufen und wir waren stehen geblieben, um das aufkeimende Leben zu bestaunen: feste grüne Knospen, Schneeglöckchen und Krokusse, die gerade am Aufblühen waren und sich auf der Wiese um uns wie Konfetti verteilten.

Sie starb im Oktober desselben Jahres. All das geschah sehr schnell und der Schmerz zerriss uns fast das Herz.

Es blieb uns nichts anderes übrig, als enger zusammenzurücken, einander zu unterstützen und für Noah und Josh unser Leben so normal wie nur irgend möglich weiterzuführen. Ben vertraute auf uns, seine Eltern. Er ließ uns in sein Leben und das der Kinder, gestattete uns, ihm zu helfen und zur Seite zu stehen.

Ich reduzierte sofort meine Arbeitsstunden in der Arztpraxis und Henry zog seinen Ruhestand vor und gab seine mehrtägigen Angelausflüge auf, zumindest vorläufig.

Unsere Enkel stehen seitdem bei uns an erster Stelle. Ich hole sie normalerweise jeden Tag von der Schule ab, gehe mit ihnen heim in Bens Haus in Colwick und mache ihnen dort ein frühes Abendessen. Dann bleibe ich bei ihnen, bis Ben von seiner Arbeit in der Colwick Park Academy heimkommt, wo er Naturwissenschaften unterrichtet.

Meine Energie scheint unerschöpflich und ich fühle mich um Jahre verjüngt.

Die vorher grauen, endlosen Vormittage und öden, ereignislosen Abende waren auf einmal mit Beschäftigung gefüllt. Ich putze mehrere Male die Woche Bens Haus und wasche für die drei. Mich erfüllt nichts mehr, als mich um meine Familie zu kümmern. Und Henry hat inzwischen auch verstanden, dass er seine leise Missbilligung besser für sich behält.

Seit einiger Zeit will ich Ben dazu bringen, mehr in unsere Nähe zu ziehen. Der Stadtteil Lady Bay ist nicht weit von unserem Haus in West Bridgford entfernt und sehr begehrt. Auch die Schulen dort wären besser für die Jungs.

Er hat sich bis heute gesträubt, aber jetzt, da die hübsche neue Siedlung nur fünf Gehminuten von uns entfernt fast fertig ist, wäre der Zeitpunkt zum Umziehen für die drei wirklich perfekt.

Vor ein paar Monaten jährte sich der Todestag von Louise zum zweiten Mal. Wir beschlossen, ihn mit einem Besuch unserer Gemeindekirche und einem festlichen Abendessen bei uns zu begehen und damit Louises Leben die Ehre zu erweisen. Ben hatte dafür eine bewegende Fotocollage erstellt und wir erzählten den Jungs von Louise und davon, wie sehr ihre Mama sie geliebt hatte.

Es war traurig, aber der Situation angemessen. Sehr angemessen, dachte ich damals.

Ich bemerke, dass Henry mich gespannt ansieht und schüttle kaum merklich den Kopf. Das sähe ihm wieder ähnlich, unser Geheimnis einfach so vorzeitig auszuplaudern. Ich möchte damit bis nach dem Essen warten, wenn es keine Ablenkung gibt und wir die Reaktion von Ben und den Jungs in vollen Zügen genießen können.

Nachdem der letzte Rest des hausgemachten Apfel-Crumbles und der Vanillesoße von meinen stets hungrigen Enkeln verschlungen ist, hilft Henry mir beim Abdecken, während Ben mit Noah und Josh und ihren neuen Roboterungetümen im Wohnzimmer spielt.

»Ich bring die Fotos dann gleich rüber, in Ordnung?«, flüstert mir Henry zu, während er die Teller von Essensresten befreit.

»Ja«, antworte ich und nicke begeistert. »Ich kann gar nicht erwarten, ihre Gesichter zu sehen.«

Ich trage ein Tablett mit Kaffee ins Wohnzimmer und Henry folgt mit den Fotos. Minuten später sind kostbare Bilder von Ben und seinem älteren Bruder David über denganzen Fußboden verstreut. Ich ziehe mich zurück und bleibe an der Tür stehen.

»Mein Gott, an den Tag kann ich mich erinnern«, ruft Ben und nimmt ein Foto von ihm mit seinem Bruder in die Hand. Er dreht es so, dass auch die Jungs es sehen können. »Zwei Minuten, nachdem Grandad dieses Foto gemacht hat, wollte euer Onkel David mich seinen neuen Kricketschläger nicht ausprobieren lassen. Ich hab ihn mir geschnappt und ihm damit auf die Schienbeine gehauen.« Er sieht seine Söhne an und schneidet eine übertrieben traurige Grimasse. »Mein Hintern hat stundenlang gebrannt, nachdem euer Grandad mich verdroschen hatte.«

Noah und Josh brechen lachend auf dem Boden zusammen.

»Du kannst ja wohl schlecht abstreiten, dass du es verdient hattest«, kommentiert Henry schmunzelnd. »Schade, dass Eltern ihre Kinder nicht mehr disziplinieren dürfen. Ein kleiner Klaps hier und da hat weder dir noch deinem Bruder geschadet.«

»Warum ist Onkel David gestorben, Daddy?«, fragt Josh

und seine helle Stimme durchschneidet die schwere Luft wie ein Skalpell.

Noah, der inzwischen alt genug ist, zu verstehen, dass es hier um ein Tabuthema geht, runzelt die Stirn und verpasst seinem jüngeren Bruder einen Stoß. Ben räuspert sich.

»Er hatte einen Unfall, Josh.« Er sieht mich flüchtig an. »Aber jetzt gerade wollen wir nicht an so traurige Dinge denken.«

Die Abwesenheit von David erfüllt für ein, zwei Sekunden wie undurchdringlicher Nebel den Raum.

»Wir werden nie gehauen, Grandad«, sagt Noah ernst und bricht das Schweigen. »Weil wir nie ungezogen sind.«

Ben tut so, als würde er an seinem Kaffee ersticken. »Und was ist mit letzter Woche, als du keine Zeitung untergelegt hast, obwohl ich es dir tausend Mal gesagt habe, und du deswegen lauter Farbspritzer auf dem Teppich in deinem Zimmer fabriziert hast?«

»Das war ein *Kunst*unfall«, protestiert Noah mit beleidigtem Gesichtsausdruck.

Am nächsten Tag, als die Jungs in der Schule waren und Ben bei der Arbeit, habe ich es erst beim dritten Anlauf mit Vanish Oxi Fleckentferner geschafft, alle Spritzer zu entfernen.

»Und ja, was war damit, dass du dich in deinem Batman-Outfit an die Tür des Garderobenschranks gehängt hast?« Ben versucht, ernst dreinzublicken, scheitert aber. »Dabei hast alle Scharniere rausgerissen, jawohl. War das auch ein Unfall?«

Die Jungs durchschauen seinen Versuch, sich einen Anstrich von Strenge zu geben, und grinsen einander an.

»Jetzt haben wir genug über irgendwelche Ungezogenheiten geredet, glaube ich.« Ich lächle Henry verschwörerisch zu. »Es gibt nämlich einen Grund, warum wir euch an die schönen Zeiten erinnern wollten, die wir in den Ferien hatten, als euer Daddy und euer Onkel klein waren.«

Ben runzelt die Stirn.

»Ich hab die neuen Besitzer unseres alten Feriencottages ausfindig gemacht«, sagt Henry. »Und es hat sich rausgestellt, dass sie es ab und zu an Freunde und Verwandte vermieten. Also hab ich sie gefragt, ob es vielleicht frei wäre ...«

»*Unser* Cottage?«, werfe ich zaghaft ein. »Wir haben besprochen, dass wir irgendein Ferienhaus mieten, aber dass du dabei an ...«

»Ja, unser Cottage, genau das. Ich werde es für zwei Wochen im Sommer mieten«, platzt Henry heraus, ganz offensichtlich unfähig, das auch nur einen einzigen Augenblick länger für sich zu behalten. »Wir fahren alle gemeinsam in den Urlaub. Ihr seid eingeladen!«

Noah und Josh hüpfen aufgeregt auf der Stelle und singen immer wieder: »Wir. Fahren. In. Den. Urlaub!«

Henry muss lachen und rettet schnell die Fotos vor ihren trampelnden Füßen, als sie sich gegenseitig aus dem Zimmer jagen.

Aber Ben ... Der sagt kein Wort.

»Du und die Jungs, ihr hattet ja keinen Urlaub mehr, seit ... nun ja, seit drei Jahren«, sage ich leichthin und schiebe den Gedanken an das Cottage beiseite. »Wir haben uns gedacht, das wird die ideale Erholungspause für euch alle.«

Es war weder der richtige Moment noch der richtige Ort, um Henrys unerwartete Planung anzusprechen. Später würde ich das aber sehr wohl tun.

»Ich ... Das ist wirklich nett von euch, Mum und Dad«, stammelt Ben, während sich auf seinen beiden Wangen dunkelrote Flecken ausbreiten. »Ich bin euch beiden sehr dankbar. Es ist nur so, dass ...«

»Dass was?«, unterbricht Henry, der meinen Gesichtsausdruck bemerkt hat. »Erzähl mir bloß nicht, dass du was anderes vorhast, Ben. Du fährst nie auch nur *irgendwohin*.«

»Das wird sich vielleicht ändern«, entgegnet Ben, dessen Wangen jetzt glühen. »Ich hatte vor, euch das zu erzählen, als ich heute hier ankam, wollte aber den richtigen Moment abpassen. Also, es ist bisher nichts total Ernstes, aber …«

»Jetzt spuck's schon aus, Mann.« Henry verdreht die Augen.

»Es ist vor ein paar Monaten passiert. Völlig unerwartet, aber das ist ja bei diesen Dingen wohl meistens so, nehme ich an.« Er atmet tief ein. »Es ist halt so, dass ich … Nun ja, ich hab jemanden kennengelernt.«

»Jemanden kennengelernt?«, höre ich mich selbst wie ein Echo sagen.

»Ja, Mum.« Ben greift nach meiner Hand. »Ich hab jemand ganz Besonderen kennengelernt. Sie heißt Amber.«

VIER

AMBER

Als Ben an der Kasse bezahlt hatte, drehte er sich um und ging lächelnd an Amber vorbei zum Ausgang des Zeitungsladens.

Sie zwang sich, ihm nicht nachzusehen, und trat stattdessen zur Ladentheke, um die Milch zu zahlen, die sie eigentlich gar nicht haben wollte.

»Ich nehme die hier bitte.« Ausgerechnet jetzt musste der bescheuerte Kassierer unter der Theke herumkramen. Amber sah, wie Ben derweil draußen am Schaufenster vorbei und die Straße hinunterging. Sie würde ihn aus den Augen verlieren.

»Bin gleich für Sie da, meine Liebe«, murmelte der Kassierer. »Mir ist nur mein verflixter Kuli irgendwo hier runtergefallen.«

»Dann halt nicht.« Amber knallte den Milchkarton auf die Theke. Das Tetrapack riss auf und die weiße Flüssigkeit rann langsam heraus und bildete eine Pfütze. Amber wandte sich um und marschierte Richtung Tür, ohne den missbilligenden Blicken der Kunden hinter ihr Beachtung zu schenken.

»Hey!«, hörte sie den Kassierer verärgert rufen. »Die müssen Sie aber noch bezahlen.«

Sie drehte sich nicht um und gab keine Antwort. Ihr Kopf

begann sich mit diesem düsteren Nebel zu füllen, der sich immer wieder mal in ihr breit machte und alles um sie herum klingen ließ, als sei es weit weg.

Sobald sie den Laden jedoch verließ, verzogen sich die dunklen Wolken wieder. Ein Stück die Straße hinunter wartete Ben auf sie. Als sie ihn fast erreicht hatte, verlangsamte sie ihre Schritte und tat so, als würde sie in ihrer Handtasche nach etwas suchen.

Aus dem Augenwinkel beobachtete sie, wie er auf sie zukam.

»Amber. Das ist echt ein schöner Name.« Seine Schultern waren breit und seine Arme kräftig, doch seine Wangen waren rot wie die eines Schuljungen. »Ich dachte mir, vielleicht haben Sie ja ... ich ...«

Sie wartete. Sah zu, wie er sich wand.

»Also, was ich sagen wollte: Haben Sie vielleicht mal Lust, mit mir einen Kaffee trinken zu gehen oder so was?« Er klopfte mit der zusammengerollten Zeitung gegen seinen Oberschenkel. »Ich meine, wenn Sie nicht mit jemandem zusammen sind oder so. Ich möchte nicht ...«

»Nein, bin ich nicht«, gab Amber zurück. »Und danke, ich würde sehr gerne mit Ihnen einen Kaffee trinken gehen.«

»Oh!« Für den Bruchteil einer Sekunde wirkte er überrascht. »Danke. Ich meine, das ist super. Wirklich super.«

Eigentlich arbeiteten die meisten Leute wesentlich länger als bis vier Uhr und entsprechend erstaunt war Amber, als sie feststellte, dass es in dem Café, in dem sie sich verabredet hatten, kaum noch freie Tische gab.

Sie war schon etwas früher gekommen, um einen passenden Platz auszusuchen, doch das Café war brechend voll mit jungen Müttern, quengelnden Gören in Designerbuggys und ein paar schüchternen Jugendlichen, die – selbst wenn sie sich miteinander unterhielten – nur sporadisch von ihren Handys aufblickten.

Sie sah sich um, entdeckte ein Stück weiter hinten einen kleinen runden Tisch, der noch unbesetzt war, und steuerte darauf zu. Er war zwischen der Wand und einem anderen Tisch eingepfercht, an dem ein Geschäftsmann vor seinem offenen Laptop saß und angeregt mit dem Handy telefonierte.

Sie griff nach einem unbenutzten Tablett, das an der Wand lehnte, und stapelte die auf dem Tisch verteilten leeren Kaffeetassen und Cupcake-Förmchen darauf. Damit ihr niemand den Tisch wegschnappte, stellte sie das Tablett einfach darauf ab und setzte sich auf die Bank, von wo aus sie die Tür sehen konnte. Ein flüchtiger Blick auf die Uhr sagte ihr, dass es bis zur vereinbarten Zeit noch fünf Minuten waren.

Ihre Hände waren verschwitzt und sie merkte, dass ihr Puls etwas schneller ging, doch sonst fühlte sie sich gut. Obwohl alles erst begonnen hatte, schienen sich die Dinge genau so zu fügen, wie sie es geplant hatte.

Der Geschäftsmann, der immer noch telefonierte, stieß ein lautes, völlig theatralisches Lachen aus.

»Ist das dein Ernst? Damit wirst du nicht durchkommen, mein Freund. Es ist eine Woche nach dem vereinbarten Termin. Ja, versteh ich schon, aber die Antwort ist trotzdem nein, kapiert?«

Aus dem Augenwinkel sah Amber, wie er ihr einen Blick zuwarf, als versuche er abzuschätzen, ob er sie mit seinem managerhaften Gebaren beeindrucken konnte.

Sie beachtete ihn nicht weiter, sondern starrte geradeaus. Direkt vor ihr saßen an einem Tisch mehrere attraktive junge Mütter mit Haarverlängerungen bis zur Hüfte und perfekt geformten Augenbrauen. Ihre Kleinen — alle im Krabbelalter und mit Designerklamotten ausstaffiert — zogen und zerrten an ihnen herum, bis sie endlich mit ihrem dummen Geschnatter aufhörten, merkten, dass sie ja Kinder hatten, ihnen einen Keks oder einen Becher Babyccino aus Milchschaum in die Hand drückten und sich wieder von ihnen abwandten.

Amber war sich sicher, Ben würde diese Schnepfen nicht im geringsten attraktiv finden, war aber dennoch froh, dass sie sich selbst zumindest ein wenig zurechtgemacht hatte. Sie strich sich mit den Fingern das widerspenstige Haar glatt und presste ihre Lippen aufeinander, um den pinkfarbenen Lipgloss wieder gleichmäßig darauf zu verteilen.

Der Geschäftsmann stand auf und grinste sie von oben herab an. »Entschuldigung, Miss, können Sie mal kurz meine Sachen im Blick behalten? Ich hol mir nur schnell noch einen Kaffee.«

Sein Jackett war an den Ellenbogen blank gewetzt und der Stoff hatte einen hässlichen, billigen Glanz.

»Passen Sie doch selbst auf Ihr Zeug auf«, gab sie zurück. »Sie Arschloch.«

»Moment mal, was haben Sie da eben gesagt?«

Kaum wurde es etwas lauter, blickten die Mütter am Nebentisch auf und klimperten empört mit ihren dick getuschten schwarzen Wimpern, die aussahen wie Spinnenbeine.

»Machen Sie lieber keine Szene«, sagte Amber ruhig. »Sonst sage ich dem Geschäftsführer, dass Sie mich belästigen.«

»Hä?«, schnaubte der Mann entgeistert. Mit nach oben gekehrten Handflächen sah er sich verzweifelt um und versuchte, sich der Unterstützung der anderen Gästen zu versichern. Im Stimmengewirr des Cafés hatte jedoch niemand etwas von Ambers Drohung mitbekommen. »Was soll das denn jetzt? Sind Sie komplett durchgeknallt?«

Amber betrachtete ihre Hände und begann, ihre Finger ineinander zu verknoten.

Ein Mitarbeiter, der gerade einen Tisch in der Nähe abwischte, schaute auf und rief zu ihr herüber: »Alles okay bei Ihnen?«

»Ob bei *ihr* alles okay ist?«, erwiderte der Geschäftsmann scharf.

Amber verzog weiterhin keine Miene, obwohl sie am liebsten gegrinst hätte. Wie leicht die Menschen sich doch täuschen ließen; als attraktive Frau war es nicht schwer, eine Situation zum eigenen Vorteil zu manipulieren.

Die Tür des Cafés ging auf und Ben trat ein. Er ließ den Blick durch den Raum schweifen und sah sich nach Amber um.

Sie hob ihre Hand zu einem zittrigen Winken und er kam lächelnd auf sie zu.

»Ist das Ihr Freund?« Der Geschäftsmann begann seine Sachen zusammenzuraffen und schob seinen Laptop in die gepolsterte Hülle.

Inzwischen war Ben beim Tisch angekommen.

»Dann mal viel Glück, Mann, mehr kann man da nicht sagen.« Er warf ihr einen langen, wütenden Blick zu, dann marschierte er aus dem Café.

»Was war los?«, fragte Ben und sah dem Mann stirnrunzelnd nach. »Alles okay bei dir?«

»Schon in Ordnung«, sagte Amber leise.

»Alles klar?«, erkundigte sich der Mitarbeiter, als er das Tablett mit den schmutzigen Tassen vom Tisch nahm.

»Ja. Danke, dass Sie sich eingeschaltet haben«, antwortete sie mit einem schwachen Lächeln.

»Keine Ursache«, erwiderte er und wandte sich wieder ab.

»Ich hol uns gleich einen Kaffee.« Ben nahm neben ihr Platz und berührte sie sanft am Arm. »Aber gab es irgendein Problem mit diesem Typ?«

Amber schaute auf und stellte erleichtert fest, dass die anderen Gäste das Interesse an der Sache verloren hatten.

»Er hat mich gefragt, ob ich mit ihm ausgehen will«, erwiderte sie. »Einfach so, ohne lange drum herumzureden. Und als ich Nein gesagt habe, ist er auf mich losgegangen und hat mich ›durchgeknallt‹ genannt. Es war ... schrecklich.«

»Echt jetzt?« Ben machte große Augen und schüttelte ungläubig den Kopf. »So ein unverschämter Kerl. Also manche Typen sind doch …«

»So was passiert mir ziemlich oft.« Amber zuckte mit den Achseln. »Manche Männer glauben anscheinend, dass eine Frau Freiwild ist, nur weil sie allein irgendwo hingeht. Und ich … Na ja, ich bin halt jetzt schon seit einer ganzen Weile allein.«

Sie beobachtete, wie er reagierte, als sie ihm noch einmal versicherte, dass es in ihrem Leben keinen anderen gab.

Sein Gesicht nahm weichere Züge an.

»Okay, aber jetzt bist du ja erst mal nicht mehr allein«, sagte er mannhaft und stand auf. »Was darf ich dir holen: Latte oder Cappuccino?«

»Danke, Ben«, sagte sie und errötete leicht. »Ich nehme einen fettarmen Caffè Latte, bitte.«

Sie sah zu, wie er zur Theke hinüberging, und spürte, wie eine plötzliche Wärme sie durchströmte. Sie hatte das Gefühl, ganz ruhig zu sein und alles unter Kontrolle zu haben, so als hätte sie eben beim Schachspielen den entscheidenden ersten Zug gemacht.

Das hier war ein Spiel, das sie genießen würde. Sie würde ihre Züge perfekt planen und gewinnen.

Daran bestand für sie nicht der geringste Zweifel.

FÜNF

JUDI

Mehr als alles in der Welt möchte ich, dass Ben glücklich ist. Daher bin ich enttäuscht, als ich das vertraute dumpfe Pochen in meinen Schläfen wahrnehme, eine Ankündigung meiner »ewigen Kopfschmerzen«, wie Henry sie gerne genervt bezeichnet.

»Jemand Besonderen?« Ich bemühe mich redlich, meine Stimme unbeschwert klingen zu lassen, und schaffe es sogar, Ben ein Lächeln zu schenken. »Das hast du ja ganz gut für dich behalten.«

Natürlich war mir immer klar, dass Ben irgendwann wieder jemanden kennenlernen würde. Aber so schnell ... quasi von heute auf morgen? Damit habe ich wirklich nicht gerechnet.

»Ich wollte mir einfach sicher sein, Mum.« Er zuckt die Achseln und lächelt. Als er sich zu seinem Vater umwendet, sieht er genau aus wie David. »Bevor ich euch beiden irgendwas sage, meine ich. Wir sind schon seit ein paar Monaten zusammen.«

»Seit ein paar Monaten! Stille Wasser sind tief, nicht wahr, Jude?«, mischt Henry sich ein.

Ich atme tief ein. »Ben, es ist doch noch kaum zwei Jahre her, seit Louise von uns gegangen ist. Meinst du nicht …«

»Es sind schon deutlich mehr als zwei Jahre und das ist eine lange Zeit, Mum.« Ben presst die Lippen aufeinander. »Um ehrlich zu sein, wusste ich schon bei unserem ersten Aufeinandertreffen, dass Amber etwas Besonderes ist, aber ich hab noch gewartet, um mir meiner Gefühle sicher sein zu können.«

»Er ist alt genug zu wissen, was er tut, Liebling«, sagt Henry und strahlt Ben an.

»Und du bist dir wirklich *so* sicher, nach ein, zwei Monaten schon?« Ich versuche, Fröhlichkeit angesichts Bens Eröffnung vorzutäuschen, aber so, wie er mich jetzt ansieht, kauft er mir das wohl nicht ab.

»Wie Dad schon sagte, ich bin keine sechzehn mehr, Mum«, entgegnet er seufzend. »Ich weiß schon selbst, was ich will.«

»Natürlich weißt du das.« Ich greife nach seiner Hand. »Und ich freu mich für dich. Haben die Jungs sie schon getroffen … also Amber?«

»Ein paarmal«, sagt er und nickt. »Wir haben ihnen erzählt, dass sie eine Freundin von Daddy von der Arbeit ist. Fürs Erste.«

Die nichtsahnenden Gesichter von Noah und Josh erscheinen vor meinen Augen und ich muss die Tränen zurückhalten. Ich benehme mich wirklich lächerlich; keine Ahnung, was mit mir los ist.

»Alles in Ordnung bei dir, Mum?«

»Ja, natürlich!« Ich setze ein übertriebenes Lächeln auf. »Wenn du jemanden kennengelernt hast, der dich verdient, dann sind das wunderbare Neuigkeiten.«

»Es gibt keinen Menschen, der *dich* jemals wirklich verdient haben könnte, mein Sohn«, sagt Henry augenzwinkernd zu Ben. »Das ist dir doch klar, oder?«

»Doch, Louise«, verkünde ich schmallippig und stehe auf. »Louise war perfekt.«

Das eigenartige Gefühl beginnt tief in meinem Solarplexus.

Mir ist klar, dass ich nicht viel Zeit habe. Deswegen ziehe ich rasch meine Strickjacke über und gehe von der Küche durch die Hintertür in den Garten hinaus. Die kühle Luft lässt mich frösteln, aber es fühlt sich gut an. Die Sonne ist trügerisch; es ist so kalt, dass ein Mantel angebracht wäre. Den werde ich aber in den nächsten paar Sekunden sicher nicht brauchen.

Ich atme kühle, frische Luft in meine Lunge ein, aber auch das kann die Hitzewelle nicht auflösen, die zuerst meinen Unterbauch flutet und dann rasch bis zur Brust, zum Hals und in den Kopf hochsteigt.

Am Anfang sind die Hitzewallungen nur nachts aufgetreten. Ich konnte mich ganz einfach aus dem Bett schleichen, ohne Henry zu stören, der seit jeher einen tiefen Schlaf hat, und ein paar Handtücher auf das durchnässte Laken legen. Am Morgen hab ich dann die Bettwäsche gewechselt, sobald er in den Garten gegangen war. Darauf konnte ich mich verlassen, schließlich ist er ein Gewohnheitstier.

Ich wollte nicht, dass er die Anzeichen für meine körperliche Veränderung bemerkt. Es hat bei mir spät angefangen, das Durchschnittsalter liegt ja bei einundfünfzig Jahren. Ich fühlte mich bereits seit einiger Zeit, als stünde ich kurz vor der Exekution, und jetzt, wo ich mich selbst nur schwer mit dem gefürchteten W-Wort abfinden kann, verzichte ich gern auf die Erniedrigung, dass mein Ehemann diese fürchterlichen Symptome mitbekommt.

Henry war immer ein wenig peinlich berührt von »Frauenproblemen«, wie er alles, was auch nur entfernt mit den weiblichen Fortpflanzungsorganen zu tun hat, zu nennen pflegt. Der Gedanke, dass seine Frau sich mit den Wechseljahren herumschlägt, würde ihn wahrscheinlich komplett aus der Fassung bringen.

Aber während des letzten Monats oder so sind die Hitzewallungen dazu übergegangen, nicht mehr nur in der Nacht aufzutreten, sondern mich jetzt auch tagsüber in der Praxis oder manchmal zu Hause zu überfallen. Und jetzt passiert es schon wieder, genau in dieser Minute.

Ich kann meinen Zustand auch nicht dadurch verbergen, dass ich mir wie eine viktorianische Lady diskret das Gesicht fächle. Im Moment fließen nämlich Rinnsale aus Schweiß über meine Wangen und meinen Hals, sammeln sich über meinem Schlüsselbein und in der Vertiefung am unteren Rücken. Meine Bluse ist vorne und hinten völlig durchnässt; ich muss mich zweifellos umziehen, wenn ich wieder hineingehe. Was erst in ein paar Minuten wieder möglich sein wird.

Ich muss an einen Dokumentarfilm über Extrembergsteiger denken, den ich mal gesehen habe. Es gibt dieses Phänomen, dass Bergsteiger im Delirium bei Temperaturen weit unter dem Gefrierpunkt einer Fehlfunktion des Gehirns aufsitzen, die den Körper glauben lässt, er sei überhitzt, sodass sie sich bei minus vierzig Grad alle Kleider vom Leib reißen und sich so dem sicheren Tod ausliefern.

Was mir damals wie eine große Übertreibung vorkam, kann ich heute sehr gut nachvollziehen. Obwohl ich im kühlen englischen Frühling draußen in meinem Garten stehe, gaukelt mein Körper mir vor, dass ich an einem vierzig Grad heißen Strand in Dubai festsitze. Das ist weit weniger idyllisch, als es vielleicht klingen mag.

Hinter mir geht die Tür zur Küche auf. Josh kommt herausgeschossen und rennt an mir vorbei in den hinteren Teil unseres doch recht großen Gartens. Meine Schultern lockern sich und trotz der glühenden Hitze in meinem Inneren lächle ich. Josh würde nicht mal bemerken, wenn mein Haar in Flammen stünde.

Er verschwindet hinter der kurzen Reihe aus Koniferen, die Henry vor zehn Jahren gepflanzt hat, um uns etwas mehr Privatheit vor den Nachbarn zu verschaffen. Josh bezeichnet sie als »Wald«, was ich allerliebst finde.

Dreißig Sekunden später höre ich einen Aufschrei der Begeisterung.

»Schau, Granny!« Josh kommt wieder durch den Garten gelaufen und streckt vorsichtig seine Hand nach vorn, als hielte er etwas unendlich Kostbares darin.

Eine kleine weiße Feder ruht auf seiner Handfläche. Irgendwie ist sie dem Schlamm, der jetzt seine Jeans und Stiefel bedeckt, unbeschadet entkommen.

»Sie ist wunderschön«, flüstert er außer Atem und greift nach dem hohlen Federkiel, um sie in die Höhe zu halten. Dann dreht er sie langsam in den Strahlen des sanften Frühlingssonnenlichts, das durch die hellgrünen frischen Blätter scheint. Dank Josh kann auch ich ihren Zauber jetzt erkennen.

Die Feder ist klein, aber trocken und makellos. Die stabilen seidigen Federäste gehen am unteren Ende in weichen weißen Flaum über. Die Feder ist ganz zart und doch so robust.

»Ja, das ist sie wirklich.« Ich lege meine Hand auf seine schmale Schulter. »Ein Wunder.«

Wir bleiben noch ein paar Augenblicke stehen, ganz versunken in die Schönheit dieses winzigen Stücks Natur. Balsam für meine Seele, die sich tagtäglich stumm mit Schuldgefühlen und Selbstvorwürfen herumquält. Mit dem Horror, über den ich mit niemandem sprechen kann.

Zeit mit meinen Enkeln zu verbringen ist eine willkommene Ablenkung von den Tabletten, die mir Dr. Fern verschrieben hat, damit ich schlafen kann, und die ich ganz hinten in meiner Nachttischschublade vor Henry verstecke. Ich habe bisher noch keine davon genommen, sondern versuche, ohne zurechtzukommen.

Wenn ich an die Zeit zurückdenke, als meine Söhne jung waren, kommt es mir vor, als hätte ich immer so viel zu *tun* gehabt. Alles Mögliche, das mir damals wichtig erschien, von dem ich heute aber weiß, dass es das nicht wirklich war.

»Aber du hast doch auch heute noch genug zu tun«, meinte meine Kollegin Maura, als ich versuchte, ihr die Freuden des Großelternseins zu erklären. »Du arbeitest und hältst gleichzeitig euer riesiges Haus ohne die geringste Hilfe tipptopp in Ordnung. Mir ist schleierhaft, wie du auch noch die Zeit findest, dich so viel um die Jungs zu kümmern.«

Ich wusste, worauf sie abzielte, und sie hatte recht damit, dass Henry keinen Finger im Haushalt rührt. Trotzdem hat sie etwas Wesentliches nicht verstanden. Die Wäsche, die Hausarbeit und das Kochen – nichts davon ist wirklich wichtig.

Meine Enkel haben mich gelehrt, dass es nicht so wichtig ist, ob das alles erledigt wird. Na und? Das Haus wird deswegen nicht zusammenbrechen. Und verhungern werden wir auch nicht.

»Nimm doch mal dein eigenes Leben, Maura«, erwiderte ich. »Stell dir vor, jemand würde dir alle Aufgaben und den ganzen Druck und die Sorgen wegnehmen und alles mit der süßesten Freude ersetzen, die dein Herz erfüllt und nichts mehr zu wünschen übrig lässt. Wenn du dir das vorstellen kannst, kommst du recht nahe an das Gefühl heran, das man als Großmutter verspürt.«

»Mein lieber Schwan«, meinte sie grinsend. »Dich hat's ja *echt* erwischt; du wirst ja ganz gefühlsduselig. Du bist ein hoffnungsloser Fall, meine Liebe. Dein Schicksal ist wohl, bis ans Ende deiner Tage als Babysitterin zu fungieren und mit Lego zu spielen.«

»Ich kann mir nichts Schöneres vorstellen«, antwortete ich mit einem Lächeln. »Hört sich traumhaft an, für mich jedenfalls.«

Natürlich ahnte ich damals nicht, dass sich dieser Traum für mich nicht erfüllen würde. Sondern nur der schrecklichste Albtraum.

SECHS

JUDI

Als die Hitzewallung etwas abgeklungen ist, begleite ich Josh wieder ins Haus. Er lässt sich auf das Knie seines Großvaters plumpsen.

»Na, was haben wir denn da?«, sagt Henry nach einem Blick auf Joshs Hand.

Ich spüre, dass Ben mich beobachtet, weil er herausfinden will, ob ich mich aufrege oder nicht. Ich weiche seinem Blick aus und schlinge meine dünne Strickjacke noch enger um mich, in der Hoffnung, dass er die feuchten Flecken nicht bemerkt.

Josh öffnet langsam seine Finger, um Henry zu zeigen, was er hält, und auch Noah drückt sich neugierig heran.

»Hab ich im Wald gefunden«, sagt Josh zärtlich. »Granny sagt, es ist ein Wunder.«

»Die ist wirklich beeindruckend, mein Großer.«

»Ist doch bloß eine Feder.« Noah tut uninteressiert.

»Ich denke, sie ist *wirklich* ein Wunder«, sage ich von der Tür her. »Schau sie dir doch an.«

Keiner sagt irgendetwas.

»Was glaubst du denn, von welchem Vogel die ist?« Henry wackelt mit seinen Knien.

»Vielleicht von einer Taube?«, schlägt Josh ohne Zögern vor und steuert dagegen, um nicht herunterzufallen.

»Da könntest du recht haben«, murmelt Henry. »Wildtauben halten sich ja gern im Wald auf. Müsste dann aber eine ganz weiße gewesen sein, nicht?«

»Hm«, entgegnet Josh zerstreut und sieht sich seine Feder noch genauer an. »Grandad, schau mal, oben ist die Feder ganz glatt und unten ganz flauschig.«

»Gut erkannt«, meint Henry und berührt vorsichtig den Rand der Feder. »Schau mal diese geraden Strahlen an? Die nennt man Federäste. Und das Flauschige unten am Federschaft heißt Afterfeder. Ich wette, das hast du noch nicht gewusst, oder?«

»Nein.« Josh schaut zu Henry hoch. »Du bist schlau, Grandad. Du weißt einfach immer über alles genau Bescheid.«

»Erklär das mal deiner Granny, Kleiner.«

Ich strecke den Kopf noch einmal zurück durch die Tür und sehe bei Henry dasselbe kecke Grinsen, das er vor fünfunddreißig Jahren aufsetzte, als ich zusammen mit meiner Freundin Ann vor dem Savoy-Kino in Nottingham auf den Bus wartete.

»Wollt ihr vielleicht chauffiert werden, meine Damen?«, fragte er schlagfertig im Vorbeischlendern. »Ich habe hinter dem Kino geparkt und schwöre, dass meine Absichten absolut ehrenhaft sind.« Dann schenkte er mir ebendieses Grinsen.

Zwei Jahre danach waren wir verheiratet und wieder ein Jahr später kam David auf die Welt.

Aber ich fühle mich jetzt nicht stark genug, an David zu denken und an das, was passiert ist. Nicht gerade jetzt.

Ich fülle gerade in der Küche das noch verbliebene Essen in Tupperdosen um, als ich hinter mir ein Räuspern höre.

»Alles in Ordnung, Mum?« Ich drehe mich um und da steht mein Sohn mit sorgenvoll gerunzelter Stirn.

»Mir geht es gut«, entgegne ich ein wenig zu aufgekratzt, während ich ein Behältnis mit einem Deckel verschließe. »Ich freue mich, dass euch allen das Mittagessen geschmeckt hat.«

Ben kommt langsam auf mich zu.

»Du hast doch schon seit einer Weile gesagt, dass es Zeit für einen Neuanfang für mich ist. Und du meintest, dass es vielleicht an der Zeit wäre, wieder jemanden kennenzulernen, Mum.«

»Ja, ich weiß.« Ich halte mich an der Arbeitsfläche hinter mir fest. »Es ist nur, dass ... nun ja, wahrscheinlich hab ich nicht erwartet, dass es *jetzt gleich* passiert. So schnell.«

»Ich weiß, dass du dich als Mutter einfach um mich sorgst, aber sie ist wirklich nett, weißt du. Amber.« Er schluckt und unter seinem leicht stoppeligen Hals ist deutlich die Bewegung seines Adamsapfels auszumachen. »Ich hab mich gefragt, ob ihr beide, du und Dad, sie vielleicht kennenlernen wollt? Natürlich nur, wenn es euch recht ist ...«

Ich umklammere meine eine Hand mit der anderen und lächle. »Oh Ben, natürlich würden wir sie gern kennenlernen. Du musst sie zu uns mitbringen.« Ich überlege einen Moment. »Wie wäre es denn nächsten Sonntag – zum Mittagessen?«

»Echt?« Sein Gesicht leuchtet auf und die Sorgenfalten auf seiner Stirn sind augenblicklich verschwunden. »Das wäre großartig. Bist du dir sicher?«

Er schlingt die Arme um mich und legt sein Kinn oben auf meinen Kopf. Es scheint mir gar nicht so lange her zu sein, dass er mir nur bis zur Brust reichte und ich das umgekehrt bei ihm gemacht habe. Ich vergrabe mein Gesicht an seiner Brust und presse die Lider zusammen, damit ich diesen kostbaren Augenblick nicht durch Tränen ruiniere.

Ich freue mich für ihn, wirklich. Es sind nur diese albernen Emotionen, die wieder mal im falschen Moment dazwischenfunken.

»Mein Gott, Mum, du fühlst dich ja ganz heiß und

schwitzig an.« Ben macht einen Schritt zurück und mustert mich. »Geht es dir denn wirklich gut?«

»Ja, alles bestens.« Ich fächle mit der einen Hand meine Wangen und halte mit der anderen meine Strickjacke zusammen. »Wenn der Ofen an ist, wird es hier drin einfach ziemlich warm; deswegen bin ich für ein paar Minuten nach draußen gegangen.«

»Ich kann es gar nicht erwarten, Amber das mit dem Mittagessen zu mitzuteilen«, meint Ben strahlend. »Sie will dich und Dad unbedingt kennenlernen.«

»Nun, dann ist das jetzt fest vereinbart«, sage ich und tätschle ihm den Arm. »Und wenn sie nervös ist, sag ihr, dass der Tag ganz locker verlaufen wird. Wir beißen nicht.«

»Das wird nicht nötig sein.« Ben lacht und dreht sich unter der Küchentür noch einmal um. »Amber macht *gar nichts* nervös. Tatsächlich kenne ich kaum jemanden, der selbstbewusster ist als sie.«

SIEBEN

JUDI

Als Ben und die Jungs heimgefahren sind, bringe ich Henry seinen gewohnten Nachmittagskaffee und ein paar Kekse.

Trotz Diabetes nimmt Henry viel zu viel Zucker zu sich, aber da meine besorgten Ermahnungen immer auf taube Ohren gestoßen sind, sage ich inzwischen nichts mehr.

»Himmel, Jude, hast du mich heute noch nicht genug gemästet?« Er tätschelt seinen üppigen Bauch und ich sehe, dass seine Hemdknöpfe spannen. »Ich sage dir immer wieder, dass ich versuchen will, weniger zu essen. Ich hab dir doch neulich erzählt, dass ich sogar darüber nachdenke, Mitglied in diesem neuen Fitnessstudio in der Innenstadt zu werden. Sie haben zurzeit einen interessanten Einstiegsrabatt.«

»Hast du das?« Ich kann mich nicht daran erinnern, aber mein Gedächtnis scheint in letzter Zeit einem Sieb zu ähneln. Ich drehe mich um, um das Tablett zurück in die Küche zu tragen.

»Jetzt lass es in Gottes Namen hier«, meint er. »Ergibt ja keinen Sinn, eine einwandfreie Tasse Kaffee wegzuschütten. Auch um die Kekse wär's schade.«

Ich stelle das Tablett auf dem Beistelltisch neben seinem bordeauxroten Ledersessel ab, bleibe stehen und starre durch das Fenster hinauf in den grauen Himmel, der von schweren Wolken bedeckt ist.

Henry schlürft einen Schluck der heißen Flüssigkeit und runzelt die Stirn. »Was ist los, Liebling? Ärgert dich irgendwas?«

»Du hattest nicht erwähnt, dass es *unser* Cottage ist, das du mieten willst«, sage ich langsam. »Die Überraschung für Ben. Das kam ... so unerwartet.«

Henry muss lachen. »Das haben Überraschungen so an sich, das solltest du inzwischen wissen.«

»Ja, aber ...«

»Nichts aber. Es wird dir nicht schaden, diesen Ort wieder mal zu sehen. Ich weiß gar nicht, warum mir das nicht schon früher eingefallen ist.« Er verändert seine Sitzposition im Sessel. »David ist nicht *im* Cottage ums Leben gekommen; er ist vom Kliff gestürzt. Das musst du dir immer vor Augen halten, sonst sind all die wunderbaren Erinnerungen an dieses Haus für immer vergiftet. Es heißt nicht umsonst, man soll seinen Ängsten ins Auge sehen. Vielleicht bekommst du dann ja diese unselige Geschichte endlich für immer aus dem Kopf, nach all den Jahren.«

Seine Worte schneiden durch meinen Körper wie ein Messer durch Butter. Henrys kühlem Verstand nach sind jetzt genügend Jahre vergangen, um unsere Familientragödie endgültig hinter uns zu lassen, aber das wird für mich niemals möglich sein.

»Ben wird sowieso nicht fahren wollen, jetzt, nachdem er dieses neue Mädchen kennengelernt hat«, antworte ich und lasse mich ganz vorne auf der Sofakante nieder. »Amber.«

»Aber er hat doch nicht sofort Nein gesagt, oder? Vielleicht will er ja sogar, dass sie mitkommt.« Wieder schlürft Henry an seinem Kaffee. »Natürlich nur, wenn du ihn nicht total verschreckst.«

»Wovon redest du?«

»Ich rede von deinem Gesicht, als er sagte, dass er jemanden kennengelernt hat. Und dann einfach so in den Garten abzuhauen. Das war schon ... reichlich merkwürdig, gelinde gesagt.«

»Mir war einfach heiß und ich war auch etwas durch den Wind, das ist alles. Die ganze Kocherei.« Ich halte inne und suche nach den richtigen Worten. »Ich freue mich, dass er jemanden kennengelernt hat. Wirklich.«

Henry reagiert mit einer wegwerfenden Handbewegung auf meine Entschuldigung.

»Dein Gesicht hat Bände gesprochen«, sagt er süffisant. »Du kannst den Jungen nicht dein ganzes Leben lang an dich fesseln, okay? Er hat es wahrscheinlich bitter nötig, ist ja schon eine ganze Weile her, dass er ...«

»Henry, bitte!«

»Ach, tu doch nicht so verdammt prüde. Gab ja Zeiten, da hast du es selber ganz gern gemocht, nicht wahr?«

Ich stehe auf und streiche meinen Rock glatt.

»Ich mach dann mal die Küche fertig.« Ich drehe mich um und gehe aus dem Raum, mit einem stillen Stoßgebet, dass meine Beine mich tragen.

»Ja klar, mach das«, brüllt Henry mir hinterher. »Immer noch besser, als über deine Marotten zu reden, oder?«

In gewisser Weise ähnelt eine lange Ehe einer Reise. An einem bestimmten Punkt offenbart sich, dass die Reise für einen selbst nicht mehr wirklich das Richtige ist. Aber jedes Mal, wenn sich die Chance ergibt, die Richtung zu wechseln, bleibt man doch in der Spur, weil es einfacher ist. Und so trottet man dann immer den bekannten Weg entlang und sieht im Vorbeigehen zu, wie bei anderen Menschen das Leben stattfindet.

Und dann, eines Tages, hält man inne, blickt um sich und denkt: Aha, so ist das jetzt also.

Ich räume das Besteck in die Spülmaschine ein und stecke das soßenverkleckerte Tischtuch und die Stoffservietten in die Waschmaschine. Danach wische ich alle Arbeitsflächen ab und befreie mit Schaufel und Besen die Bodenfliesen von den Krümeln unseres Festessens.

Als ich glaube, dass genug Zeit verstrichen ist, schleiche ich leise durch den Flur und spähe durch den Türspalt ins Wohnzimmer. Wie erwartet ist Henry im Sessel weggedöst.

Meine Schultern entspannen sich ein wenig und ich gehe zur Treppe. Dort schleudere ich meine weichen Schuhe von den Füßen, und während ich langsam nach oben gehe, erfreue ich mich an den Fotografien, die neben den Stufen an der Wand aufgehängt sind, bis ganz oben zum Treppenabsatz. Glückliche Familienfotos von uns vieren, viele Bilder von den beiden Jungs zusammen in unterschiedlichen Altersstufen, bis zum Alter von vierzehn bei David.

Danach gibt es natürlich keine gemeinsamen Fotos mehr von den beiden.

Ich seufze und bleibe vor meinem absoluten Lieblingsfoto stehen. Beide Jungs hocken im Garten auf der Wiese. Ben krault den Welpen von nebenan und David sieht ihm lächelnd zu, eine Hand auf die Schulter seines Bruders gelegt. Was man auf dem Foto nicht sieht, ist, dass Ben, obwohl zwei Jahre jünger, etwas größer und breiter als David gebaut war. Trotzdem hat David seinen jüngeren Bruder beschützt, ihn nicht aus den Augen gelassen, vor allem in der Schule.

Die beiden sahen sich - David mit seinem sehr dunklem Haar und Ben mit seinen sonnengeküssten dunkelblonden Locken – nicht wirklich ähnlich, aber man konnte an ihren Verhaltensweisen und manchmal auch an ihrer Mimik doch erkennen, dass sie Brüder waren.

Ich schließe die Augen und wiege meinen Körper auf der Stelle, da eine Woge von Hoffnungslosigkeit meine Brust durchflutet. Es ist erleichternd, das zulassen zu können, ohne dabei Henrys kritischen Blick auf mir zu spüren. Ich wende mich von der Fotografie ab, greife fest ans Geländer und konzentriere mich auf meine brennenden Handflächen.

Meine Trauer ist wie ein lebendiges Wesen, das mir hilft, die gähnende Leere zu füllen, die David mit seinem Tod in mir hinterlassen hat. Die Trauer spendet ihre eigene Art von Trost. Nämlich die beruhigende Gewissheit, dass sie niemals von mir weichen wird, nur mir allein gehört.

Nach ein paar Augenblicken atme ich tief durch den Mund ein und gleich darauf noch einmal. Ich wünschte, ich könnte meinen Kopf in den Nacken werfen und aufheulen wie ein Tier, aber stattdessen lasse ich meine Finger locker und löse meine zitternden Hände wieder vom Treppengeländer.

Ich sehe noch einmal auf das Foto und erlaube meinen Fingerspitzen, das Glas über Davids Gesicht zu berühren. Mein Junge. Mein armer toter Junge.

Er hatte sein Frühstück verschlungen und war aus dem Cottage gelaufen wie jeden Tag an der Küste. Ich hatte ihm noch hinterhergerufen, er solle seinen Fleecepullover mitnehmen, aber er hatte nicht auf mich gehört – natürlich. Das letzte Mal, dass ich meinen Jungen sah, und ich hatte ihm nicht mehr Beachtung geschenkt.

Das nächste Mal, als ich ihn sah, lag er kalt und zerschmettert unten am Cowbar Cliff.

Es fühlt sich für mich oft so an, als ob alles und alle jetzt ganz woanders wären. Dass niemand David James Jukes vermisst ... ja, dass sich sogar niemand mehr an ihn erinnert. Vielleicht ist es unfair von mir, so zu denken. Vielleicht erinnern sich die Menschen an ihn und zeigen es nur nicht. Wir jedenfalls sind keine Familie, die ihre Gefühle groß nach außen trägt. Henry hält nicht wirklich viel von einem solchen Verhalten.

»Es ist nicht gesund, in der Vergangenheit festzustecken«, sagt er immer, wenn er mich dabei erwischt, wie ich ins Leere oder auf die Fotografie von David starre. Ich habe ihn angebettelt, dass ich Davids Zimmer so lassen darf, wie es an seinem Todestag war, und er hat widerwillig zugestimmt, aber jetzt kann er es nicht leiden, wenn ich dort Zeit verbringe.

Ich zwinge mich von den Fotos fort und gehe weiter die Treppe hinauf. Oben angekommen, mache ich einen großen Schritt, um ein paar knarrende Bodendielen zu umgehen, und tappe auf Zehenspitzen zu Davids Zimmer.

Ich strecke die Hand aus und greife nach der Türklinke aus Messing. Sie fühlt sich an meiner erhitzten Handfläche kühl an und ich umfasse sie für einen Moment, noch ohne sie niederzudrücken. Ich habe die Klinke seit Davids Tod absichtlich nie gereinigt. Die anderen Türklinken leuchten mit ihrem stumpfen Messingschimmer im düsteren Flur, aber die von David glänzt nicht mehr.

Noch immer gibt es minimale Spuren von ihm auf dieser Klinke. Es tut nichts zur Sache, dass ich sie nicht sehen kann; ich kann sie *spüren*. Ich kann sie genau jetzt mit meinen Fingerspitzen spüren und das tröstet mich.

Ich betrete das Zimmer und weil die Tür beim Zuschnappen ein lautes Klicken von sich gibt, lehne ich sie hinter mir nur an. Dann lächle ich, breite beide Arme zu den Seiten aus und kann endlich frei durchatmen.

»Hallo, mein Sohn«, flüstere ich hörbar. »Du fehlst mir.«

Ich habe hier bisher lediglich leicht abgestaubt und dafür ein weiches Tuch ohne jegliches Putzmittel verwendet. Das Fenster öffne ich nie. Ich möchte nicht, dass frische, saubere Luft einen magischen Ort besudelt, in dem es noch immer Spuren von Davids Atem gibt.

Ich gehe in die Hocke, greife unters Bett und ziehe die Kiste hervor. Auf der Bettkante sitzend, öffne ich sie und nehme eine der kleinen Pappschachteln darin heraus.

Ganz vorsichtig, um nichts zu zerreißen, schlage ich das Seidenpapier zurück, das sich knitternd und durchscheinend um meine Hände legt. Ich fahre mit den Fingerspitzen über die kreidige ebene Fläche eines übergroßen hellbraunen Strandkiesels. Als ich meine Hände betrachte, bemerke ich ein Muster aus Kalkspuren darauf.

Wenn ich die Augen schließe, kann ich beinahe die Möwen hören und wie ihre fernen Schreie die feuchte, salzige Luft in Stücke rissen. Ich spüre das Gefühl des Winds in meinem Haar und vernehme das Rauschen der Wellen, die sich gegen die felsige Küste warfen.

Ein paarmal im Jahr – gewöhnlich, ist mir aufgefallen, wenn sein Vater nicht zu Hause ist – geht Ben hinauf in Davids Zimmer und sieht sich die Staithes-Steine an. So haben wir sie immer genannt, denn die beiden Jungs haben sie sorgfältig am Strand von Staithes zusammengesammelt. Aber in Wirklichkeit waren es Davids Steine; er war der eigentliche Sammler.

Im Unterschied zu Ben, der einfach hastig die erstbesten Steine auflas, die ihm unterkamen, hatte David ganze eigene Vorstellungen davon, welche Steine in seine endgültige Sammlung kamen, und er erfasste dann auch jeden Stein nach bestimmten Kriterien in seinem Notizbuch.

Wenn ich Shorts oder Jeans von David in die Waschmaschine geben wollte, musste ich sehr häufig einen oder zwei Steine aus seinen Hosentaschen fischen, damit ich sie nicht mitwusch.

Die Anspannung, die den ganzen Tag über in meinem Nacken und meinen Schultern festhing, lässt endlich nach. Ich sitze da, taste mit den Fingerspitzen die Oberfläche des Steins ab und lasse den glücklichen Erinnerungen freien Lauf.

»Judi?« Henry steht in der Tür, die Haare vom Schlafen wild zerzaust.

Ich springe vom Bett hoch und Davids Steine klappern in der Schachtel und geben flüsternd ihre Geheimnisse preis.

»Was in aller Welt tust du hier oben so ganz allein?« Sein finsterer Blick bleibt an der Steinschachtel hängen. »Ah, schon klar. Du quälst dich mal wieder selbst.«

»Ich quäle mich nicht selbst, Henry.« Ich drücke den Deckel auf die Schachtel. »Ich denke nur an unseren Sohn zurück.«

»Das ist ein und dasselbe.« Sein Blick schießt durch den Raum. »Es ist nicht richtig, dass dieser Teil unseres Hauses noch immer ein Schrein ist, Judi. Das ist nicht …«

»… gesund«, beende ich den Satz für ihn und fixiere ihn mit starrem Blick. »Es ist aber auch nicht gesund, meine Gefühle zu begraben, die Tränen zu unterdrücken und das Andenken an David beiseitezuschieben. Trotzdem tue ich das alles tagtäglich, nur um es *dir* recht zu machen.«

Henrys Augen werden groß und für einen Moment wirkt es so, als wolle er etwas darauf erwidern. Aber er tut es nicht und zieht stattdessen die Augenbrauen zusammen.

»David ist gestorben, Judi«, sagt er dann sanft, als spräche er mit einem Kleinkind. »Er ist gestorben und das war sehr traurig für uns alle. Sehr traurig.« Er holt Luft und ich weiß genau, dass jetzt die *Schlauer-Bursche-*Ansprache kommt. Ich kenne alle seine Ansprachen, Wort für Wort. »Was damals passiert ist, dafür konnte keiner was. David war ein schlauer Bursche, er war vierzehn Jahre alt. Er wusste im Allgemeinen, was er tat. Habe ich nicht recht?«

»Ich weiß, aber ich wünschte trotzdem, ich hätte besser aufgepasst. Ich wünschte, ich hätte einfach nur …«

»Lass uns nicht wieder damit anfangen.« Er hustet. »Es ist die Aufregung nicht wert, Liebling. Du bist irgendwie nicht … na ja, in letzter Zeit bist du irgendwie nicht mehr du selbst.«

Ich mache den Mund auf, um mich zu verteidigen, aber was soll ich schon sagen? Um ehrlich zu sein, erstaunt es mich, dass er die Veränderung bei mir überhaupt wahrgenommen hat. Aber er hat recht.

Ich bin überhaupt nicht mehr ich selbst. Und es gibt Momente, da habe ich das Gefühl, auch gar nicht mehr zu wissen, wer ich bin.

ACHT
AMBER

Ben bog in eine enge Straße ab und hielt den Wagen vor einem trostlosen, im viktorianischen Stil erbauten Reihenhaus mit Ziegelfassade an.

»So, hier ist es«, verkündete er, während er den Motor abstellte. »Das ist mein Zuhause.«

Er konnte nicht wissen, dass Amber das Haus schon etliche Male gesehen hatte. Bei jedem Wetter und zu den unterschiedlichsten Tageszeiten war sie daran vorbeigelaufen. Da die Vorhänge offen und die Zimmer beleuchtet gewesen waren, hatte sie in der Dämmerung von der gegenüberliegenden Straßenseite aus beobachten können, wie die Jungen im Wohnzimmer herumsprangen und wie Affen im Käfig auf den Möbeln herumturnten.

Mit hochgezogener Kapuze und Regenschirm lauernd hatte sie sich wieder und wieder vorgestellt, wie sie das Haus eines Tages selbst betreten würde.

Inzwischen waren sie schon seit einer ganzen Weile zusammen. Sie hatten sich fürs Kino und zum Bowling verabredet, waren ein paarmal zum Essen ausgegangen oder gemütlich etwas Trinken. Doch wegen seiner Söhne hatten sie nach solchen Dates niemals die Nacht zusammen verbracht.

Aus Prinzip hatte sie ihn zwei Wochen lang hingehalten, bevor sie zum ersten Mal mit ihm geschlafen hatte. Jemandem, der seine Kinder offenbar bewusst von ihr fernhielt, wollte sie es dann doch nicht ganz so einfach machen; außerdem war es von Anfang an Teil ihres Plans gewesen, in diesem Punkt mit Bedacht vorzugehen.

Gleich bei ihrer ersten Verabredung mit ihm ins Bett zu steigen, hätte auch gar nicht zu der Rolle der vom Schicksal gebeutelten, eingeschüchterten Frau gepasst, die sie so sorgfältig erschaffen hatte.

Eines Nachmittags nach der Schule waren sie dann endlich mit den Jungs ins Schwimmbad gegangen. Er hatte den beiden zwar erklärt, Amber sei eine Arbeitskollegin, aber das war zumindest schon mal ein gewisser Fortschritt. Und dann hatte er sie tatsächlich überrascht, als er irgendwann verkündete, er habe seinen Eltern endlich von ihr erzählt.

»Mum hat dich für nächsten Sonntag zum Mittagessen eingeladen«, sagte er und stupste sie in die Seite. »Du darfst dich geehrt fühlen – das ist sonst eigentlich ein reines Familiending.«

»Wie nett von ihr«, gab Amber mit einem zuckersüßen Lächeln zurück und drückte ihm einen Kuss auf die Wange.

Sie freute sich schon darauf, den alten Drachen kennenzulernen, um den Ben einen ständigen Eiertanz vollführte. Die Frau mischte sich in alles ein und bestand selbst jetzt noch darauf, für ihren Sohn zu putzen und ihm die Wäsche zu machen. Einmal in der Woche füllte sie sogar seinen Kühlschrank mit selbst gekochtem Essen.

Er war dreiunddreißig, nicht dreizehn, Herrgott noch mal! Dass er in allem, was er tat, Rücksicht auf seine Mutter nahm, wurmte sie. Das Ganze ging so weit, dass sie sich irgendwann gefragt hatte, ob er sie denn nie zu sich nach Hause einladen würde. Doch jetzt war es endlich so weit.

»Sieht … nett aus«, sagte sie, während sie aus dem Wagen stieg.

»Ist jetzt nichts Großartiges, ich weiß schon, aber es ist mein Zuhause.« Er lächelte, stellte sich neben sie und starrte das Haus mit einem sonderbaren Gesichtsausdruck an. »Wobei ich tatsächlich schon darüber nachgedacht habe, ob ich nicht etwas kaufen sollte, was ein bisschen moderner ist. In Lady Bay, ganz in der Nähe meiner Eltern, wird gerade eine Neubausiedlung fertiggestellt.«

Sie hatte das hübsche Einfamilienhaus seiner Eltern in West Bridgford gesehen und den Eindruck gewonnen, es wäre so groß, dass auch Ben und die beiden Jungs leicht noch Platz darin gefunden hätten. So eng wie sie im Moment ohnehin schon miteinander waren, wunderte es sie, dass er nach dem Tod seiner Frau nicht längst bei ihnen eingezogen war. Dennoch war sie froh, dass er es nicht getan hatte; das hätte es ihr wesentlich schwerer gemacht, ihren Plan in die Tat umzusetzen.

»Na, komm.« Ben legte ihr den Arm um die Schultern. »Gehen wir rein. Ich mach uns einen Tee.«

Die Einrichtung im Haus war erwartungsgemäß schlicht und folgte keinem erkennbaren Stil.

Bens Frau war erst zwei Jahre zuvor gestorben, sodass Amber annahm, dass sie entweder null Geschmack gehabt hatte oder Ben die Dinge komplett hatte schleifen lassen. Das hier war kein gemütliches Zuhause, sondern eine rein funktionale Unterkunft.

An den in schlichtem Cremeweiß gestrichenen Wänden hing ein wildes Sammelsurium an Familienfotos. Auf fast allen Bildern war die bereits erwähnte verstorbene Ehefrau zu sehen:

Louise, oder *Lou*, wie Ben sie zu Ambers Ärger manchmal nannte.

Irgendwie hatte es jemand geschafft, zwei potthässliche schwarze Ledersofas in den winzigen Raum zu zwängen, sodass für einen Esstisch oder Stühle kein Platz blieb. Amber zählte insgesamt vier Paar Turnschuhe in verschiedenen Größen, die auf dem Boden verstreut lagen. Noch schlimmer aber fand sie die Unmengen an quietschbuntem Spielzeug und Schachteln mit Brettspielen, die hinter allen möglichen Möbeln hervorlugten. Sie vermutete, dass sich die Sachen im Laufe der Zeit einfach angesammelt hatten, weil niemand Lust hatte, sie wegzuräumen.

»Entschuldige bitte die Unordnung«, hörte sie Ben hinter sich sagen. »Aber Mum kommt erst am Freitag wieder, um gründlich sauberzumachen.«

»Ist doch gemütlich.« Sie drehte sich um und sah ihn an. »Und ein Zuhause soll ja gemütlich sein.«

»Stimmt auch wieder.« Er grinste und küsste sie auf die Stirn. »Hat dir eigentlich schon mal jemand gesagt, Amber Carr, dass du absolut perfekt bist?«

»Oh ja, schon viele.« Sie seufzte theatralisch. »Aber irgendwann kann man das echt nicht mehr hören.«

Er lachte und zog sie an sich.

»Ich meine es aber wirklich so«, sagte er mit ernster Miene. »Du bist für mich perfekt. Ich danke Gott jeden Tag aufs Neue, dass ich dir begegnet bin.«

»Wer hätte das gedacht? Dass ein großer Kerl wie du einen so weichen Kern hat. Das ist echt unglaublich süß.«

Er kniff die Augen zusammen und begann, sie in der Taille zu kitzeln.

»Okay, ich ergebe mich«, quietschte sie und lachte laut auf. »Tut mir leid. Tut mir leid!«

Er packte sie und küsste sie auf den Mund, drückte seine weichen Lippen lange auf die ihren.

»Diesmal lass ich es noch durchgehen«, knurrte er, »aber beim nächsten Mal kenne ich keine Gnade.«

»Nichts als leere Versprechungen«, murmelte Amber und schmiegte sich noch enger an ihn. Sie mochte es, wenn er den starken Mann markierte. Lägen die Dinge anders, hätte sie ihn vielleicht sogar attraktiv gefunden.

Sie spürte seinen Körper an ihrem, kräftig und hart. Er wollte sie unbedingt.

Nicht einmal in ihren kühnsten Träumen hatte sie zu hoffen gewagt, dass es so einfach sein würde.

NEUN

JUDI

Viel zu schnell ist der Sonntag da. Ich lasse Henry weiterschnarchen und schlüpfe schon kurz vor sechs Uhr morgens aus dem Bett.

Die Heizung schaltet sich um fünf Uhr für zwei Stunden ein, sodass es unten in der Küche wenigstens schön warm ist. Wie immer ist meine erste Handlung des Tages, mir eine Tasse Tee zu kochen, mich damit an den abgenutzten Eichentisch zu setzen und die Ruhe im Haus zu genießen.

Ich lasse mich auf den Platz nieder, der früher Davids war. Als die Jungs aufwuchsen, hatte jeder beim Essen seinen festen Platz. Henry war immer sehr pedantisch, was die Sitzordnung am Tisch betraf, sodass David tatsächlich seine ganzen vierzehn Jahre lang an dieser Stelle saß. Obwohl jetzt so viel Zeit vergangen ist, ist das wahrscheinlich für uns alle noch immer sein Platz. Mir jedenfalls geht es so.

Ich stelle meine Tasse ab und streiche mit dem Finger über etwas vor mir, das wie ein großer schwarzer Schmierfleck aussieht. Mein Fingernagel sinkt in die sanfte Vertiefung ein, die ich so gut kenne. Es ist ein Brandfleck. David schien immer total fasziniert von Feuer und an diesem Tag spielte er vor dem

Abendessen am Tisch mit einer Kerze herum. Er steckte ein Stück Papier in Brand, um Ben zu imponieren, und als es dann bis zu seinen Fingern herunter abgebrannt war, ließ er es fallen. Es hat die Tischplatte ziemlich übel versengt.

Ich versuchte damals, Ben davon abzuhalten, aus dem Raum zu laufen, aber er ließ sich nicht einfangen und rannte direkt zu seinem Vater. Wir hielten als Familie immer eng zusammen, aber während Streits entstanden manchmal zwei Lager: auf der einen Seite ich und David, auf der anderen Ben und Henry.

Dies war so ein Fall und Henry war nicht zu bremsen gewesen. Wenn er sich einmal etwas in den Kopf gesetzt hatte, konnte man mit ihm nicht mehr vernünftig reden. Und als Ben an diesem Tag seinen Bruder verpetzte, musste Henry David unbedingt bestrafen.

Ich atme tief ein, halte die Luft für ein paar Sekunden an und stoße sie dann langsam wieder aus. Während ich an meinem Tee nippe, halte ich die Augen wegen des Dampfs geschlossen. Ich muss mich ein wenig sortieren, ich kann es mir heute nicht leisten, mich in der Vergangenheit zu verlieren.

Das Haus ist gewiss nicht schmutzig, aber ich sollte doch mit Staubwedel und Staubsauger schnell einmal durchgehen und im Anschluss das beste Sonntagsessen aller Zeiten zubereiten. Weil heute nämlich der Tag ist, an dem wir Bens neue Freundin Amber kennenlernen werden.

Das Mädchen, das es irgendwie geschafft hat, meinem trauernden Sohn in Rekordzeit den Kopf zu verdrehen.

Ich hatte mir immer vorgestellt, dass Ben warten würde, bis die Jungs etwas größer sind, ehe er sich auf eine neue Beziehung einlässt. Er hat nie viel zu diesem Thema gesagt; ich habe das wohl einfach irgendwann automatisch angenommen, obgleich ich ihn auch des Öfteren ermuntere, an die Zukunft zu denken und sich im Leben noch einmal neu zu orientieren.

Nachdem Louise gestorben war, hat er immer wieder mit

Nachdruck betont: »Mum, die Jungs kommen bei mir an erster Stelle. Meine Arbeit mag wichtig sein, aber der Verlust von Lou hat für mich die Prioritäten völlig verändert, sodass ich meine Arbeit jetzt einfach nur noch als Job ansehe.«

Ben ist ein guter und effizienter Lehrer. Das haben auch die Kommentare der Schulaufsichtsbeamten bei ihrem kürzlichen Besuch in seiner Schule bestätigt. Er erscheint jeden Tag, macht seine Arbeit so gut, wie er kann, und geht dann am Ende des Monats mit seinem Gehaltsscheck nach Hause. Aber da ist kein großer Ehrgeiz mehr, kein Bemühen, im Beruf besondere Verantwortung zu übernehmen, keine Ambitionen mehr, den Posten eines zweiten Direktors anzustreben, wie früher einmal.

Er arbeitet seine Pflichtstunden ab, inklusive Unterrichtsvorbereitung und der Korrektur von Klassenarbeiten, und widmet den Rest seiner Zeit seinen Söhnen.

Ich bin so stolz, dass mein Sohn immer eine stille Würde an den Tag gelegt hat, obwohl seine gesamte Welt in Stücke fiel und er mit fast unerträglicher Trauer und einer traumatischen Erfahrung zurechtkommen musste.

Deshalb möchte ich wirklich nicht abschätzig oder kleinlich darüber urteilen, dass er jemanden kennengelernt hat.

Es hat mich einfach kalt erwischt. Mehr ist es nicht.

Um zwölf Uhr hole ich den Braten aus dem Ofen, damit er noch ruhen kann. Das Gemüse ist vorbereitet und liegt in kaltem Salzwasser, sodass ich später nur noch die Herdplatte einschalten muss. Das Haus ist gekehrt und gewienert.

Alles ist fast fertig. Die letzte halbe Stunde habe ich eingeplant, um mich für das erste Zusammentreffen ein wenig hübsch zu machen. Doch schon höre ich vor dem Haus das verräterische Geräusch von Kies, der unter Autoreifen knirscht.

»Sie sind da«, ruft Henry und erscheint in der Küchentür. »Ich weiß, sie sind ziemlich früh dran, aber schau nicht so erschrocken aus der Wäsche. Ich stell den Kessel auf und wärme schon mal die Teekanne vor, während du …« Er registriert, wie ich aussehe. »… während du dich noch schnell fertig machst.«

Ich flitze ins Vorderzimmer, stelle mich hinter den Vorhang und luge durch die Stores nach draußen. Ben steigt zuerst aus und geht ums Auto herum zur Beifahrerseite. Er öffnet die Tür und hält seine Hand einem großen, schlanken Mädchen mit kurz geschnittenem blondem Haar und glatter gebräunter Haut hin. Diese bisher im Verborgenen schlummernde Galanterie erstaunt mich. So was hat er bei Louise nie gemacht.

Eine Hitzewelle ergreift mein ohnehin schon gerötetes Gesicht. Ich kann gar nicht glauben, dass mir die Zeit so davongerannt ist. Normalerweise bin ich sehr gut organisiert, habe aber seit einiger Zeit des Öfteren festgestellt, dass ich nicht rechtzeitig fertig geworden bin und mich beeilen musste, pünktlich zur Arbeit zu kommen. Und jetzt finde ich mich in alten Leggings wieder, die an der Oberschenkelinnenseite Risse haben, und in einem übergroßen grauen T-Shirt, das ich aus dem Kleiderhaufen gerettet habe, den Henry nach dem letzten Schrankausmisten zum Wegwerfen bestimmt hatte.

Ich rase wieder in die Küche und ignoriere Henrys fragenden Blick. Während ich eilig das Fleisch abdecke, stoße ich an den Bräter, sodass mir heißes Fett auf die Haut spritzt. Ich schreie auf vor Schmerz, habe aber keine Zeit, meinen Arm unter kaltes Wasser zu halten, weil ich schon Stimmen in der Diele höre.

Jetzt ist es zu spät, die Situation zu retten. Ich habe mir fürs Schwelgen in Gedanken zu viel Zeit genommen, anstatt genau auf die Uhrzeit zu achten.

Ich kann nicht mal nach oben entwischen. Es wäre grenzenlos unhöflich, einfach kommentarlos an ihnen vorbeizulaufen.

»Judi? Kommst du und sagst Hallo?«, ruft Henry und ich höre eine leichte Ungeduld aus seiner Stimme.

Mein Herz klopft heftig und ich kann schon wieder spüren, wie sich Hitze in mir zusammenballt.

Jetzt muss ich den Tatsachen ins Auge blicken. Ich sehe fürchterlich aus und ich kann nichts daran ändern. Das wird Ambers erster Eindruck von der Mutter ihres neuen Freunds sein. So lächerlich es ist, ich habe das Gefühl, mir kommen gleich die Tränen.

»Bin gleich da«, rufe ich.

Ich halte meine Hände unter kaltes Wasser, klatsche mir damit ein paarmal in das überhitzte Gesicht und tupfe es mit einem Geschirrhandtuch trocken. Dann schlendere ich aus der Küche und versuche, so selbstsicher wie möglich zu wirken.

Im Flur geht es zu wie in einem Bienenstock. Henry lehnt mit der Zeitung in seiner herabhängenden Hand im Rahmen der Wohnzimmertür und beobachtet amüsiert, was da vor sich geht.

Ben und die plappernden Jungs bilden nahe der Haustür einen Pulk und ziehen sich ihre Schuhe und Jacken aus. Ich sehe eine Gestalt, die sich hinter Ben bewegt. Sie hängt einen silbergrauen Regenmantel an den Garderobenständer und beugt sich dann vornüber, um schlanke Beine in engen Jeans aus hohen Reißverschlussstiefeln zu befreien.

»Hallo«, sage ich strahlend.

Die Jungs kommen herangelaufen, mit monströs aussehenden Robotern in den Händen, ganz erpicht darauf, zu erklären, in was sich jede dieser Gestalten transformieren kann.

»Hi, Mum.« Ben runzelt leicht seine Stirn, als er bemerkt, wie derangiert ich aussehe. »Das ist Amber. Amber, darf ich dir meine Mutter vorstellen?«

Er tritt zur Seite und die junge Frau richtet sich auf, dreht sich um und sieht mich an.

Noch einmal bin ich überrascht, wie groß sie ist, beinahe so groß wie Ben und knabenhaft schlank. Sie trägt ihre aschblonden Haare in einem frechen Kurzhaarschnitt, mit eingefärbten Highlights in drei verschiedenen Farbtönen, was sicherlich nicht billig war.

»Hallo, ich heiße Judi.« Ich strecke ihr meine Hand entgegen. »Schön, dich kennenzulernen, Amber. Tut mir leid, dass ich so aussehe; irgendwie ist mir heute Vormittag die Zeit davongerast.«

Ihr kühler Blick schweift abfällig von meinen Füßen bis zu meinem Gesicht und den Haaren und wieder hinunter. Das passiert jedoch so schnell, dass ich mich einen Moment lang frage, ob ich es mir nur eingebildet habe.

»Ich freue mich auch, dich kennenzulernen, Judi.« Sie lächelt, aber ihre Augen bleiben dabei kalt. »Ben schwärmt mir jetzt schon seit Wochen von deinen legendären Sonntagsbraten vor.«

»Ach, Unsinn.« Ich lächle übers ganze Gesicht und winke ab. »Hör nicht auf ihn, Amber, er ist voreingenommen.«

»Mum tut nur bescheiden«, sagt Ben lachend. »Sonst gibt sie immer an, dass ihr Yorkshire-Pudding der beste von ganz Nottinghamshire ist.«

Ich schüttle tadelnd den Kopf und er weicht meiner scherzhaft gegen ihn erhobenen Hand aus.

»Würdest du mich kurz entschuldigen, Amber, nur für ein paar Minuten.« Ich fahre mir mit einer Hand durch das Haar. »Wie man sieht, muss ich mich noch ein wenig zurechtmachen.«

»Jetzt verschwinde doch nicht gleich wieder, Mum«, protestiert Ben. »Du siehst gut aus und Amber kann es kaum erwarten, dich kennenzulernen.«

Amber sieht ihn an und lächelt. Sie schiebt mit Bedacht ihre Hand in seine und wendet sich dann mit einem warmen Gesichtsausdruck wieder mir zu. Ich und meine albernen

Fantasien: Jetzt macht sie einen vollkommen freundlichen Eindruck auf mich.

Sie hat einen großen Mund mit vollen Lippen und mandelförmige graue Augen. Ihr Make-up ist makellos.

»Das dauert wirklich nur ein paar Minuten.« Ich habe plötzlich das starke Bedürfnis, mein schlampiges Erscheinungsbild in Ordnung zu bringen, und entferne mich einen Schritt.

»Nein, nein ... du kannst doch nicht einfach verschwinden, wo jetzt alle da sind, Liebling«, sagt Henry bestimmt. »Du siehst völlig in Ordnung aus. Dann lasst uns doch jetzt alle was trinken und etwas mehr über diese bezaubernde junge Dame herausfinden.«

Amber kichert kokett und dann gehen alle ins Wohnzimmer. Und plötzlich stehe ich da, ganz allein in der Diele.

ZEHN

JUDI

Als wir uns dann zum Mittagessen hinsetzen, habe ich vergessen, wie furchtbar ich aussehe. Mir ist heiß und ich bin müde und offen gestanden nicht im Geringsten hungrig.

Henry öffnet eine Flasche gekühlten Sauvignon Blanc, und nachdem sich alle gesetzt haben, mache ich mich daran, den Jungs Essen auf die Teller zu häufen.

»Aus Marlborough, meiner Lieblingsweinregion«, sagt Henry und schenkt Amber ein großes Glas voll ein. »Spritzig und aromatisch. Schau mal, ob er dir schmeckt, Amber.«

Amber schnuppert an ihrem Glas und nimmt anmutig einen kleinen Schluck. »Mmh, der ist wirklich wunderbar«, verkündet sie.

»Kommt aus Neuseeland«, erklärt Henry.

»Du scheinst ein echter Weinkenner zu sein.« Amber nimmt noch einen Schluck. »Ich selbst kenne mich gar nicht aus bei all den verschiedenen Sorten. Hoffentlich kann ich da etwas von dir lernen.«

»Das ist einfach Wissen, das ich mir über die Jahre so angeeignet habe.« Henry zuckt mit den Schultern, aber es ist nicht zu übersehen, dass er sich über das Kompliment freut.

Ich beobachte aus dem Augenwinkel, wie aufmerksam Ben Amber umsorgt. Ob sie noch ein bisschen hiervon mag oder lieber davon? Vielleicht noch ein Scheibchen Rinderbraten? Sogar Henry reicht die Terrinen mit dampfenden Kartoffeln und Gemüse an sie weiter, ehe er sich selbst nimmt. Das hatten wir noch nie.

Als die Jungs dann glücklich vor sich hin mampfen, nehme ich mir von allem etwas auf meinen Teller, aber nicht sehr viel. Keinem fällt es auf.

Schon bald blicken Amber und ich auf vier gesenkte Köpfe, die sich auf die Vernichtung des Essens auf den Tellern vor sich konzentrieren.

»Amber, magst du uns ein wenig von dir erzählen«, sage ich. »Bist du aus …«

»Bitte, Mum. Du willst doch jetzt nicht ernsthaft *diese* abgedroschene Frage stellen, oder?« Ben blickt grinsend auf, aber ich kann seinen warnenden Blick dahinter erkennen. »Wir sind hier doch nicht beim Vorstellungsgespräch.«

»Schon gut, Ben.« Amber greift nach einer Terrine mit Gemüse und nickt mir kurz zu. »Frag ruhig, Judi, bitte.«

»Ich wollte eigentlich nur fragen, wo du wohnst«, meine ich zögerlich. Ich zeige mich eigentlich nur Ben zuliebe entgegenkommend und interessiert. »Hier in der Nähe?«

»Ich lebe zurzeit in einem gemieteten Apartment, fast in der Stadtmitte«, antwortet Amber und versucht dabei, sich mit dem Vorlegelöffel von den in Butter glasierten Möhren zu nehmen.

»Und deine Familie?«, frage ich weiter. »Leben sie auch in Nottingham?«

Amber lässt die Möhrenstifte, die sie gerade auf dem Löffel hat, aufs Tischtuch fallen. »Oh! Das tut mir so leid. Wie ungeschickt von mir.«

»Das liegt an Mums Verhörtechnik«, meint Ben lachend. »Da würde ja jeder komplett die Nerven verlieren.«

»Das Tischtuch kann man waschen, keine Sorge«, sage ich und spieße mit der Gabel ein Brokkoliröschen auf. Ich würde meine Frage zu ihrer Familie gern noch einmal stellen, aber jetzt ist das irgendwie schwierig.

»Ben sagt, du arbeitest mit Kindern?«, frage ich stattdessen.

»Ja, das stimmt. Im Familienzentrum. Es ist an Bens Schule angeschlossen.« Sie tupft mit ihrer Serviette auf dem orangefarbenen Fettfleck herum. »Ich bin dort Leitende Fachkraft in der Erziehungshilfe.«

»Das ist ja mal eine ausgefallene Berufsbezeichnung«, merkt Henry mit vollem Mund an. »Was tut man denn so als *Leitende Fachkraft in der Erziehungshilfe?*«

»Nun, eine meiner Hauptaufgaben ist, benachteiligten Familien Zugang zu den für sie zuständigen Sozialdiensten zu ermöglichen«, antwortet Amber ruhig und nimmt einen Schluck von ihrem Wein. »Ein großer Teil meiner Arbeit besteht darin, Familien mit kleinen Kindern ganz praktische und emotionale Unterstützung zu gewähren. Das ist sehr bereichernd.«

»Verstehe«, erwidert Henry leicht verblüfft.

»Die Einrichtung ist wirklich wichtig für die Gemeinde«, sagt Ben und Amber sieht ihn dankbar an und drückt seine Hand.

»Bist du Lehrer, so wie Daddy«, will Noah wissen.

»Nicht mit vollem Mund sprechen, Großer«, mahnt Ben.

»Nein, ich bin keine Lehrerin, Noah.« Amber lächelt. Sie schiebt das Essen auf ihrem Teller hin und her, aber ich bin mir nicht sicher, ob irgendetwas davon schon zwischen ihren glossglänzenden Lippen verschwunden ist.

»Granny sagt, in der Schule sind nur die Lehrer wirklich wichtig«, verkündet Noah und schaufelt sich einen Haufen des cremigen Kartoffelpürees auf die Gabel. »Weil man nämlich auf die Uni gehen muss, um Lehrer zu werden, aber die anderen Arbeiten kann jeder machen.«

»Noah, ich glaube wirklich nicht, dass ich etwas in der Art gesagt habe«, stottere ich und versuche, meine Verlegenheit mit einem Lachen zu überspielen. »Die Arbeit aller Leute in der Schule ist wichtig.«

»Aber Granny, du hast doch ...«

»Nun, ich muss zugeben, dass ich nicht auf der Uni war. Das ergibt dann wohl einen Minuspunkt für mich«, unterbricht Amber ihn.

Für ein, zwei Augenblicke hängt peinliches Schweigen in der Luft.

Dann lacht Amber. Und Ben und Henry fallen mit ein.

»Manchmal gerät in diesen kleinen Köpfen doch einiges durcheinander.« Ich lache ebenfalls und bin erleichtert. Immer noch mit einem Lächeln im Gesicht greife ich nach meinem Weinglas und blicke zu Amber hinüber.

Sie lacht inzwischen nicht mehr, sondern blinzelt kurz und hält meinem Blick so lange stand, bis ich wegsehe.

Als der Tisch abgeräumt ist und wir ins Wohnzimmer hinübergehen, fühlt sich alles etwas entspannter an.

»Will irgendwer Tee oder Kaffee?«, biete ich an.

Henry wünscht sich einen Kaffee. Amber hingegen bekommt noch ein Glas Wein von Ben eingeschenkt. Ihr drittes, denke ich mir.

»Entschuldigt mich. Wo ist denn bitte die Toilette?« Amber steht auf.

Ben zeigt ihr den Weg nach oben und kommt auf dem Rückweg in die Küche, wo ich gerade Wasser aufgesetzt habe.

»Und, was sagst du?«, flüstert er.

»Sie wirkt sehr nett«, antworte ich und löffle gemahlenen Kaffee in die French Press. »Ich hoffe nur, dass es ihr geschmeckt hat.« Amber hat kein einziges Wort über das Essen verloren. Ich habe sie eine ganze Weile darin herumstochern sehen, bin mir aber nicht sicher, ob sie tatsächlich etwas davon zu sich genommen hat.

»Es stresst sie ziemlich, über ihre Familie zu sprechen.« Ben späht nervös zur Tür. »Das ist nämlich eine echte Tragödie ... ihre Eltern und ihre Schwester sind bei einem Autounfall ums Leben gekommen. Amber war bei einer Nachbarin geblieben. Schreckliche Geschichte.«

»Oh nein, tut mir leid, das zu hören«, erwidere ich und gieße kochendes Wasser über das Kaffeepulver. »Das ist ja wirklich schrecklich. Ich hoffe, ich habe das arme Mädchen nicht zu sehr aufgeregt. Ich wollte ja nur Konversation machen, Schatz. Du hättest mich vorwarnen müssen, dass es Themen gibt, die ich besser nicht anschneiden sollte.«

»Ja, ich weiß. Aber sie gefällt dir, oder?«

Ich betrachte ihn einen Augenblick. Sein Gesicht ist so offen und hoffnungsfroh. Was würde er tun, frage ich mich, wenn ich ihm sage, dass ich nicht sonderlich beeindruckt von Amber bin? Würde das für ihn einen Unterschied machen? Es wirkt so, als wäre er wirklich hin und weg von ihr.

»Sie wirkt ganz reizend«, sage ich und er antwortet mit einem Lächeln.

ELF

JUDI

Ich stelle Tassen, Untertassen und die French Press auf ein Tablett. Ich gieße Kaffeesahne in das Kännchen aus Royal-Albert-Porzellan, das meiner Mutter gehörte, und arrangiere Pfefferminzkonfekt auf einem Teller. Dann trage ich alles ins Wohnzimmer.

Als ich die Diele betrete, kommt Amber gerade die letzten Treppenstufen herunter. Sie scheint eine ganze Weile oben gewesen zu sein; ich hatte eigentlich gedacht, sie wäre schon seit geraumer Zeit wieder bei den anderen.

»Das ist ja ein sehr hübsches Haus, das ihr hier habt«, sagt sie und lässt mich mit dem Tablett passieren. »Und eine Menge Platz.«

»Ja, das ist wohl wahr«, entgegne ich, weil ich mich nicht zu großspurig anhören will. »Man gewöhnt sich aber natürlich schnell daran. Manchmal, wenn Ben und die Jungs hier sind, hab ich das Gefühl, wir bräuchten noch etwas Größeres.« Ich lache verschwörerisch.

»Na ja«, meint Amber, »in Zukunft, wenn ihr hier nur noch zu zweit seid, müsst ihr wohl aufpassen, dass ihr nicht verloren geht.«

Welch sonderbare Bemerkung, denke ich und sage nichts darauf. Wir gehen beide ins Wohnzimmer.

Noah und Josh stürzen sich auf die in Folie verpackten Schokolädchen, kaum dass ich das Tablett auf dem Couchtisch abgestellt habe.

»Nicht mehr als zwei für jeden, sonst reichen sie nicht für alle.« Ich zwinkere ihnen zu und sie grinsen, weil sie schon wissen, dass sie immer viel mehr davon bekommen.

Ich überlasse es Henry, den Kaffee zu servieren, und gehe schnell hinauf ins Badezimmer. Aber als ich oben an der Treppe ankomme, bleibe ich wie angewurzelt stehen. Davids Zimmertür ist nur angelehnt.

Mir ist es immer sehr wichtig, dass sie geschlossen bleibt, da dieser Raum für mich ein heiliger Ort ist. Getrennt vom Rest des Hauses und wie konserviert.

Henry betritt das Zimmer aus Prinzip nie, und wenn Ben es zu seltenen Gelegenheiten einmal tut, fragt er mich immer zuerst, ob es mir recht ist.

Im Laufe des Vormittags bin ich hier mehrere Male vorbeigegangen und weiß mit fast hundertprozentiger Sicherheit, dass die Tür geschlossen war.

Die einzige Person, die seither allein hier oben war, ist Amber.

Ich gehe leise den Flur entlang und schiebe die Tür noch ein wenig weiter auf. Dann betrete ich das Zimmer und sehe mich kurz um. Alles scheint so zu sein, wie es war, aber trotzdem meldet sich ein ungutes Gefühl in meinem Magen.

Gerne hätte ich ein Schloss an der Tür, damit das Zimmer mein privates Refugium bleibt. Aber wenn ich Henry bitten würde, eines anzubringen, würde er mich entweder auslachen oder wütend werden, weil ich das Zimmer immer noch wie einen Schrein behandle – das weiß ich genau.

Ich verlasse das Zimmer wieder und ziehe die Tür zu, bis es Klack macht. Ich hasse den Gedanken, dass die Hand von jemand Fremdem Davids Türklinke berührt hat, sei es nun Bens neue Freundin oder sonst wer.

Wie unsagbar unhöflich von ihr, hier ohne Erlaubnis herumzuspionieren.

Als ich wieder unten erscheine, blicke ich zu Amber hinüber. *Hast du dich oben umgesehen?* ist nichts, was ich sie einfach unverblümt fragen könnte. Sie erwidert meinen Blick direkt, lächelt dabei aber nicht; sie streicht sich lediglich mit ihrer manikürten Hand lässig durch das kurz geschnittene Haar.

Im Raum ist es sonderbar still und auf einmal kommt Ben mit der Rolle Küchenpapier angelaufen.

»Es tut mir so leid, Judi«, platzt Amber heraus, die seit Bens Erscheinen wie ausgewechselt und plötzlich ganz aufgelöst wirkt. »Ich weiß nicht, wie ich mich so ungeschickt anstellen konnte.«

Ben reißt einen langen Streifen Küchenpapier ab und tupft damit auf dem Holzboden herum. Ich komme näher und spähe über den Couchtisch. Das Porzellankännchen meiner Mutter liegt in zwei Bruchstücken auf dem Boden, in einer Pfütze aus Sahne.

»Oh nein!« Meine Hand fliegt zu meinem Mund.

»Es tut mir so leid. Ben war gerade dabei, mir zu erzählen, wie lieb dir das Kännchen ist, und …« Ihre Stimme versagt und Ben legt ihr die Hand auf den Arm – ausgerechnet *ihr*! -, als wolle er ihr beistehen. »Ich hab es genommen, um es mir genauer anzusehen, und es ist mir einfach aus der Hand gerutscht. Ich werde versuchen, dir als Ersatz ein anderes Kännchen zu besorgen, versprochen.«

Lass es. Es wäre nicht dasselbe. Ich muss mich schwer zusammennehmen, um meinen schwelenden Groll nicht lauthals herauszuschreien. *Genau dieses Kännchen gehörte nun mal meiner Mutter.*

»Nun, ich glaube, es ist halb so schlimm. Sieht wenigstens

nach einer sauberen Bruchkante aus.« Henry hält die beiden Scherben in die Luft. »Ich werde morgen mal versuchen, das wieder zusammenzukleben.« Es klingt so, als wolle er der ganzen Sache damit ein Ende setzen.

Ich antworte nicht. Ich habe das Gefühl, als würden sich Insekten unter meiner Haut entlanggraben, meine Arme hinunter und bis in die Finger. Ich fröstle, obwohl der Raum warm ist, und umfasse meine Oberarme.

»Setz dich hin, Mum«, sagt Ben freundlich, als er mit dem Aufwischen der Sahne fertig ist. Ich blicke nach unten und sehe, dass ein großer Bereich des gebohnerten Holzbodens jetzt matt und verschmiert aussieht, und obwohl er sich größte Mühe gegeben hat, ist die Sahne in die Fugen zwischen den Dielenbrettern gesickert, wo man sie nie mehr herausbekommen wird. »Mum?«

Ich blinzle und bemerke, dass mich alle, einschließlich der beiden Jungs, etwas besorgt ansehen. Ben stupst Noah an, der zu mir kommt und mich sanft an der Hand zieht, bis ich mich hinsetze.

Amber starrt auf ihre verschränkten Hände. Sie wirkt aufrichtig bekümmert.

Ben reicht mir eine Tasse starken Kaffee und ich nehme einen Schluck und frage mich, wie ich mich gefühlt hätte, wenn mir beim ersten Zusammentreffen etwas kaputtgegangen wäre, was von großem ideellen Wert für Henrys Mutter war. Ich komme zu dem Schluss, dass ich wohl gehofft hätte, sie würde mir Wohlwollen entgegenbringen und mir das Missgeschick nicht allzu übel nehmen.

»Es tut mir leid, Judi«, sagt Amber noch einmal mit leiser Stimme und ich hebe den Blick und sehe ihr in die Augen.

»Entschuldigung angenommen«, antworte ich und lächle sie an.

Henry zwinkert mir zu und Bens Gesicht hellt sich wieder auf, während er mir einen dankbaren Blick zuwirft.

Es ist, als ob alle aus ihrer Starre erwachen und kollektiv erleichtert ausatmen würden, und somit die Sache erledigt wäre.

»Du hast erwähnt, dass du in einem Mietapartement wohnst«, sagt Henry zu Amber und sie bricht den Augenkontakt zu mir ab und wendet sich ihm zu. »Das hätte ich mir nie vorstellen können. Da muss man sich ja eingepfercht fühlen wie in einer Legebatterie, so ganz ohne Garten.«

»Dad!« Ben verdreht die Augen.

»Ich kann verstehen, dass sich das für manche Menschen so anfühlen mag, aber ich lebe wirklich gern in einer Mietwohnung.« Amber lächelt und nimmt noch einen kräftigen Schluck Wein. »Man hat kaum Reparaturen, um die man sich kümmern muss, und ich fühle mich weit sicherer, als wenn ich allein in einem Haus leben würde. Ich habe ein oder zwei Pflanztöpfe auf dem Balkon, also quasi einen Minigarten, bin aber bisher nicht dazugekommen, mich groß als Gärtnerin hervorzutun.«

»Wo hast du denn davor gewohnt?«, frage ich sie.

»Ach, auch in einem Apartment in einem anderen Stadtteil.«

»Erzähl ihnen, was du angestellt hast. Als du aus der letzten Wohnung ausgezogen bist.« Ben grinst.

»Nein, Ben!« Ihre Wangen werden ganz rot. »Musst du das jetzt unbedingt zur Sprache bringen?«

»Komm schon.« Er bricht in Gelächter aus. »Das ist einfach zu komisch, sie werden die Geschichte lieben.«

»Wir sind ganz Ohr.« Ich schenke noch einmal Kaffee nach und registriere, dass Ambers Weinglas schon wieder fast leer ist. Aber eigentlich sollte ich mich darüber freuen, dass sie so kurz nach dem Kännchendrama schon wieder ganz entspannt sein kann.

»Nun … der Vermieter meiner letzten Wohnung war ein absolutes Schwein«, beginnt sie zu erzählen. Ihre Sätze hören sich jetzt ganz leicht verschwommen an. »Und wenn ich sage, er war ein Schwein, dann meine ich *wirklich* Schwein. Er ist immer wieder in meine Wohnung gekommen, unter dem Vorwand, dass er die Zähler kontrollieren muss, und dann hat er mich im Vorbeigehen ›versehentlich‹ berührt. Ihr kennt solche Typen bestimmt, oder? Auf jeden Fall ist das wieder und wieder passiert.«

Henry hebt eine Braue und ich sehe zu Noah und Josh hinüber, die glücklicherweise ganz versunken das Geschicklichkeitsspiel Buckaroo spielen und von der für sie recht ungeeigneten Unterhaltung nichts mitbekommen.

»Um es kurz zu machen: Als ich endlich all meinen Mut zusammengenommen und ihm mal gründlich Bescheid gesagt hatte, hat er mir gekündigt und wollte, dass ich innerhalb von sechs Tagen ausziehe. Er hat behauptet, er wolle die Wohnung verkaufen und mich nicht dahaben, wenn potenzielle Käufer kämen, um sie sich anzusehen.«

»Das geht gar nicht.« Henry schüttelt den Kopf. »Der hört sich ja reichlich unsympathisch an.«

»Nun komm schon zum interessanten Teil«, drängt Ben mit einem Strahlen im Gesicht und stupst Amber an.

»Das ist so peinlich.« Sie vergräbt ihr Gesicht an seiner Schulter.

»Glaubt mir, das ist wirklich genial«, meint Ben zu uns.

Amber schaut wieder auf. »Natürlich musste ich mich irgendwie revanchieren. Als ich nach dem Zusammenpacken auf die Umzugsfirma wartete, hab ich in der ganzen Wohnung frische Shrimps versteckt.«

»Shrimps?«, wiederhole ich erstaunt.

»Hast du schon mal verdorbene Shrimps gerochen, Judi? Ich habe sie unter die Teppichränder geschoben und in die Falten der Raffrollos. Dann hab ich noch ein paar Löcher in die Kissen gebohrt und sie in die Schaumstofffüllung gedrückt.«

»Sie hat sogar welche in die Lüftungsschlitze gesteckt.« Ben lacht und schlägt sich aufs Knie. »Einfach genial!«

»Ich wette, dieser perverse Alte versucht noch immer herauszubekommen, woher der Gestank stammt.« Grinsend leert Amber ihr Glas.

»Du meine Güte«, sage ich kaum hörbar.

»Nun ja!« Henry bringt ein amüsiertes Glucksen zustande, aber ich kann sehen, dass er doch ziemlich geschockt ist. »Da hast du ja einen wirklich kreativen Weg gefunden, dich zu rächen, liebste Amber.«

»Ich habe dir ja gesagt, dass es ihnen gefallen wird«, sagt Ben zu Amber und drückt mit der Hand ihren Oberschenkel. »Super Geschichte, oder Mum?«

Beide sehen mich amüsiert an.

»In der Tat«, entgegne ich und nehme einen Schluck von meinem Kaffee, der in Nullkommanichts abgekühlt ist. »Bitte erinnere mich notfalls daran, dass ich es mir mit dir lieber nicht verderben sollte, Amber.«

Sie wirft ihren hübschen Kopf in den Nacken und lacht und alle fallen mit ein.

ZWÖLF

JUDI

»Naaa?«, meint Maura bei der Arbeit am nächsten Morgen. »Wie lief's denn?«

Sie stellt vorsichtig einen Becher Kaffee vor mir auf die Praxistheke ab.

»Gut«, sage ich ungerührt, nehme einen kleinen Schluck Kaffee und verziehe das Gesicht, weil ich mir an dem brühendheißen Kaffee den Mund verbrenne. »Es war gut.«

»Nein, nein, glaub bloß keine Sekunde lang, dass du damit durchkommst.« Maura grinst und platziert ihr schmales Hinterteil auf der Thekenkante. Sie hat in letzter Zeit etwas an Gewicht verloren, was ihr gut steht. »Jetzt sag schon, wie lief es wirklich?«

»Es war ... okay.« Ich seufze und atme den unwiderstehlichen Duft des Kaffees ein. »Sie wirkt eigentlich ganz nett, während ich wahrscheinlich einfach zu einer zynischen alten Schrulle geworden bin.«

Maura muss lachen. »Hey, ich will nichts von alter Schrulle hören; mit neunundvierzig bin ich auch nur sechs Jahre jünger als du. Du magst sie also nicht, hab ich recht?«

»Nein! Also ich meine, doch, ich mag sie. Sie wirkt nett. Ehrlich.«

»Judi.« Maura senkt ihr Kinn und mustert mich von oben wie eine Lehrerin in der Schule. »Wie lange sind wir jetzt schon Freundinnen?«

»Du meine Güte, das weiß ich nicht. Zwanzig Jahre – oder länger?«

Ich habe Maura kennengelernt, als David auf die Gesamtschule kam. Dort war sie damals Schulsekretärin. Ich bot an, beim Weihnachtsbazar mitzuhelfen, den sie organisierte, und wir freundeten uns an. Jahre später, als sie Praxismanagerin in der örtlichen Allgemeinarztpraxis wurde, ermutigte sie mich, mich für die Position der Verwaltungsassistentin zu bewerben.

»Ich würde sagen, wir kennen uns schon mindestens fünfundzwanzig Jahre. Ich kann also beurteilen, ob du das, was du sagst, auch wirklich meinst. Verstanden?«

»Ja.« Ich grinse sie betreten an.

»Also gut«, sagt sie seufzend. »Noch mal von vorn. Du magst sie nicht?«

»Sie wirkte eigentlich nett, aber ... Ich weiß nicht, *irgendwas* war da.«

»Wie irgendwas ...?«

»Sie tritt sehr selbstsicher auf«, antworte ich, weil ich mit etwas Positivem beginnen möchte. »Und sie hat es geschafft, dass Ben und Henry ihr von Anfang an aus der Hand gefressen haben.«

Maura nimmt ihren Kaffeebecher und wartet.

»Aber sie hat mein kleines Royal-Albert-Kännchen zerbrochen, das meine Mutter sehr gern mochte.« Ich erkläre Maura, was passiert ist.

»Wie schrecklich«, meint sie mitfühlend. »Das ist ja jammerschade. Ich nehme mal an, das arme Mädchen war völlig am Boden zerstört.«

»Nun, das ist es ja gerade, das war sie eigentlich nicht.

Zumindest nicht allzu sehr«, schildere ich. »Anfänglich hat sie sich schon zerknirscht gegeben, aber dann sah es so aus, als hätte sie es gleich wieder vergessen.«

»Das war wahrscheinlich einfach nur aus Verlegenheit«, meint Maura mit einem Achselzucken. »Wahrscheinlich wollte sie die peinliche Angelegenheit möglichst schnell hinter sich lassen und hat sie deswegen einfach rasch aus ihren Gedanken verbannt.«

Ich bin leicht pikiert, dass Mauras Sympathien offensichtlich bei Amber liegen. Deswegen erzähle ich ihr noch die Geschichte von dem Vermieter.

»Nun, wenigstens hat sie kein Kaninchen in den Kochtopf gesteckt«, kommentiert Maura und muss lachen, bis sie mein Gesicht sieht. »Ach, komm schon, Judi. Du musst schon zugeben, dass das Mädchen Fantasie hat. Es klingt auch so, als hätte der Vermieter durchaus einen Dämpfer nötig gehabt.«

»Ja, das stimmt sicherlich, aber die Jungs haben zugehört und sie hatte uns ja gerade erst kennengelernt. Dafür war sie mir ein bisschen zu vorlaut und ich fand das alles ehrlich gesagt ein wenig sonderbar.«

Maura zuckt die Schultern und trinkt ihren Kaffee. »Versteht sie sich denn gut mit den Jungs?«

Verdutzt denke ich einen Moment nach. »Weißt du, es wirkte eigentlich so, als würde sie sie gar nicht groß zur Kenntnis nehmen.«

»Sie tut wahrscheinlich nur ein bisschen unbeteiligt«, vermutet Maura. »Wollte beim ersten Kennenlernen vielleicht nicht gleich zu anmaßend rüberkommen. Ich würde sagen, das ist nicht schlecht.«

»Hm, vielleicht.«

Es ist mir bis jetzt gar nicht aufgefallen, aber ich kann mich nur an einziges Mal erinnern, dass Amber mit Noah gesprochen hat, nämlich als es um meine fatale Bemerkung über die verschiedenen Berufe an Schulen ging, die ich jetzt lieber nicht mit Maura teilen möchte. Ich meine auch, dass Amber in der ganzen Zeit bei uns nicht ein einziges Mal mit Josh gesprochen hat.

»Und wie wirken Amber und Ben so miteinander?«

»Oh, es scheint so, als wäre er ihr wirklich verfallen«, antworte ich lächelnd. »Er hat sich bis jetzt nie besonders als Kavalier hervorgetan, aber gestern hat er sich vor Charme fast überschlagen.«

Als sie sich gegen vier Uhr nachmittags verabschiedeten, habe ich bemerkt, wie Ben Amber in den Mantel half und die Autotür für sie öffnete.

»Ich möchte ja nicht übertrieben kritisch sein, aber sie hat sich auch gar nicht bei uns bedankt. Ich erinnere mich, als ich Henrys Eltern kennenlernte, hab ich mir nichts sehnlicher gewünscht, als dass sie mich mögen. Ich habe mich angestrengt, immer das Richtige zu sagen, und beim Abräumen geholfen und mich x-mal bei seiner Mutter für das köstliche Essen bedankt, das sie gekocht hatte. Aber Amber meinte beim Gehen nur ›War nett, euch kennengelernt zu haben‹ und das war es dann auch schon.«

»Ich würde mir das nicht zu sehr zu Herzen nehmen«, sagt Maura. Sie stellt sich wieder hin und streicht ein paar Falten in ihrem Rock glatt. »Die jungen Leute von heute sind so anders. Viel selbstbewusster, als wir es jemals waren, und fest davon überzeugt, dass ihnen im Leben immer nur das Beste zusteht. Vielleicht ist das ja gar nicht so schlecht.«

Ich nicke zustimmend und sie berührt sanft meinen Arm.

»Ben muss jetzt nicht mehr beschützt werden, klar, Judi? Er kommt schon zurecht. Vielleicht solltest du dem Mädchen eine Chance geben.«

Mir steigen fast die Tränen in die Augen. Maura ist eine gute Freundin für mich gewesen, besonders nachdem David gestorben war. Sie weiß, was ich durchgemacht habe und wie es mir jetzt noch immer zusetzt ... auf ewig zusetzen wird.

»Ich weiß«, flüstere ich und drücke ihr die Hand. »Übrigens, du siehst ganz entzückend aus.«

Sie trägt neuerdings etwas Make-up bei der Arbeit. Nichts Überwältigendes, nur einen Hauch Wimperntusche und einen hübschen Lippenstift. Das verleiht ihr ein gewisses Strahlen.

»Erstaunlich, was ein bisschen Lippenstift ausmachen kann.« Sie lächelt mich breit an und tätschelt mir die Hand, bevor sie durch den Empfangsbereich geht, um die Eingangstür etwas früher als üblich für die ersten Patienten zu öffnen, die bereits jetzt draußen im Nieselregen warten.

Maura hat recht. Junge Frauen sind heute viel selbstsicherer. Ben hat eine gute Menschenkenntnis und scheint von Amber total angetan zu sein. Ich bin mir sicher, dass sie ein rundum liebenswerter Mensch ist.

Ich beschließe im Stillen, dass mir meine alten Unsicherheiten nicht dabei in die Quere kommen werden, sie wirklich kennenzulernen.

DREIZEHN

JUDI

Die Vormittagssprechstunde läuft schon seit einer Stunde, als ich höre, wie Maura scharf einatmet.

»Oh, oh, Fiona Bonser ist da. Die fehlt uns gerade noch«, murmelt sie und blättert auf einmal fieberhaft die Patientenverschreibungen durch. »Diesmal bist du dran, tut mir leid, Judi.«

Ich beobachte, wie sich eine ärmlich aussehende Frau Anfang zwanzig mit einem Baby im Kinderwagen und ihren zwei älteren Kindern im Schlepptau durch die automatische Tür müht. An den Schiebegriffen des Buggys baumeln mehrere Aldi-Einkaufstüten und der Drahtkorb unterhalb des Sitzes ist randvoll mit Softdrink-Flaschen.

Fionas übermäßig gebleichtes gelbliches Haar hängt kümmerlich herab, verfilzt wie Zuckerwatte und feucht vom schlechten Wetter draußen. Sie hat ein kleines, zartes Gesicht unter auffällig schwarz nachgezogenen Brauen, die ihr wie Nacktschnecken über den Augen sitzen. Schwerer dunkler Lidschatten umrahmt ihre ansonsten sehr hübschen grünen Augen.

Obwohl sie eine Make-up-Schicht und einen grellen Lippenstift aufgetragen hat, sind die Aknenarben von früher unübersehbar, die sich tief in ihre blasse Gesichtshaut eingegraben haben.

Bei jedem Wetter trägt sie denselben kurzen Rock, der nackte Beine mit fleckiger Haut sehen lässt. Ihre Füße stecken in hochhackigen Pumps, die mich eigenartigerweise immer an Minnie Mouse denken lassen. Obwohl ihre drei Kinder oft verwahrlost und zerzaust wirken, habe ich sie bei kälterem Wetter noch nie ohne Mäntel und Hosen gesehen.

»Mach das noch mal und du fängst eine«, faucht sie, während sie und die Kinder in den Empfangsbereich drängen. Der ältere Junge – Harrison, wenn ich mich richtig erinnere – weicht ängstlich vor der erhobenen Hand seiner Mutter zurück.

Sie schaut plötzlich auf und sieht meine Augen auf sich gerichtet. Sie zögert. Einen Moment lang denke ich, dass sie umdrehen und wieder hinausgehen wird. Aber vielleicht ist das auch nur Wunschdenken, denn sie tut es natürlich nicht, sondern kommt weiter auf uns zu.

»Guten Morgen, Fiona«, begrüße ich sie fröhlich, als sie auf die geschwungene Empfangstheke zugeht. »Wie geht es Ihnen heute?«

»Ich muss zum Doktor«, murmelt sie und weicht meinem Blick aus.

»Haben Sie einen Termin?«

Jetzt starrt sie mich an und ich wappne mich vor einem ihrer unausweichlichen Ausbrüche, die wir hier in der Praxis schon etliche Male erlebt haben.

»Nein, ich hab keinen Termin. Kann ich mich hinsetzen und warten?« Ihr vernünftiger Ton lässt Maura erstaunt aufblicken.

Ich mustere die Ansammlung von Patienten, die sich heute Vormittag in der Praxis eingefunden haben. Die meisten von ihnen sind allein und ziemlich alt oder aber sie sind sehr jung und haben selbst Kleinkinder dabei. Woche für Woche sehen wir zum großen Teil immer wieder dieselben Gesichter.

Selbstverständlich bringen sie unserem Gespräch höchstes Interesse entgegen. Fionas Ruf eilt ihr in dieser kleinen und oft sehr unnachsichtigen Patientengemeinschaft voraus.

Deshalb muss ich vorsichtig sein, was ich sage. Wenn die Leute bemerken, dass wir jemandem eine Vorzugsbehandlung zukommen lassen, wird es hier einen Aufruhr geben. Die Ungerechtigkeit wird sich wie ein Lauffeuer in den Wohnsiedlungen rundum verbreiten.

»Ich kann Ihnen einen Termin zu Anfang der nächsten Woche einrichten«, sage ich und scrolle am Bildschirm nach unten. Mein Herz sinkt, als ich sehe, dass die Termine unserer drei Allgemeinärzte bereits mehr als ausgebucht sind. »Außer natürlich, es handelt sich um einen Notfall.«

Fiona reckt ihr Kinn in Richtung ihres Nachwuchses. »Glauben Sie im Ernst, ich scheuche diesen Haufen Kinder hier aus der Wohnung und latsche den ganzen Weg bis hierher, wenn es kein Notfall ist?«, schnauzt sie mich an.

Ich beobachte, wie Harrison hinterlistig seinem kleinen Babybruder ein abgelutschtes Fruchtkaubonbon aus der Hand wegschnappt. Es folgt ein Aufheulen, das durch die ganze Praxis tönt. Die Wartenden schütteln den Kopf und sehen sich augenrollend an.

Fiona greift in ihre Tasche und gibt dem Baby wortlos ein weiteres Kaubonbon. Das Heulen verstummt.

»Nein, ich glaube nicht, dass Sie das tun würden«, antworte ich.

»Wir haben Montagvormittag keine offene Sprechstunde, Fiona«, greift Maura ein. »Und das wissen Sie auch ganz genau.«

»Ja, aber *Sie* wissen nicht, was mit mir los ist, oder? Mischen Sie sich nicht ein, Sie alte ...«

»Vorsicht«, mahnt Maura. »Andernfalls muss ich Sie bitten zu gehen. Wieder einmal.«

Fiona presst die Lippen aufeinander, lehnt sich an die Theke und zuckt dabei leicht zusammen.

Ich blicke zu ihrem ältesten Kind, Kylie, einem mageren stillen Mädchen von acht Jahren, das seiner Mutter wie aus dem Gesicht geschnitten ist und offensichtlich immer auf seine Füße starrt. Der fünfjährige Harrison steht da und kaut auf seiner gestohlenen Süßigkeit herum, während er mich mit Fionas Augen fixiert. Mir kommt der Gedanke, dass die beiden um Viertel vor zehn an einem Montagvormittag bestimmt in der Schule sein sollten.

»Heute ist Lehrerfortbildungstag, falls Sie sich wundern.« Als könnte sie meine Gedanken lesen, lächelt Fiona mich sarkastisch an. »Kann ich also jetzt heute Vormittag noch zu einem Doktor, oder was?«

»Mach einen Termin aus, wie wir anderen es auch tun müssen«, ruft ein schwabbeliger und ziemlich unsympathischer Typ, der gefühlt ständig in der Praxis sitzt.

»Halt's Maul, Fettsack«, sagt Fiona schnell über ihre Schulter, ohne ihn anzusehen.

Das ist natürlich ganz und gar unangemessen, aber ich muss mir doch ein Lachen verkneifen.

»Passen Sie auf, was Sie sagen, Fiona.« Maura runzelt die Stirn. Dann sagt sie mit gesenkter Stimme: »Sie können ausnahmsweise hierbleiben und sich hinsetzen, aber bitten Sie nie wieder um eine Sonderbehandlung.«

Fiona nickt ein einziges Mal, sieht mich verächtlich an und lässt sich unauffällig in der ersten Sitzreihe des Wartebereichs nieder, während sich ihre Kinder wie hungrige Vogeljunge um sie scharen.

VIERZEHN

AMBER

Amber saß in ihrer winzigen Wohnung, in den Händen einen Becher mit lauwarmem Kaffee, und lauschte den wummernden Bässen und polternden Schritten, die aus dem Apartment über ihr durch die Decke drangen.

Seitdem sie – ungefähr ein halbes Jahr zuvor – hier eingezogen war, hatte sie alles Mögliche versucht, um diese rücksichtslosen Mistkerle dazu zu bringen, leiser zu sein. Sie hatte ihnen einen Zettel unter dem Türschlitz durchgeschoben. Irgendwann hatte sie höflich bei ihnen angeklopft und sie gebeten, die Lautstärke etwas herunterzudrehen. Der Typ hatte jedoch nur dagestanden und durch sie hindurchgesehen, als würde sie eine andere Sprache sprechen. Mit den leeren Augen eines Zombies hatte er vor sich hin gestarrt, während die Bässe seinen Körper durchzuckten wie Stromschläge.

Sie wusste nicht genau, wer dort oben eigentlich der Hauptmieter war, da ein ganzer Haufen abgerissener Gestalten dort ein und aus gingen, allesamt bis auf die Knochen abgemagert und zugedröhnt. Es war ein ständiges Kommen und Gehen, und das so gut wie rund um die Uhr.

Ambers Wohnung befand sich in einer frei stehenden, dreistöckigen Villa aus der viktorianischen Zeit, die früher einmal ein prächtiges Wohnhaus gewesen sein musste, innerhalb der vergangenen Jahre jedoch in sechs winzige Apartments umgewandelt worden war. Das Budget für den Umbau musste äußerst mager gewesen sein, denn die Holzböden waren noch immer unverändert erhalten und es gab keinerlei Schalldämmung, sodass man die Dielen knarren und die Bässe dröhnen hörte.

Amber hatte eine E-Mail an die Immobilienfirma geschickt, die für die Gebäudeverwaltung verantwortlich war, und die Sache vor ein paar Wochen, als sie wieder einmal besonders genervt war, sogar der Beschwerdestelle für antisoziales Verhalten bei der Gemeinde gemeldet. Natürlich hatte sie beide Male keine Antwort erhalten, sodass sich nichts an der Situation geändert hatte.

Letztlich aber war es müßig, sich überhaupt noch aufzuregen. Wenn alles nach Plan lief – und es sah selbst jetzt, wo alles erst losgegangen war, ganz danach aus –, würde sie nicht mehr lange in dieser Drecksbude wohnen und den Junkies über ihr ausgeliefert sein.

Die Wohnung befand sich am Rand von Forest Fields, einem Viertel, das gewiss nicht als begehrtestes Pflaster in Nottingham galt. Amber hatte sie über eine Immobilienplattform gefunden und gemietet, weil sie eine der günstigsten in Innenstadtnähe war, die sie finden konnte. Bis zum Old Market Square waren es nur acht Minuten mit der Straßenbahn und gleich neben dem Haus verlief die Park-and-Ride-Buslinie. Diese Pluspunkte waren der Grund dafür, dass Amber fast fünfhundert Pfund im Monat für ein ödes Wohnklo mit Kochnische berappen musste.

Es war nicht leicht, über die Runden zu kommen und von dem mageren Gehalt, das sie vom Familienzentrum erhielt, alle Ausgaben zu bestreiten. Die Miete beglich sie mithilfe des bescheidenen Betrags, den sie durch den Verkauf des Hauses ihrer Mutter, eines kleinen Reihenhauses mit Steinfassade, erzielt hatte, der jedoch rapide schwand.

Der Anwalt hatte ihr vor acht Monaten erklärt, dass der Großteil des Vermögens von den Schulden verschlungen wurde, die ihre Mutter angehäuft hatte – Schulden, von denen Amber nichts geahnt und erst dann erfahren hatte, als für ihre Mutter der Moment gekommen war, ihr Haus zu verkaufen und ins Pflegeheim zu ziehen.

Für Amber war das ein weiterer Grund, unbeirrbar an ihrem Plan festzuhalten und so schnell wie möglich von hier zu verschwinden.

Sie rutschte auf dem schmalen, mit Brandlöchern übersäten Zweisitzer hin und her und zog ihren kurzen Rock nach unten, damit ihre Schenkel nicht an den billigen Lederimitatpolstern kleben blieben.

Nachdem sie hier eingezogen war, hatte sie schon bald herausgefunden, dass von einer ganz bestimmten Stelle im Zimmer aus durch das Fenster nichts als Himmel zu sehen war. Dann verschwand das schmutzige Mauerwerk auf der gegenüberliegenden Straßenseite aus ihrem Blickfeld und die Jugendlichen in ihren Kapuzenpullis, die immer an den Häuserecken herumlungerten, waren auch nicht mehr sichtbar. Nur noch Himmel und Wolken.

In diesen Momenten musste sie immer an die Zeit denken, als sie und ihre Schwester noch Kinder waren. Sie hatten sich damals oft in den Feldern in der Umgebung ihres Hauses auf den Rücken gelegt wie Schönwetter-Schneeengel und versucht, in den Wolken irgendwelche Figuren zu erkennen.

Seitdem hatte sich Amber ständig vorgestellt, sie wäre woanders.

Sie legte ihre Hand auf das DIN-A4-Kuvert voller Fotos, das sie sonst sorgfältig versteckt hielt, sicher verwahrt in ihrer alten Wachsjacke im Kleiderschrank.

Die Bilder darin bedeuteten ihr sehr viel und lösten bei ihr eine wahre Flut an Emotionen aus: Glück, Trauer, Bedauern und Wut. In diesem Augenblick jedoch fühlte sie sich nicht stark genug, um sie erneut zu betrachten. In etwas mehr als einer Stunde würde sie zu Ben fahren und konnte es sich daher nicht leisten, dass ihre Maske verrutschte.

Sie schob das Kuvert beiseite und dachte daran, wie sie die meiste Zeit ihres Lebens von einer Zukunft geträumt hatte, in der sie glücklich und zufrieden sein würde, frei von den elenden Gedanken, die sie von morgens bis abends quälten.

Vielleicht war es nun ja bald so weit.

Sie nippte an ihrem Kaffee und verzog das Gesicht, als die kühle, bittere Flüssigkeit ihre Zunge umspülte. Sie stellte den Becher ab und ließ ihre Gedanken zurück zum vergangenen Sonntag im Haus der Jukes' schweifen. Sie wusste nicht, wie sie diese drei Stunden überstanden hatte, die ihrer Meinung nach eine einzige Tortur gewesen waren und keineswegs das nette Familienessen, das Ben ihr in Aussicht gestellt hatte.

Beim ersten Zusammentreffen mit Bens Mutter Judi nach ihrer Ankunft im Haus seiner Eltern war Amber die Kinnlade fast bis zum Boden heruntergefallen.

Judi hatte in ihren alten, zerrissenen Kleidern, die längst in die Tonne gehört hätten, ausgesehen wie eine Obdachlose.

Zugegeben, sie waren etwas früher eingetroffen als vereinbart und hatten Judi damit ganz offensichtlich überrumpelt. Es war der Frau auch unglaublich peinlich gewesen – das ließ sich nicht übersehen. Vielleicht hätte Amber sogar Mitleid gehabt, wenn es sich um jemand anderen gehandelt hätte.

»Mum und Dad bekommen nicht oft Besuch«, flüsterte Ben hinter vorgehaltener Hand, als seine Mutter dastand und abwesend ins Leere starrte. »Du solltest dich geschmeichelt fühlen.«

Der Ausdruck des Versagens in Judis Gesicht sprach Bände und Amber begriff, dass die Frau diesen Tag als seltene Gelegenheit gesehen hatte, ihr wunderbares Zuhause, ihre perfekte

Bilderbuchfamilie und ihre Cordon-bleu-Kochkünste zu präsentieren.

Sie bemerkte, dass Ben das Aussehen seiner Mutter etwas unangenehm war, doch er verbarg es hinter einem Lachen und Amber tat so, als hätte sie es gar nicht wahrgenommen.

Es dauerte nicht lange, bis Ambers Mitgefühl verpufft war.

Von dem Moment an, als sie das Haus betreten hatte, spürte sie Judis prüfende, wertende Blicke auf sich. Offenbar war sie *außer sich vor Wut*, weil ihr Mann und ihr Sohn ihr so unglaublich viel Aufmerksamkeit schenkten.

Als sie sich schließlich zu Tisch setzten, war es Amber nahezu unmöglich, sich zu entspannen, weil das Essen so verdammt formell ablief.

Nachdem sie den langweiligen, viel zu weitschweifenden Ausführungen von Bens Vater über Wein gelauscht hatte, konnte sie es kaum erwarten, sich das Zeug endlich hinter die Binde kippen zu können. Sie wusste, dass es gefährlich war, Alkohol zu trinken, weil sie dann womöglich etwas sagte, was sie besser nicht sagen sollte, doch sie nahm sich fest vor, es bei einem oder zwei Gläsern zu belassen. Im Grunde war sie überzeugt, dass sich diese Tortur gar nicht anders überstehen ließ.

Von Anfang an war Amber klar, dass Bens Mutter alles bis ins kleinste Detail vorausgeplant hatte. Der Tisch war mit derartig viel Porzellan, Tafelsilber und Gläsern gedeckt, dass man meinen konnte, man wäre in einem Sternerestaurant. Ben sprach seiner Mutter ständig Lob und Komplimente wegen ihres Essens aus, doch zu Ambers Enttäuschung war es ausgesprochen durchschnittlich, triefte vor Fett und war fad und einfallslos gewürzt.

Noah und Josh führten sich wie immer wie kleine Monster auf und benahmen sich *unglaublich* ungezogen, doch das schien niemandem außer sie zu stören. Sie unterbrachen andauernd die Gespräche der Erwachsenen und schlangen ihr Essen herunter, als würde es ihnen sonst jeden Moment vom Teller springen und davonlaufen. Der ältere der beiden, Noah, rülpste nach dem Essen sogar laut, ohne dass ihn jemand dafür zurechtwies.

Amber fiel auf, wie nachsichtig Bens Eltern mit den Kindern waren. Und selbst Ben behandelte Judi, als wäre er kaum älter als seine eigenen Söhne.

Dann hatte Amber auch noch das kostbare Kännchen kaputt gemacht, was wirklich nicht gut ankam und eine Weile für eine ziemlich eisige Stimmung sorgte. Judi starrte sie mehrere Minuten lang mit bohrenden Blick an, als versuchte sie sich darüber schlüssig zu werden, ob Amber es mit Absicht fallen gelassen hatte oder nicht.

Trotz alledem bereute Amber es nicht, dort gewesen zu sein. Es war eine durchaus lohnende Übung gewesen. Sie hatte auf diese Weise herausfinden können, wie die Familiendynamik funktionierte, was sich später bestimmt noch als äußerst nützlich erweisen könnte.

Amber erhob sich vom Sofa, griff nach dem Becher mit dem mittlerweile kalten Kaffee und trug ihn zu der Kochnische hinüber. Auf ihrem Gesicht lag ein Lächeln.

Schon bald würde ein missglücktes Sonntagsessen Judi Jukes' geringste Sorge sein.

FÜNFZEHN

JUDI

Ich komme am frühen Nachmittag heim und Henry ist wie vorauszusehen nicht zu Hause. Am Montag trifft er sich oft mit ehemaligen Kollegen aus der Bank, die jetzt ebenfalls im Ruhestand sind, in der Snookerhalle bei uns im Viertel. Oder zumindest ist es das, was er mir erzählt.

Über die Jahre sind, sagen wir mal, einige *Ungereimtheiten* bezüglich Henrys Abwesenheiten vorgekommen. Es hat in der Vergangenheit andere Frauen gegeben; eine, von der ich wusste – eine Kollegin aus der Bank, andere, die ich mehr erahnte. Ich habe das immer ausgesessen, ein paar Andeutungen gemacht und darauf gewartet, dass Henry wieder zur Vernunft kommt und einsieht, wie viel er zu verlieren hat. Was dann auch immer passiert ist – nach nicht allzu langer Zeit.

Die Frau aus der Bank, Helena, die hat mich kontaktiert. Kaum zu glauben, aber eines Tages klopfte sie an unsere Tür. Erzählte mir, dass mein Ehemann sie liebe und dass ich das einzig Richtige tun und ihn gehen lassen solle, damit er »glücklich sein« könne.

Ich erinnere mich, dass sie klein und blass und blond war

und so aussah, als bräuchte sie jemanden, der sie beschützt. So ein Typ Frau. Und ausgerechnet sie hatte sich also mit ihren großen blauen Augen meinen Henry ausgeguckt.

Ich bat sie nicht herein; ich machte ihr die Tür vor der Nase zu, ehe sie noch mehr von sich geben konnte. Ich wollte es nämlich nicht hören.

An diesem Abend fand Henry nach der Arbeit zu Hause gepackte Koffer vor und ich und die Jungs standen in der Diele bereit, um ihm nachzuwinken. Das hat ihn dann ganz schnell wieder zur Vernunft gebracht. Er beendete seine alberne kleine Affäre und ich habe nie wieder etwas davon gehört.

Sicherlich hatte ich immer wieder den Verdacht, dass es in den darauffolgenden Jahren auch andere Frauen gab: der kaum wahrzunehmende Hauch eines blumigen Dufts, das Duschen vor dem Bettgehen, wenn er nach einer abendlichen Besprechung erschöpft nach Hause kam, ein minimales Zögern, wenn ich ihn fragte, in welchem Hotel er übernachten würde, falls ich ihn während einer dieser zahlreichen zweitägigen Konferenzen hätte erreichen müssen ... Aber man sollte auf solche Dinge nicht zu viele Gedanken verschwenden. Nicht, wenn man bei Verstand bleiben will.

Das alles ist nun Jahre her und am besten vergessen. Aber natürlich ist Misstrauen hartnäckig und jedes Mal, wenn Henry mir Bescheid gibt, dass er irgendwo unterwegs sein wird, rührt sich wieder dieses alte Gefühl von Übelkeit in meiner Magengrube.

Ich setze mich mit einer Tasse Tee und einem Sandwich hin und blättere genüsslich eine Zeitschrift durch, merke aber, dass meine Gedanken immer wieder zum gestrigen Tag zurückkehren.

Nach dem Mittagessen, als Ben, Amber und die Jungs weg waren, habe ich noch einmal Ambers Geschichte mit ihrem Vermieter thematisiert.

»Ehrlich gesagt, fand ich das ein wenig unangebracht«, sagte ich zu Henry. »Jetzt sieh mich bloß nicht wieder so an; ich habe genau gesehen, dass es dich auch schockiert hat, wie unverblümt sie sich vor uns geäußert hat.«

»Ach, Judi, jetzt sei doch nicht wieder so miesepetrig.« Er raschelte genervt mit seiner Zeitung. »Ich fand sie reizend und sie wird Ben guttun. Da kommt er wenigstens mal am Wochenende ein bisschen raus.«

»Ich hoffe nur, ihr ist klar, dass sie auch Noah und Josh bekommt.«

Auf seine Beleidigung ging ich nicht weiter ein. »Es gibt die drei ja nur im Paket und die Jungs haben schon genug durchgemacht, auch ohne dass sie sich von der neuen Freundin ihres Vaters ins Abseits gestellt fühlen müssen. Ich muss sagen, dass Amber auf mich nicht gerade kinderfreundlich gewirkt hat.«

»Sie arbeitet mit Kindern, verdammt noch mal! Wir alle wissen, dass in deinen Augen niemand je gut genug für Ben sein wird. Kannst du dem armen Mädchen nicht wenigstens eine Chance geben? Es ist ziemlich verfrüht, sich schon jetzt über sie aufzuregen.«

Ich trage meinen Teller und meine Tasse zurück in die Küche und bleibe dort einen Augenblick stehen, um hinaus auf den Rasen zu starren, der bald das erste Mal gemäht werden muss. Vielleicht hat Maura ja recht und ich bin tatsächlich ein wenig unfair. Ich gebe zu, es ist tatsächlich zu früh, um sich ein abschließendes Urteil über sie zu bilden, aber andererseits ist auch der erste Eindruck nicht von der Hand zu weisen.

Punkt zwei Uhr suche ich ein paar Putzutensilien zusammen und die neuen Geschirrhandtücher, die ich letztes Wochenende gekauft habe und die in Bens rot-weiß designte Küche perfekt passen werden. Ich packe alles in eine Leineneinkaufstasche, schnappe mir den Autoschlüssel und meine Handtasche und fahre die zehn Minuten zu Bens Haus.

Ich parke draußen und mache den Motor aus. Für ein paar Augenblicke betrachte ich das Reihenhaus mit den Augen eines Fremden. Es hat nicht wirklich einen erwähnenswerten Vorgarten, die Haustür öffnet sich einfach zu einem winzigen Stück Rasen, das dann gleich in den Gehweg übergeht. Die Backsteinverblendung ist verwittert und die ausladenden viktorianischen Fenstersimse hätten dringend einen neuen Anstrich nötig. Ich notiere mir im Geist, dass ich Henry bitten muss, das auf seine To-do-Liste fürs Frühjahr zu setzen.

Sobald das Musterhaus in der Siedlung aus Drei-Zimmer-Öko-Häusern, die bei uns um die Ecke gebaut wird, eröffnet ist, muss ich Ben und die Jungs dazu bringen, es sich anzusehen. Ein hübscher Neubau wäre so viel geeigneter und viel pflegeleichter und ich weiß genau, dass Henry einverstanden wäre, wenn wir Ben mit einer Anzahlung aushelfen.

Ich habe mir schon immer vorgestellt, dass es wunderbar wäre, wenn die Jungs ein bisschen älter sind und dann einfach eigenständig bei uns vorbeikommen könnten, wann immer sie Lust dazu haben. Im Sommer könnten sie dann von unserem viel größeren und nach Süden ausgerichteten Garten voll profitieren. Und ich hätte absolut nichts dagegen, wenn Ben jeden Nachmittag nach der Arbeit zum Abendessen vorbeikäme.

Aber die Planung dafür muss jetzt beginnen und meiner bescheidenen Meinung nach ist der ideale Zeitpunkt gekommen, dass Ben mit den Jungs näher zu uns zieht. Die Jungs sind gerade im richtigen Alter, dass beide im Herbst auf die neue Schule wechseln könnten, und Ben wird bestimmt noch viele Monate lang für unseren Rat und unsere Unterstützung dankbar sein, ehe Amber mitreden kann.

Ich beschließe, das nachher mit Henry zu besprechen.

Ich greife nach meiner Leinentasche und steige aus dem Auto. Am Wochenanfang mache ich nicht viel in Bens Haus: Ich sauge nur kurz einmal durch, wische die Küchenflächen ab und putze rasch das große Bad. Die Wäsche erledige ich dann gewöhnlich in der Wochenmitte und am Freitag säubere ich das ganze Haus gründlich, damit zum Wochenende für die drei alles tipptopp ist.

Ich gehe ums Haus herum und betrete durch die Hintertür die Küche. Die Leinentasche lege ich auf die Arbeitsfläche, gehe in Richtung Wohnzimmer und bleibe in der Tür wie angewurzelt stehen.

Die schwarze Ledercouchgarnitur, die ich letztes Jahr mit Ben ausgesucht habe, ist umgestellt worden. Der Dreisitzer steht jetzt gegenüber dem offenen Kamin und der Zweisitzer wurde an die lange Seitenwand gerückt. Es wäre viel besser gewesen, es so zu lassen wie zuvor, denn jetzt wirkt der Raum ziemlich zugestellt und es wird auch viel umständlicher sein, mit dem Staubsauger durchzukommen.

Ich überlege kurz, alles wieder an den alten Platz zurückzustellen, aber ich kenne Ben und weiß, dass er einen guten Grund dafür gehabt haben wird. Gewöhnlich ändert er im Haus nichts, ohne mich vorher nach meiner Meinung zu fragen, und ich mag die Vorstellung, dass ich dem Haus hier und dort einen femininen Touch verleihe, um es für die drei etwas gemütlicher zu machen.

In diesem Moment fällt mir auf, dass die zwei Miniaturhäuschen aus Keramik von Lilliput Lane verschwunden sind, die sich auf dem Sims über dem gasbetriebenen Kaminfeuer so dekorativ gemacht haben. Die Jungs lieben es, meine Sammlung bei uns zu Hause anzusehen, und vor ein paar Monaten hab ich den beiden erlaubt, sich jeweils ihr Lieblingshäuschen auszusuchen und es mitzunehmen. Sie waren endlos lange damit beschäftigt, alle zwanzig Minicottages, die ich über fünf Jahre oder mehr gesammelt habe, zu vergleichen und sich die auszusuchen, die sie am liebsten bei sich zu Hause aufstellen wollten.

Ich lasse meinen Blick durch den Raum schweifen, um festzustellen, ob sie einfach woanders hingewandert sind, kann sie aber nirgends entdecken.

Ich zucke mit den Achseln und begebe mich zurück in die Küche. Sicher gibt es eine logische Erklärung dafür. Ich muss einfach nur Ben fragen, wenn er später die Jungs bei uns abholt.

Ich stehe am Fenster und sehe auf den schmalen Rasenstreifen hinaus, während ich das Frühstücksgeschirr von Hand abspüle. Das ist zweckmäßiger, als wenn alles den Tag über in der Geschirrspülmaschine antrocknet, und die Arbeiten, die ich zu Hause lästig finde, machen mir hier sogar Spaß.

Ich muss Henry überreden, den Rasen in Ordnung zu bringen und in den nackten Randbereichen ein paar Zierpflanzen einzugraben. Die Jungs werden wieder mehr Zeit draußen verbringen wollen, sobald das Wetter besser wird.

Das Haus für sie gepflegt und ordentlich zu halten verschafft mir ein warmes Gefühl. Mit seinem Vollzeitjob hat Ben keine Zeit, sich mit Putzen und Bügeln abzugeben, und daher halte ich es für eine sinnvolle praktische Aufgabe, ihn und die Kinder zu unterstützen.

Louise, Gott hab sie selig, war keine besonders engagierte Hausfrau und hat auch nie einen Hehl daraus gemacht.

»Dein Haus sieht immer tipptopp aus, Judi«, sagte sie jedes Mal, wenn sie bei uns zu Besuch war. »Ich wünschte, ich hätte dein Gespür für Heimtextilien.«

Sie hat mich stets um Rat gefragt, wenn es darum ging, das Haus zu dekorieren oder besser zu organisieren, und natürlich habe ich sie sehr gern dabei unterstützt. Sie passte in unsere Familie, als wäre sie eine von uns, und an dem Tag, als Ben sie heiratete, fühlte ich nichts als reines Glück. Louise war die Tochter, die ich niemals hatte. Ich vermisse sie noch heute, jeden einzelnen Tag. Wir alle tun das.

Ich sprühe die Küchenflächen mit Reiniger ein, wische darüber und kehre ein paar Krümel vom Boden auf. Dann hänge ich eines der neuen rotkarierten Geschirrtücher an den

Ofengriff und falte die beiden anderen ordentlich zusammen. Als ich die unterste Küchenschublade öffne, um sie zu verstauen, sehe ich, dass die beiden Dekohäuschen vom Kaminsims dort achtlos hineingeworfen wurden.

Ich nehme Joshs schneeüberzogenes Cottage in die Hand, halte es prüfend gegen das Fenster und bemerke sofort die saubere Bruchkante, wo der Kamin abgeschlagen wurde.

SECHZEHN

JUDI

Später hole ich Noah und Josh von der Schule ab und nehme sie zum Abendessen mit zu uns, da Ben nach dem Unterricht noch eine Besprechung hat.

Ich beschließe, das zerbrochene Häuschen vor den Jungs nicht zu erwähnen. Die Wahrscheinlichkeit ist groß, dass einer von ihnen es kaputt gemacht und sich nicht getraut hat, es mir zu beichten. Stattdessen lasse ich die beiden ihre Schulmappen herausnehmen und wir sprechen darüber, was sie heute in der Schule durchgenommen haben.

»Wir hatten Mathe, Granny«, erklärt mir Josh. »Ganz schwieriges Zusammenrechnen.«

»Pah.« Noah kichert abschätzig. »Das ist ja wirklich dummes, babyleichtes Zeug.«

»Noah, das war jetzt aber nicht sehr nett«, ermahne ich ihn sanft, während Josh ein langes Gesicht macht. »Vergiss nicht, dass du in der ersten Klasse mit genau denselben Aufgaben angefangen hast.«

Noah schnappt sich sein Lesebuch und hält es als Schutzschild gegen uns so nahe vor sein Gesicht, dass er gar nicht darin lesen kann. Ich beschließe, sein Benehmen am besten zu ignorieren.

»So, wer Grannys hausgemachten Fleisch-Kartoffel-Pie zum Abendessen will, bitte die Hand heben.«

»Ja, bitte!« Josh springt auf und hüpft wie ein Gummiball auf und ab, einen Arm zur Decke hin ausgestreckt.

»Und du, Noah?«

»Ja«, murmelt er verdrossen. Er legt sein Buch weg und greift nach der TV-Fernbedienung.

»Zwei Teller mit Pie im Anmarsch.« Ich lächle, bevor ich den Raum verlasse.

Noahs Ausbruch macht mir ein wenig Sorgen. Ich hab noch nie mitbekommen, dass er so gemein zu seinem Bruder war. Natürlich gibt es immer mal wieder Streitigkeiten über die Wahl des Fernsehprogramms oder darüber, wer sich den letzten Schokoladenkeks aus der Packung nehmen darf. Aber normalerweise unterstützt Noah seinen Bruder immer bei den Hausarbeiten. Vor Kurzem erst hat er Josh bereitwillig stundenlang beim Basteln einer Pappmascheerakete für dessen Weltraumprojekt im Kunstunterricht geholfen.

Später kommt dann Ben.

Henry ist noch nicht zu Hause, hat mir aber eine Nachricht geschrieben, dass sie beschlossen haben, noch gemeinsam ein Curry essen zu gehen. Das kommt mir sehr gelegen, denn so habe ich Zeit, mit meinem Sohn zu sprechen, ohne mir wieder Vorwürfe anhören zu müssen, wie unfair und voreingenommen ich bin.

Ich mache Ben einen Teller mit Pie und Erbsen und bringe ihm das Essen auf einem Tablett, zusammen mit Tee für uns beide. Noah sieht kaum vom Fernseher auf.

»Was für ein Tag«, meint Ben seufzend. »Ein Kollege hat gefehlt, sodass sie die Klasse aufgeteilt haben und ich mich am Ende um …«

»Daddy! Hände hoch oder ich baller dir den Kopf weg.«

Josh springt zwischen uns und richtet die Fernbedienung wie eine Waffe gegen Ben.

Ben lässt sein Besteck scheppernd fallen. »Josh, was haben wir dir gesagt? Ich spreche gerade mit Granny.«

»Er freut sich einfach, dich zu sehen«, merke ich vorsichtig an.

Josh klammert sich wie ein Koalabär an Bens Bein.

»Daddy«, quengelt er.

»Amber ist der Meinung, dass die Jungs uns zu oft unterbrechen, Mum.« Ben macht ein finsteres Gesicht und versucht behutsam, Josh abzuschütteln. »Und ich habe langsam das Gefühl, sie hat recht.«

»Unsinn«, erwidere ich und wuschle Josh durchs Haar. »Das liegt nur daran, dass er dich den ganzen Tag nicht gesehen hat.«

Ben nickt. »Nun komm schon, Großer. Gönn Daddy mal Ruhe beim Essen, ja?«

Josh lässt von ihm ab und setzt sich hin, damit Ben in Ruhe fertig essen kann, wirkt allerdings ein wenig bedrückt.

»Ich war heute bei euch zu Hause«, erwähne ich beiläufig und nehme einen Schluck von meinem Tee. »Mir ist aufgefallen, dass ihr die Möbel im Wohnzimmer ein wenig umgestellt habt.«

»Jaja.« Kauend grinst Ben mir verlegen zu. »Das war Amber. Sie ist ein Fan von diesem ganzen Feng-Shui-Ding und hat alles ein wenig anders arrangiert, damit die Energie im Raum besser fließen kann oder so.«

»Ah, verstanden.« Ich verberge meine Irritation hinter einem Lächeln. »Davon verstehe ich persönlich gar nichts, aber ich hab von anderen Leuten schon gehört, dass da wirklich was dran sein soll.«

»Amber steht auf diesen ganzen Hokuspokus.« Ben nippt an seinem Tee. »Kristalle, kosmische Energien und sie hat sogar schon an Séancen teilgenommen.«

»Du liebe Zeit.« Ich wittere eine Gelegenheit, etwas mehr in die Tiefe zu gehen. »Das war ja eine Geschichte, die sie uns gestern erzählt hat, über ihren Vermieter. Sie nimmt wirklich kein Blatt vor dem Mund, so viel steht fest.« Ich lächle, um das Gesagte etwas abzumildern.

»Ja, stimmt. Sie ist echt witzig.« Ben schmunzelt und lädt sich die Gabel mit Pie voll. »Sie sagt einfach alles geradeheraus, ist einfach sie selbst. Zickt nicht rum oder spielt groß Theater, wie andere Frauen es tun. Das mag ich so an ihr: Man weiß bei ihr genau, woran man ist.«

»Das kannst du laut sagen.« Ich nehme noch einen Schluck Tee.

»Dieser Pie schmeckt einfach grandios, Mum«, sagt Ben und schließt für einen Augenblick genussvoll die Augen.

»Freut mich, dass er dir schmeckt, Schatz.« Ich berühre ihn am Arm. »Wie versteht sich Amber eigentlich mit den Jungs?«

»Oh, sie macht das wirklich hervorragend«, antwortet Ben eilig. »Sie kann so gut mit Kindern. Das kommt natürlich von ihrer Arbeit. Obwohl ihr Talent da, wo sie arbeitet, eigentlich verschwendet ist, wie sie selbst sagt. Ich denke, sie sollte lieber unterrichten.«

»Aber dafür bräuchte sie doch wohl einen ordentlichen Abschluss«, erinnere ich ihn.

»Ja, aber sie ist ja gerade erst dreißig geworden, Mum. Ich habe ihr gestern Abend gesagt, dass sie sich bis zum Alter von vierunddreißig oder fünfunddreißig dafür qualifizieren könnte. Ich würde sie nur zu gern dabei unterstützen.«

Ich muss schlucken und sage nichts dazu. Dass er über so etwas überhaupt nachdenkt, hört sich für mich nach einem reichlich ernsthaften Engagement an, wenn man bedenkt, dass er sie gerade erst kennengelernt hat.

Ich beschließe, das Thema zu wechseln. »Wir hätten sie gestern wirklich richtig durchs Haus führen sollen, Ben. Ich hoffe, wir haben nicht unhöflich gewirkt.«

»Natürlich nicht. Sie sagte, sie hätte schon sehen können, wie groß das Haus ist, als sie hinauf aufs Klo gegangen ist.«

Also hat sie wohl *doch* die Gelegenheit ergriffen, sich etwas umzusehen.

»Ach, ehe ich es vergesse: Ich habe bemerkt, dass ihr die Häuschen vom Kaminsims heruntergenommen habt, was natürlich völlig in Ordnung ist. Aber wenn du sie mir wiedergibst, kann ich sie zurück zu meiner Sammlung in die Vitrine stellen.«

»Oh.« Ben runzelt die Stirn. »Ich habe noch gar nicht bemerkt, dass sie weg sind. Amber muss sie wohl woanders hingestellt haben. Sie mag es nicht, wenn irgendein Krimskrams rumsteht.«

»Das sind Schmuckhäuschen aus einer limitierten Edition, Ben, und wohl kaum irgendein Krimskrams«, reagiere ich gereizt. »Den Jungs gefallen sie wirklich gut. Weißt du, wo sie sind?«

»Nein, aber mach dir keine Sorgen. Amber hat sie bestimmt sicher aufbewahrt. Ich werde sie fragen.«

Ein spitzer Schmerz fährt mir in die Eingeweide, wenn ich an den zerbrochenen Kamin denke, der zu dem zerbrochenen Kännchen meiner Mutter hinzukommt. Aber ich will nicht, dass Ben denkt, ich hätte in seinem Haus herumgeschnüffelt, und halte lieber den Mund.

»Sie hat sich ja unheimlich schnell häuslich bei euch eingerichtet«, sage ich, ohne groß zu überlegen, und er blickt irritiert auf. »Ich wollte sagen, es ist schön, dass sie sich mit dir und den Jungs so wohlfühlt.«

»Ich weiß.« Sein Gesicht entspannt sich wieder und er legt die Gabel weg, um kurz nachzudenken. Nach ein paar Sekunden lächelt er und sieht mich an. »Ich kann mein Glück noch gar nicht fassen, Mum. Ich glaube wirklich, Amber könnte die Frau fürs Leben sein.«

SIEBZEHN

JUDI

Nach dem Tod von Louise erwies sich Maura als sehr gute Freundin. Sie machte damals einen ausgezeichneten auf Trauerbewältigung spezialisierten Therapeuten für Ben ausfindig, der dann wiederum auch einige kurze Sitzungen für die Jungs organisierte. Sie blieben nicht lange in Therapie, aber Ben meinte, diese sei während der niederschmetternden ersten Wochen mit Sicherheit eine große Hilfe gewesen.

Maura verlor ihren Ehemann durch Krebs, als sie Anfang dreißig war, und hat dann nie wieder geheiratet und auch keine Kinder bekommen. Obwohl ich sie ausschließlich bei der Arbeit treffe, weiß ich, dass sie ein intaktes soziales Umfeld hat und sich in zahlreichen lokalen Vereinen engagiert, was sie gut auf Trab hält.

Außerdem ist sie eine faire Vorgesetzte und war sofort einverstanden, dass ich meine Arbeitszeit auf halbtags reduziere und so jeden Tag um ein Uhr heimgehen kann. Dadurch habe ich ausreichend Zeit, um Noah und Josh von der Schule abzuholen und Ben im Haushalt auszuhelfen.

Maura hat dann Carole Jeffers für die Nachmittagsschicht an der Empfangstheke eingestellt.

»Ich möchte dich wirklich nicht verlieren, Judi«, hat Maura damals gesagt. »Du machst deine Arbeit super und bist zudem eine gute Freundin und ich helfe dir gern in jeder erdenklichen Weise. Außerdem wissen wir beide, wie sehr du deine beiden Enkelsöhne liebst und wie sehr dir deine Familie am Herzen liegt.«

Ich fühlte mich zu einer Zeit, als es für mich am wichtigsten war, wertgeschätzt und unterstützt, und bin ihr noch immer dankbar, dass ihr Entgegenkommen mir zeitlich ermöglicht hat, Ben und den Jungs zu helfen.

Als ich mich jetzt mit dem Auto Bens Haus nähere, erkenne ich zu meinem Ärger, dass schon ein Auto direkt vor der zum Haus gehörigen Parkbucht abgestellt ist. Ein kleiner cremeweißer Fiat steht genau auf dem Platz, auf dem ich normalerweise parke. So schlimm ist es nicht, denn ich kann direkt auf dem Platz dahinter parken. Aber trotzdem frage ich mich, wessen Auto das ist ... Das von Amber vielleicht?

Ich steige aus und gehe ums Auto zum Kofferraum, um den Wäschekorb mit der zusammengefalteten sauberen Kleidung zu holen. Oft wasche ich die Sachen der Jungs und bügle sie dann erst in Bens Haus, damit sie nicht beim Transport wieder verknittern.

Ich schließe das Auto ab, hänge mir meine Handtasche über die Schulter und trage den Wäschekorb zur Haustür, Bens Schlüssel bereits in der Hand.

Ich stecke den Schlüssel ins Schloss, drücke die Tür seitlich mit meiner Hüfte auf und drehe mich dann mit dem Wäschekorb nach vorn.

Als in der Küchentür eine Gestalt auftaucht, lasse ich unwillkürlich einen kleinen Aufschrei los.

»Oh! Amber.« Ich stelle meinen Korb in dem engen Flur ab und presse mir die Hand auf die Brust. »Du hast mich aber erschreckt. Ben hat nicht erwähnt, dass du hier sein würdest.«

»Nein, ich habe auch erst heute Morgen beschlossen, von zu Hause aus zu arbeiten.«

Von *zu Hause* aus?

»Weißt du, wir haben heute einen Fortbildungstag.«

Sie macht einen Schritt in den Flur hinein. Sie trägt gebleichte Jeans mit klaffenden, ausgefransten Rissen an beiden Knien und ein sehr hübsches pinkes Top mit Glitzer, das nicht ganz bis zum Hosenbund reicht, sodass ein paar Zentimeter von ihrem festen gebräunten Bauch zu sehen sind.

»Wie schön, dich wiederzusehen.« Ich drücke die Haustür hinter mir zu. »Wie geht es dir?«

»Mir geht's gut, danke«, antwortet sie und verschränkt ihre durchtrainierten Arme. »Und dir?«

»Mir geht es auch sehr gut.«

Mein Magen gerät in Aufruhr. Ich werde das Gefühl nicht los, als würde ich irgendwie ungelegen kommen und sie zu Hause stören, was lächerlich ist. Das ist Bens Zuhause und er kennt sie quasi erst seit ein paar Minuten. Warum also stehe ich dann da wie eine Idiotin und warte auf eine Einladung, weiter hereinzukommen.

Ich nehme den Wäschekorb wieder hoch und marschiere auf sie zu.

»Ich bring das rasch in die Küche und dann kann ich mit dem Bügeln anfangen.«

»Ach, lass die Wäsche einfach im Flur stehen, ich liefere sie dann auf dem Weg zur Arbeit schnell bei Y-Iron ab«, entgegnet Amber. »Sie machen sie innerhalb eines Tages fertig und ich bin mir sicher, du hast genug zu tun, ohne für Ben und seine Jungs hier den ganzen Nachmittag das Dienstmädchen zu spielen.«

Ich spüre, wie mein Kiefer sich verhärtet.

»Das ist überhaupt kein Problem«, sage ich eilfertig. »Ich habe die letzten zwei Jahre Bens Wäsche gemacht und bin das jetzt schon so gewöhnt.«

»Aber jetzt bin ich ja hier.« Sie lächelt zuckersüß und fährt sich mit pinkschimmernden Nägeln durchs Haar. »Wie du siehst, ist es also nicht nötig.«

»Nun, da ich jetzt schon mal hier bin, kann ich genauso gut bleiben.« Ich gehe in die Küche und mein Herz klopft dabei wie panisch. Unsere Schultern berühren sich leicht, während sie einen Schritt zur Seite geht. Ich stelle den Wäschekorb auf die Arbeitsfläche und öffne den Hochschrank neben der Kühlkombi. »Ich werde nicht lange brauchen, um mit dem Bügeleisen schnell über die paar Teile zu fahren.«

Ich wünschte, sie würde einfach gehen und mich allein lassen, aber sie baut sich besitzergreifend in der Küchentür auf und schaut mir dabei zu, wie mein Blick suchend das Innere des Schranks abtastet.

»Wo zum Teufel ist es nur?«, murmle ich vor mich hin.

»Wenn du nach dem Bügeleisen suchst, das ist oben. Hinten im Wäschetrockenschrank.«

»Warum um Himmels willen hat Ben es da oben verstaut?«, sage ich kopfschüttelnd. »Seitdem ich hier im Haushalt helfe, war es immer hier in diesem Schrank verstaut.«

»Ich habe es nach oben gestellt.«

Ich sehe sie an und sie lächelt und zeigt dabei ihre kleinen scharfen Zähne.

»Ach.«

»Ich habe gedacht, dass wir es sowieso nicht brauchen, und ich hasse Gerümpel, und zwar sogar, wenn man es nicht sehen kann. Ich hab Ben auch gesagt, dass ich jede Woche die Bügelwäsche wegbringen und wieder abholen werde.« Sie zupft einen Baumwollfaden vom Saum ihres Tops und lässt ihn auf den Boden fallen. »Er ist einverstanden.«

Ein Strom von Hitze schießt mir ins Gesicht.

»Ach ja, gut, da fällt mir ein: Ich habe gesehen, dass meine Dekohäuschen im Wohnzimmer nicht mehr erwünscht sind«, sage ich kurz angebunden. »Wenn du sie mir zurückgibst, kann ich sie wieder in meine Sammlung zurückstellen.«

»Du *sammelst* diese Staubfänger tatsächlich?« Amber rümpft die Nase. »Ich glaube, sie sind irgendwo in einer Schublade gelandet. Ich werde sie für dich finden und Ben bringt sie dir dann.«

Ich beiße mir fest auf die Zunge und nehme den Anflug eines metallischen Geschmacks wahr.

»Dann lasse ich das also jetzt hier stehen, oder?« Ich deute mit dem Kinn auf den Wäschekorb und schließe die Küchenschranktür ein wenig energischer, als ich es vorhatte. »Es ergibt ja keinen Sinn, dass ich das heute noch erledige, wenn ich nicht gebraucht werde.«

Amber löst ihre Arme und das aufgesetzte Lächeln verschwindet aus ihrem Gesicht. »Judi, ich hoffe, ich habe dich nicht gekränkt. Ich ... Ich denke dabei nur an dich. Ich bin mir sicher, du hast zu Hause genug zu tun.«

Ich kann gar nichts sagen, vor lauter Angst, in Tränen auszubrechen. Meine Knie fühlen sich wie Pudding an, als ich an ihr vorbeigehe. Einerseits würde ich ihr am liebsten an die Gurgel gehen, dafür, dass sie alles verändert, was ich kenne und liebe, andererseits wünscht sich ein Teil von mir auch, auf die Person, mit der mein Sohn mich gerade ersetzt, zuzugehen und ihr zu erklären, wie ich mich dabei fühle. Aber ich weiß instinktiv, dass das ein Fehler wäre. Sie ist gewiss nicht Louise und ich würde einfach nur wie eine erbärmliche und paranoide Frau klingen.

Ich bringe ein »Ich bin nicht gekränkt« zustande und zwinge mich zum Atmen. Dann greife ich in meine Handtasche und ziehe die Autoschlüssel hervor. »Wenn du dich von nun an selbst um die Bügelwäsche kümmern willst, ist das völlig in Ordnung. Ich hole die Jungs heute wie gewohnt von der Schule ab und nehme sie mit zu mir.«

Ich werde ganz bestimmt nicht wie sonst mit Noah und

Josh hierherkommen, um mich im Haus meines eigenen Sohns wie ein Eindringling zu fühlen.

»Ja, wenn du dir sicher bist«, meint Amber, als ich die Tür erreiche. »Dann ist das natürlich perfekt.«

Ich drehe mich nicht noch einmal um, um sie anzusehen. Ich verlasse einfach das Haus und achte dabei darauf, die Eingangstür sachte hinter mir zu schließen.

Als ich wieder in Sicherheit in meinem Auto sitze, fahre ich sofort weg, falls sie mich durchs Fenster beobachten sollte. Aber sobald ich um die Ecke bin, halte ich am Straßenrand und bleibe einfach nur ein paar Minuten reglos sitzen, bis ich wieder zu Atem gekommen bin.

Ich versuche, das unangenehme Gefühl hinunterzuschlucken – ich kann es nur als eine Art *Unbehagen* beschreiben, das mir in den Knochen sitzt. Ein nervtötendes Hintergrundsummen, das mir das Gefühl gibt, als sei ich am Rande einer Panikattacke.

Die Normalität, die ich um mich errichtet habe wie eine Festung, fängt langsam zu bröckeln an, und ich kann nichts tun, als sie krampfhaft festzuhalten und auf das Beste zu hoffen.

ACHTZEHN

AMBER

Amber beobachtete, wie Judi – leicht gereizt wie immer – das Haus verließ.

Als das Auto am Ende der Straße verschwunden war, ging sie noch einmal kurz nach oben, um ein paar letzte Dinge in die Handtasche zu packen, die sie unterwegs brauchen würde.

Während sie nach ihrer Strickjacke griff, umspielte ein Lächeln ihre Lippen. Sie führte sich das schockierte, entrüstete Gesicht vor Augen, das Judi gemacht hatte, als diese sie unerwartet hier antraf. Es empörte sie offensichtlich, dass Amber ihr angenehmes, geordnetes Familienleben so rücksichtslos umkrempelte.

Amber war selbst erst kurz vor Judis Ankunft zurückgekommen. Sie war ins Zentrum gefahren, um in aller Ruhe ein paar Kleidungsstücke und noch ein oder zwei andere interessante Dinge zu besorgen. Beim Gedanken daran musste sie lächeln.

Dass sie Henry über den Weg laufen würde, hatte sie nicht erwartet, doch letzten Endes entpuppte sich das als glücklicher Zufall.

Amber erkannte auch, dass es ein wahrer Geniestreich gewesen war, das Bügeleisen wegzuräumen, ohne vorher um

Erlaubnis zu fragen. Im Laufe des Geplänkels mit Judi, das die Sache mit dem Bügeleisen ausgelöst hatte, glaubte sie irgendwann sogar, Judi würde jeden Moment in Tränen ausbrechen.

Nie hätte sie vermutet, dass solche harmlosen Sabotageakte eine so gravierende Wirkung zeigen könnten, nahm sich jedoch vor, sich diese Tatsache von jetzt an zunutze zu machen.

Fünfzehn Minuten später fuhr sie durch die Stadt Richtung Autobahnauffahrt 26. Die M1 würde sie nach Norden bringen, zu dem Pflegeheim, das sie so ungern besuchte.

Sie träumte davon, irgendwann nicht mehr dorthin fahren zu müssen, träumte von jenem fernen Tag, an dem sie ihr langersehntes Ziel endlich erreicht und die Vergangenheit endlich hinter sich gelassen haben würde, um dann noch einmal von vorne anfangen zu können, an einem anderen Ort, gemeinsam mit ihrer neuen Familie.

Doch bis es so weit war, gab es noch verdammt viel zu erledigen.

Eins ums andere fügte sich, ganz so wie geplant, und ohne es zu ahnen, hatte Henry Jukes ihrem Vorhaben sogar noch einen zusätzlichen Schub verliehen.

Auf der Autobahn war eine Spur wegen eines Unfalls gesperrt, sodass sich die Fahrt nach Stocksbridge zog und Amber erst nach knapp zwei Stunden auf den kleinen, gekiesten Parkplatz vor der Sunbeam Lodge einbog.

Sie stieg aus dem Wagen, stand einen Moment lang nur da und betrachtete die bröckelnde Fassade des Gebäudes, die maroden Fensterrahmen und die Lücken zwischen den Dachziegeln, die an ausgefallene Zähne erinnerten. Man konnte wirklich nicht behaupten, dass dieser Ort seinem Namen gerecht wurde, dachte sie bitter, hatte er doch mit einem Sonnenstrahl nicht das Geringste zu tun.

In der Vorhalle trug sie sich ins Besucherbuch ein, dann

tippte sie den vierstelligen Code in die Tastatur der Schließanlage. Die Tür öffnete sich mit einem Klicken und sie betrat das Gebäude, wobei sie so lange wie möglich die Luft anhielt, bis sie irgendwann doch den verhassten Gestank von gekochtem Kohl und Pisse einatmen musste.

Sie eilte den Korridor entlang und nickte auf dem Weg zum Zimmer ihrer Mutter einer Angestellten zu, die sie zwar schon ein paarmal gesehen, mit der sie jedoch noch nie ein Wort gewechselt hatte.

Irgendwo ein Stück weiter hörte sie jemanden immer wieder schreien, dann kam sie an einem Mann vorbei, der sie nicht wahrzunehmen schien, sich aber angeregt mit einem unsichtbaren Freund unterhielt.

Ein Gefühl von Hoffnungslosigkeit und beklemmender Niedergeschlagenheit stieg in ihr auf, wie so oft. War das hier alles, was blieb? Worauf es am Ende hinauslief?

Ihre Mutter hatte in ihrem Leben kein Glück gehabt. Sie hatte viel Kummer ertragen müssen, nachdem sie sich für einen Mann entschieden hatte, der sich als elender Mistkerl entpuppte. Als ob das tragische Ereignis, das ihrer aller Leben zerstört und ihrer Mutter beinahe den Rest gegeben hatte, nicht schon gereicht hätte ... Und nun saß sie, halb verrückt, in der Sunbeam Lodge, wo sie bleiben würde bis zum Ende ihrer Tage.

Sollte Ambers Plan jedoch Früchte tragen, würde sie nicht auf ewig hier ausharren müssen. Amber würde alles tun, um für ihre Mutter einen besseren Ort zu finden, an dem sie ihren Lebensabend verbringen könnte. Das war sie ihr schuldig, ungeachtet aller widersprüchlicher Gefühle, die ihre Mutter für sie hegte.

Die Tür war nur angelehnt und Amber stieß sie auf. Die alte Frau saß auf dem einzigen Stuhl am Fenster und schaute hinaus auf den Parkplatz.

»Hallo, Mum.« Amber ließ die Tür einen Spalt offen, damit

frische Luft hereinkam. Sie ging zu ihrer Mutter, beugte sich nach vorn und begrüßte sie mit einem Kuss auf die Wange.

»Kathryn?«, flüsterte die alte Frau und drehte sich um. Ihre Züge erhellten sich.

»Nein, ich bin's, Mum. Amber.«

»Ich wusste, dass du kommen würdest.« Ihre Mutter lächelte und legte ihre kühle, faltige Hand auf Ambers Wange. »Schick bitte deine Schwester nicht mehr hierher, sie hat nichts Gutes im Sinn. Das merke ich, wenn ich sie nur ansehe. Amber ist kein liebes Mädchen, so wie du es bist.«

Amber starrte zu den grauen Wolken hinaus, während ihre Mutter noch eine Weile vor sich hin brabbelte. Erst als sie wieder schwieg, sprach Amber erneut.

»Soll ich dir was vorlesen, Mum?«

»Das wäre nett, Kathryn. Danke dir.«

Amber schlug das Buch auf und blätterte zurück zum ersten Kapitel. Sie las immer nur das erste Kapitel, da ihre Mutter ohnehin nicht mehr genug im Gedächtnis behalten konnte, als dass sie hätte weiterlesen müssen.

»Welches Buch ist es denn?«, fragte ihre Mutter.

»Dein Lieblingsbuch natürlich«, gab Amber mit einem Lächeln zurück. »*Oliver Twist*.«

»Charles Dickens«, flüsterte ihre Mutter ehrfurchtsvoll und ihr Blick schien in weite Ferne zu schweifen. »London. Können wir da bald einmal hinfahren, Kathryn? Nach London?«

»Ganz bestimmt, Mum, eines Tages.« Amber nickte. »Du wirst schon bald von hier fort können und dann wirst du deinen eigenen kleinen Jungen haben, so einen wie Oliver. Ich werde ihn dir bald mitbringen. Einen Jungen, der dir Gesellschaft leistet, wenn ich dich besuchen komme.«

NEUNZEHN

JUDI

Am nächsten Morgen bin ich die Erste in der Arbeit, sodass ich die Heizungen aufdrehe, die Jalousien hochziehe und den Kaffee koche. Ich höre, wie die Hintertür aufgeht und Maura gleich darauf in die kleine Kaffeeküche hinter der Rezeption stürmt.

»Dieser furchtbare Nieselregen.« Sie schaudert, entledigt sich ihres feuchten Regenmantels und hängt ihn innen an die Tür. »Es sollte doch eigentlich Frühling sein. Komm mit dem Kaffee nach vorn, Judi, ich hab den neuesten Tratsch für dich.«

Ich drehe mich zum Kühlschrank, um die Milch herauszunehmen und verdrehe insgeheim die Augen. Maura ist eine freundliche und großzügige Frau, aber auch eine schreckliche Klatschtante. Leider nicht gerade die beste Eigenschaft für jemanden, der in einer Allgemeinarztpraxis arbeitet.

Ich trage unsere Kaffees nach vorn und wir lassen uns gemeinsam hinter der Empfangstheke nieder. Ich kann ein Grüppchen unserer Vormittagspatienten schon unter dem Vordach beim Haupteingang ausmachen, aber es ist noch eine Viertelstunde, bis die Praxis öffnet.

»Du wirst nicht glauben, was Fiona Bonser fehlt.« Maura

reißt die Augen auf. »Kein Wunder, dass sie gestern um jeden Preis zu einem Arzt wollte.«

»Maura, du hast doch nicht etwa wieder deine Nase in die Privatangelegenheiten der Patienten gesteckt, oder?« Ich schüttle den Kopf.

»Soll das ein Witz sein? In den Patientenakten rumzuschnüffeln ist das Einzige, was mich den ganzen Tag bei Laune hält.« Maura verstummt und nippt vorsichtig an ihrem heißen Kaffee. »Willst du's jetzt wissen oder nicht?«

Ich werfe ihr einen missbilligenden Blick zu.

»Jetzt schau mich nicht so an«, meckert sie. »Es lohnt sich, versprochen.«

Als ich entnervt seufze, lehnt Maura sich nach vorn.

»Sie hatte Verletzungen an den Oberschenkelinnenseiten und auch innen drin«, zischelt sie. »Dreimal darfst du raten, woher.«

»Das klingt ja schrecklich«, erwidere ich mit einem Stirnrunzeln. »Ich frage mich, was da ...«

»Brutaler Sex natürlich!« Sie lehnt sich wieder zurück und presst indigniert die Lippen zusammen. »Komm schon, man muss nicht grade Hercule Poirot sein, um da draufzukommen.«

»Wie bitte?«

»Was bist du denn? Eine Nonne?« Sie blickt um sich, um sicherzugehen, dass keiner der Ärzte in der Nähe ist. »Man kann sich solche Verletzungen nur auf eine Art und Weise zuziehen. Dieses verdorbene Luder.«

»Maura!«

»Was? Wenn du mir nicht glaubst, kann ich dir zeigen, was Dr. Fiedler aufgeschrieben hat.« Sie schaltet den Computerbildschirm ein.

»Bloß nicht, ich glaube dir«, erwidere ich hastig. »Ich meine nur, dass das schrecklich klingt. Schmerzhaft. Aber nachdem wir nicht wissen, wie es passiert ist, sollten wir uns auch kein Urteil über sie erlauben.«

Maura schüttelt langsam den Kopf. »Du bist echt ein hoffnungsloser Fall, Judi. Naiv ist noch eine harmlose Beschreibung für dich.«

»Ich bin nicht blöd«, sage ich und presse die Kiefer zusammen. »Mir ist schon klar, *wie* es passiert sein muss. Ich meine nur, dass das arme Mädchen gestern ziemlich verzweifelt den Arzt sehen wollte, weil sie wahrscheinlich Schmerzen hatte. Sie könnte auch misshandelt worden sein oder so, das wissen wir einfach nicht.«

»Hm, da hast du auch wieder recht. Daran hab ich gar nicht gedacht.« Maura tippt auf der Tastatur herum und starrt auf den Bildschirm. »Dr. Fiedler hat hier geschrieben: ›Patientin weigert sich, über die Verletzungen zu sprechen.‹«

Ich stehe auf und nehme die Kaffeetassen.

»Es könnte einen Haufen Gründe geben, warum sie nicht drüber reden will, so viel ist sicher. Ist ja kein Thema, das man so gern mit dem Hausarzt der Familie bespricht.«

Maura drückt noch einmal auf die Tastatur und Fionas Patientenakte verschwindet vom Bildschirm.

»Mir dir ist es nicht gerade lustig, Judi Jukes, weißt du das?«, grummelt sie und schiebt ihren Stuhl zurück. »Ich werde heute Vormittag hinten im Büro ein paar der alten archivierten Patientenakten sortieren. Kommst du eine Zeit lang hier allein zurecht?«

»Klar«, antworte ich und trage die Tassen zurück in die Küche.

»Meld dich einfach, wenn du was brauchst«, meint Maura. »Und jetzt mach ich die Tür auf und lasse die Kranken rein, auf dass sie geheilt werden.«

Ich lächle in mich hinein. Zum Glück weiß ich, dass Maura das Herz auf dem rechten Fleck hat, obwohl sie manchmal flapsig daherredet und bedenkliche Dinge tut.

Der Vormittag vergeht wie üblich. Ich nehme Patienten auf, stelle Folgerezepte aus und nehme Anrufe an, hauptsächlich um darüber zu informieren, dass bedauerlicherweise bis Freitagnachmittag keine Termine mehr frei sind.

Mein Herz sinkt mir in die Hose, als auf einmal der bekanntermaßen streitsüchtige Mr Lewis vor mir steht.

»Ich muss schnellstmöglich zum Doktor, Schätzchen.«

»Tut mir leid, Mr Lewis. Heute Vormittag ist kein Termin mehr frei, aber wir haben eine offene Sprechstunde heute zwischen 16 und 18 Uhr, falls Sie da wiederkommen wollen.«

Mein Atem fühlt sich in meiner Brust etwas holprig an, während ich Mr Lewis im Stillen dränge, meinen Vorschlag zu akzeptieren.

»So lang kann ich nicht warten.« Er lehnt sich nach vorn, als ob er mir im Vertrauen etwas sagen wollte, senkt aber seine Stimme nicht. »Dieser Pilz zwischen meinen Zehen, der ist wieder da.«

Dummerweise kenne ich alle Details dieser Pilzinfektion, dank Maura, die mir nach Mr Lewis' letztem Termin die gesamten Notizen des Arztes über die Symptome vorgelesen hat. Einige Patienten starren jetzt zu uns, offensichtlich gespannt auf meine Reaktion. Ich fühle das kindische Bedürfnis, nach hinten ins Büro zu laufen und mich dort zu verkriechen.

»Es tut mir leid, wie ich schon sagte, gibt es …«

»Das ist jetzt alles total verkrustet und gelber Eiter fließt raus. Ist wirklich eine Qual, damit zu laufen.« Ein paar Patienten in der Nähe schneiden sich gegenseitig Grimassen zu, während er sich hinunterbeugt. »Wenn ich diese Socke ausziehe, könnte ich Ihnen zeigen, wie übel …«

»Nein!« Ich strecke ihm abwehrend meine Handfläche entgegen. »Nicht hier vorne, Mr Lewis, danke schön. Warten Sie einen Moment, bitte.«

Ich gehe nach hinten zur Tür des Büros und klopfe an. Als

keine Antwort kommt, drücke ich die Tür auf und sehe mich um. Maura steckt knietief in alten Patientenakten.

»Maura?«

»Was ist denn los?« Sie sieht mich alarmiert an. »Mein Gott, dir läuft der Schweiß ja kübelweise runter, Jude.«

»Entschuldige die Störung, aber ich habe Mr Lewis und seine Pilzinfektion am Empfang.« Ich verstumme, um Atem zu holen, und fächle mir mit der Hand Luft zu. »Ich hab ihm gesagt, dass wir keine freien Termine haben, aber er droht, seinen Fuß auszupacken, damit ich sehen kann, wie schlimm es ist.«

Maura grinst. »Und das ist alles? Wegen diesem alten Bock solltest du dich wirklich nicht so aufregen. Keine Sorge, ich regle das.« Sie verschwindet in dem kurzen Flur, der zum Behandlungsraum der Krankenschwestern führt.

Für einen Moment bleibe ich stehen und genieße die stille Abgeschiedenheit des kleinen Büros und dass ich den neugierigen Blicken am Empfang nicht mehr ausgesetzt bin. Ich habe das Gefühl, ich werde verrückt. Einerseits ist mir klar, dass meine Reaktion völlig überzogen war, auf der anderen Seite weiß ich dank der Liste, die Dr. Fern mir gegeben hat, dass es sich hierbei einfach um ein Symptom der Wechseljahre handelt: einen Anflug von Panik, der rasch vorübergehen wird.

Als ich mich wieder bereit fühle, gehe ich zurück zum Empfang und bitte Mr Lewis, sich vorerst hinzusetzen, sodass ich mich um die weiteren Patienten in der kurzen Schlange, die sich bereits hinter ihm gebildet hat, kümmern kann.

Zwei Minuten später ist Maura zurück und ich habe mich zum Glück wieder etwas besser im Griff.

»Eine unserer Krankenschwestern schaut sich das mal kurz an, Mr Lewis«, sagt sie brüsk. »Aber wenn Sie zum Doktor wollen, müssen Sie leider später wiederkommen und warten wie jeder andere auch.«

Mr Lewis schlurft zu den Stühlen im Wartebereich für die Krankenschwestern und ich wende mich Maura zu.

»Tut mir leid«, sage ich. »Das war wieder einer dieser Momente.«

Sie lächelt und tätschelt mir sanft die Schulter.

»Kein Stress, Jude. In der Gegenwart von Mr Lewis kann einem schon mal schwummerig im Kopf werden.«

Schwummerig im Kopf? Diese Beschreibung trifft es zwar genau, ist aber auch verstörend. Ich möchte nicht, dass Maura denkt, ich wäre mit der Arbeit überfordert. Sie kann wohl kaum Leute gebrauchen, denen an der Empfangstheke der Praxis schwummerig im Kopf wird, oder?

Meine Arbeit ist mir wichtig und ich muss mich zusammenreißen. In meinem Leben ändert sich gerade schon genug, ohne dass die Arbeit betroffen wäre. Hier fühle ich mich gebraucht. Wertgeschätzt.

Und dieses Gefühl, das ich in letzter Zeit habe, mag ich nicht - nämlich dass der Boden unter meinen Füßen zu schwanken beginnt.

ZWANZIG

JUDI

Als ich das nächste Mal zur Wanduhr hochblicke, ist es zu meinem Erstaunen schon Mittag. Das liebe ich an dieser Arbeit: Kein Tag gleicht dem anderen und man weiß nie, wer oder was als Nächstes durch die Tür kommt. Manchmal kann es wirklich eine Herausforderung sein, aber im Großen und Ganzen vergeht die Zeit wie im Flug und es ist nie langweilig.

Mir wird bewusst, dass ich mich gerade frage, was die Jungs heute in der Schule wohl so machen. Sie haben um zwölf Uhr fünfzehn ihre Mittagspause, sodass sich im Moment ihre letzte Schulstunde am Vormittag gerade dem Ende nähert.

Ben hat jeden Mittwoch Lehrerkonferenz und wird Noah und Josh heute Nachmittag ein wenig später als üblich von uns abholen. Es ist viel netter, seitdem ich sie direkt zu uns mitnehme, anstatt ein weiteres unangenehmes Zusammentreffen mit Amber zu riskieren.

Wenn das Wetter aufklart, können wir sogar vor dem Abendessen in den Park gehen, und falls Henry auch da ist, nimmt er bestimmt einen Fußball mit und die drei können auf der Wiese neben dem Spielplatz ein wenig herumkicken.

Einen Lidschlag später ist es schon Zeit heimzugehen. Ich

mache eine kurze Übergabe mit Carole, der Nachmittagssprechstundenhilfe, verabschiede mich von Maura und mache mich auf den Weg.

Die Praxis ist einen fünfunddreißigminütigen Spaziergang von zu Hause entfernt und ich nutze oft die Gelegenheit, mir etwas Bewegung zu verschaffen, anstatt das Auto zu nehmen. Ich war nie sehr übergewichtig; Essen war immer etwas, das ich eher indirekt durch andere genieße, als es tatsächlich selbst zu tun. Die Kombination aus beherrschtem Essen und einem ziemlich aktiven Leben hat dazu geführt, dass ich nur ein paar Pfund über meinem Idealgewicht liege.

Aber in den letzten paar Jahren hat sich ein hartnäckiges und unwillkommenes Fettpolster um meine Hüften gebildet, dem ich bisher weder durch Diät noch dadurch, dass ich meine sportlichen Aktivitäten steigerte, beikommen konnte. Eine der Freuden des mittleren Alters – der Spaß hört so gut wie nie auf.

Heute Morgen habe ich den Bus zur Arbeit genommen, da ich den Wetterbericht angesehen hatte und wusste, dass das Wetter später aufhellen sollte und ich dann zu Fuß heimgehen kann. Mit Mantel und Schal bin ich perfekt ausgerüstet und der Nieselregen hat Gott sei Dank aufgehört, sodass ich nicht mal meinen Schirm benötige.

Die Sonne versucht zwar tapfer, die dicke Wolkendecke zu durchbrechen, es ist ihr aber noch nicht so recht gelungen. Nichtsdestotrotz ist es doch ein Stück heller als heute Morgen, als ich aus dem Haus trat.

Ich nehme den etwas längeren Weg nach Hause, am Broxtowe Park vorbei, wo ich wahrscheinlich später mit den Jungs hingehen werde.

Der Fahrzeugstrom auf der Straße neben mir reißt kurz ab und eine oder zwei Minuten lang kann ich tatsächlich den Vogelgesang in den nahen Bäumen genießen. Dann aber horche ich auf, weil ich plötzlich ein anderes Geräusch höre. So etwas wie einen sonderbar maunzenden Laut.

Ich bleibe stehen und sehe mich vorsichtig um, weil ich befürchte, am Straßenrand eine arme verletzte Katze zu entdecken, aber da ist nichts dergleichen. Ich gehe weiter und höre erneut den Laut. Einen Schluchzer, ein klägliches Jammern.

Ich spähe über die niedrige Hecke in den Park und da sehe ich sie. Fiona Bonser. Sie sitzt allein auf einer Bank und weint sich die Augen aus.

Ich beschleunige meinen Schritt und gehe ein Stück weiter Richtung Parkeingang. Der Spielplatz liegt verlassen da, weil die älteren Kinder in der Schule sind und die jüngeren wohl wegen des Regenfalls zuvor im Haus bleiben müssen. Die mit Tropfen übersäten Spielgeräte schimmern und ihr Anstrich in leuchtenden Grundfarben wirkt vor den trüben grauen Wolken und dem Beton wie fehl am Platz.

Auf der anderen Seite der ausgedehnten Wiese kann ich ein paar Hundebesitzer erkennen, die auf dem schmalen Pfad bleiben und den tropfenden Ästen ausweichen, die über den Weg ragen. Außer ihnen ist nur Fiona hier. Und jetzt ich.

Sie kramt in der Tasche ihres dünnen Mantels herum und zieht ein Tempo heraus. Als sie hineinschnäuzt, sieht sie mit ihren roten, geschwollenen Augen auf und bemerkt, dass ich mich ihr nähere. Ich sehe, wie sie sich merklich verkrampft, sich aufrechter hinsetzt und ihre Knie zusammenpresst. Ihre nackten fleckigen Beine müssen eiskalt sein. Ich muss an die Verletzungen an ihren Oberschenkelinnenseiten denken und fühle mich unendlich schuldig, dass ich über solch private Informationen verfüge.

Fiona schnieft laut und reckt ihr Kinn nach vorn, ihre Augen mit herausforderndem Blick auf mich gerichtet.

»Hallo, Fiona.« Ich lächle, als ich sie erreiche. »Ich bin gerade hier vorbeigegangen und habe wohl oder übel mitbekommen, dass Sie offenbar ein wenig durch den Wind sind.«

Sie sieht mich an.

»Ich meine, offensichtlich sind Sie völlig durch den Wind«, korrigiere ich mich.

»Ja«, antwortet sie leise und sieht weg. »Aber machen Sie sich keine Sorgen, es geht schon wieder.«

Ich setze mich auf die Bank und drehe mich in ihre Richtung.

»So ruhig ist es da drüben nur selten«, sage ich und deute mit dem Kopf zu dem verlassenen Spielplatz hin. »Sind Sie hierhergekommen, weil Sie ein wenig Ruhe gebraucht haben?«

»Die Kinder sind in der Schule und den Jüngsten hab ich in der kostenlosen Kinderbetreuung abgegeben.« Sie zuckt mit den Schultern. »Ich musste einfach mal aus dieser Scheißwohnung rauskommen, bevor mir völlig die Decke auf den Kopf fällt.«

»Das Gefühl kenne ich«, sage ich lächelnd. »Ich komme oft für einen Spaziergang hierher, wenn ich das Gefühl habe …«

»Tun Sie nicht so, als ob wir irgendwas gemeinsam haben, das haben wir nämlich nicht«, schnauzt Fiona mich an und starrt geradeaus über den regengesättigten Rasen zu den verstreuten Bäumen dahinter.

»So habe ich das nicht gemeint.«

»Ach nicht? Sie und ich, wir können gar nicht verschiedener sein. Und Sie haben wirklich nicht den leisesten Schimmer, wie ich mich fühle, das können Sie mir glauben.«

»Ich wollte auch nicht behaupten, dass ich genau weiß, wie Sie sich fühlen.« Ich kann schlecht zugeben, dass ich im Bilde bin, aus welchem Grund sie bei Dr. Fiedler war. »Und ich will Sie sicher nicht noch mehr aus der Fassung bringen, als Sie es ohnehin schon sind. Ich bin hergekommen, weil ich sichergehen wollte, dass es Ihnen gutgeht. Das ist alles. Weil ich sehen wollte, ob ich irgendwie helfen kann.«

Sie dreht blitzschnell ihren Kopf zu mir und ihre Augen funkeln.

»Die Antwort ist Nein, es geht mir verdammt noch mal

beschissen. Gut gehen? Was soll das denn sein, was Sie für mich tun wollen? Sie mit Ihrem netten, gemütlichen Leben und Ihrem kleinen Halbtagsjob beim Arzt?«

»Nun, ich ... Ich hab nur gemeint, wenn es irgendetwas gibt, wie ich Ihnen helfen *könnte*, dann würde ich das sehr gern tun.«

Fiona lässt ein bitteres Lachen hören.

»*Sie* wollen *mir* helfen. Das ist ja voll witzig.«

Ein Hitzekloß setzt sich in meiner Kehle fest und verhindert, dass ich weitere Plattitüden von mir gebe. Mir ist wohl bewusst, dass das Leben dieser jungen Frau sehr schwierig sein muss, aber das rechtfertigt noch lange nicht, dass sie sich mir gegenüber so unfreundlich und feindselig verhält, während ich lediglich versuche, ihr die Hand zu reichen. Ich stehe auf und entferne mich einen Schritt von der Bank.

»Es tut mir leid, wenn ich Sie gestört habe, Fiona. Ich hatte sicher nicht vor, Sie wütend zu machen.«

»Das weiß ich.« Sie zuckt die Achseln. Schwarzer Eyeliner ist unter ihren Augen verschmiert und gibt ihrem blassen, aknenarbigen Gesicht ein schauriges Aussehen. »Glauben Sie mir, von meinen Problemen wollen Sie nichts wissen.«

»Hören Sie«, sage ich freundlich. »Ich weiß, dass wir sehr unterschiedliche Leben führen. Aber mich schockt nichts so leicht. Bei meiner Arbeit in der Praxis sehe ich eine ganze Menge. Es ist mir völlig klar, dass manche Leute sich mit schrecklichen Dingen herumschlagen müssen.«

Sie sieht zu mir auf und ich hoffe, dass ich nicht zu weit gegangen bin und sie nicht zu sehr bedrängt habe.

»Ich ...« Sie zögert, als ob sie etwas sagen wollte. »Ich würd's Ihnen gern sagen, aber ich kann nicht.« Ihr Ton wird jetzt bestimmter. »Ich kann einfach nicht.«

»Ich verspreche Ihnen, dass ich niemandem auch nur das Geringste verraten werde«, sage ich in der plötzlichen Hoffnung, dass ich kurz davor bin, ihr Vertrauen zu gewinnen. »Ich gebe Ihnen mein Wort.«

»Das sagen Sie jetzt, aber Sie würden anders darüber denken, wenn ich Ihnen die Wahrheit sagen würde.«

»Das würde ich nicht. Ich …«

»Jetzt hören Sie auf, verstanden?«, fährt sie mich an und scheucht mich mit den Armen weg. »Lassen Sie mich einfach in Ruhe.«

Sie dreht mir den Rücken zu. Ich seufze und gehe weg. Direkt bevor ich den Park verlasse, drehe ich mich noch mal um und sehe zu ihr hinüber. Eine mitleiderregend dünne und elende Gestalt, die zusammengesunken auf einer Bank sitzt.

»Falls Sie es sich anders überlegen, wissen Sie ja, wo Sie mich finden«, rufe ich.

Aber sie antwortet mir nicht. Ich könnte genauso gut unsichtbar sein.

EINUNDZWANZIG

JUDI

Während ich auf dem Nachhauseweg bin, schickt Ben mir eine Textnachricht von der Arbeit.

Hallo Mum. Du brauchst heute nicht zu bügeln, Amber kümmert sich darum. x

Ich schreibe nicht zurück, schiebe das Handy wieder in die Tasche und erlaube mir ein sarkastisches Lächeln. Es gibt noch gar keine neue Bügelwäsche, aber wie außerordentlich fürsorglich von Amber, das anzubieten; sie ist herzensgut, ohne Zweifel. Macht sich ständig Sorgen, dass ich zu viel arbeite.

Ich spüre, wie sich eine Art Smog um mich herum bildet und die frische und klare Luft trübt. Ich schiebe ihn fort und beschließe, mir etwas Zeit für mich selbst zu nehmen, anstatt zu Bens Haus hinüberzufahren. Vielleicht werde ich ein ausgiebiges Bad nehmen, eine Zeitschrift lesen oder etwas im Fernsehen anschauen, was ich mir aufgenommen habe. Ich kann mich gar nicht mehr erinnern, wann ich das zum letzten Mal getan habe. Ich sitze eigentlich nicht gern untätig rum, wenn es sich vermeiden lässt.

Schließlich lädt das nur immer die Vergangenheit ein, mich wieder zu überrollen.

Am Freitag fahre ich mit dem Auto zur Arbeit und erwähne gegenüber Maura nicht, dass ich Fiona Bonser im Park gesehen habe.

Ich bin mir ziemlich sicher, dass es nur wieder ihre Neugier entfachen würde, wenn ich ihr beschreibe, wie untröstlich Fiona war. Ich will Maura bestimmt nicht auch noch dazu ermutigen, tiefer in Fionas vertrauliche Patientenunterlagen einzutauchen.

Mitten am Vormittag, als ich Kaffee für uns koche, fische ich das Handy aus meiner Handtasche und schalte es aus. Falls Ben also vorhat, meinen großen wöchentlichen Hausputz heute bei ihm abzusagen, kann ich guten Gewissens vorbringen, dass ich die Nachricht nicht bekommen habe.

Die letzten zwei Abende kam er nur kurz ins Haus geschossen, um die Jungs abzuholen, und war genauso schnell wieder zur Tür raus.

»'tschuldigung Mum, ich kann nicht bleiben, habe haufenweise Korrekturen zu machen«, hat er am ersten Abend mitgeteilt und »Bin in Eile, erwarte einen wichtigen Anruf auf dem Festnetz« am nächsten.

Das ist ein ungewöhnliches Verhalten für meinen Sohn. Er hat bisher immer wenigstens für eine Tasse Tee und einen Keks Zeit gehabt, wenn er die Jungs abholte, und hat oft auch zu einer warmen Mahlzeit nicht Nein gesagt.

Ich hatte also noch gar keine Zeit, das Thema seiner Beziehung mit Amber anzusprechen. Zum Beispiel, wie schnell sich das alles entwickelt, und – wahrscheinlich am wichtigsten, wenn man bedenkt, dass sie neulich »zu Hause« zu Bens Haus gesagt hat – ob sie schon darüber gesprochen haben, dass sie bei ihm einzieht.

In meinen Augen ist es wirklich lächerlich früh, an solche Dinge zu denken, aber irgendwie wirkt es so, als wäre Amber wie ein Donnerschlag auf uns niedergegangen.

Ja, mein Sohn ist Anfang dreißig. Ja, er hat jedes Recht, sein Leben so zu gestalten, wie er möchte, ohne mich vorher um Rat zu fragen.

Und doch gibt es bei dieser ganzen Sache zwei sehr unschuldige und verletzliche Beteiligte in Gestalt von Noah und Josh.

Ich gestehe mir nur äußerst ungern ein, dass Ben schon in dieser frühen Phase völlig vernarrt in Amber zu sein scheint, und es versteht sich von selbst, dass verwitwete Männer, wenn sie erst einmal vernarrt sind, nicht immer die richtigen Entscheidungen für sich *oder* für ihre Kinder treffen. So viel Lebenserfahrung, um das zu kapieren, habe ich dann doch.

Und genau deswegen habe ich vor, die Situation zwar diskret, aber doch sehr aufmerksam zu beobachten.

Als meine Arbeit in der Praxis an diesem Tag beendet ist, fahre ich nicht erst heim, sondern direkt zu Bens Haus. Sollte Amber aus irgendeinem Grund dort sein, habe ich mir fest vorgenommen, mich nicht in eine unangenehme Situation wie Anfang der Woche bringen zu lassen, als wir wegen des Bügelns aneinandergeraten sind.

Sollte sie wieder »von zu Hause aus« arbeiten, würde ich den Kopf einziehen und dann einfach das tun, was ich auch die letzten zwei Jahre getan habe, bevor sie auf der Bildfläche erschienen ist. Ich bin entschlossen, meinem Sohn weiterhin bei der Hausarbeit zu helfen, bis Ben mir selbst sagt, dass er möchte, dass ich damit aufhöre.

Was mich betrifft, zählt das, was Amber möchte, nicht wirklich.

Zum Glück ist Amber diesmal nicht bei Ben. Das Haus ist leer. Mein Herzschlag beruhigt sich ein wenig.

Ich stelle meine Handtasche und den Korb mit Putzmitteln, die ich besorgt habe, um meinen Vorrat hier aufzufüllen, im Flur ab und mache mich auf den Weg in die Küche.

Während ich den Wasserkessel fülle, sehe ich mich um. Alles scheint normal zu sein. Wie üblich stapelt sich in der Spüle das Frühstücksgeschirr und ich stelle mit Genugtuung fest, dass es nur drei Schüsseln, drei Löffel und drei Gläser mit Orangensaftablagerungen am Boden sind.

Die Arbeitsfläche ist übersät mit Krümeln und auch etwas Butter klebt daran. Das übliche Szenario eben, wenn drei Männer sich selbst Frühstück machen.

Während das Wasser heiß wird, gebe ich dem Gefühl nach, das mich seit meiner Ankunft beschäftigt. Ich öffne die unterste Schublade und sehe, dass meine Schmuckhäuschen noch immer darin liegen, aber unachtsam weiter nach hinten unter die sauberen Geschirrtücher und diversen Gebrauchsanleitungen geschoben.

Ich nehme sie heraus und stelle sie auf der Arbeitsfläche ab, damit ich sie später mitnehmen kann. Dann gehe ich auf den Flur hinaus und öffne die Tür zum Wohnzimmer.

Ich schnappe nach Luft und bleibe für einen Augenblick wie angewurzelt stehen.

Der Kaminvorsprung ist mit einer ganz fürchterlichen in Schwarz und Rubinrot gestreiften Tapete beklebt worden. Die zahlreichen Fotos von Ben, Louise und den Jungs sind von den Wänden verschwunden. Stattdessen hängen da jetzt Leinwände, die nur als grell monochrom beschrieben werden können und halbnackte Frauen zeigen, und zwei große gerahmte Fotografien von Ben und Amber. Nach einiger Zeit entdecke ich zufällig die Porträtaufnahme der beiden Jungs, die letztes Jahr in der Schule angefertigt wurde und nun flach auf einem Lampentischchen liegt, oben auf einem Stapel von Celebrity-Magazinen.

Die schwarze Ledersitzgarnitur, die ich zusammen mit Ben wegen ihres klaren, schlichten Designs ausgesucht habe, ist jetzt vollgepackt mit knallbunten und kaum aufeinander abgestimmten Decken und Tüchern, viele mit Pailletten und von Glitzerfäden durchzogen. Das Zimmer ähnelt einem Boudoir. Und *woher* stammt bloß dieser Geruch?

Meine Frage beantwortet sich von selbst, als ich hinüber zum Fensterbrett gehe. Es ist übersät von Aschehäufchen und den abgebrannten Überresten von Räucherstäbchen. Dasselbe Bild bietet sich auf dem Kaminsims.

Ich kann mir nicht vorstellen, dass Ben es ansprechend oder entspannend findet, nach einem anstrengenden Tag diese Art von Wohndeko zu Hause vorzufinden. Alle praktischen Einrichtungsgegenstände und Kennzeichen eines liebevollen Familienheims sind verschwunden.

Als ich dann feststelle, dass die Kiste mit den verschiedenen Spielen und den ganzen Spielsachen in einer Ecke hinter dem Sofa verschwunden ist, wird das Gefühl einer leichten Irritation abgelöst von einer Enge in meiner Brust.

Wie *kann sie es wagen*, in das Leben meiner Familie zu marschieren und ihm mit so brutaler Bestimmtheit ihren Stempel aufzudrücken? Oder um es auf den Punkt zu bringen, warum lässt Ben das zu?

Die Jungs hätten ganz sachte an die neue Situation gewöhnt werden sollen, dass ihr Daddy jemand Neuen kennengelernt hat. Jede große Veränderung ihrer Lebensumstände muss mit Bedacht vorgenommen werden und ihnen nicht mit nur kurzfristiger oder gar ohne jegliche Vorwarnung vor die Nase gesetzt werden. Noahs neuerdings auftretende Gereiztheit seinem Bruder gegenüber und wie Josh sich an das Bein seines Daddys geklammert hat, gehen mir durch den Kopf. Es kommt wahrscheinlich nicht von ungefähr, dass das Verhalten der Jungs sich verändert hat.

Sie mögen zwar nichts gesagt haben, aber wie sie sich benehmen, spricht Bände, wenn man nur genau genug hinsieht.

Ich verlasse das Wohnzimmer und versäume nicht, die Eingangstür doppelt von innen zu verschließen, bevor ich mich auf den Weg nach oben mache. Meine Atmung wird flach und ziemlich schnell, aber ich rede mir selbst gut zu, dass es kein Kapitalverbrechen ist, mich ein wenig umzusehen. Ich gehe ja normalerweise auch in alle Zimmer, um dafür zu sorgen, dass alles ordentlich ist.

Aber aus irgendeinem Grund fühle ich mich jetzt auf einmal wie ein Eindringling.

ZWEIUNDZWANZIG

JUDI

Ich stehe in der Tür zum Kinderzimmer meiner beiden Enkel.

Die verknäulten Haufen benutzter Kleidung, die Lego-Konstrukte und finster aussehenden Roboter, manche davon in stundenlanger Bastelei gemeinsam mit Ben zusammengebaut – alles verschwunden. Übrig sind Reste von blauer Klebeknete an den Wänden, wo die Poster von ihren Lieblingsfußballspielern und Transformers-Filmen und eigene Zeichnungen der Jungs aufgehängt waren. Das ist jetzt alles entfernt.

Ich kann sogar den Teppich sehen, der normalerweise mit Spielsachen und Kleidern übersät ist, bis ich zum Aufräumen komme. Es ist auch weit düsterer im Zimmer und ich stelle fest, dass ein Verdunklungsrollo am Fenster angebracht wurde, das nicht vollständig hochgezogen ist. Der Effekt beunruhigt mich und der Gedanke drängt sich auf, dass meine Enkel wohl darauf getrimmt werden, am Wochenende länger im Bett zu bleiben.

Die Ecke von etwas Weißem erregt meine Aufmerksamkeit. Ich greife mit der Hand unter das Stockbett und ziehe eine große Plastikbox hervor. Sie enthält die Spielsachen und Spiele aus dem Wohnzimmer, die jetzt hier verstaut wurden.

Die Betten sind gemacht und die Steppdecken zu fest unter die Matratzen geschlagen. Ich fasse auf das obere Bett und lege meine Hand auf Noahs Kissen. Aus einem Impuls heraus nehme ich es, ziehe es zu mir herunter und vergrabe mein Gesicht darin, um den Geruch meines Enkels in die Nase zu bekommen.

Ich schließe meine Augen, um die Tränen zurückzuhalten, die sich darin sammeln. Ich kann sie nicht strömen lassen; ich fürchte, wenn ich das tue, kann ich nie mehr aufhören zu weinen. Ich weiß nicht mal, warum ich mich so verletzlich fühle, aber ich muss mich am Riemen reißen.

Ich löse mein Gesicht wieder, drehe mich um und lege das Kissen zurück. Meine Augen werden groß und ich schlucke schwer, als ich sehe, was darunter versteckt wurde. Ein Foto von Louise in einem silbernen Rahmen, dasjenige, das immer einen Ehrenplatz auf dem Couchtisch hatte. Ich nehme es in die Hand und drehe es ins Licht.

Ich kann mich erinnern, wie Ben dieses Foto in unserem Garten gemacht hat. Es war an einem wunderbar sonnigen Tag Mitte Juli. Ben, Louise und die Jungs waren zum Mittagessen gekommen und anstatt mich in der heißen Küche abzumühen, hatte ich vorgeschlagen, spontan zu grillen.

Henry war schnell zum Supermarkt gefahren, um Fleisch und Salat zu kaufen und ich hatte Coleslaw zubereitet und frische Brötchen gebacken.

Die Jungs waren begeistert und halfen Henry, das Fleisch zum Grill zu tragen und mit den beeindruckenden neuen Edelstahl-Grillwerkzeugen, die er an diesem Tag ebenso besorgt hatte, die Burgerpattys und Fleischspieße zu grillen.

Louise und ich saßen da und tranken unsere Weißweinschorlen, während die Männer mit ihrem Bier am zischenden Grill standen. Wir beobachteten gerade die Jungs, wie sie sich gegenseitig mit ihren Wasserpistolen jagten, als Ben auf einmal vor uns stand.

»Du siehst schön aus«, sagte er zu seiner reizenden jungen Ehefrau und hielt sein Handy in die Höhe. »Bitte lächeln.«

»Oh nein, Ben, bitte nicht«, widersprach sie, aufrichtig bescheiden wie immer. »Ich hasse es, fotografiert zu werden.«

Aber als er darauf bestand, gab sie nach und lächelte, und als Ben mir die Aufnahme später zeigte, sah ich, dass er ihre natürliche Schönheit und ihre sanfte Ruhe eingefangen hatte. Wie das Sonnenlicht, das ihr Haar vor dem dunklen Blattgrün der Bäume hinter uns erstrahlen ließ, kam gleichsam auch ihr eigentliches Wesen in diesem Foto zum Vorschein.

Und jetzt ist sie fort. *Fort.* Ihr Wesen ist für immer verloren und wir haben ein Stadium erreicht, in dem mein achtjähriger Enkel das Bedürfnis hat, die Fotografie seiner Mutter zu retten und unter seinem Kissen zu verbergen.

Das sieht für mich nach einem Akt der Verzweiflung aus, weil alle Spuren von ihr aus dem gemeinsamen Zuhause systematisch getilgt werden.

Das kann doch nicht richtig sein. Es ist alles zu viel, zu früh. Jemand muss Ben zur Vernunft bringen.

Ich kaue auf der Innenseite meiner Wange herum, während ich innerlich vor Wut koche. Es fühlt sich so an, als hätte sich mein Herzschlag in meinen Kopf verlagert. Ich schließe die Tür zum Kinderzimmer, bleibe oben auf dem Treppenabsatz stehen und lausche für einen Moment. Von der Straße draußen ist nichts zu hören; das Haus ist vollkommen still und scheint das Echo meiner sorgenvollen Gedanken direkt auf mich zurückzuwerfen.

Was hat sie vor?

Ich gehe zu Bens Schlafzimmer und zögere an der Tür. Ich betrete diesen Raum regelmäßig und denke mir nie etwas dabei. Gewöhnlich sammle ich dort Schmutzwäsche ein oder verstaue die frisch gebügelten Hemden und Hosen meines Sohnes, die er zur Arbeit trägt, im Schrank. Es kommt durchaus auch vor, dass ich eine benutzte Tasse oder einen krümelbedeckten Teller von dort nach unten in die Küche trage.

Heute habe ich das Gefühl, dass es übertrieben neugierig ist, hier oben zu sein, wehre mich aber sofort gegen diesen Gedanken. Warum stelle ich meine eigenen Beweggründe auf einmal infrage? Ich rufe mir ins Gedächtnis, dass ich mich nicht darum kümmern wollte, was Amber sagen oder denken mag; mir geht es nur um Ben und die Jungs.

Meine Hand verharrt in der Schwebe über der Türklinke und ich stehe einen Moment lang da und beobachte den Tanz der Staubkörner in dem dünnen Strahl Sonnenlicht, der durch das kleine Fenster über dem Treppenabsatz scheint.

Jede Woche bleibe ich für den Bruchteil einer Sekunde an diesem Platz stehen, dem Zentrum eines Universums, das bisher nur aus mir, meinem Mann, meinem Sohn und zwei Enkeln bestand. Nun ist eine Neuerung dazugekommen und hat sich mit Macht direkt in die Mitte dieses Universums gedrängt und es sieht so aus, als wäre ich die Einzige, die ein Problem damit hat.

Ich drücke die kühle verzierte Klinke langsam nach unten und schiebe die Tür auf. Zuerst gehe ich gar nicht in das Zimmer hinein; ich stehe einen Augenblick lang nur da und staune über das neue Bettzeug.

Der schimmernd silberne Bettüberwurf ist mit winzigen Strasssteinchen besetzt. Die unterhalb der Kopfkissen ordentlich ein Stück darübergeschlagene Bettdecke hat einen Bezug aus schwarzem Satin. Die neuen Nachttischlampen haben einen fransenbesetzten Schirm im selben Farbton wie der Überwurf und auf den Kopfkissen sind dekorativ schwarze und silberfarbene Schmuckkissen in unterschiedlichsten Formen und Designs angeordnet, die ebenfalls mit Glitzer verziert sind.

Bens zusammengeknüllte schmutzige Socken und das gebrauchte Geschirr glänzen dagegen durch Abwesenheit. Nie, wenn ich diesen Raum bisher betreten habe, nicht mal zu Zeiten von Louise, war er so makellos ordentlich.

Alles liegt an seinem Platz. Aber nicht nur das, es sieht so aus, als ob jemand völlig Neues hier leben würde. Nicht das geringste Anzeichen mehr von Bens unordentlichem Stapel von Radsportzeitschriften neben seinem Bett. Noch von der ausgefallenen Matchbox-Autosammlung, die er seit seiner Kindheit auf wechselnden Fensterbrettern auszustellen pflegte.

Ich öffne eine Schranktür. Wie erwartet, finde ich Bens Hemden, Jacketts und Hosen für die Schule. Ich schließe die Tür wieder und öffne die nächste. Hier hängt seine Freizeitkleidung: vor allem T-Shirts und Jeans und auf einem Regalbrett darüber die Lycra-Anziehsachen fürs Radfahren. Hinter der dritten Tür entdecke ich dann drei Kleider, zwei Paar Damenjeans und einen flauschigen Onesie mit Häschenohren.

Ich habe natürlich damit gerechnet, etwas dergleichen zu finden; schließlich ist Ambers Anwesenheit bereits überall im Haus auszumachen. Aber ich bin erleichtert, dass sie, der geringen Auswahl an Frauenkleidung in Bens Schrank nach zu schließen, wohl doch noch nicht vollständig eingezogen ist.

Vielleicht befürchte ich ja umsonst, dass das über Nacht geschehen wird.

Ich schließe den Kleiderschrank und achte darauf, dass alle drei Türen korrekt verschlossen sind und dass nichts verrät, dass ich ... nun ja, wohl herumgeschnüffelt habe.

Als Nächstes gehe ich zu der verspiegelten Kommode. Ich ziehe die oberste Schublade auf, vorsichtig, damit ich keine Fingerabdrücke auf dem Glas hinterlasse.

Darin liegen Bens frische Socken und seine Unterwäsche, wie ich es erwartet habe. Auch in der zweiten und dritten Schublade gibt es keine großen Überraschungen. Sie enthalten seine Schlafanzüge und verschiedene andere Dinge, einschließlich ungefähr eines Dutzends Zeitschriften, die offensichtlich von seiner Bettseite verbannt wurden.

Aber als ich in die Hocke gehe und die unterste Schublade öffne, wünsche ich mir, ich hätte es nicht getan. Sie enthält Dessous. Nicht gewöhnliche Alltags-BHs und -slips, sondern hauchdünne Wäsche in der Art von erotischen Kostümen, die aus nicht mehr zu bestehen scheinen als aus farbiger Spitze. Ich fasse dieses Zeug nicht an, aber ich kann Teile erkennen, die wie die winzige Rüschenschürze eines Dienstmädchens aussehen, wie die blau-weiße Uniform einer Krankenschwester oder wie Cheerleader-Pompons.

Eine schlummernde Erinnerung dringt an die Oberfläche, schlängelt sich wie ein Seidenband durch meine Gehirnwindungen. Nicht lange nachdem Henry und ich geheiratet hatten, ging ich zu einer dieser albernen Reizwäsche-Partys, die eine meiner Freundinnen bei sich zu Hause veranstaltete. Ich kaufte ein blassrosa Negligé für die Nacht, das am wenigsten anrüchige Wäschestück, das ich finden konnte. Als ich es dann trug, machte das Henry ganz wild.

Henry ... *wild!* Bei dem Gedanken daran lächle ich. Das waren die Zeiten, als meine Taille noch schlank, mein Bauch noch fest war. Diese Sachen hier zu sehen, weckt in mir eine Sehnsucht danach, wie ich damals war, und sogar auch danach, was wir an unserer Ehe hatten. Wo ist das Gefühl der Erregung geblieben? Die Sehnsucht nach der Berührung des anderen, das Verlangen?

Im Laufe der Zeit ist unsere Ehe verblasst wie ein farbenfrohes Gemälde, das zu viele Jahre grellem Sonnenlicht ausgesetzt war. Die Zeit ist uns durch die Finger geronnen wie schmelzender Schnee. Wir dachten, wir hätten so viel davon, aber plötzlich ist da nur mehr kaltes Wasser, das im Nu verrinnt.

Wir sind im mittleren Alter, aber noch nicht über den Zenit. Noch ist es möglich, dass viele Jahre kommen, in denen das Leben noch einmal besser werden könnte – verbessert. Die

Hoffnung auf eine Chance durchflutet mich kurz, geht aber auch genauso schnell wieder vorüber.

Ich habe nie versucht, mit Henry darüber zu sprechen, wie wir einmal waren und wie wir heute miteinander sind. Er ist nicht der Typ Mann, der sich gern in alten Erinnerungen verliert. Und tatsächlich reden wir nur noch wenig miteinander.

Ich schüttle den Kopf, um die düsteren Gedanken zu verscheuchen, und schließe rasch die Schublade, mit einem leichten Gefühl von Übelkeit.

Dann richte ich mich wieder auf und wende mich ab, um die beiden Nachttische unter die Lupe zu nehmen. Ben schläft seit jeher auf der linken Bettseite und ich sehe sein Fitnessarmband neben der Nachttischlampe liegen und auch seinen kleinen rechteckigen Wecker.

Ich gehe auf die rechte Seite des Betts. Hier steht auf dem Nachtkästchen nichts außer der neuen Fransenlampe.

Ich würge einen festen Klumpen hinunter, der sich scheinbar hinten in meinem Rachen verfangen hat, und öffne die Nachttischschublade. Meine Hand fliegt zu meinem Mund und ich weiche schnell einen Schritt zurück. Ich spüre, wie meine Wangen brennen. Halb schäme ich mich über mich selbst, halb bin ich schockiert über den Inhalt der Schublade.

Schnell schiebe ich sie wieder zu und verlasse das Zimmer, ganz benommen von dem Gefühl, dass mein argloser Sohn in Gefahr ist und dass es nichts gibt, was ich dagegen tun kann.

DREIUNDZWANZIG

JUDI

Ich steuere geradewegs wieder nach unten, flitze in die Küche, um meine Dekohäuschen mitzunehmen, und wieder in den Flur, wo ich eilig nach meiner Handtasche greife. Die Putzmittel lasse ich dort, wo ich sie zuvor abgestellt habe. Ich kann es gar nicht erwarten, das Haus hinter mir zu lassen; ich erkenne diesen Ort nicht wieder.

Erst als ich ungefähr die Hälfte des Wegs nach Hause im Auto zurückgelegt habe, fängt meine Kehle so stark zu brennen an, als hätte ich Säure geschluckt.

Es ist, als ob das Haus – das Heim von Ben und den Jungs – jemand anderem gehören würde. Was um Himmels willen hat er sich dabei gedacht, einer Frau, die er gerade erst kennengelernt hat, zu erlauben, allem darin so rasch ihren Stempel aufzudrücken und es so gänzlich alles Vertrauten zu berauben?

Wie kann sie es wagen, von diesem Ort Besitz zu ergreifen und Entscheidungen zu treffen, an die Ben alleine nicht mal im Traum denken würde?

Meine Hand greift an meine Kehle und versucht, das brennende Gefühl wegzumassieren. Ich öffne das Autofenster einen Spalt, um die Wirrnis in meinem Hirn wegpusten zu lassen, und auf einmal kommt mir die offensichtliche Antwort auf all meine Fragen.

Dank meines bisschen Herumgeschnüffels habe ich ein paar der Methoden ausfindig gemacht, die Amber anwendet, um sich bei Ben beliebt zu machen. Natürlich könnte ich diese niemals ihm gegenüber ansprechen und bloß beim Gedanken daran spüre ich wieder Hitze in meinen Wangen.

Ich bin wirklich weit davon entfernt, prüde zu sein, obwohl der Sex zwischen mir und Henry immer wohl eher das war, was manche Leute als *Blümchensex* bezeichnen würden und auch seit fast einem Jahr gar nicht mehr stattfindet, aber ... ich muss doch zugeben, dass ich schockiert bin.

Die Reizwäsche, nun ja, das trägt zum Spaß an der Sache bei, nehme ich mal an, und einiges davon war recht hübsch. Aber diese Gerätschaften in der Schublade? Hardcore-Sexspielzeug, für deren Verwendung ich nicht einmal eine Hypothese wagen würde. Einiges davon sah für meine ziemlich unschuldigen Augen nach Folterwerkzeugen aus. Da lobe ich mir doch die Missionarsstellung.

Ich erschaudere und schüttle den Kopf, um die unangenehmen Bilder loszuwerden.

Ich hatte meinen Sohn niemals als so schwach, so naiv abgespeichert. Wo ist der Mann geblieben, bei dem seine Söhne immer und überall an erster Stelle kommen ... wo ist seine Überzeugung hin? Ist es wirklich schon so weit, dass man ihm nur ein bisschen Spitze und ein Sexspielzeug vor die Nase halten muss und schon benimmt er sich wie gehirnamputiert? Und - noch schlimmer – was, wenn Noah oder Josh zufällig in sein Schlafzimmer gehen, weil sie etwas suchen, und versehentlich diese Schublade öffnen? Dinge dieser Art sollten weggeschlossen sein, an einem Ort, an dem sie für Kinder nicht zugänglich sind.

Allein die Vorstellung verursacht bei mir Übelkeit, aber ich kann meine Ängste Ben nicht mitteilen, ohne dass ich eingestehen müsste, dass ich im ersten Stock war und dort herumgestöbert habe.

Ich habe keine andere Möglichkeit, als das alles aus meinen Gedanken zu verbannen.

Zumindest vorläufig.

Später kommt Ben vorbei, um Noah und Josh abzuholen, und fragt, ob sie alle am Sonntag zum Mittagessen kommen dürfen.

»Das werden wir drei sein und dazu Amber, wenn das okay ist«, sagt er. »Ich kann heute nicht bleiben, weil Amber schon auf dem Weg ist; sie hat uns Essen vom China-Takeaway geholt.«

Ich erwähne nicht die Bolognese-Sauce, die ich heute für ihn gekocht habe und die eins seiner Lieblingsgerichte ist, oder die Tatsache, dass Ben immer gegen Essen vom Takeaway gewesen ist, ganz speziell gegen chinesische Gerichte, weil sie – um ihn selbst zu zitieren - »voller Zusatzstoffe wie Mononatriumglutamat sind«.

Aber ich will auch nicht leugnen, dass ich wirklich begeistert und erleichtert bin, dass sie am Sonntag kommen wollen. Selbst wenn ich mich auch mit Amber abfinden muss. Es verstand sich bisher immer von selbst, dass Ben und die Jungs kommen, aber ich war mir nicht sicher, was ich jetzt zu erwarten habe und ob sich unsere Sonntagsgepflogenheiten verändern werden.

»Natürlich.« Ich setze ein Lächeln auf. »Es ist ganz wunderbar, dass wir euch alle hier haben werden.«

Ben war noch nicht zu Hause, also muss ich ihm wohl berichten, dass ich vorhin dort war.

»Ich hab heute Nachmittag ein paar Putzutensilien zu euch rübergebracht.«

»Oh!« Ein Ausdruck von Panik huscht über sein Gesicht.

»Ich habe ja immer am Freitag den wöchentlichen Großputz gemacht, wenn du dich erinnerst, Ben.«

»Ja, aber ... hast du meine Nachricht nicht bekommen?«

Mein Handy. Ich habe total vergessen, es wieder einzuschalten.

Ben runzelt die Stirn. »Ich hab dir heute Vormittag eine Nachricht geschickt, dass du dich heute nicht ums Putzen zu kümmern brauchst.«

»Ich hab sie nicht gesehen, tut mir leid«, sage ich und schäme mich etwas, dass ich es absichtlich ausgeschaltet habe. »Mir war klar, dass Amber sich von jetzt an um die Bügelwäsche kümmern wird, aber wegen des Putzens war ich mir nicht sicher, sodass ich einfach nur das Putzzeug im Gang abgestellt hab. Ich bin nicht geblieben.«

»Ah, alles klar.« Er scheint sich etwas zu entspannen, vielleicht weil er annimmt, dass ich die Verwandlung des Hauses nicht bemerkt habe. Er zieht scharf den Atem ein und dann purzeln die Worte in einem Strom aus seinem Mund. »In der Tat haben Amber und ich das besprochen und wir werden von jetzt an das Putzen und die Wäsche komplett selbst in die Hand nehmen.«

»Okay. Wenn ihr das so beschlossen habt ... Ist in Ordnung«, sage ich und muss schlucken. »Völlig in Ordnung.«

Er mustert mich und legt dabei die Stirn in Falten. »Du bist doch nicht gekränkt deswegen, oder Mum?«

»Natürlich nicht.« Ich bringe ein Lächeln zustande, spüre aber eine unwillkommene Hitzewallung, die aus meinem Unterbauch nach oben steigt.

»Es war Ambers Idee«, sagt Ben fröhlich. »Sie macht sich Sorgen, dass wir dich ausnutzen. Das ist wirklich eine Stärke von ihr, sie denkt immer an die anderen.«

»Aha«, erwidere ich. In diesem Moment stürmen die Jungs lärmend aus dem Garten in die Diele. »Dann sehen wir euch also am Sonntag.« Ich fächle mir ohne großen Erfolg mit der Hand Luft ins Gesicht.

»Wir freuen uns alle drauf.« Ben bleibt unschlüssig stehen und gibt mir dann einen großen Schmatzer oben auf den Kopf. »Ist das wirklich okay für dich mit dem Putzen, Mum? Du wirkst nämlich ein bisschen gestresst auf mich.«

»Mir ist nur heiß«, sage ich, strecke meinen Unterkiefer nach vorn und blase mir Luft ins Gesicht. »Du kennst mich doch. Ich flitze immer umher und mache viel zu viel.«

»Genau.« Bens Gesicht erhellt sich wieder. »Das ist exakt das, was Amber gestern Abend gesagt hat. Sie meint, dass du in deinem Alter alles ein wenig langsamer angehen und nicht immer hinter uns herlaufen solltest.«

In deinem Alter. Ich bin verdammt noch mal Mitte fünfzig, nicht achtzig. Keiner zieht jemals Henrys Handlungsfähigkeit in Zweifel und er ist dreiundsechzig.

Ich lächle und äußere mich nicht weiter dazu. Dann küsse ich alle zum Abschied und winke ihnen von der Tür aus nach, als sie abfahren.

Die reizende Amber ist also der Meinung, ich sollte alles etwas langsamer angehen, richtig? Doch bestimmt nur, damit sie dann im Haus voll die Zügel übernehmen kann. Und um mich im selben Atemzug schön aus dem Leben meines Sohnes und meiner Enkel auszuschließen.

Amber und ich kennen uns bisher überhaupt nicht gut, aber es gibt doch eine Sache, derer ich mir ganz sicher bin: Wenn sie meint, sie könne auch mich so einfach manipulieren, wie sie offensichtlich meinen Sohn und meinen Ehemann verhext hat, dann irrt sie sich gewaltig.

Sie sollte nicht den Fehler machen, mich zu unterschätzen.

VIERUNDZWANZIG

AMBER

Wenn es eine Sache gab, die Amber überraschte, dann war es Ben Jukes' freundliches Wesen.

Ihr war bewusst, dass manche eher behaupten würden, er sei ein Weichei, ein Muttersöhnchen, und wenn sie ehrlich war, war diese Einschätzung gar nicht mal so falsch. Doch auch wenn es ihr schwerfiel, es zuzugeben, hatte er zugleich etwas durchaus Liebenswertes an sich.

Das hieß nicht etwa, dass sie Gefühle für ihn entwickelte, ganz bestimmt nicht ... Wie denn auch? Dennoch war sie der Ansicht, dass er erstaunlich umgänglich war und fast schon dankbar dafür, dass es, nachdem er sich so lange allein um zwei kleine Jungs gekümmert hatte, nun jemanden gab, der ihm gerne unter die Arme griff und ihm einige Entscheidungen abnahm.

Eine dieser grundlegenden Entscheidungen bestand darin, das Haus wieder einigermaßen in Schuss zu bringen. Das war von Anfang an Teil ihres Plans gewesen, doch sie machte es umso lieber, seit sie erkannt hatte, wie sehr sie Judi damit verärgern konnte. Und zu ihrer Überraschung hatte Ben sich dabei eindeutig hinter sie gestellt.

»Meistens bin ich mit dem, was Mum aussucht, einverstanden, aber eigentlich sieht es hier für meinen Geschmack doch ein bisschen zu spießig aus«, gab er zu, als sie eines Abends bei einem Glas Wein zusammensaßen und sich unterhielten.

Sie hatte also alles auf Vordermann gebracht und die Farbgebung ein wenig aufgepeppt. Sie hatte eine neue Tapete für den Kaminvorsprung gewählt, die ihr selbst auch nicht gefiel, und mehrere erotisch angehauchte gerahmte Drucke besorgt – einzig und allein, weil sie wusste, dass sie Judi damit ziemlich aus der Fassung bringen würde.

Und natürlich hatte Amber sofort begriffen, dass eine todsichere Methode, die alte Mrs Jukes zu verstimmen, darin bestand, ein wenig Ordnung in den riesigen Haufen an Spielzeug zu bringen, den die beiden verzogenen Gören im ganzen verdammten Haus verstreuten.

Amber war angenehm überrascht gewesen, wie bereitwillig Ben sich ihren Vorstellungen, was für die Jungs das Beste wäre, angeschlossen hatte. Sie hatte herausgefunden, dass sie ihn meist damit beeindrucken konnte, irgendeinen Mist aus dem alten Erziehungsratgeber, der noch bei ihr herumlag, zu zitieren.

Anscheinend hatte Judi gegenüber Ben erklärt, sie sei heute nicht im ganzen Haus gewesen, sondern habe nur das Putzzeug im Flur abgestellt, aber das war schlichtweg gelogen. Amber war sehr geschickt darin, Fallen zu stellen, zum Beispiel mit kurzen in Schubladen oder zwischen Tür und Rahmen geklemmten Fadenstücken, die herausfielen, wenn diese geöffnet wurden.

Sie wusste also, dass Judi sich, wie erwartet, sehr wohl gründlich umgesehen und dabei auch einige der unappetitlichen Dinge entdeckt hatte, die Amber am Vormittag in der Stadt besorgt und absichtlich so deponiert hatte, dass Judi sie finden musste ... Dinge, von denen Ben nicht einmal wusste, dass es sie gab. *Das* war vielleicht ein Spaß!

Allmählich konnte sie schon recht gut vorhersagen, womit sie Judi am besten verletzen konnte. Sie musste daran denken, wie sie und Kathryn als Kinder immer die Lupe über irgendein armes Insekt gehalten und dabei zugesehen hatten, wie es sich im Strahl des Sonnenlichts wand. Das Tierchen sofort zu töten machte keinen Spaß; es leiden zu sehen, war wesentlich unterhaltsamer.

Sie konnte es kaum erwarten, zu erleben, was für ein Gesicht die neugierige alte Schachtel am Sonntag machen würde.

FÜNFUNDZWANZIG

JUDI

Am Sonntag kommen alle kurz vor ein Uhr an und diesmal habe ich die Uhr im Blick behalten und dafür gesorgt, dass ich vorzeigbar aussehe und fertig bin.

Ausgelassen wie immer, tummeln sich die Jungs in der Diele mit lautem Gelächter und ihren sonderbaren Roboterungetümen.

»Jungs!«, weist Amber sie so scharf zurecht, dass ich sprachlos bin. Sofort sind die beiden mucksmäuschenstill und schauen sie mit großen Augen an, während sie sich den Zeigefinger auf die Lippen presst. »Psst! Kein Grund für so ein Getöse.«

»Komm mit, wir nehmen unsere Sachen mit da hinein«, höre ich Josh seinem Bruder zuflüstern und sie verschwinden im Wohnzimmer.

Es schockiert mich mitzuerleben, wie sie meine Enkel ganz offen tadelt, und ich bin auch sehr erstaunt, dass die beiden tatsächlich auf sie hören. Von meinen Ermahnungen, ruhiger zu sein, nehmen sie meistens gar keine Notiz, wenn sie so überdreht sind.

Ich sehe Amber an, aber sie bemüht sich angestrengt, meinem Blick auszuweichen.

Henry und Ben klopfen sich zur Begrüßung gegenseitig auf den Rücken und debattieren gleich laut über das Fußballspiel von gestern Abend, völlig unbeeindruckt von dem, was gerade passiert ist. Ich nehme mich zusammen und gehe zur Haustür, wo Amber unter dem Vordach soeben ihre schwarzen Overknee-Wildlederstiefel auszieht.

»Wie schön, dich wiederzusehen, Amber.« Ich lächle. Sie auf die Wange zu küssen, dazu kann ich mich nicht überwinden, aber ich möchte auch nicht, dass sie mitbekommt, wie sehr sie mir auf die Nerven geht.

»Ganz meinerseits«, antwortet sie kühl.

Sie trägt ein sexy Sommerkleidchen und als sie sich vornüberbeugt, um ihre Stiefel ordentlich hinzustellen, sehe ich für einen Moment die Rückseite ihrer straffen Oberschenkel mit glatter Haut. Nicht der geringste Anflug von Cellulitis.

Der Inhalt der Nachttischschublade auf ihrer Bettseite ploppt vor meinem inneren Auge auf, aber ich schiebe das Bild gleich wieder weg.

Amber dreht sich um und ich registriere, dass das Kleid sogar noch kürzer ist, als ich dachte, und dass ihre leicht gebräunten Beine völlig nackt sind. Als ich hinter mir ein Schlurfen höre, drehe ich mich rasch um und ertappe Henry dabei, wie er sie unverhohlen angafft.

Er hüstelt und verschwindet rasch wieder ins Wohnzimmer. Geschockt und verletzt beiße ich die Zähne zusammen. Ich glaubte, mein Ehemann wäre ... nun ja, über all das hinweg. Auf jeden Fall zeigt er nie mehr auch nur das geringste Interesse an meiner Person.

»Meinst du, dir ist warm genug?«, frage ich Amber, als sie wahrnimmt, wie ich sie anstarre. »Es tut mir leid, aber wir haben die Heizung heute nicht angemacht und mit nackten

Beinen wird es wahrscheinlich ein wenig kalt sein. Ich könnte dir aber eine Decke leihen, wenn du möchtest.«

»Ich werde schon nicht frieren«, antwortet sie grinsend. »Ben mag es, wenn ich Röcke trage, je kürzer, desto besser. Wenn mir kühl wird, muss ich mich einfach nur ein bisschen enger an ihn kuscheln.«

Ich lächle und hoffe, dass sie nicht bemerkt, wie meine Wangen sich rot färben. Ich fühle mich ein wenig schuldig, dass ich in Bens Haus Dinge gesehen habe, die ich nicht hätte sehen sollen. Private Dinge.

»Ich bin beeindruckt, dass du die Jungs so schnell zur Ruhe gebracht hast«, sage ich in dem plötzlichen Verlangen, das Gespräch in freundlichere Bahnen zu lenken. »Ich denke oft, ich stecke mir noch schnell Ohropax rein, bevor sie hier eintreffen.«

»Ja. Um ehrlich zu sein, glaube ich, dass man ihnen einige fragwürdige Verhaltensweisen hat durchgehen lassen.« Ihre sonst glatte Stirn kräuselt sich leicht. »Hoffentlich ist es noch nicht zu spät für mich, das wieder ins Lot zu bringen.«

Ich öffne meinem Mund, schließe ihn aber gleich wieder. Warum sollte es auf einmal in *ihren* Verantwortungsbereich fallen, den Jungs Disziplin beizubringen? Sie ist mehr oder weniger eine Fremde für die beiden. Aber irgendwie erscheint es mir nicht angebracht, dass ausgerechnet ich das laut ausspreche. Nicht wenn Ben hier ist, um seine Söhne zu verteidigen.

»Ach ja, übrigens hab ich meine Dekohäuschen gefunden, nur dass du es weißt.« Ich lächle sie freundlich an. »Irgendjemand hat sie in einer Schublade ganz nach hinten geschoben. Ich hoffe nur, dass ich den Schaden reparieren kann.«

Ich wende mich ab, ohne auf eine Antwort zu warten.

Ich muss mit Ben über das sprechen, was sie wegen der Jungs geäußert hat. Und zwar bald.

Nach der ersten Runde mit Getränken schaffe ich es endlich, dass sich alle an den Tisch setzen.

Ich hatte gehofft, Ben würde zu mir in die Küche kommen, sodass ich mit ihm darüber hätte sprechen können, wie Amber Noah und Josh maßregelt, habe dann aber beschlossen, dass ich den Augenblick nutzen werde, wenn er die Jungs morgen nach seinem Unterricht abholt. Ich nehme mir fest vor, das Thema dann zur Sprache zu bringen.

»Bitte nur zwei Scheiben Fleisch und etwas Gemüse für mich, Mum, danke«, sagt Ben, als ich die Schüssel mit den Röstkartoffeln zur Hand nehme.

Ich sehe ihn stirnrunzelnd an und verstehe nicht. »Aber ich hab sie in Entenschmalz geröstet, genau wie du es magst.«

Amber betrachtet mit gerümpfter Nase den Inhalt der Schüssel.

»Das ist ja grade das Problem, Mum.« Er grinst und tätschelt seinen Bauch. »Amber hat mich auf Diät gesetzt. Kein Entenschmalz mehr für mich.«

»Mir ist nur aufgefallen, dass Ben viel zu viel gesättigte Fettsäuren zu sich nimmt, Judi«, erklärt Amber in entschuldigendem Ton, während ihre Augen kritisch den Tisch unter die Lupe nehmen. »Zu viel von diesem wunderbaren Essen könnte seine Cholesterinwerte ziemlich in die Höhe treiben.«

Henry, der sich gerade käseüberbackenen Blumenkohl auf den Teller häuft, hält inne und mustert perplex die zahlreichen Porzellanterrinen.

»Aber hattet ihr nicht diese Woche Essen vom Takeaway? Gibt ja nichts Schlimmeres als das.« Ich richte meine Bemerkung an Ben, aber es ist Amber, die antwortet.

»Das war eine einmalige Sache; da machen wir bestimmt keine Gewohnheit draus. Wenn du möchtest, kann ich dir übrigens ein paar Garmethoden zeigen, die gesünder sind.« Sie strahlt Ben an und sieht dann wieder zu mir. »Du wirst erstaunt sein, Judi. Ganz kleine Veränderungen machen da schon einen großen Unterschied … Sag mir einfach Bescheid und wir verabreden uns. Das macht mir überhaupt nichts aus.«

Ich sage nichts.

»Sehr nett von dir, das anzubieten, liebe Amber«, meldet Henry sich zu Wort und ich bemerke den Blick, den Ben und er nur eine Nanosekunde lang austauschen. »Es kann nie schaden, sich was Neues anzueignen, denke ich.«

Ich schaufle mir zwei wunderbar knusprige, von Entenschmalz triefende Röstkartoffeln auf den Teller und stelle die Terrine wieder auf den Tisch.

»Ich habe meiner Familie jetzt beinahe vier Jahrzehnte lang am Sonntag ein Mittagessen aufgetischt«, sage ich langsam und lächle in die Runde. »Und soweit ich weiß, gab es bisher nicht ein einziges Mal Beschwerden. Bis zum heutigen Tag.«

Amber legt Messer und Gabel ab und lehnt sich etwas zur Seite, in Bens Richtung.

»Judi, es ist mir unendlich peinlich, wenn ich dich gekränkt habe. Ich wollte nicht …«

Ich hebe die Hand. »Bitte, du musst dich nicht entschuldigen, Amber. Du hast alles Recht der Welt auf eine eigene Meinung und ich bin immer daran interessiert, sie zu hören. Ich war in deinem Alter wahrscheinlich genauso und habe alles aufgesogen, was die sogenannten Gesundheitsgurus uns erzählt haben. Es war übrigens Henry, der mich wieder zu Verstand gebracht hat.«

»Ich war das?« Henry hört auf zu kauen und starrt mich an, offensichtlich erstaunt, dass ich ihm einmal Anerkennung zolle.

Ambers Gesicht wird röter und röter und ich spüre ein perverses Vergnügen.

»Ja, Liebling. Du hast gesagt, dass die beste Einstellung gegenüber den meisten Dingen die Mäßigung ist. Dass sie in Wirklichkeit der Schlüssel zum Leben ist. Aber es schadet gar nichts, diese Dinge mal auszuprobieren, Amber, wenn es das ist, was du gern tun möchtest.«

»Wie wahr. Das ist wirklich wahr.« Henry wirkt ausgesprochen zufrieden mit sich selbst.

Amber öffnet ihren Mund, um etwas zu sagen, aber Ben kommt ihr zuvor.

»Weißt du, ich glaube, Mum hat vielleicht recht, Liebling. Einmal behaupten die sogenannten Experten, dass wirklich jedes Fett uns schadet, ein andermal, dass man die richtige Art von Fett zu sich nehmen soll – natürlich nur in Maßen. Da weiß man gar nicht mehr, wo einem der Kopf steht.«

Amber presst sich den Handrücken gegen die Stirn.

»Wisst ihr, es geht mir nicht besonders gut«, sagt sie mit schwacher Stimme und schiebt ihren Teller weg.

»Ach herrje«, sage ich leise.

»Ich denke, ich geh mal rauf und mache mich ein bisschen frisch.« Sie erhebt sich von ihrem Stuhl.

Ben schiebt seinen eigenen Stuhl zurück und will ebenfalls aufstehen.

»Nein, Ben, bleib du hier.« Sie lächelt verhalten. »Genieß nur dein Essen und deine Röstkartoffeln.«

Dann schlüpft sie leise aus dem Zimmer.

»Oje«, meint Ben hilflos, als wir sie oben laut ins Badezimmer stapfen hören. »Ich denke, wir haben sie gekränkt.«

»Das glaube ich nicht«, entgegne ich und lade mir mit der Gabel ein paar saftige Rindfleischscheiben auf den Teller. »Amber verkündet gern lautstark ihre Ansichten; da hat sie doch sicher nichts dagegen, wenn andere das genauso tun.«

Ich muss mir wirklich das Lachen verkneifen. Der heutige Spielstand: Eins zu null für Judi.

SECHSUNDZWANZIG

JOSH

»Kann ich jetzt endlich mal?«, fragte Josh seinen älteren Bruder.

Er war es leid, weiter zuzusehen, wie Noah auf Minecraft das Stadion allein aufbaute. Es war ausgemacht, dass sie sich *abwechselten.* Das hatte ihnen Daddy, bevor sie heute Morgen alle aus dem Haus gegangen waren, noch einmal deutlich eingeschärft. Sie sollten sich beim Aufbau des Stadions abwechseln, da ihr Daddy noch keine Möglichkeit gefunden hatte, wie sie beide gleichzeitig auf demselben Computerserver spielen konnten.

Noah bastelte mittlerweile *schon ewig* an den letzten Reihen der Stadiontribüne herum. Er hatte inzwischen bestimmt mehr als seinen gerechten Anteil an ihrer Spielzeit gehabt.

Während Josh zusah, wie die Sitzreihen allmählich immer weiter in die Breite und in die Höhe wuchsen, wurde er immer missmutiger. Bald würde das ganze Stadion fertig sein und Noah hätte alles allein gebaut. Das war nicht fair, denn es fühlte sich viel besser an, wenn man etwas gemeinsam gemacht hatte.

Unter *schön zusammen spielen* stellte er sich was anderes vor.

»Kann ich jetzt mal?«, fragte er wieder.

Aber Noah gab keine Antwort – als ob er ihn nicht gehört hätte. Josh bemerkte, dass sein Bruder die Lippen zusammenpresste und so tat, als starre er hochkonzentriert auf den Bildschirm. Aber er wusste genau, dass Noah jedes Wort gehört hatte und fest entschlossen war, die gesamte Sitztribüne des Stadions allein fertigzubauen.

Am schlimmsten war aber, dass er nichts dagegen tun konnte, denn bei Daddy drehte sich seit Neuestem alles nur noch um Amber, und Granny hatte keinen blassen Schimmer von Minecraft, also war es auch absolut sinnlos, mit ihr darüber zu sprechen.

Früher hatte sich Noah nie so verhalten. Okay, es war immer er gewesen, der all die guten Ideen gehabt hatte, aber Josh hatte auch ein Wörtchen mitreden dürfen, obwohl er der kleine Bruder war. Und bei Minecraft hatten sie die wichtigen Entscheidungen immer gemeinsam getroffen. Josh hatte sich dadurch schon richtig groß gefühlt.

In letzter Zeit benahm sich Noah allerdings, als hätte er allein das Sagen, und Josh war sauer. So was konnte er gar nicht leiden.

Er warf seinem Daddy einen verstohlenen Blick zu, in der leisen Hoffnung, dass er Noahs doofes Verhalten bemerkt hatte, aber natürlich saß Daddy schon seit einer Ewigkeit mit Amber auf dem Sofa und die beiden tuschelten miteinander. Josh fiel auf, dass sie das jetzt ziemlich oft taten, und Amber kicherte dann über das, was sein Daddy sagte, obwohl sie, wenn er nicht in der Nähe war, kaum je lächelte.

Daddy und Amber starrten einander oft lange in die Augen, als gäbe es dort irgendwas Interessantes zu entdecken, wenn sie nur genau hinschauten.

Als Noah und er gestern Abend in ihr Schlafzimmer

gegangen waren, hatte Noah zu ihm gesagt, Daddy und Amber seien ekelig, und am liebsten würde er ihnen dafür den ganzen Teppich vollkotzen, vor allem aber Ambers pink lackierte Zehennägel.

Bevor Amber alle Fotos von Mummy weggeräumt hatte, hatte sich Daddy mit ihnen beiden hingesetzt und ihnen erklärt, sie würden Mummy zwar auf immer in Erinnerung behalten und sie lieben, aber jetzt, wo Amber eingezogen war, wäre es vielleicht ein guter Zeitpunkt, die Bilder zu entfernen. Noah flüsterte Josh allerdings ins Ohr, dafür gebe es *nie* einen guten Zeitpunkt, und als Daddy nicht hinsah, versteckte er eines der Fotos unter seinem Pullover und ging damit nach oben, um es unter sein Kopfkissen zu legen.

Es war auch Amber, die Daddy sagte, dass alle ihre Spielsachen nach oben gebracht werden sollten. »Die beiden sind doch keine Kleinkinder mehr, Ben, sie können ganz gut oben in ihren Zimmern spielen, wenn sie von der Schule heimkommen.«

Dann befahl sie ihnen, alle Spielsachen in einer großen weißen Plastikkiste zu verstauen. Daraufhin verpasste Noah der Monopolyschachtel einen Fußtritt, sodass alle Geldscheine und Spielsteine auf dem Boden verstreut herumlagen. Als Amber ihn deswegen ausschimpfte, zischte er zwischen den Zähnen das schlimme Schimpfwort *Bitch*. Wenn man dieses Wort in der Schule sagte, musste man eine ganze Woche während der großen Pause im Klassenzimmer bleiben.

Josh mochte Amber. Sie roch gut und manchmal setzte sie sich neben ihn und half ihm beim Lesenüben.

Noah hingegen mochte sie überhaupt nicht. Er ärgerte sie und Amber raunzte ihn dann wütend an, sobald Daddy aus dem Zimmer ging. Josh verstand nicht, was sie zu seinem Bruder sagte, und Noah wollte es ihm auch nicht verraten.

Sie gingen jetzt auch nie mehr mit Daddy in den Park, um in den gespülten Marmeladengläsern, die Granny ihnen gab, Kaulquappen zu fangen. Und Daddy hatte seit Ewigkeiten nicht mehr im Garten mit ihnen Fußball gespielt, denn er war immer viel zu sehr damit beschäftigt, mit Amber zu tuscheln.

Josh starrte aus dem Fenster. Der Garten rund um Grannys und Grandads Haus war viel größer als ihr eigener und der Rasen dort wurde von ihrem Nachbarn Mr Buxton regelmäßig gemäht und gepflegt. Der war pensionierter Landschaftsgärtner und arbeitete immer noch ein bisschen *nebenher*.

Letzten Sommer hatte Granny ihnen erlaubt, einige Schulkameraden zum Kicken in ihren Garten einzuladen. Alle fanden es super, sogar Archie Jepson, der eine Klasse über Noah und ein brillanter Torwart war und dessen Dad früher sogar mal bei den Tottenham Hotspurs zur Probe gespielt hatte. Archie hatte all die anderen Jungs wissen lassen, der Spielfeldaufbau im Garten sei total gut.

Josh seufzte und schlug mit der Hand auf den Boden. »Du bist jetzt lang genug dran gewesen, Noah«, beschwerte er sich, als sein Bruder mit einem neuen Abschnitt der Sitzreihen begann.

Aber Noah ignorierte ihn weiter.

Josh könnte bei Amber petzen, dass Noah ihn einfach nicht mitspielen ließ. Dann würde sie ihn ausschimpfen, und wenn Noah ihr Widerworte gäbe, würde sie ihn nach oben ins Bett schicken, und dann könnte Josh das Stadion allein fertigbauen.

Aber natürlich würde es dann schon viel zu spät sein. Die Tribünen wären alle längst fertig.

SIEBENUNDZWANZIG

JUDI

Am Montagmorgen ziehe ich mir für die Arbeit eine figurbetonte Hose aus schokoladenbraunem Wollstoff und einen Merinopullover in hellem Mokka an, den wir vor Jahren in einem Urlaub in Italien gekauft haben.

Ich öffne meine Schmuckschatulle und meine Finger verweilen über dem Inhalt, um nach dem schönen Anhänger mit dem goldgefassten Citrin zu greifen, der wunderbar zu meinem Outfit passen würde. Ben und Louise haben ihn mir zum Fünfzigsten geschenkt, kurz bevor Noah auf die Welt kam.

Sofort bemerke ich, dass er nicht da ist.

Mein Herz beginnt zu pochen. Die Kette mit dem Anhänger gehört zu meinen Lieblingsschmuckstücken. Ich erinnere mich, wie Louise damals schilderte, wie sie und Ben während eines Urlaubs in Cornwall einen ganzen Tag damit verbracht hatten, durch sämtliche Juwelierläden zu ziehen, bevor sie das Stück gefunden hatten, von dem sie meinten, es wäre perfekt für mich.

»Wir haben beide sofort an dich gedacht, als wir den Anhänger gesehen haben«, erzählte Louise und legte mir die

Hand auf die Schulter. »So warm und schön, genau wie du, Judi.«

Ich schüttle die Schatulle, als ob dadurch meine Kette wie von Geisterhand zurückkehren würde, aber das tut sie natürlich nicht. Sie ist nicht da.

»Ah«, stöhne ich leise und presse mir den Handballen auf die Stirn.

»Was ist denn los?« Henry, der sich gerade Insulin in seinen prallen Bauch spritzt, sieht auf. Immer häufiger bleibt er bis spät am Morgen faul im Bett liegen, frühstückt dort und liest eines seiner militärhistorischen Bücher. Manchmal ist er, wenn ich das Haus verlasse, um zur Arbeit zu gehen, immer noch nicht aufgestanden.

»Meine Kette mit dem Citrin«, sage ich. »Die ist verschwunden.«

»Du hast sie ganz sicher verlegt«, murmelt Henry und zuckt leicht zusammen, als er die Nadel herauszieht und sich die Hautstelle mit einem Papiertaschentuch abtupft. »Du bist in letzter Zeit sehr vergesslich.«

Ist es das? Habe ich die Kette getragen und dann irgendwo abgelegt und vergessen, sie wieder nach oben zu bringen?

Nein. Ich kann mich erinnern, dass ich gestern Morgen, bevor Ben und die Jungs kamen, meine Diamantstecker herausgenommen habe, um sie zu tragen, und da war die Kette definitiv noch hier drin. Ich kann mich deutlich erinnern, sie gesehen zu haben.

Amber ist während des Mittagessens allein hier raufgegangen.

Die Worte bieten sich wie von selbst an und unwillkürlich entfährt mir ein kurzer Aufschrei.

»Was ist jetzt wieder los?«, meint Henry irritiert. Ich bemerke, dass das Taschentuch in seiner Hand jetzt kleine Blutflecken aufweist.

»Amber«, sage ich leise. »Sie war gestern hier oben.«

»Und?«

»Ich denke, sie könnte sie genommen haben, Henry.«

»Was?« Er nimmt seine Brille ab und starrt mich an. »Meinst du das ernst?«

»Es ist die einzige Erklärung«, sage ich, gehe einen Schritt auf ihn zu und breite die Hände nach vorne aus. »Die Kette war gestern Morgen noch da und jetzt ist sie es nicht mehr. Und Amber ist als Einzige im oberen Stockwerk gewesen.«

»Sie *musste* nach oben gehen.« Henry spricht langsam mit mir, als hätte ich Schwierigkeiten, ihn zu verstehen. »Weil sie auf die Toilette musste.«

»Ja, aber verstehst du denn nicht, dass das einfach eine Ausrede gewesen sein könnte? Sie hat sich über mich geärgert wegen der Sache mit dem Essen. Sie könnte sich hier reingeschlichen und die Kette aus reiner Bosheit an sich genommen haben.«

»Judi, ich denke wirklich, dass du ...«

»Ich glaube nämlich, dass sie auch in Davids Zimmer gegangen ist.« Ich bin jetzt voll in Fahrt und kann mich nicht mehr zurückhalten. »Das erste Mal, als sie hier war, stand seine Zimmertür offen und ich weiß bestimmt, dass sie zu war, ehe Amber nach oben ging.«

Henry schaut mich an, sagt aber nichts.

»Schau, ich weiß, dass es verrückt klingt, aber ich denke wirklich, dass Amber etwas Eigenartiges, etwas Hinterhältiges an sich hat. Sie ist nicht die Person, für die du sie hältst. Es mag ihr zwar gelingen, euch beide, dich und Ben, an der Nase herumzuführen, aber ich weiß ganz genau, dass hier etwas nicht stimmt. Noch kann ich nicht benennen, was genau es ist, aber ...«

Henry schüttelt den Kopf. »Du kannst es nicht benennen, weil du dir das alles nur einbildest, Frau. Du schnappst gerade über.«

»Nein!« Ich mache einen großen Schritt auf ihn zu und

spüre, wie mein Gesicht in Flammen steht. »Ich habe es satt, dass du immer davon ausgehst, dass sich alles nur in meiner Fantasie abspielt.«

Henry setzt seine Brille wieder auf und nimmt die Zeitung zur Hand. Ignoriert mich komplett.

Ich greife nach der Schmuckschatulle und halte sie vor mir in der Luft.

»Ich sag es dir, Henry, diese Kette war da drin. Da bin ich mir hundertprozentig sicher.«

»Mit dir kann man in letzter Zeit nicht vernünftig reden, Judi«, meint Henry und sieht von seiner Lektüre auf. »Denk, was du willst, aber Tatsache ist, dass Ben ein reizendes Mädchen kennengelernt hat und du damit einfach nicht umgehen kannst.«

»Sie hat die Jungs zurechtgewiesen, weil sie in der Diele rumgelärmt haben.« Ich schreie jetzt und schüttle dabei die Schatulle. »Aber du und Ben, ihr habt es nicht mal bemerkt.«

»Die beiden sind einfach kleine Frechdachse. Es schadet ihnen gewiss nicht, wenn sie hin und wieder zurechtgewiesen werden, weil *du* ihnen einfach alles durchgehen lässt. Amber hat einen positiven Einfluss auf sie.« Er sieht mich an und seine Stimme wird etwas weicher. »Sie sind alle noch jung genug für einen Neustart. Die Jungs brauchen eine Mutter.«

»Aber nicht sie!«, brülle ich ihn an und kann die Tränen nur mühsam zurückhalten. »*Sie* wird niemals ihre Mutter sein.« Während ich noch schreie, schleudere ich meinen Arm nach vorn und da fliegt mir die hölzerne Schmuckschatulle aus der Hand, kracht gegen das Betthaupt und verfehlt Henrys Kopf nur knapp.

ACHTUNDZWANZIG

JUDI

Am Spätnachmittag kommt Ben vorbei, um die Jungs abzuholen, und ich bin erfreut und erleichtert zugleich, als er mein Angebot annimmt, ihm ein Omelett mit Salat zum Abendessen zuzubereiten. Es kommt mir vor, als wäre es schon ewig her, dass er sich hingesetzt und ein wenig Zeit mit uns verbracht hat.

Ich trage das Essen auf einem Tablett ins Wohnzimmer und bekomme grade noch mit, wie Henry vor sich hin kichert.

»Nun, sie ist jedenfalls eine sehr reizende junge Dame, mein Sohn. Auch was fürs Auge, wenn ich das so sagen darf.« Er zwinkert Ben überdeutlich zu, aber als er mich in der Tür sieht, hustet er und widmet sich wieder seiner Zeitung.

Einige Zeit zuvor habe ich mich bei ihm für meinen Ausbruch und dafür, dass ich ihn mit meiner Schmuckschatulle beinahe enthauptet hätte, entschuldigt. Er ist der Ansicht, ich werde verrückt, aber ich habe sehr gut im Griff, was ich denke und tue, und ich weiß ganz genau, dass die Kette gestern Morgen noch da war. Ich habe nur keine Idee, wie ich es beweisen könnte.

Ich bin nicht gerade stolz auf mein Benehmen gegenüber

Henry, aber ich muss doch zugeben, dass seine verunsicherte Miene nach meinem Wutanfall mir eine gewisse Genugtuung verschaffte. Jedenfalls gefällt mir das besser, als unsichtbar für ihn zu sein.

Ich reiche Ben das Tablett mit dem Essen.

»Danke, Mum, das sieht ja wunderbar aus. Dad hat gerade gesagt, wie sehr ihr beiden Amber mögt.«

»Oh, ich habe deinen Tee vergessen«, rufe ich. »Ich hole ihn noch schnell.«

Glücklich darüber, eine Ausrede gefunden zu haben, damit ich nicht erörtern muss, wie liebreizend Amber doch ist, gehe ich in die Küche zurück, um Bens Teetasse zu holen und nachzusehen, ob es den Jungs im Vorderzimmer beim Fernsehen gut geht. Zurück im Wohnzimmer übergebe ich Ben die Tasse.

»Es ist so schön, dass du dich nicht gleich wieder auf den Weg machst.« Ich setze mich neben ihn. »Es kommt mir so vor, als würden wir dich in letzter Zeit kaum mehr sehen.«

»Genau darüber wollte ich tatsächlich heute mit dir und Dad sprechen.« Ben kaut und schluckt einen Mundvoll Essen hinunter. Dann legt er Messer und Gabel behutsam auf den Teller. Ich halte den Atem an. Was wird da wohl jetzt kommen? Einen Moment später setzt er zu etwas an, das wie auswendig gelernt wirkt. »Es ist im Grunde völlig bescheuert, dass du jeden Tag den ganzen Weg bis zur Schule zurücklegen musst, während Amber genau nebenan arbeitet.«

»Unsinn, ich hole sie doch gern ab. Das ist überhaupt kein Umstand.« Ich höre selbst, wie zunehmend Panik in meiner Stimme mitschwingt, und den Gesichtern nach, die Ben und Henry machen, geht es ihnen genauso.

»Aber es ist echt *albern*, dass du das übernimmst, wenn Amber sie ganz einfach jeden Nachmittag mit nach Hause nehmen kann. Außerdem würde es mir ersparen, nach der Arbeit hierherkommen zu müssen, um sie abzuholen.«

»Meiner Meinung nach hört sich das nach einer verdammt

guten Idee an«, meint Henry gut gelaunt. »Deine Mutter hat zu viel um die Ohren. Das sage ich ihr wieder und wieder.«

»Das ist genau das, was Amber auch sagt, Dad.« Ben nickt erleichtert.

»Nun, dann sind sich ja wohl alle einig.« Ich stehe auf und sehe von einem zum anderen. Meine Hände sind zu Fäusten geballt und ich spüre, wie sich meine Fingernägel in die Handflächen graben. »Auf einmal scheint hier jeder außer mir ganz genau zu wissen, was das Beste für mich ist.«

»Wir machen uns einfach Sorgen um dich, Mum.« Ben sieht verstört zu seinem Vater hin. »Du nimmst einfach in letzter Zeit alles gleich persönlich.«

»Ich nehme alles persönlich?«, schreie ich und erschrecke selbst für einen Moment über meine Heftigkeit. »Man müsste schon eine Heilige sein, um einiges von dem, was ihr beiden so zu mir sagt, *nicht* persönlich zu nehmen.«

»Jetzt werde doch nicht gleich wieder hysterisch, Judi«, meint Henry seufzend.

»Halt dich mir gegenüber bloß zurück mit deinen ekelhaften frauenfeindlichen Sticheleien«, schnauze ich ihn an. »Wenn ich meine Meinung äußere, hat das nichts mit Hysterie zu tun; es ist das, was *du* jeden, wirklich jeden Tag deines Lebens tust – ohne dass dir jemals auch nur ein Mensch deswegen Vorhaltungen macht.«

Ich starre ihn an und bitte im Stillen darum, dass er etwas erwidert, sodass ich völlig ausflippen kann. Aber er hustet nur und sieht zum Fenster hinaus.

Ich drehe mich um und gehe zur Wohnzimmertür, als hätte ich einen Stock verschluckt.

»Mum, bitte. Geh nicht.« Ben springt auf, läuft hinter mir her und schließt mich von hinten in seine Arme. »Es ist überhaupt nicht so, es ist nur ...«

»Es ist nur was?« Meine Stimme schnellt eine Oktave nach

oben und ich drehe mich um und entziehe mich seinem Griff. »Du kennst Amber grade mal fünf Minuten und plötzlich soll sie wissen, was das Beste für die Jungs ist? Wie kann das sein?« Ich bin wütend auf mich selbst, weil mir jetzt Tränen in die Augen steigen.

»Ist Granny böse?«, ist ein besorgtes Stimmchen hinter mir zu vernehmen.

»Ach, Schätzchen, ich bin doch nicht böse, nicht wirklich.« Ich gehe in die Hocke, schlinge meine Arme um Josh und ziehe ihn an mich. »Granny benimmt sich einfach gerade wie ein Kindskopf.«

»Granny ist ein Kindskopf«, ruft Josh laut lachend, windet sich aus meiner Umarmung und hüpft zurück in das andere Zimmer. »Granny ist ein Kindskopf«, singt er dabei.

Das entspannt die Stimmung ein wenig.

»Es tut mir leid, Mum. Das Letzte, was ich wollte, ist, dich aufzuregen.«

Ich schaue in das unglückliche Gesicht meines Sohnes und sehe darin, dass ihm all diese Entscheidungen wohl nicht leichtgefallen sind.

»Schon in Ordnung, wirklich«, sage ich seufzend. »Aber ich mache mir Sorgen, Ben. Ich mache mir Sorgen, dass zu viele Veränderungen im Leben der Jungs passieren. Ich mache mir Sorgen …«

»Und genau das ist das Problem, Liebling«, unterbricht mich Henry. »Du machst dir viel zu viele Sorgen.«

»Ich habe gerade nicht mit dir gesprochen und sollte ich aus irgendeinem Grund deine geschätzte Meinung hören wollen, werde ich dich danach fragen«, fahre ich ihn an, was Henry zum Schweigen bringt. Auch ich verstumme jetzt, selbst erstaunt über diesen Ausbruch, den ich trotzdem kein bisschen bereue.

»Den Jungs geht es gut, Mum, da gibt es wirklich nichts,

was dich beunruhigen sollte«, sagt Ben ruhig. »Amber kommt hervorragend mit ihnen zurecht. Sie sorgt dafür, dass sie wieder einen geregelten Ablauf haben. Das tut ihnen gut.«

»Was für einen geregelten Ablauf?«

»Dass sie immer zur selben Zeit schlafen gehen, dass sie am Wochenende länger im Bett bleiben, dass sie hinter sich aufräumen. Dinge, über die ich mir nie Gedanken gemacht habe.«

Ich muss an das neue sterile Kinderzimmer denken, die Verdunkelungsrollos, die sie länger schlafen lassen sollen. Das Fehlen von Spielzeug und Familienfotos im Wohnzimmer.

»Sie hat die Jungs gestern angeschnauzt«, erzähle ich ihm.

»Was?«

»Sie waren beim Ankommen aufgeregt und haben ein wenig rumgelärmt und Amber hat sie angeschnauzt, dass sie ruhig sein sollen. Das ist nicht ihr Job, Ben.«

»Wahrscheinlich hat sie einen Witz gemacht, Mum.« Ben schaut zu seinem Vater und verdreht die Augen und auf einmal bilden die zwei wieder ein Team.

»Ich möchte meinen, dass sie sehr gut mit Kindern umgehen kann, wenn man bedenkt, was ihr Beruf ist«, ergänzt Henry.

»Wie lange kennst du sie eigentlich jetzt schon?«, bedränge ich Ben.

Er zuckt mit den Achseln. »Gut ein paar Monate.«

»Das ist nichts. Du kannst einen Menschen in ein paar Wochen gar nicht richtig *kennenlernen*. Sie sollte die Jungs nicht zurechtweisen und schon automatisch elterliche Verantwortung übernehmen; das steht ihr wirklich nicht zu.«

»Mum. Es ist, wie Dad es gesagt hat: Amber arbeitet mit Kindern. Sie weiß genau, wie ...«

»Sie kennt Noah und Josh nicht wirklich. Sie hat sie gerade erst kennengelernt.«

»Nun, das wird sich ändern.« Bens Kieferpartie verhärtet

sich und von einem Moment zum anderen ist seine versöhnliche Haltung wie weggewischt. »Eigentlich wollte ich einen günstigen Moment abwarten, um dir das zu erzählen, denn ich weiß, dass es dir nicht gefallen wird. Amber zieht dieses Wochenende ein; sie wird in Zukunft bei uns wohnen.«

NEUNUNDZWANZIG

JUDI

Nach unserem Streit isst Ben sein Omelett nicht auf. Er sorgt dafür, dass die Jungs sich fertig machen, und dann gehen die drei. Ich versuche nicht, ihn aufzuhalten; es ist besser so.

Ich gebe allen einen Kuss zum Abschied, sage aber nichts weiter und auch Ben sagt nichts. Beide sind wir uns stillschweigend bewusst, dass eine Grenze überschritten wurde und zwischen uns jetzt für immer ein Streifen unbetretbares Niemandsland liegen wird.

»Ich gehe nach oben und lege mich hin«, informiere ich Henry ruhig von der Tür aus. »Ich brauche eine Weile meine Ruhe.«

»Du benimmst dich wirklich nicht fair«, antwortet Henry und starrt weiterhin in den Fernseher. »Das sollte jetzt für Ben, nach allem, was er durchgemacht hat, eine glückliche Zeit sein, aber du hast seine Seifenblase gerade gründlich zum Platzen gebracht.«

»Ich stehe hinter allem, was ich gesagt habe«, antworte ich mit gepresster Stimme. »Das alles geht für die Jungs viel zu schnell. Ich denke nur an die beiden.«

»Ach ja?« Er schaltet den Fernseher auf stumm und starrt

mich an. »Ist es wirklich *das*, was dir Sorgen macht, Judi? Für mich sieht es nämlich eher so aus, als wärst du zerfressen von Eifersucht auf dieses Mädchen. Sie ist jung und reizend und sie hat unseren Sohn und die Jungs gern. Was zum Teufel ist eigentlich dein Problem?«

»Sie ist kein *Mädchen*. Sie ist eine dreißigjährige Frau, die genau weiß, was sie in dieser Familie anrichtet.«

Ich drehe mich um und gehe Richtung Treppe.

»Du weißt schon, dass sie es weiß, oder?«, brüllt Henry hinter mir her. »Ich habe sie neulich vormittags zufällig in der Stadt getroffen und sie hat sich ziemlich aufgeregt und mich gefragt, wieso du sie nicht magst. Am Sonntag, nachdem du ihr Angebot, dir Kochtipps zu geben, ausgeschlagen hast, hast du da nicht ihr Gesicht gesehen? Sie war verletzt. Tief gekränkt sogar, so wie Ben heute. Es gibt nur eine Person hier, die der Familie gerade schadet. Darüber solltest du mal nachdenken.«

Stufe für Stufe gehe ich langsam die Treppe hinauf, während Hitze in meinem Körper aufsteigt, und sehe mir dabei die Fotos von David an.

»Du verlierst wirklich langsam den Verstand«, schallt mir Henrys Stimme durch die geöffnete Tür nach. »Sogar Ben macht sich Sorgen um dich.«

Sogar Ben. Wann hat er mit seinem Vater über mich gesprochen? Und worüber haben sie sich ausgetauscht?

Ich bin ein wenig angespannt und manchmal wird mir ziemlich heiß. Mein Körper verändert sich, klar, aber das ist völlig normal. Es ist nicht so, dass etwas mit mir *nicht stimmt*, es sind nur die verdammten Wechseljahre. Etwas, das im Raum steht, über das aber niemand reden will. Warum sollte ich mir Henrys abfällige Bemerkungen gefallen lassen?

Ich frage mich, worüber Henry und Amber gesprochen haben, als sie sich *zufällig* in der Stadt begegnet sind. Seit Amber auf der Bildfläche erschienen ist, passieren ja ziemlich viele Dinge rein zufällig.

An irgendeinem Punkt, an dem ich in die falsche Richtung geblickt habe, hat sich auf einmal eine Glaswand zwischen mich und meine Familie geschoben. Und Amber hat es irgendwie geschafft, sich auf der anderen Seite zu positionieren, zusammen mit meinem Mann, meinem Sohn und meinen Enkeln.

Ich tappe leise von der Treppe durch den Flur, bis ich Davids Zimmer erreiche. Sobald die Tür hinter mir zu ist, lasse ich meinen Tränen freien Lauf. Ambers Gesicht erscheint vor meinen Augen, ihr süffisantes Grinsen und die Art, wie sie andererseits Ben und Henry kokett anlächelt. Wieder klingt in mir ihr barscher Ton nach, mit dem sie die Jungs zurechtgewiesen hat.

Sie will diese Familie zerbrechen und sie glaubt, niemand könnte sie davon abhalten.

Aber sie irrt sich. Sie alle irren sich.

Ich bin weit davon entfernt, den Verstand zu verlieren. Im Gegenteil, heute kommt es mir so vor, als wäre ich gerade wieder zu Verstand gekommen.

Ein bekanntes Zitat fällt mir ein und tönt in einer Endlosschleife wie ein Echo durch meinen Kopf.

Hütet euch vor dem Wolf im Schafspelz.
Hütet euch vor dem Wolf im Schafspelz.

Ich lege mich auf Davids Bett und schließe die Augen.

DREISSIG

AMBER

Amber hatte nicht damit gerechnet, dass sich schon so bald die Gelegenheit bieten würde, aus ihrer Wohnung auszuziehen, war jedoch sehr froh, als es so weit war.

Sie hatte Ben zwar nichts davon erzählt, aber um jederzeit aufbruchbereit zu sein, hatte sie bereits vor Wochen zu packen begonnen — zumindest die Dinge, die sie ohnehin nicht so oft benutzte: Bücher, die sie schon gelesen hatte, aber behalten wollte, und die Kiste mit den Sachen ihrer Schwester, die sie seit dem Verkauf des Elternhauses überallhin mitnahm und in der sich auch Kathryns kostbares Tagebuch befand. Sie hatte es gefunden, als ihre Mutter ins Pflegeheim gezogen war, ganz unten in einer Aufbewahrungsbox.

In den letzten Wochen hatte Amber fast keinen Abend in ihrer Wohnung verbracht. Schon jetzt hatte sie das Gefühl, als würde sie bei Ben wohnen; der einzige Unterschied war, dass alle ihre Sachen noch hier waren und natürlich, dass sie immer noch Miete für eine lausige Bruchbude zahlte, in der sie kaum mehr wohnte.

Doch jetzt war sie mit dem Packen fertig. Sie und Ben hatten in den vergangenen Tagen mehrere Wagenladungen zu ihm hinübergebracht und jetzt waren nur noch zwei oder drei Kartons zu transportieren, bevor sie die Zählerstände ablesen und die Wohnungstür ein letztes Mal abschließen würde.

Sie empfand weder Bedauern noch war sie traurig darüber, dass sie von hier fortging. Die Musik aus der oberen Wohnung war so laut und aufdringlich wie immer. Es schien, als würde der dumpfe, unmelodische Track, der eben zu hören war, in einer Endlosschleife laufen und mit voller Lautstärke durch die Risse in der dünnen Zimmerdecke wummern. Der Lampenschirm um die einzelne nackte Glühbirne über ihrem Kopf hüpfte im Takt des monotonen Rhythmus auf und ab.

Gerade als Amber den letzten Karton zuklebte, verstummte der Lärm von oben schlagartig und man hörte mehrere Personen die Treppe hinunterpoltern. Grölend und lachend quoll eine Gruppe von fünf jungen Männern aus dem Haus und Amber konnte vom Fenster aus beobachten, wie sie die Straße hinunter in Richtung des Pubs an der Ecke torkelten.

Eine ungewohnte Ruhe senkte sich über das Haus.

Mit einem Mal keimte in ihrem Kopf eine Idee auf, und anstatt den Gedanken beiseitezuschieben und sich einfach — endgültig — auf den Weg zu Bens Haus zu machen, lächelte Amber in sich hinein.

Es wäre ganz einfach und absolut angemessen – eine Tat, mit der sie sich für die vielen schlaflosen Nächte revanchieren könnte, die sie und auch die anderen Mieter wegen dieser Vollidioten hatten erdulden müssen.

Es wäre unendlich schade, sich diese Gelegenheit entgehen zu lassen.

EINUNDDREISSIG

JUDI

Maura ruft mich spät am Montagabend an, um mir zu sagen, dass sie eine üble Erkältung hat und die nächsten Tage nicht zur Arbeit kommen wird.

»Das könnte sogar eine echte Grippe sein; es hat mich auf jeden Fall mit voller Wucht erwischt«, jammert sie mit heiserer Stimme. »Wenn es tatsächlich eine Grippe ist, muss ich wohl die ganze Woche zu Hause bleiben.«

»Kein Problem, mach dir keine Sorgen«, beruhige ich sie.

»Judi, alles in Ordnung mit dir? Du klingst so ... ich weiß nicht, irgendwie komisch.«

Mit mir ist nicht alles in Ordnung, nicht wirklich. Nach dem Streit mit Ben fühle ich mich völlig leer. Wieder und wieder schiebe ich das Bild von seinem gekränkten Gesichtsausdruck beiseite und mir fehlt die Kraft, all die verletzenden Worte noch einmal im Geiste Revue passieren zu lassen, die wir einander an den Kopf geworfen haben.

»Mir geht es gut. Deck dich ausreichend mit Medikamenten ein und halt dich warm«, empfehle ich ihr. »Und mach dir um Himmels willen keine Sorgen wegen der Arbeit. Ich werde Esther anrufen.«

Anstatt eine unerfahrene und teure Kraft von einer Zeitarbeitsfirma kommen zu lassen, greifen wir im Notfall immer auf Esther Cairns zurück. Wenn eine von uns krank wird oder wir einfach in Hochphasen ein zusätzliches Paar Hände brauchen, können wir uns gewöhnlich darauf verlassen, dass Esther sehr kurzfristig einspringt. Früher hat sie in der Praxis gearbeitet – tatsächlich sogar über dreißig Jahre lang – und sie war auch diejenige, die vor etlichen Jahren Maura eingestellt hat.

Esther ist bereits seit fünf Jahren in Rente und hat gerade ihren siebzigsten Geburtstag gefeiert, aber angesichts ihrer immensen Berufserfahrung gibt es keine Situation, die Esther noch nicht gesehen hat oder mit der sie nicht umgehen kann.

»Aber klar, meine Liebe, ist doch gar kein Problem«, meint sie sofort gut gelaunt, als ich ihr erkläre, dass Maura krank ist. »Wir sehen uns dann morgen früh, pünktlich um acht.«

Lächelnd lege ich das Telefon weg. Esther nimmt es mit der Pünktlichkeit immer ganz genau und ohne Zweifel wird sie mir unmissverständlich mitteilen, wenn sie zu dem Schluss kommen sollte, dass unsere Verwaltungsabläufe seit ihrem letzten Besuch ineffektiver geworden sind. Ihre berühmt-berüchtigten Killerkommentare beginnen immer mit »Es liegt natürlich ganz bei dir, meine Liebe, aber ...« oder »Ich möchte mich natürlich überhaupt nicht einmischen, aber trotzdem ...«

Dennoch ist es immer noch weit besser, mir Esthers niemals endende Verbesserungsvorschläge anzuhören, als allein die Praxis zu öffnen und unter Aufbietung all meiner Kräfte den ganzen Vormittag schwierige Patienten beschwichtigen zu müssen.

Als Henry mit dem Zusammenpacken von ein paar warmen Kleidungsstücken für seinen mehrtägigen Angelausflug fertig ist, verziehe ich mich ins Bett. Ich weiß, dass er längst unterwegs sein wird, wenn ich morgen aufwache. Keine Ahnung, wo er sich aufhalten wird und wie ich ihn erreiche, wenn ich ihn im Notfall kontaktieren muss, aber in die Details werde ich ohnehin nie eingeweiht und, um ehrlich zu sein, interessiert mich das alles auch nicht besonders.

Seit unserem hitzigen Disput wegen Amber haben wir nur noch das Nötigste miteinander gesprochen und das fühlt sich gar nicht schlecht an. Einfacher zumindest.

Obwohl ich es bewusst zu vermeiden suche, muss ich immer wieder an Ben und die Jungs denken und an die Frustration, die bei Amber unter der Oberfläche vor sich hin köchelt, wie ich zu spüren glaube. Sie ist zum Vorschein gekommen, als ich es gewagt habe, ihre Ansichten über Ernährung zu kritisieren. Es irritiert mich auch, wie Ben sie ansieht, nämlich fast ehrfürchtig. Als wäre sie ein vollkommener Engel, der in seinem Leben erschienen ist, und er könnte sein Glück noch gar nicht fassen.

Ich habe immer geglaubt, dass mein Sohn ein logischer Denker ist, vernünftig; Henry sagt immer gern, dass Ben mit beiden Beinen fest auf der Erde stehe.

Ich hoffe nur, dass sich diese positiven Eigenschaften auch im Umgang mit Amber durchsetzen werden. Vor allem, da sie nun bei ihm einzieht. Von jetzt an sollten sie eigentlich zu einer Familie zusammenwachsen.

Am nächsten Morgen bin ich äußerst erleichtert, dass ich nach dem Aufwachen allein im Haus bin.

Etwa um fünf Uhr morgens hörte ich, wie Henry im Badezimmer nebenan zugange war. Danach kam er ins Schlafzimmer geschlichen, wahrscheinlich weil er etwas vergessen hatte. Ich tat so, als ob ich tief und fest schlafen würde, damit ich nicht mit ihm reden musste.

Statt zu Fuß zur Arbeit zu gehen, nehme ich das Auto, um so etwas früher in der Praxis zu erscheinen und einen supertüchtigen Eindruck zu erwecken. Leider muss ich feststellen, dass Esther mir zuvorgekommen ist und schon beim Hintereingang auf mich wartet.

»Als ich hier noch zuständig war, bin ich immer lieber schon etwas vor halb acht gekommen«, kommentiert sie freundlich, während ich in den Tiefen meiner Handtasche nach den Schlüsseln zur Eingangstür der Praxis krame. »Ich persönlich halte ja acht Uhr für arg knapp, aber ich möchte mich natürlich überhaupt nicht einmischen. Ich bin mir sicher, ihr Mädels sorgt dafür, dass hier alles wie am Schnürchen läuft.«

Ich lächle in mich hinein und nehme mir vor, Maura zu berichten, dass Esther diesmal sehr früh, nämlich bereits vor Betreten des Gebäudes, mit ihren Ermahnungen angefangen hat. Wenn Esther wieder in der Praxis war und uns leise Vorwürfe gemacht hat, machen wir uns gerne darüber ein wenig lustig – natürlich ohne es wirklich böse zu meinen.

Sobald wir uns in der Praxis befinden, beginne ich mit der täglichen Routine, schalte alle Lichter ein, drehe die Heizkörper auf, öffne die Rollläden und fahre den Computer hoch. Die ganze Zeit bleibt Esther mir auf den Fersen und ich höre im Hintergrund ihr Gerede.

Ich nicke und lächle, wenn ich meine, dass der richtige Zeitpunkt dafür ist, versuche mich aber trotzdem darauf zu konzentrieren, dass alles für die Sprechstunde vorbereitet ist. Als Esther gerade herummäkelt, wie der Tierarzt ihr neulich wieder das Geld aus der Tasche gezogen hat, als ihr Yorkie Toto beim Spaziergang in eine Glasscherbe getreten war, höre ich ihr nicht wirklich aufmerksam zu.

Aber plötzlich erwähnt sie etwas, das mich aufhorchen lässt. Mein Rücken strafft sich und meine Fingerkuppen verharren in der Schwebe über der Tastatur.

Ich drehe mich um und sehe sie an. »Entschuldige, Esther, ich habe gerade nicht richtig mitbekommen, was du da gesagt hast.«

»Ich habe gesagt, dass Bens neue Freundin offensichtlich das Zepter schon fest in der Hand hält.«

Ich schiebe die Tastatur von mir und sorge dafür, dass die Rezepte, die Dr. Fiedler gestern unterschrieben hat und die ohnehin einen ordentlichen Stapel bilden, noch sauberer aufeinanderliegen.

»Würde es dir was ausmachen, wenn du das noch mal von Anfang erzählst? Ich meine das, was du über Amber und die Jungs gesagt hast?«

»Ja, das ist eben das Problem, wie die Arbeit einen völlig in Beschlag nimmt«, meint Esther. »Nie hat man mal eine Minute für sich. Deswegen empfehle ich ja, am Morgen ein wenig früher in die Praxis zu kommen, sodass ...«

»Ja, das habe ich verstanden. Aber was sagtest du gleich, über Amber ... Bens Freundin?«, hake ich nach und versuche, meine Stimme ruhig klingen zu lassen. »Irgendetwas über sie und die Jungs?«

Aber mein Versuch, unbeeindruckt zu erscheinen, scheitert kläglich: Esthers Adleraugen erspähen, dass meine Finger nervös auf dem Rezeptstapel herumtippen. »Ach, das war nichts, worüber du dir Sorgen machen musst. Ich war einfach nur ein wenig erstaunt, das ist alles.« Sie senkt die Stimme. »Ich habe Ben und die Jungs im Park gesehen, als ich mit Toto Gassi ging. Ich glaube, es war am Sonntag, aber es könnte natürlich auch am Montagabend gewesen sein, ganz sicher bin ich mir da nicht, weil mein ...«

»Und Amber war also auch dabei, im Park?«, unterbreche ich ihr sinnloses Geschwätz.

»Ja, stimmt, das war sie. Und ich weiß noch, dass ich gedacht habe, wie schön, dass Judis reizender Sohn sich jetzt so eine attraktive junge Frau geangelt hat. Weißt du, Maura hatte nämlich schon erwähnt, dass er jemanden kennengelernt hat, als ich neulich mal in der Praxis vorbeigeschaut hab.« Esther stoppt ihren Redefluss, legt sich die Hand aufs Herz und verzieht schmerzlich ihr Gesicht. »Es war ja so schrecklich, was da passiert ist. Dass Louise gestorben ist, meine ich. Der arme Ben ... und deine Enkel, diese armen Würmchen. So jung die geliebte Mutter zu verlieren.«

»Ja, da hast du recht«, sage ich ruhig. »Aber wir sind eine starke Truppe, weißt du; wir haben an einem Strang gezogen und das gemeinsam überstanden.«

»Natürlich habt ihr das und ich habe beobachtet, dass sie sehr eng sind. Alle von ihnen, dort im Park, wie eine richtige kleine Familie. Die betreffende junge Dame hat sich sogar so richtig ins Zeug gelegt, um mit den Jungs fertigzuwerden. Dein großer Enkel, wie heißt er gleich wieder?«

»Noah«, erwidere ich mit trockenem Mund.

»Ja genau, der. Noah. Nun, nach dem, was ich sehen konnte, hat er sich wie ein Lausebengel aufgeführt, so wie kleine Jungs halt sein können.« Sie lacht vor sich hin. »Hat sich einfach oben auf die Rutsche gesetzt und seinen Bruder gar nicht in die Nähe gelassen, dass *der* auch mal hätte rutschen können.«

Ich schaue zur Wanduhr hinüber. Zwanzig nach acht. Ich muss die Tür für die Patienten kurz vor halb neun öffnen. Wenn sie nur endlich zur Sache kommen würde. Aber ich unterbreche sie nicht, sondern schlucke meine Ungeduld hinunter und warte ab.

»Wenn ich sage, dass er sich wie ein Lausebengel aufgeführt hat, soll das heißen, dass er sich einfach mal kurz schlecht benommen hat, meine Liebe. Mehr war das nicht. Er war nicht generell ungezogen.« Sie starrt durch den Raum zu dem großen Fenster, das auf einen kleinen betonierten Innenhof hinausgeht und wirkt so, als wäre sie für ein, zwei Augenblicke völlig in ihrer eigenen Welt.

»Also, was ist dann passiert, Esther, da im Park?«

»Nun, Ben hat Noah zugerufen, dass er von der Rutsche runterkommen soll, aber natürlich hat er seinen Daddy ganz hervorragend ignoriert. Und die Freundin – Amber – marschiert also los, quer über den Spielplatz. ›Noah‹, ruft sie ihm zu. ›Du kommst jetzt in dieser Sekunde da runter.‹ Und Noah, ja, der ist offensichtlich doch ein ganz ausgebufftes Kerlchen, weil er nämlich zu singen angefangen hat, so laut er konnte, und einfach in die andere Richtung geschaut hat, dieser Schlingel.«

Während sie die Szene beschreibt, vollziehe ich sie in Gedanken nach. Ich kann mir das genau vorstellen und muss mir Mühe geben, nicht zu grinsen. Noah ist ein schlaues Kind, das auch mal mit dem Kopf durch die Wand geht. Wenn Amber glaubt, sie könnte *ihn* zu ihrer kleinen Marionette machen, so wie sie es offensichtlich mit seinem Vater tut, wird sie noch ihr blaues Wunder erleben.

Die Jungs sind sehr unterschiedlich. Das liegt natürlich zum Teil an dem Altersunterschied von drei Jahren, aber daneben sind sie auch zwei völlig unterschiedliche Persönlichkeiten. Noah hat einen aufmüpfigen Zug an sich, der mich an seinen Vater erinnert. Als Ben ein Kind war, konnte er sehr eigensinnig werden, wenn jemand versuchte, ihn zu etwas zu zwingen, das er nicht tun wollte. Ben wiederum hat das von Henry geerbt.

Mein David war von seiner Persönlichkeit her immer entspannter und umgänglicher. Er versuchte stets, alles richtig zu machen, was sein Bruder oder seine Freunde manchmal ausgenutzt haben.

Ich denke über David nach und darüber, dass er oft ein wenig weichlich wirkte. Und mir fällt auf, dass ich selbst tagtäglich gegen denselben Charakterzug ankämpfen muss.

Trotzdem bin ich innerlich auch stark, was aber niemand erkennt. Ich glaube nicht, dass ihnen allen das bewusst ist.

ZWEIUNDDREISSIG

JUDI

So schnell wie die Gedanken über David mich einnehmen, so schnell schiebe ich sie auch wieder beiseite. Das ist inzwischen so sehr zur Gewohnheit geworden, dass es mir sozusagen in Fleisch und Blut übergegangen ist. Ich hatte auch nie wirklich eine andere Wahl: Denn Henry hat nicht viel dafür übrig, dass in seinem Zuhause Gefühle hemmungslos ausgelebt werden.

Esther erzählt inzwischen ihre Geschichte weiter.

»Nun, während der kleine Noah also singt und sie nicht beachtet, steigt Amber selbst die Stufen der Rutsche hinauf.« Esther lacht, ein trockenes, hartes Gackern. »Als er sie sieht, stößt er sich ab und rutscht runter, aber schnell wie der Blitz, ist sie schon am Ende der Rutsche, um ihn einzufangen, als er unten ankommt.«

»Und was dann?« Ich spüre ein leichtes Kribbeln im Nacken.

»Ich bin ja nur vorbeigegangen und die Hecke war auch im Weg, aber soweit ich sehen konnte, hat sie ihn an der Hand festgehalten und ihm eine ordentliche Standpauke verpasst.« Esther runzelt die Stirn. »Ein bisschen übertrieben streng, würde ich sagen. Es steht mir wahrlich nicht zu, darüber zu urteilen, meine Liebe, aber sie ist doch schließlich nicht die Mutter der Jungs, oder?«

»Eine Standpauke, sagst du?«, frage ich nach und muss schlucken.

Esther nickt ernst. »Jedenfalls eine so ernste Rüge, dass der junge Mann prompt in Tränen ausgebrochen ist.«

Das Blut kocht in meinen Adern. Ich muss an Sonntag denken und wie Amber bei der Ankunft die Jungs angefahren hat, um sie zur Ruhe zu bringen. »Und wo war Ben, während das alles passiert ist?«

»Ich glaube, er ist mit dem kleinen Josh zu dem Bach am hinteren Parkende, denn als ich ihm zuwinken wollte, war er nirgends zu sehen.« Esther legt den Kopf schief und mustert mich. »Oh, ich kann sehen, wie dich das jetzt aufregt, meine Liebe. Tut mir wirklich leid, ich hätte es nicht erwähnen sollen.«

»Mir geht es gut.« Ich schüttle meinen Kopf und blinzle ein paarmal schnell. »Ich bin froh, dass du mir das erzählt hast, Esther. Es ist schon recht schwierig, sich daran zu gewöhnen, dass da jetzt jemand Neues in Bens Leben ist. Und ich mache mir Sorgen um die Jungs, weißt du. Ich sollte schon wissen, was so vor sich geht.«

»Aber natürlich solltest du das, meine Liebe«, sagt Esther fürsorglich und legt ihre Hand auf meine.

Ich wundere mich über mich selbst, dass ich so etwas Persönliches ausgerechnet Esther offenbare, die doch eigentlich nur eine Bekannte ist, und ich versuche, meine unwillkommenen Gefühle schnell hinunterzuschlucken. Esther ist ein liebenswürdiger Mensch und meint es gut, aber sie tratscht auch allzu gerne mit allen möglichen Leuten, die ihr Aufmerksamkeit schenken.

Am Donnerstag ist Maura immer noch nicht zurück in der Praxis. Ich habe nicht mehr mit ihr gesprochen, aber sie schreibt mir jeden Tag von ihrem Beinahe-Sterbebett eine Nachricht mit all den blutigen beziehungsweise schleimigen Details dessen, was jetzt offiziell als Bronchitis diagnostiziert wurde.

Ich sitze an Mauras Platz, ordne Unterlagen und lege die Folgerezepte für die Ärzte zum Unterschreiben bereit, aber mit dem Herzen bin ich nicht dabei. Esther habe ich sich selbst überlassen und sie erledigt die Arbeit an der Theke mehr oder weniger allein, verschwendet aber viel zu viel Zeit darauf, sich zu unterhalten und von den Patienten, die sie seit Jahren kennt, auf den neuesten Stand bringen zu lassen.

Normalerweise hole ich sie von Zeit zu Zeit von der Empfangstheke weg, heute aber lasse ich sie nach Herzenslust schwatzen. Bisher hat sich niemand beschwert; im Gegenteil, alle scheinen ihr und den anderen Patienten im Wartebereich nur zu gern ihre unterschiedlichen Gebrechen bis ins letzte Detail zu schildern.

Das ist heute ideal. Esther bekommt gar nicht mit, wie schweigsam ich bin, und ich muss keinen sinnlosen Small Talk betreiben, während mich der Zusammenstoß von Noah und Amber im Park bekümmert, den Esther geschildert hat.

Mein Magen rumort, aber jedes Essen ist mir zuwider. Ich habe seit drei Tagen nicht gefrühstückt, obwohl ich gleichsam mein ganzes Leben lang meinen Söhnen und Enkeln die Wichtigkeit der ersten Mahlzeit am Tag gepredigt habe.

Irgendwie bringe ich den Vormittag hinter mich, ohne Esther anzufahren oder in Tränen auszubrechen. Ich hole in aller Ruhe meine Tasche, und als Carole eintrifft, um mich abzulösen, rufe ich kurz einen Abschiedsgruß und verlasse die Praxis. Dabei bete ich im Stillen, dass niemandem doch noch in letzter Minute eine dringende Aufgabe für mich einfällt.

Draußen gehe ich die paar Stufen vor der Praxis hinunter und laufe rasch die Straße entlang. Als ich mir sicher bin, dass mich keiner sehen kann, halte ich kurz an, um mich zu fassen. Die Luft fühlt sich auf meinem Gesicht kühl und frisch an und ich bin froh über meine Entscheidung am Morgen, zu Fuß zu gehen.

Ein paar Minuten lang gelingt es mir, meinen Kopf freizubekommen, mich auf das Geräusch meiner Schritte zu konzentrieren, sie zu zählen und dabei tief zu atmen und dem Gesang der Vögel zu lauschen. Das ist beruhigend und meditativ, aber die Wirkung hält nicht lange an. Schon nach kurzer Zeit spielt mein Verstand wieder verrückt und meine Umgebung verschwimmt, während ich auf die Pflastersteine des Fußwegs vor mir starre, wo die Sohlen meiner zweckmäßig flachen Schuhe den Streukies aufwirbeln.

Seit Montagabend habe ich nichts von Ben oder den Jungs gehört. Jeden Nachmittag, wenn ich mit der Arbeit fertig bin, drifte ich in denselben leeren schwarzen Raum ab. Ein Niemandsland, in dem es keinen Hausputz und keine Wäsche für Ben zu erledigen und keine Jungs von der Schule abzuholen gibt. Kein Abendessen zu kochen und, da Henry noch auf seinem Angeltrip ist, keiner, mit dem ich reden könnte. Nicht dass wir in letzter Zeit viel miteinander geredet hätten.

Maura möchte ich nicht belästigen, da sie krank ist, und mir wird mit Entsetzen klar, dass es absolut niemanden gibt, mit dem ich meine Kümmernisse teilen könnte.

Irgendwie gelingt es mir nicht, klar zu denken. Ich kann nicht beurteilen, ob ich, wie Henry behauptet, unvernünftig bin oder überempfindlich reagiere ... sollte es tatsächlich *ich* sein, die Ben verjagt? Oder ist es nicht gerade vernünftig, mich um meine Enkel und um die Tatsache, dass alles in ihrem Leben sich gerade mit halsbrecherischer Geschwindigkeit verändert, zu sorgen?

Ich beschließe, dass Letzteres sich richtig anfühlt. Ben wurde derart der Kopf verdreht, dass er sogar zulässt, dass Amber die Jungs bestraft und ihre stabile häusliche Umgebung zerstört. Nicht auszudenken, wie groß der Schaden noch werden könnte, wenn sie nicht von jemandem in die Schranken gewiesen wird.

Ich habe Noah und Josh jetzt seit vier Tagen nicht gesehen. So lang waren wir seit über zwei Jahren noch nie getrennt.

Ich spüre einen Hitzestoß in mir, als ich die Möglichkeit erwäge, dass Ben sie mit voller Absicht von mir fernhält, im Bewusstsein, dass das für uns drei maximalen Stress bedeutet. Wenn jemand mich vor einer Woche gefragt hätte, ob er jemals die Jungs dazu benutzen würde, mich wegen einer Meinungsverschiedenheit abzustrafen, hätte ich demjenigen ins Gesicht gelacht.

Jetzt aber ist mir nicht zum Lachen zumute.

Bens Reaktion, als ich ihm berichtete, wie Amber die Jungs letzten Sonntagmittag angefahren hat, hat mir klar gezeigt, wem seine Loyalität gilt. Diesbezüglich mache ich mir keine Illusionen mehr. Dass er bisher weder eine Nachricht geschrieben noch angerufen hat, ist nur ein zusätzlicher Beweis, dass er nicht beabsichtigt, ein Friedensangebot zu machen, um die Situation wieder in Ordnung zu bringen.

Während ich weitergehe und die Gedanken in meinen Kopf kreisen, erkenne ich, dass ich doch eine Wahl habe. Ich kann darauf warten, bis Ben es für angemessen hält, die Jungs zu mir zu bringen, oder aber ich kann ausnahmsweise einmal versuchen, das durchzusetzen, woran ich ganz stark glaube.

Nämlich mein eigenes Recht darauf, meine Enkel zu sehen. Indem ich den Mund halte, werde ich gar nichts erreichen.

Ich sehe auf meine Armbanduhr. Die Grundschule der Jungs ist nur ein paar Straßen von der Praxis entfernt und ich weiß zufällig, dass ihre Mittagspause um ein Uhr fünfundzwanzig endet. Wenn ich schneller gehe, könnte ich in weniger als zehn Minuten zu dem schmiedeeisernen Gitter gelangen, das den Spielplatz umgibt.

Ich mache kehrt und gehe eilig den Weg zurück, den ich

gekommen bin. Als ich an der Praxis vorbeilaufe, hoffe und bete ich, dass mich keiner sieht, was auch zum Glück nicht passiert.

Während ich dahineile, wird mir bewusst, dass ich mich ein wenig größer aufgerichtet habe; ich habe die Schultern weiter nach hinten genommen und meine Bewegungen sind auf ein Ziel hin ausgerichtet. So lange habe ich immer nur auf andere reagiert, dass es sich jetzt sehr befreiend anfühlt, dass ich, ich allein, beschlossen habe, zumindest diese kleine Handlung auszuführen. Der bloße Gedanke, wenigstens einen kurzen Blick auf meine Enkel werfen zu können, reicht schon aus, um meine Laune zu heben.

Ich höre den Schulspielplatz, bevor ich ihn sehen kann. Kreischende und rufende Kinder, ein wildes Durcheinander aus Stimmen und Geräuschen, während sie rennen und springen. Die River View Primary ist eine der kleinsten Grundschulen in Nottingham und hat einen guten Ruf. Beide Jungs fügen sich dort gut ein, obwohl ich das Gefühl habe, in Lady Bay könnte es ihnen noch besser gehen.

Als ich um die Ecke biege, sehe ich, wie ein kleines Grüppchen des Lehrpersonals gerade aus dem Gebäude kommt und über den Hof ausschwärmt, was nur bedeuten kann, dass die Mittagspause fast zu Ende ist. Gleich werden die Kinder nach drinnen begleitet.

Ich renne die letzten Meter und presse mein Gesicht gegen die kühlen schwarzen Gitterstangen. Josh fällt mir fast sofort ins Auge, drüben am anderen Ende. Er befindet sich in einer Gruppe von Jungen, die alle ungefähr in seinem Alter sind, und sie spielen Fangen oder etwas Ähnliches. Sein Gesicht ist gerötet und voller Ausgelassenheit. Er lacht und ruft und ist ganz versunken in eine Welt, in der Erwachsene und die Schule nicht länger existieren.

Ich strahle innerlich, weil ich ihn so glücklich und entspannt sehe; es ist genau der richtige Balsam, um meine ständigen Sorgen um ihn zu lindern. Ich suche den Hof nach Noah ab und richte meine Blicke dabei auf die etwas älteren Kinder, aber er ist nirgends zu entdecken.

Der elektronische Gong ertönt und jemand bläst in eine Trillerpfeife und wie automatisch strömen die Kinder rasch zurück in das Gebäude. Ich gehe ein Stück weiter entlang des Begrenzungsgitters, sodass ich hinter das Gebäude blicken kann, und da sehe ich Noah, der an einer Wand lehnt. Er ist allein und starrt seine Füße an.

»Noah!«, rufe ich und winke wie wild mit den Händen. »Noah!« Aber es ist viel zu laut, als dass meine Stimme zu ihm durchdringen könnte.

Eine der Pausenaufsichtskräfte geht an Noah vorbei und sagt etwas zu ihm. Er nickt und nimmt die Hände aus den Taschen. Ich schnappe laut nach Luft, als ich sehe, dass seine linke Hand bandagiert ist.

»Noah!« Er hört mich noch immer nicht, aber seine Klassenlehrerin, Miss Simpson, ist in diesem Moment im Hof erschienen. Sie blickt zu mir herüber und kommt schnell zum Zaun gelaufen.

»Entschuldigung, kann ich Ihnen behilflich ... Oh, Mrs Jukes, Sie sind das.«

Miss Simpson kennt mich weit besser als Ben, da ich diejenige war, die in den letzten zwei Jahren immer die Jungs abgeholt hat.

»Ja, ich bin gerade vorbeigelaufen und habe Noah gesehen und ihm zugewinkt«, entgegne ich ein wenig atemlos. »Geht es ihm denn gut?«

»Soweit ich weiß, schon.« Sie runzelt die Stirn. »Gibt es denn ein Problem?«

»Nun ja, er sieht ein wenig niedergeschlagen aus, so ganz für sich allein da drüben«, meine ich zögerlich. »Und ich sehe, dass seine Hand verletzt ist.«

»Ah ja, da gab es einen Vermerk dazu im Klassenbuch.« Sie streckt den Zeigefinger in die Luft, während sie in ihrem

Gedächtnis kramt. »Ich glaube, seine Stiefmutter hat vor ein paar Tagen im Sekretariat vorbeigeschaut und gesagt, dass er sich die Hand beim Fußballspielen verletzt hat. Sie ist wohl übel geschwollen und er spielt nicht mit seinen Freunden, damit er nicht versehentlich noch einen weiteren Schlag abbekommt.«

»Aha«, erwidere ich mit gepresster Stimme. »Ich mache mich jetzt lieber wieder auf den Weg, da es ja schon gegongt hat. Aber nur zur Information: Sie ist nicht seine Stiefmutter. Sie ist lediglich Bens Freundin; er kennt sie noch nicht sehr lange.«

»Oh, das tut mir wirklich leid.« Miss Simpson errötet heftig. »Es ist nur so, dass Noah heute Morgen ein neues Kontaktformular mitgebracht hat und dass Miss Carrs Name unter Stiefmutter hinzugefügt wurde.«

Auf meinen Unterarmen bildet sich Gänsehaut und ein unerfreulicher Gedanke blitzt in meinem Kopf auf, den ich, ohne nachzudenken, sofort ausspreche.

»Kann ich Sie fragen ... Stehe ich denn noch mit meinem Namen und meiner Telefonnummer als Notfallkontakt auf dem Formular?«

»Genau genommen dürfte ich das Ihnen eigentlich gar nicht sagen.« Sie sieht mich an und ihr Gesicht wird weicher. »Aber ganz unter uns, Mrs Jukes, nein. Das tun Sie leider nicht.«

DREIUNDDREISSIG

JUDI

Ich meine, mich noch von Miss Simpson verabschiedet zu haben, aber genau weiß ich es nicht. Mit halsbrecherischer Geschwindigkeit habe ich die Grundschule hinter mir gelassen und befinde mich bereits auf halber Strecke zu dem ausgedehnten Gelände der Colwick Park Academy zwei Querstraßen weiter. Bens Arbeitsplatz.

An der Straßenecke muss ich ein paar Minuten innehalten, um wieder zu Atem zu kommen. Mit bebenden Nasenflügeln stütze ich mich mit einer Hand gegen die Mauer von Bilton's Metzgerei, wo ich oft unseren Sonntagsbraten kaufe, und starre mit Entsetzen in das Schaufenster. Dort hängt eine Schweinehälfte mit dem Kopf nach unten am Haken und schwingt leicht hin und her, das glasige Auge blicklos starrend. Am Boden darunter ist ein weißes Tuch ausgelegt, um das Blut aufzufangen.

Ich wende die Augen ab und schaue auf das Gehwegpflaster. Die weiße Bandage an Noahs Hand und Esthers Erzählung über die Geschehnisse im Park besetzen mein Gehirn. Meine Augen brennen und ich muss die Zähne zusammenbeißen bei der Vorstellung, dass Amber ihn so hart angefasst hat, dass er weinen musste. Ich weiß wirklich nicht, ob ich in Schluchzen ausbrechen sollte, weil die Situation so hoffnungslos ist, oder ob ich vor Wut über diese Frau und meinen dämlichen, naiven Sohn laut losschreien sollte.

»Alles gut bei Ihnen, Mrs Jukes?«

Ich sehe auf. Simon, der Metzgergeselle, starrt mich besorgt an. Seine roten Haare und Sommersprossen zeichnen sich vor dem Hintergrund seiner blassen Haut leuchtend ab. Ich drehe mich weg. »Soll ich Mr Bilton holen?«

»Nein, nein. Danke, Simon«, antworte ich, drücke mich von der Hausmauer ab und richte mich wieder auf. »Es geht mir gut. Manchmal rase ich herum, als wäre ich noch eine junge Frau. Und das holt mich dann hin und wieder ein.«

»Ah, verstehe.« Er atmet erleichtert aus. »Dann lass ich Sie also jetzt allein.«

Ich entferne mich von der Metzgerei, hastig, aber mit festem Schritt und sehe zur anderen Straßenseite, um die neugierigen Blicke der Kundschaft im Laden nicht aushalten zu müssen.

Fünf Minuten später marschiere ich die Zufahrt der Colwick Park Academy entlang. Ich frage mich, wie ich es anstellen kann, mit Ben zu sprechen, obwohl er, wie ich genau weiß, im Moment unterrichtet. In der Mitte der Zufahrt sticht mir ein Wegweiser zum Familienzentrum ins Auge, zu dem eine schmale Straße zur Rechten abgeht. Dahin, wo Amber arbeitet.

Ich erwäge kurz, sofort dort hineinzustürmen und Amber mit Noahs verletzter Hand zu konfrontieren, aber ich sehe ein, dass das sicher nicht der ideale Weg ist, die Situation zu handhaben. Mich überhaupt darauf einzulassen, mit ihr das Wohlergehen meines Enkels zu diskutieren, würde letztlich bedeuten, ihren selbsternannten Status als Stiefmutter der Jungs zu akzeptieren.

Ich kann an diese Bezeichnung im Zusammenhang mit Amber Carr kaum denken, geschweige denn sie aussprechen.

Der Empfangsbereich der Schule fühlt sich nach meinem gehetzten Hierherlaufen kühl und angenehm geräumig an. Die Sekretärin am Schalter ist gerade mit zwei Leuten beschäftigt, sodass ich mich auf einem der gemütlichen Stühle niederlasse und meine Jacke ausziehe.

Meine Haut unter der weißen Baumwollbluse ist bereits feucht und klebrig und ein Schweißrinnsal schlängelt sich entlang meiner Wirbelsäule nach unten, gestoppt lediglich durch den Taillenbund meiner eleganten schwarzen Hose für die Arbeit.

Die zwei Personen von der Empfangstheke, von denen ich annehme, dass sie Eltern sind, gehen an mir vorüber und ich bemerke, dass die Sekretärin jetzt frei ist. Meine Jacke und Handtasche lasse ich auf dem Stuhl liegen und gehe hinüber zu dem Schalterfenster. Zu meiner Rechten ist eine breite Doppeltür; der Zutritt zum Hauptgebäude der Schule ist nur über einen Tastencode möglich.

Die junge Frau am Schalter zählt Geld und ihre Lippen formen dabei tonlos die Beträge, während ihre Finger flink durch die Zehner und Zwanziger blättern. Nach ein paar Sekunden blickt sie auf und lächelt mich erwartungsvoll an.

Ich stelle mich vor und sage ihr, dass ich meinen Sohn sehen muss. Ich muss Ben sehen.

»Es tut mir leid, Mrs Jukes, er hat gerade Unterricht. Aber wenn Sie eine Nachricht für ihn hinterlassen wollen, kann ich sie sofort zu ihm in die Klasse bringen.«

Ich schüttle den Kopf. »Nein, Sie verstehen nicht.« Ich muss mich schwer beherrschen, ruhig zu bleiben. »Es handelt sich um einen Notfall. Ich muss meinen Sohn sehen.«

Sie schaut hinüber zur Wanduhr. »Warten Sie einen Moment, bitte.« Sie schiebt die Glastrennscheibe zu und ich beobachte, wie sie ans andere Ende des schmalen Büros geht.

Bei einem Schreibtisch bleibt sie stehen und spricht ein, zwei Augenblicke mit der Frau, die dort sitzt. Die Frau sieht erst sie an, dann mich, schiebt ihre Lesebrille auf dem Kopf nach oben und steht auf. Statt an das Schalterfenster zu kommen, öffnet sie die Bürotür und tritt heraus in den Empfangsbereich.

»Ich bin Christine Hopkins, die Verwaltungsdirektorin der Schule.« Ich schüttle ihre ausgestreckte Hand in dem Bewusstsein, dass meine Handfläche sich wahrscheinlich schrecklich klebrig anfühlt. »Sie sind also die Mutter von Ben Jukes?«

»Das bin ich«, sage ich kurz angebunden, da ich eine Abfuhr befürchte. »Ich habe Ihrer Kollegin erklärt, dass ich in einer wirklich sehr dringenden Angelegenheit mit Ben sprechen muss.«

»Ben ist gerade in einer Klasse und wir haben strikte Anweisung, die Lehrer nicht beim Unterricht zu stören, außer …«

»Es *ist* ein Notfall«, erwidere ich mit leicht zitternder Stimme. »Bitte. Ich muss wirklich mit ihm sprechen.«

»Wir könnten ihn bitten, Sie in der Nachmittagspause kurz anzurufen, wenn …«

»Ich muss meinen Sohn sprechen!« Drei Kinder in Schuluniformen gehen langsam vorbei und starren herüber, als sie meine erhobene Stimme hören, aber jetzt gibt es kein Halten mehr. »Ich muss Ben einfach nur kurz sehen. Ein paar Minuten lang, nicht mehr.«

Und dann spüre ich ihn, diesen mächtigen Knoten von Hitze, der von meinem Bauch aus in mir hochsteigt.

Nicht jetzt, bloß nicht.

Ms Hopkins fordert mich auf, Platz zu nehmen. »Bitte, Mrs Jukes, beruhigen Sie sich. Ich versuche, jemanden zu finden, der kurz für Ben die Klasse übernimmt, nur für fünf Minuten. Kann ich Ihnen inzwischen ein Glas Wasser bringen?«

»Nein«, antworte ich knapp und gehe zu den Stühlen

hinüber. »Danke. Mehr als fünf Minuten brauche ich nicht mit ihm.«

Sie macht sich eilig auf den Weg, tippt an der Doppeltür einen Code ein und verschwindet dann im Hauptgebäude.

Ich drücke mich nach hinten in die billigen, durchgesessenen Sitzpolster. Auf dem niedrigen Birkenholztisch vor mir liegt ein Prospekt der Schule. Ich greife danach und fächle mir damit Luft ins Gesicht, um die immer stärker werdende Hitze abzuwehren, die in meinem Inneren wie ein Bett aus Kohlen in einem Saunaofen glimmt.

Mir wird bewusst, dass ich meine Zähne nicht mehr zusammenbeiße. Meine anfängliche Wut wird jetzt von einem anderen Gefühl unterdrückt. Meine Kopfhaut, mein Gesicht und mein Hals fühlen sich an, als wären sie von einem Insektenschwarm bedeckt; auf der Haut an meinen Unterarmen spüre ich ein Kribbeln.

Es ist ein Gefühl, das mir inzwischen vertraut vorkommt. Angst.

VIERUNDDREISSIG

JUDI

»Mum? Was ist denn los?« Ben kommt durch die Doppeltür gelaufen und stürmt auf mich zu, die Arme ausgebreitet und mit blassem Gesicht. »Ist was mit Dad?«

Die Sekretärinnen stehen hinter der Schalterscheibe, mit besorgten Gesichtern. Ich stehe auf, gehe ein paar Schritte auf Ben zu und öffne gerade meinen Mund zum Sprechen, als die ansteigende Hitzewallung sich auf meinem Gesicht niederschlägt.

»Um Gottes willen, dir rinnt der Schweiß ja kübelweise runter.« Ben führt mich wieder zurück zum Sitzbereich. »Bist du krank? Sprich mit mir, Mum, was ist passiert?«

»Mir geht es gut und deinem Dad auch.« Ich fische ein Taschentuch heraus und tupfe die Feuchtigkeit von meinem Haaransatz und Gesicht ab. »Ich bin wegen Noah gekommen.«

»Was?« Er blickt verstört durch das große Glasfenster hinter mir. »Wo ist er? Was fehlt ihm?«

»Er ist in der Schule, aber es geht um seine Hand, Ben«, sage ich und reiße mich ein wenig zusammen. »Amber hat seine Hand verletzt; sie hat ihn im Park zu fest angepackt.«

Er starrt mich an und schüttelt leicht den Kopf, als rede ich in einer fremden Sprache.

»Sie hat ihn zum Weinen gebracht«, fahre ich fort. »Du musst etwas tun. Bitte, denk doch einmal nach, was du da anrichtest, wenn du sie bittest, bei euch einzuziehen.«

»Sprichst du von dem Verband?« Ben seufzt und entspannt sich sichtlich. »An seiner Hand?«

»Ja. Amber hat ihn vor ein paar Tagen im Park zu hart angepackt. Ich habe in der Praxis mit Esther Cairns gesprochen. Sie hat das beobachtet, also glaub Amber nicht, wenn sie es leugnet.«

Ben verdreht die Augen Richtung Decke und bleibt einen oder zwei Augenblicke lang stumm. Als er dann spricht, lässt er überdeutlich durchblicken, wie sehr ich seine Geduld strapaziere. Es erinnert mich daran, wie ich mit ihm als Kind gesprochen habe, wenn er sich danebenbenommen hatte.

»Mum. Noah hat seine Hand verletzt, als wir vor zwei Tagen im Garten Fußball gespielt haben. Er ist gestolpert und hat den Sturz mit der Hand abgefangen und sich dabei das Handgelenk verstaucht.« Er schüttelt den Kopf und spricht etwas leiser. »Es hatte überhaupt nichts mit Amber zu tun.«

»Aber ... wie ... Hast du denn wirklich gesehen, wie er im Garten hingefallen ist?«

»Ja! Ich habe ihn sogar vom Boden hochgehoben und Amber hat seine Hand bandagiert, aber eigentlich nur, damit er sich besser fühlt, denn Amber hat gesagt, sie ist bloß verstaucht. Sie hat eine Erste-Hilfe-Ausbildung, sodass sie das direkt erkannt hat.«

Ich tupfe hektisch auf meiner Stirn herum, aber die Hitze will nicht weichen.

»Sie versucht, uns zu schaden, Ben. Uns allen.«

»Was? Mum, jetzt reiß dich mal am Riemen. Du wirst wirklich paranoid«, zischt Ben und sein Blick schießt hinüber zum Empfangsschalter. »Schau nur, was du dir selbst antust ... in welchem Zustand du bist.« Er deutet auf mein schweißüberströmtes Gesicht, als würde das seine Aussage untermauern. »Amber will uns gar nichts Böses antun. Im Gegenteil, sie bemüht sich redlich, eine Beziehung *zu dir* aufzubauen. Nur machst du es ihr leider überhaupt nicht leicht.«

»Und warum hat sie mich dann von der Liste der Notfallkontakte für Noah in der Schule streichen lassen?« Die scharfen Worte, die ich mit angespannter Stimme vorbringe, hallen in dem Vorraum wider. »Sie versucht mich aus dem Weg zu schaffen, weil sie dich und die Jungs ganz für sich haben will. Sie ist eine boshafte, lügnerische …«

»Mum. Genug jetzt!«, fährt Ben mich an. »Das ist weder der richtige Moment noch der richtige Ort, um Familienangelegenheiten zu besprechen, das weißt du genau.«

»Und wann *ist* es mir dann gestattet, das mit dir zu besprechen? Ich habe dich und die Jungs ja die ganze Woche noch nicht gesehen.«

»Das weiß ich und es tut mir leid.« Er presst seine Finger auf seinen Nasenrücken. »Ich dachte, wir beide brauchen ein wenig Abstand voneinander. Nach unserer Unterhaltung am Montagabend, meine ich. Dad sagt …«

»Du hast mit deinem Dad gesprochen?«, sage ich leise.

»Ich … Nur ganz kurz, gestern. Ich wollte nur nachfragen, ob es euch gut geht, und die Lage sondieren.« Ben rudert zurück.

»Und dein Dad hat was genau gesagt?«

Einen Augenblick herrscht Schweigen.

»Er hat nur gesagt, dass du im Moment ein wenig gestresst wirkst und etwas aus dem Lot bist.«

»Ich bin nicht gestresst oder *aus dem Lot*; ich bin fast verrückt vor Sorge!«, schnauze ich meinen Sohn an, ehe ich mich zügeln kann.

Ich schaue auf meine Hände und denke darüber nach, was Bens Aussage außerdem bedeutet. Ich habe mit Henry nicht ein einziges Mal gesprochen, seit er zu seinem Angelausflug aufgebrochen ist. Ich habe lediglich eine kurze Nachricht von ihm bekommen, dass er gut angekommen ist und dass das gute Wetter sich hält.

Ich presse meine Lippen fest aufeinander und lasse die Schweißströme ungehindert über mein Gesicht rinnen. Ich fühle mich in meiner eigenen Familie wie eine Außenseiterin und begreife einfach nicht, wie das passieren konnte, zumal so schnell.

»Tu das nicht, Mum, bitte. Kannst du dich nicht einfach für uns freuen?« Ben streicht sich mit den Fingern durchs Haar und ich höre, wie hinter mir eine Tür auf- und wieder zugeht. »Ich muss jetzt zurück in meine Klasse. Hör zu, ich komm heute nach der Schule bei dir vorbei und wir reden, okay?«

Ich antworte ihm nicht, sondern starre auf den Boden und frage mich, wie um alles in der Welt es mit uns so weit kommen konnte.

Ben steht auf, legt mir kurz eine Hand auf die Schulter und geht weg. Ich sehe zu, wie er hinter der gesicherten Doppeltür verschwindet.

»Mrs Jukes?« Ich blicke auf und sehe, dass Ms Hopkins, die Verwaltungsdirektorin, vor mir steht, mit vor dem Körper verschränkten Händen. »Kann ich Ihnen eine Tasse Tee oder sonst etwas bringen?«

Ich stehe auf. »Nein, danke. Ich werde jetzt gehen.«

Sie nickt und wirkt beruhigt.

Ich greife zu meiner Handtasche, lege mir meinen Mantel über den Arm und gehe langsam durch die Automatiktüren nach draußen Richtung Zufahrt. Bevor ich sie erreiche, sticht mir ein rustikaler Holztisch mit passender Bank auf einem kleinen gepflegten Rasenstück ins Auge.

Ich gehe hin, setze mich und starre die Randbepflanzung aus ordentlich aufgereihten grünen Pflanzenbüscheln an, die kurz vor der Blüte stehen.

Betrachtet man den Lauf meines Lebens, scheint es in gewisser Hinsicht lange her zu sein, dass Ben noch ein kleiner Junge war und er und sein Bruder völlig auf mich angewiesen waren. Andererseits fühlt es sich augenblicklich so an, als wäre das erst gestern gewesen und ein Albtraum hätte mich in eine andere Zeit gebeamt, wo ich feststelle, dass mein Sohn unter dem Bann einer Frau steht, die der Welt ein Gesicht zeigt, während sie ein anderes sorgfältig verbirgt. Einer Frau, die alles zerstören will, was wir haben.

Und niemand sonst sieht das.

Erst als ein Auto anhält und die Fahrerin das Fenster herunterfährt und mich fragt, ob alles in Ordnung ist, stelle ich fest, dass ich leise vor mich hin schluchze.

FÜNFUNDDREISSIG

AMBER

Amber war immer wieder überrascht, dass die Menschen, die sich für besonders geschickt darin hielten, andere nach Strich und Faden zu verarschen, nie auf die Idee kamen, dass auch diese drastische Maßnahmen ergreifen könnten.

So war es auch mit den Nachbarn über ihrer alten Wohnung, die sie aus dem Haus und zur Bar am Straßeneck hatte torkeln sehen. Amber hatte die letzten drei Kartons in den Kofferraum gepackt und die aktuellen Zählerstände abgelesen, um sie der Hausverwaltung zu mailen. Dann hatte sie Gummihandschuhe angezogen, sich eine Plastiktüte geschnappt und war in den verwilderten Garten hinter dem Haus gegangen.

Einige der Nachbarn besaßen Hunde und ließen die Köter ihr Geschäft im Garten verrichten. Amber musste würgen und hätte sich beinahe übergeben, während sie so viel stinkende Hundekacke einsammelte, wie sie nur tragen konnte. Anschließend schaffte sie alles nach oben zur Wohnung der rücksichtslosen Nachbarn und schob die ganze Scheiße Haufen für Haufen durch den Briefschlitz.

Und als das erledigt war, drehte sie auch noch die Innenseite der Tüte nach außen und verschmierte das, was noch darin verblieben war, auf der gesamten Wohnungstür, wobei sie die Klinke besonders sorgfältig bedeckte. Fast hätte sie sich gewünscht, sie könnte noch etwas länger bleiben und das wütende, angewiderte Geschrei miterleben, wenn die Leute zurückkamen.

Sie warf die verschissenen Gummihandschuhe neben die Tür, ging noch einmal kurz in ihre Wohnung, um sich gründlich die Hände zu waschen, und fuhr dann los. Endlich war sie von hier fort.

Bei dem Gedanken an die Aktion lächelte sie zufrieden.

An diesem Morgen parkte sie ein Stück die Straße hinunter, etwas weiter vom Haus entfernt. Judi war in der Praxis und Henry, dieser bescheuerte alte Sack, auf einem seiner Angelausflüge – zumindest nannte er so seine kleinen Spritztouren, wie sie mit einem amüsierten Lachen annahm.

Sie hatte den Schlüssel von Henrys und Judis Haus einige Wochen zuvor nachmachen lassen, während Ben mit der Schule auf Klassenfahrt gewesen war und seinen Wagen und den Schlüsselbund dagelassen hatte. Der Hausschlüssel seiner Eltern hing ebenfalls daran, sodass Amber nichts weiter hatte tun müssen, als sich beim Schlüsseldienst im nächsten Tesco heimlich einen Zweitschlüssel anfertigen zu lassen.

Sie ging die Einfahrt hinauf und klopfte an die Tür, um sicherzugehen, dass niemand zu Hause war. Dann schob sie den Schlüssel ins Schloss und trat ein. Dass es sich um ein Einfamilienhaus handelte, das zudem durch mehrere Koniferen vom Nachbarhaus abgeschirmt war, machte es Eindringlingen wie ihr wesentlich einfacher.

Drinnen stieg ihr ein heftiger Geruch von Wachspolitur in die Nase, gefolgt von einem Duftpotpourri mit Nelken- und Orangennote, sodass sie niesen musste. Das Geräusch hallte von den Dielenwänden wider und sie erstarrte für ein paar Sekunden und überlegte sich, wie sie sich herausreden würde, wenn plötzlich Henry oder Judi oben an der Treppe auftauchten.

Aber natürlich brauchte sie sich gar keine Sorgen machen. Sie war wirklich allein ... und konnte tun, was sie wollte.

Sie stieg die Treppe hinauf und ging auf direktem Weg zu Davids Zimmer. Sie öffnete die Tür und schloss sie hinter sich wieder.

Und dann fing sie an.

SECHSUNDDREISSIG

JUDI

An den Nachhauseweg nach der Begegnung mit Ben in der Schule kann ich mich kaum noch entsinnen. Nur noch an die kühle Luft, die mir ins Gesicht schlug, und die Hitzewalze in meinem Inneren.

Als ich zu Hause ankomme, gebe ich mich erst gar nicht damit ab, etwas zu Mittag zu essen oder auch nur einen Schluck zu trinken. Fast den ganzen Nachmittag sitze ich da und starre ins Leere. Ich muss irgendwann halb weggedöst sein, denn als ich den Kies auf der Einfahrt vor dem Haus knirschen und wegspritzen höre, schrecke ich von meinem Platz hoch.

Ich schnappe mir die Fernbedienung und schalte das TV-Gerät ein. Dann ziehe ich die Füße auf einer Seite nach oben auf die Couch, greife nach einer Zeitschrift und lege sie aufgeblättert auf meinen Schoß. Ich möchte nicht, dass Ben sieht, dass ich untätig herumsitze und Trübsal blase.

Ich höre, wie sich ein Schlüssel im Schloss herumdreht, wie die Haustür auf- und wieder zugeht. Ich höre, wie sich jemand in der Diele zu schaffen macht, und dann erscheint Ben in der Wohnzimmertür.

»Hallo, Mum«, sagt er und schlenkert leicht mit den Armen

wie ein schüchterner kleiner Junge. Es kommt mir eigenartig vor, ihn hier im Haus zu sehen, ohne dass Noah und Josh wie verrückt durch die Diele toben.

»Hallo, mein Schatz, komm und setz dich.«

Im Vorübergehen bleibt er stehen und küsst mich auf den Scheitel. Ich mache den Fernseher aus, klappe die Zeitschrift zu und blicke hoch zu ihm. »Eine Tasse Tee?«

»Nein, ich brauche jetzt nichts, ehrlich«, sagt er und lässt sich in Henrys Sessel sinken. »Ich muss bald wieder los.«

Bald wieder los zu Amber, meint er.

»Hör zu, ich bin mit der ganzen Sache nicht sehr gut umgegangen und das tut mir leid, Mum.« Seine Finger klopfen einen unregelmäßigen Rhythmus auf seinem Oberschenkel. »Ich hätte nicht einfach von einem Moment auf den anderen fernbleiben sollen; es ist ja ganz klar, dass du die Jungs vermisst. Ich habe dir keine andere Chance gelassen, als in der Schule aufzutauchen, aber trotzdem wäre es mir viel lieber gewesen, du hättest es nicht getan.«

»Du hättest mit mir sprechen sollen, anstatt mich einfach kaltzustellen.«

Ben seufzt. »Ich finde es im Moment schwierig, dich in Dinge einzubeziehen, weil du Ambers Beteiligung an allem, was Noah und Josh betrifft, so stark ablehnst.«

Ich versuche, einen Moment vernünftig zu überlegen, bevor ich antworte.

»Ich habe es vermisst, dich und die Jungs zu sehen«, antworte ich mit sanfter Stimme. »Aber ich wollte dich heute in der Schule sprechen, weil ich mir ehrlich Sorgen um sie mache, nicht um dich zur Rede zu stellen, dass ihr nicht mehr zu Besuch kommt. Meiner Meinung nach sollte es überhaupt nicht in Ambers Zuständigkeit fallen, die Jungs zu bestrafen, und doch hat sie das im Park ganz offensichtlich getan.«

Ben seufzt und stoppt die Bewegung seiner Finger. »Mum, bitte, fang nicht wieder mit diesem Unsinn über Amber an. Das ist genau der Grund, warum ich fortgeblieben bin. Ich habe dir gesagt, Noah hat sein Handgelenk beim Fußballspielen im Garten verstaucht.«

»Das sagst du. Aber Esther Cairns ist keine Lügnerin und sie hat gesagt …«

»Du hast mir schon erzählt, was diese alte Kuh gesagt hat, die sich immer in alles einmischt, und es stimmt einfach nicht. Amber hat Noah nicht verletzt, sie würde das nie tun. Sie hat die Jungs wirklich sehr ins Herz geschlossen.«

»Esther sagt, er hat geweint, aber du bist mit Josh unten beim Bach gewesen. Also kannst du gar nicht gesehen haben, was passiert ist, Ben.«

»Noah weint *immer* vor Wut, wenn er nicht seinen Willen bekommt, vor allem in letzter Zeit.« Ben verdreht die Augen. »Sein Benehmen entwickelt sich gerade zu einem ziemlichen Albtraum, wenn ich ehrlich bin.«

Ich sehe meinen Sohn an und frage mich, wie er ein so wunderbarer Lehrer sein kann und trotzdem von seinen eigenen Kindern keine Ahnung hat. »Und hast du mal für eine einzige Sekunde innegehalten, um darüber nachzudenken, warum das so sein könnte?«, frage ich ihn ruhig.

»Ah, ich sehe schon. Ich nehme an, das ist auch wieder Ambers Schuld, oder?«, entgegnet er spitz und starrt zum Fenster hinaus.

»Ich glaube überhaupt nicht, dass das Ambers Schuld ist.« Meine Bemerkung bewirkt, dass er sich gerade hinsetzt und mir zuhört. »*Du* bist derjenige, der ihr erlaubt, die Jungs zu bestrafen, als ob sie ein Elternteil von ihnen wäre. *Du* bist derjenige, der ihr den Freibrief gegeben hat, das Haus in eine Hippiebude zu verwandeln.«

Ben muss lachen, findet das aber nicht wirklich komisch.

»Mir war nicht bewusst, dass wir erst dich um Erlaubnis fragen müssen, bevor wir das Haus umgestalten«, schießt er zurück.

»Du brauchst für gar nichts meine Erlaubnis, das weißt du ganz genau«, sage ich und strenge mich sehr an, ruhig zu bleiben. »Aber wenn ihr plötzlich das Haus jeder Erinnerung an Louise beraubt und den ganzen Bereich im Erdgeschoss von Noahs und Joshs Spielsachen befreit, dann braucht ihr euch auch nicht zu wundern, wenn die Jungs negativ darauf reagieren.«

Ben schnaubt. »Das ist ja wirklich höllisch übertrieben, Mum. Wir haben eine Runde aufgeräumt, das ist alles. Amber sagt, es hat sich in der pädagogischen Praxis bewährt, die Spielbereiche der Kinder vom Wohnbereich zu trennen.«

»Ah, es gibt offensichtlich nichts, worüber Amber nicht bestens Bescheid weiß«, schnaube ich. »Obwohl sie selbst ja gar keine Kinder hat.«

Ben ignoriert meinen bissigen Kommentar.

»Hör zu. Bevor wir irgendetwas verändert haben, habe ich mich mit den Jungs hingesetzt und ihnen erklärt, dass wir die Fotos abnehmen und alles so umgestalten, dass es für Ambers Einzug bereit ist«, sagt er. »Und sie waren vollkommen einverstanden.«

Die Fotografie unter Noahs Kissen fällt mir ein.

»Vielleicht hat es nach außen so gewirkt, aber unter der Oberfläche hat es sie eventuell doch verunsichert, Ben. Vielleicht hatten sie den Eindruck, ihre wahren Gefühle gar nicht äußern zu können.«

»Das glaube ich nicht. Meiner Meinung nach ist ihre größte Sorge, wann sie den nächsten Transformers-Roboter für ihre Sammlung bekommen.«

»Außerdem konnte ich nicht umhin festzustellen, dass auch ihr Zimmer umgeräumt wurde. Ihre Lieblingsposter sind von den Wänden verschwunden.«

»Wie ich schon sagte, Mum, wir gestalten das Haus gerade um.« Ben legt seinen Kopf zur Seite und betrachtet mich mit zusammengekniffenen Augen. Sicher erinnert er sich noch, dass ich ihm neulich gesagt habe, ich hätte lediglich das Putzzeug in den Flur gestellt und wäre nicht geblieben.

»Schau, ich will einfach nur sichergehen, dass über eurer stürmischen Romanze die Bedürfnisse der Jungs nicht vergessen werden«, sage ich bestimmt, in der Hoffnung, die Oberhand zu gewinnen. »In letzter Zeit wirkt es ja so, als hättest du mit deinem Herz auch gleich den Verstand verloren.«

»Ich bin es nicht, der sich in wilden Anschuldigungen ergeht«, antwortet Ben grimmig. »Ich würde meine Söhne niemals vergessen. Nie. Und es ist sehr unfair von dir, mir das zu unterstellen. Die Interessen der Jungs stehen sowohl bei meinen als auch bei Ambers Überlegungen immer an erster Stelle. Ich wünschte, ich könnte mit dir über unsere Pläne sprechen, aber wenn du so drauf bist, geht das einfach nicht.«

Ich will überhaupt nichts von den Plänen der beiden hören. Wenn wir Glück haben, wird diese Beziehung so schnell vorüber sein, wie sie angefangen hat. Höchste Zeit für einen Themawechsel.

»Darf ich fragen, warum Amber mich als Notfallkontakt für Noah gestrichen hat? Ich nehme mal an, dass ihr deinen Vater als den zusätzlichen Kontakt habt stehen lassen, oder?«

Ben zuckt mit den Achseln. »Dad steht noch drauf, ja. Wir haben darüber gesprochen; Amber hat das nicht eigenmächtig getan. Wie sie sagt, sind wir jetzt zu zweit für die Jungs da; wird sind also nicht mehr darauf angewiesen, dass du zur Schule gerast kommst, wenn einer von ihnen krank wird oder so.«

»Aber das macht mir nichts aus.«

»Ich weiß, aber wie Amber schon sagt, scheint es irgendwie unsinnig, dass du …«

»Es scheint, dass ich von allem, was mit meinen Enkeln zu tun hat, ausgeschlossen werden soll.«

»Mum, das ist nicht wahr.« Ben seufzt und fährt sich mit den Fingern durchs Haar. »Das ist überhaupt nicht der Fall.«

»Ich sage nur, wie es aussieht.« Ich zucke mit den Schultern. »Du bist ihr Vater und du solltest derjenige sein, der alle Entscheidungen fällt, die sie betreffen. Nicht eine quasi Fremde.«

»Amber weiß verdammt viel über Kinder und ehrlich gesagt, ist es schön, jemanden zu haben, der mich im Umgang mit den Jungs unterstützt. Ich weiß, dass du sie für kleine Engel hältst, aber sie können ganz schön ungezogen sein.«

»Glaubst du ernsthaft, ich weiß das nicht? Der Punkt ist nur, dass es Amber nicht zusteht, sie zu bestrafen.«

»Das klingt ja gerade so, als wäre sie die böse Stiefmutter oder so ähnlich.« Er blickt finster drein.

»Das ist ja wohl nicht so weit hergeholt ...« Ich beiße mir auf die Zunge, aber es ist zu spät.

»Ach komm.« Ben streckt mir bittend seine Hände entgegen. »Ich möchte einfach nur, dass du sie magst, Mum. Das ist alles, was ich will. Du hast immer gesagt, du hoffst, ich würde jemand anderen finden, nach Louise. Ich möchte, dass du dich über unser Glück freust.«

»Ich *mag* sie ja«, lüge ich. »Aber die Jungs werden bei mir immer an erster Stelle kommen. Ich kann nicht anders und werde mich nicht dafür entschuldigen. Bis zu meinem letzten Atemzug werde ich auf dich und die Jungs aufpassen.«

»Das weiß ich und dafür liebe ich dich auch. Das tue ich wirklich.« Ben lächelt. »Hör zu, wie wär es, wenn wir alle am Sonntag zu einem deiner legendären Mittagessen vorbeikommen? Lass uns das als eine Art Neustart betrachten und versuchen, die Weichen für die Zukunft richtig zu stellen. Ich glaube, du und Amber, ihr hattet einfach nur einen schlechten Start. Es ist meiner Ansicht nach wirklich nicht mehr.«

»Das ist eine wunderbare Idee«, entgegne ich und stelle sicher, dass mein Gesicht nicht meine wahren Gefühle verrät. »Ich habe dich und die Jungs so vermisst.«

»Ich habe dich auch vermisst. Und sie haben dich vermisst«, sagt Ben. Er steht auf, kommt rüber zur Couch, setzt sich an meine Seite und legt den Arm um mich. »Weißt du, sie haben jeden Tag nach dir gefragt.«

Er sagt das, damit ich mich besser fühle, aber es reißt mir fast das Herz aus der Brust, das zu hören. Ich lege meinen Kopf an seine Schulter und schließe die Augen, gebe ihm aber keine Antwort.

Als Ben weg ist, gehe ich nach oben. Ich muss mich in meinem kühlen, ruhigen Schlafzimmer für einen Moment hinlegen. Oben an der Treppe tappe ich auf nackten Füßen den Flur entlang, bleibe aber vor Davids Zimmer stehen. Die Tür ist leicht angelehnt. Ich schiebe sie mit dem Fuß auf und trete hinein. Ich könnte schwören, dass es sich hier jetzt anders anfühlt, so, als hätte jemand die friedliche Privatheit dieses Raums gestört. Aber das kann natürlich gar nicht sein.

Ich blicke mich im Zimmer genau um. Diese Schublade da … es wirkt so, als wäre sie nicht ganz zu, und unterm Bett ist Davids Steineschachtel sichtbar, nur eine Ecke davon. Es ist, als wäre jemand hier drin gewesen, hätte Sachen angefasst. Daran herumgefummelt.

Ich frage mich, ob ich anfange, mir Dinge einzubilden. Dieses Mal kann ich niemandem etwas vorwerfen, niemanden beschuldigen. Henry ist fort und nur Ben ist in diesem Haus gewesen, aber er hat das Wohnzimmer nicht verlassen.

Vielleicht hat Henry ja recht und ich werde am Ende *wirklich* verrückt.

SIEBENUNDDREISSIG
NOAH

Weil er frech gewesen war, hatte *sie* ihn wieder auf sein Zimmer geschickt. Dabei hatte er nur gesagt, dass er sich gerade einen Zeichentrickfilm anschaut und daher Josh nicht bei den Hausaufgaben helfen kann.

Woran sein Bruder gerade saß, war sowieso nur Babykram. Die Aufgaben würden nicht mal benotet werden. Der wahre Grund, warum er ihm dabei helfen sollte, war der, dass Amber Josh wirklich gern mochte, ihn aber nicht.

Amber war ein echt doofer Name. Noah hatte ihn ins Internet eingegeben und rausgefunden, dass er »versteinertes Baumharz« bedeutete. Das fand er ziemlich lustig, denn es passte total gut zu ihrem widerlichen Gesicht.

Sie hatte ihm mitten im Film den Fernseher abgeschaltet und ihn nach oben geschickt. Allerdings machte ihm das nicht sonderlich viel aus, denn er war mittlerweile gar nicht mehr gern unten, wenn Daddy nicht zu Hause war.

Früher, als sie nach der Schule bei Granny gewesen waren, hatten sie viel Spaß gehabt, aber jetzt, seit Amber hier wohnte, waren diese Stunden ätzend, so wie alles andere auch.

Auf Händen und Knien kroch Noah unters Bett, bis er die

Schuhschachtel herausziehen konnte, die er fast ganz an die Wand hinter die große Plastikbox mit Spielsachen geschoben hatte. Er musste vorsichtig sein und seine Schatzkiste gut verstecken, denn Amber hatte einen Ordnungsfimmel, noch schlimmer als Granny.

Nachdem er ein paar Augenblicke gelauscht und sich vergewissert hatte, dass Josh, der Schleimer, und Amber unten in der Küche noch miteinander redeten, setzte er sich auf den Boden, lehnte sich mit dem Rücken an das Stockbett und öffnete die Schachtel.

Mit dem Schätzesammeln hatte er erst neulich angefangen – kurz bevor Amber bei ihnen eingezogen war –, daher hatte er noch nicht viele Dinge. Aber das machte nichts. Die Gegenstände in seiner Schachtel in die Hand zu nehmen und sie anzuschauen, ließ ihn innerlich ruhig werden. Er mochte es, sie in einer bestimmten Reihenfolge zu betrachten, als wäre das eine Aufgabe speziell für ihn, die niemand sonst erledigen konnte.

Wenn seine Finger nach einem seiner Schätze griffen, dann beruhigte sich sein Herzschlag und er dachte nicht mehr darüber nach, was passieren könnte, wenn Amber Daddy überredete, ihn wegzuschicken und nur Josh zu behalten, den sie gern mochte. Noah hatte festgestellt, dass Amber Daddy zu einer Menge Dinge überreden konnte.

Ganz unten in der Schuhschachtel lag das Foto von Mummy, das Noah bei der Aufräumaktion im Wohnzimmer gerettet hatte. Bedeckt mit gefaltetem hellgelbem Seidenpapier, in das die neuen Schuhe in dieser Schachtel eingewickelt gewesen waren.

Darauf hatte Noah die drei anderen Gegenstände ordentlich nebeneinander platziert, wie die ägyptischen Grabschätze in der Ausstellung, die sie bei ihrem Schulausflug ins British Museum letztes Jahr gesehen hatten.

Einer davon war eine Haarklemme von Amber mit kleinen

bunten Steinchen, die glitzerten, wenn man sie mit den Fingern hin- und herbewegte. Noah hätte normalerweise nichts haben wollen, was ihr gehört, aber als er dieses Ding auf dem Badewannenrand gefunden hatte, konnte er sich so einen Schatz einfach nicht entgehen lassen.

Dann gab es noch einen kleinen bemalten Soldaten, den er in seiner Hosentasche hatte verschwinden lassen, nachdem Mr Norton seiner Klasse vergangene Woche in der Aula die Ausstellung über den Zweiten Weltkrieg gezeigt hatte. Wahrscheinlich konnte man ein solches Figürchen nicht wirklich als *Schatz* bezeichnen, aber etwas an dem Gesicht des Soldaten hatte in ihm den Wunsch geweckt, sie beide könnten im echten Leben Freunde sein.

Noah dachte, der Soldat würde vielleicht verstehen, warum er so oft mitten in der Nacht aufwachte. Es war immer dasselbe: Er weinte im Traum und dabei schluchzte er so laut, dass er davon schlagartig wach wurde. Wenn er sich dann im Bett aufsetzte, war sein Gesicht von wirklichen Tränen nass, nicht nur von denen aus dem Traum. Dennoch konnte er sich nie daran erinnern, was ihn so traurig gemacht hatte.

Den vierten Schatz mochte er am liebsten, aber Noah wusste, dass er ihn nicht behalten konnte. Er griff jetzt danach, hielt ihn hoch gegen das Fenster und ließ den schönen Stein am Ende seiner blassgoldenen Kette baumeln.

Granny hatte ihnen erklärt, dass man diesen Stein Citrin nannte und Mummy ihn eigens ausgewählt und ihr zum Geburtstag geschenkt hatte, noch bevor Noah und Josh auf der Welt waren. Der Citrin war an manchen Stellen durchsichtig, an anderen wiederum schimmerte er wie ein Regenbogen. Er war wunderschön, so wie es auch seine Mummy gewesen war.

Noah hatte die Halskette nicht gestohlen; von Granny würde er niemals etwas stehlen. Er wollte sie fragen, ob es okay wäre, wenn er sie von ihr ausborgte, so wie sie es auch mit den Lilliput-Cottages gemacht hatten, aber Granny hörte ihm in letzter Zeit irgendwie überhaupt nicht mehr zu. Sie tigerte im Haus rum, als ob sie nach irgendwas suchte, und wenn Grandad sie fragte, warum sie so unruhig war, dann fauchte sie ihn an. Manchmal verschwand sie nach oben und Noah hörte sie hinter der Tür von Onkel Davids Zimmer weinen.

Aber das war natürlich vorher. Jetzt holte Granny sie ja nicht mehr von der Schule ab. Das machte nun diese stinkdoofe Amber und danach gab sie ihnen blöde Aufgaben im Haushalt.

Noah konnte es kaum erwarten, dass sein Daddy eine andere Freundin fand. Eine, die Kinder mochte.

ACHTUNDDREISSIG

JUDI

»Ich bin so froh, dass du wieder da bist«, sage ich am Freitagmorgen, während ich Maura dabei zusehe, wie sie die Rollläden der Praxis hochzieht. »Wie fühlst du dich inzwischen? Du hörst dich gar nicht mehr nach verstopfter Nase an.«

»Nein, das ist langsam immer besser geworden, bis es ganz weg war«, antwortet sie. »Ich bin wirklich froh darüber, obwohl ich noch drei Tage lang meine Antibiotika nehmen muss wegen der Bronchitis. So krank zu sein, wünsche ich wirklich keinem.«

Ich stelle einen dampfenden Becher Kaffee vor sie hin.

»Bei mir gibt es einfach keine halben Sachen, weißt du?« Sie nimmt ihren Kaffee in die Hand. »Aber wie ist es dir denn ergangen? Tut mir leid, dass ich dich so im Stich gelassen habe.«

»Ist alles gut gelaufen. Ich habe einfach Esther machen lassen. Wie sie mir mehrmals versichert hat, könnte sie diese Praxis auch allein und mit verbundenen Augen schmeißen.« Wir müssen beide kichern. »Zu Hause ist es allerdings weniger gut gelaufen.«

Maura zieht eine Braue hoch, als ich ihr von der Umgestaltung in Bens Haus erzähle und davon, wie Amber sich zur Stiefmutter der Jungs aufschwingt und wie ich ausgebootet wurde, was die Hausarbeit und das tägliche Abholen von der Schule betrifft. Ich schildere ihr auch, wie ich wegen Noahs bandagierter Hand in Panik geraten bin.

»Das Allerschlimmste ist, dass ich gestern in Bens Schule gestürmt bin und Amber verdächtigt habe, Noah verletzt zu haben, obwohl er sein Handgelenk offensichtlich durch einen Sturz beim Fußballspielen im Garten verstaucht hat.«

Maura wirkt entsetzt. »Kaum zu glauben, dass sich die Ereignisse so überschlagen haben. Du hast Amber doch quasi gerade erst kennengelernt.«

»Das kannst du laut sagen.« Ich runzle die Stirn. »Nachdem ich die Jungs fast drei Jahre lang buchstäblich jeden Tag getroffen habe, sind wir jetzt da angelangt, dass ich sie seit Montagabend nicht gesehen habe.«

»Und was sagt Henry zu dem Ganzen?«

»Das meiste davon weiß er noch gar nicht.« Ich schneide eine Grimasse. »Ich habe ihm nicht erzählt, dass ich mich in Bens Haus umgesehen habe, und er ist gerade auf einem seiner Angelausflüge und weiß noch gar nicht, in welche Lage ich mich da hineinmanövriert habe. Ich hoffe nur, Ben erzählt ihm nicht, was für eine Szene ich in der Schule gemacht habe.«

»Es tut mir echt leid, das alles zu hören, Judi.« Maura berührt mich am Arm. »Hast du denn jetzt mit Ben ein vernünftiges Gespräch führen können?«

Ich nicke. »Er ist gestern Abend vorbeigekommen und wir haben miteinander gesprochen, aber es ist, als hätte sie ihm eine Gehirnwäsche verpasst, Maura. Er akzeptiert einfach nicht, dass man ihr irgendetwas vorwerfen könnte. Aber am Sonntag kommen sie alle zu uns, sodass ich wenigstens dann die Jungs sehen kann. Immerhin kann sie das Gott sei Dank nicht verhindern.«

Heute Morgen, als ich das Haus verließ, um mich auf dem Weg zur Arbeit zu machen, war das Wetter freundlich und trocken, sodass ich beschloss, zu Fuß zu gehen. Zur Sicherheit habe ich meinen Regenschirm mitgenommen, aber als ich um ein Uhr Feierabend habe, ist das Wetter zu meiner Freude noch immer schön.

Beim Gehen plane ich in Gedanken schon das Sonntagsmittagessen. Ich werde auf jeden Fall die Lieblingsgerichte von Ben und den Jungs kochen, damit ihnen aufgehen wird, was sie verpassen, wenn sie nicht mehr vorbeikommen.

Gestern um diese Zeit war ich in jämmerlicher Verfassung und bin zur Schule gehetzt, um Noah zu sehen und dann Ben den Kopf zu waschen. Heute schiebe ich den Gedanken daran, wie ich es bewerkstelligen kann, die Jungs zu sehen, zur Seite. Jetzt, da ich weiß, dass sie am Sonntag kommen werden, bin ich ein wenig entspannter, in der Gewissheit, dass wir einen wunderbaren Nachmittag zusammen verleben werden. Trotz Ambers angestrengter Bemühungen, alles zu verderben.

Als ich den Park passiere, erblicke ich dort zu meinem Erstaunen wieder Fiona Bonser, die auf derselben Bank sitzt wie beim letzten Mal. Neben ihren dünnen, fleckigen Beinen steht der Buggy. Leider muss ich feststellen, dass ihre Füße auch diesmal in den immer gleichen abgewetzten Stilettos stecken. Mit beiden Händen hält sie eine jämmerlich dünne Strickjacke um ihren Körper geschlungen und sitzt leicht verdreht auf der Bank, damit der kühle Wind nicht direkt auf ihren Rücken trifft.

Wenigstens scheint sie dieses Mal nicht zu schluchzen, aber nachdem sie mich beim letzten Mal so unfreundlich abgefertigt hat, habe ich nicht vor, auf einen Plausch bei ihr eine Pause einzulegen. Ich fixiere das Pflaster vor mir und gehe weiter.

»Hallo, Mrs Jukes«, höre ich sie herüberrufen.

Ich bleibe stehen und blicke über die niedrige Hecke. »Ah, hallo Fiona«, erwidere ich mit gespielter Überraschung.

»Verdammt kalt, was?« Sie schlingt die Arme noch fester um sich.

»Beim Gehen ist es gar nicht so schlimm«, antworte ich. »Aber so, wie Sie da dem Wind ausgeliefert sind, wäre ein etwas dickerer Mantel wohl nicht schlecht.«

»Ja, steht schon auf meiner Wunschliste.« Sie lässt ein dürres Lachen hören und ich muss an die fünf oder sechs Mäntel denken, die ich nie trage und die deswegen in meinem Kleiderschrank Staub ansetzen.

»Okay, ich muss weiter, ich habe noch einiges zu erledigen. Passen Sie auf sich auf, Fiona.« Ich setze meinen Weg fort. Ich bin schon genug mit meinen eigenen Problemen beschäftigt, da brauche ich nicht auch noch ihre.

»Mögen Sie Vögel?«

»Wie bitte?« Ich blicke zurück.

»Da ist eine Amsel, gleich da drüben; sie bringt ihrem Jungen immer Würmer.« Sie deutet auf die Büsche und ihr Gesicht wird von einem Ausdruck kindlichen Staunens erhellt. Dann vergeht ihr Lächeln wieder. »Wissen Sie, sie kümmert sich wahrscheinlich besser um ihr Kind, als ich es tue.«

Fiona klingt, als müsste sie die Last der ganzen Welt auf ihren mageren Schultern tragen. Ich fühle mich verpflichtet, ihr wenigstens für ein paar Minuten meine Aufmerksamkeit zu schenken. Anstatt weiterzugehen, nehme ich also den Eingang in den Park.

»Hank schläft.« Sie zeigt mit dem Kinn auf den Buggy, als ich näher komme.

»Hank? Das ist aber ein ungewöhnlicher Name für so einen kleinen Mann.«

»Sein Vater ist Amerikaner.« Sie starrt vor sich hin. »Hat allen Ernstes gedacht, wir heiraten und ziehen zusammen. Wollte meine anderen Kinder annehmen und sonst was.«

»Aber das ist dann nicht passiert, nehme ich an.«

»Nö. Er ist ganz schnell wieder in die Staaten abgehauen, als er rausgekriegt hat, dass ich schwanger bin.«

»Aha«, sage ich leise.

»Arschlöcher, die alle.« Sie sieht mich an und ihre Augen funkeln. »Männer. Sie behandeln einen wie Scheiße, oder, Mrs Jukes?«

Ich schenke ihr ein dünnes Lächeln.

»Aber Mr Jukes ist sicher ein netter Mann, oder?«, schiebt sie hinterher.

»Ja, zumindest kann er es sein«, sage ich und spähe in den Buggy. »Hank hat aber ziemlich rote Bäckchen.«

»Er kriegt Zähne, der kleine Scheißer. Hält mich die ganze Nacht wach und holt dann tagsüber Schlaf nach, damit er in der nächsten Nacht genauso weitermachen kann.«

»Es gibt da ein ziemlich wirksames Gel zu kaufen, das betäubt das Zahnfleisch wirklich gut. Ich glaube, es heißt …«

»Kann man das umsonst auf Rezept kriegen?«

»Nein. Zumindest glaub ich das nicht, aber Sie können den Arzt danach fragen. Soweit ich mich erinnere, ist es nicht sehr teuer.«

Sie sieht mich an, als wäre ich nicht ganz bei Trost.

»Ich wette, trotzdem reißt das ein ziemlich großes Loch in den Fünfer, der bis Montag reichen muss. Dann wird erst das Kindergeld ausgezahlt.«

Ich nicke verständnisvoll, aber auch beschämt. »Wie geht es Ihnen denn, Fiona? Ich meine, so innen drin.«

»Ach, Sie wissen schon«, antwortet sie emotionslos.

»Nein, das weiß ich nicht, nicht wirklich. Ehrlich gesagt, Sie sehen so aus, als ob Sie frieren und auch ein wenig deprimiert sind.«

Sie sitzt einen Moment nachdenklich da und schüttelt dann den Kopf, als hätte sie sich dagegen entschieden, etwas zu sagen. »Ich bin okay.«

»Essen Sie denn vernünftig?« Mein Blick streift ihre blauverfärbten knochigen Knie.

»Meine Kinder bekommen genug zu essen, wenn es das ist, was Sie sagen wollen«, fährt sie mich an. »Ich würde hungern, damit meine Kinder genug kriegen, ja, das würd ich.«

»Fiona, ich wollte nichts Derartiges andeuten«, erwidere ich hastig. »Ich weiß, dass Sie sehr gut für Ihre Kinder sorgen. So gut Sie können.« Ich sage das, obwohl der kleine Hank dort ohne Zudecke in seinem Buggy liegt, mit ziemlich dünner Kleidung für dieses kühle Wetter.

»Ja vielleicht, aber die meisten Leute denken das von mir. Seh ich in ihren Gesichtern. Wie sie mich hässlich angucken.«

»Ich bin aber nicht die meisten Leute. Für mich ist ganz klar, dass Sie Ihre Kinder sehr lieben.«

»Danke, Mrs Jukes«, sagt Fiona mit einem Lächeln. »Ich würd alles tun für meine Kiddies. Das würde ich echt. Es ist nur, dass es manchmal ... na ja, eben verdammt hart ist.«

Sie sieht mich an und ich bemerke, dass ihr Tränen in die Augen steigen.

»Kommen Sie schon, Fiona. Kopf hoch. Sie machen das großartig unter diesen so schwierigen Umständen, da muss man Sie wirklich bewundern.«

»Es ist nur ... Es ist nur ...« Mehr als diese drei Wörter bringt sie nicht heraus.

»Es ist nur was, Liebes?«

»Es ist nur so scheiße *hart* manchmal.« Sie wischt sich mit der Rückseite ihrer Finger über die Augen. »'tschuldigung, dass ich geflucht hab.«

»Da habe ich schon Schlimmeres gehört, keine Sorge.« Ich tätschle ihr das Bein. Es fühlt sich eiskalt an. »Wann haben Sie denn zum letzten Mal was Ordentliches gegessen, Fiona?«

Sie zuckt mit den Schultern. »Ich hab gestern Abend den Toast mit Baked Beans aufgegessen. Den haben die Kinder übrig gelassen.«

Ich sehe auf meine Armbanduhr. Es ist Viertel nach eins und Henry sollte heute nicht vor achtzehn Uhr zurück sein. Ich stehe auf. »Kommen Sie, gehen wir.«

»Wie? Wohin denn?«

»Sie kommen jetzt mit mir nach Hause. Ich koche Ihnen ein schönes Essen, Sie können ein heißes Bad nehmen, damit Ihnen warm wird, und auf dem Weg besorgen wir noch schnell das Zahngel für den kleinen Hank.«

»Aber wo ... Ich kann nicht ...«

»Ich werde kein Nein akzeptieren, Fiona. Ich mache das wirklich gern für Sie; bitte, tun Sie mir den Gefallen.«

Sie steht auf und ihre hohen Absätze versinken im weichen Erdboden unter unseren Füßen. Sie dreht sich zu mir, als wolle sie noch einmal protestieren, aber ich lege den Finger auf meine Lippen.

»Lassen Sie uns einfach gehen«, sage ich.

NEUNUNDDREISSIG

JUDI

Die ersten Bedenken melden sich bei mir, als wir etwa zehn Minuten unterwegs sind.

Ich fange an zu überlegen, was Maura wohl sagen wird, wenn sie das erfährt. Anteil am Privatleben von Patienten zu nehmen, ist niemals ratsam und ich bin mir ziemlich sicher, dass die Ärzte, meine Arbeitgeber, deswegen die Stirn in Falten legen würden.

Aber ich schüttle meine Gewissensbisse ab. Ich kann Fiona einfach nicht dort allein vor sich hin leiden lassen. Sie wirkt so elend. So verloren und allein, so bedürftig, ihr Elend bei jemandem abzuladen.

Als wir die Straße zu uns entlanggehen, sieht Fiona mit offenem Mund auf die großen Häuser an beiden Seiten. »Wohnen Sie in einem davon, Mrs Jukes?«

»Sagen Sie doch Judi zu mir.« Ich lächle sie an. »Ja, unser Haus ist diesen hier recht ähnlich. Wir sind auch schon fast da, dann können Sie es sich selbst ansehen.«

Sie antwortet nicht, sondern stöckelt auf ihren hohen Absätzen weiter und staunt im Vorübergehen über die Gebäude. Im hellen Tageslicht fällt mir auf, dass die alten

Aknenarben auf ihrer Haut deutlich zu sehen sind. Klümpchen des dicken braunen Make-ups hängen in den winzigen Kratern und werfen Schatten, sodass die vernarbten Mulden noch viel stärker auffallen.

»Da sind wir«, sage ich, biege in unsere Einfahrt ab und greife nach dem Buggy. »Lassen Sie mich damit helfen.«

»Krass, nun sieh dir das mal an. Das ist ja wie in *Downton Abbey*.«

Ich lächle, packe die Griffe des Buggys und manövriere ihn über den schmalen Pfad in der Mitte der gekiesten Einfahrt. Ich wende mich um und vergewissere mich, dass Fiona nachkommt. Dabei sehe ich, dass ihr stark geschminktes Gesicht nach oben gerichtet ist, um ein Haus, das für mich ganz normal, für sie aber etwas sehr Besonderes ist, in seinem gesamten Ausmaß erfassen zu können.

Ich gehe die Stufe zu dem gepflasterten Vorplatz hoch, schließe die Haustür auf und öffne sie weit.

»Rein mit Ihnen, Fiona, ich komme mit dem Buggy nach.«

Als wir beide im Haus sind, schiebe ich den Buggy auf den Platz unter der offenen Treppe und Fiona hebt Hank heraus. Seine Lider flattern und er öffnet die Augen und mustert seine Umgebung sofort ganz genau.

Fiona hilft mir dabei, in der Küche sein Fläschchen zu machen. Es fühlt sich so schön an, wieder einmal ein Baby im Haus zu haben.

»Lange her, seit ich das zuletzt gemacht habe.« Ich löffle das Milchpulver in die Flasche. »Zu lange, finde ich.«

»Ihre Küche, die ist wie so eine aus diesen fancy Wohnzeitschriften.« Fiona trinkt mehrere große Schlucke von dem frischen Orangensaft, von dem sie sagt, dass sie ihn dem Tee vorzieht. »Krass, wenn das mein Haus wäre, würde ich nie mehr rausgehen.«

Ich muss grinsen, aber als ich sehe, wie sie sich voller Ehrfurcht im Raum umblickt, wird mir klar, dass sie es todernst meint. Für sie ist die geräumige Landhausküche in Enteneiblau, die für mich längst selbstverständlich ist, der Inbegriff eines wirklichen Luxuslebens.

Einen Augenblick lang fühle ich mich zu dem Tag zurückversetzt, an dem Henry und ich dieses Haus als potenzielle Käufer besichtigten. Als die Maklerin sich für ein paar Minuten diskret zurückzog, damit wir uns besprechen konnten, klatschte ich begeistert in die Hände, stellte mich auf die Zehenspitzen und küsste meinen frischgebackenen Ehemann auf die Wange. Das war hier, genau an der Stelle, wo ich jetzt stehe.

»Das ist mein Traumhaus«, hauchte ich ihm ins Ohr. »Ich liebe es. Aber noch mehr liebe ich dich.«

»Schön zu hören. Ich liebe dich auch, Judi Jukes.« Henry wurde in den ersten Ehejahren nie müde, mich mit meinem neuen Familiennamen anzusprechen; er meinte, die Alliteration gefiele ihm so gut und der Name ginge ihm so leicht von der Zunge. »Wir werden hier sehr, sehr glücklich sein. Wir werden unsere Kinder großziehen und gemeinsam alt werden und bis zum Sonnenuntergang in diesem wunderschönen Garten herumwerkeln.«

Ich erinnere mich noch, wie ich damals lächelte, während ich durch die Terrassentür auf den hübsch bepflanzten Garten hinausblickte und mir vorstellte, wie wir am Nachmittag dort draußen Tee trinken oder vielleicht auch an einem kühlen Glas Wein nippen würden, während die Abendsonne rot versinkt. Ich erinnere mich, dass ich meinen Bauch streichelte, der jeden Tag dicker wurde – unser erstes Baby, David – und Gott dankte für alles, was er mir geschenkt hatte.

Jetzt bezahlt Henry Mr Buxton, einen pensionierten Landschaftsgärtner, der in der Nähe wohnt, dafür, dass er den Rasen mäht, und ich kann mich gar nicht mehr an das letzte Mal entsinnen, wo wir gemeinsam draußen Zeit verbracht haben.

»Judi, geht's Ihnen gut?«

Fionas besorgte Stimme bringt mich zurück in die Gegenwart. Ich lächle und schraube den Deckel von Hanks Fläschchen gut fest.

»Entschuldigung, ich musste gerade daran denken, wie wir hier eingezogen sind. Ich kann kaum glauben, dass das schon so lange her ist. Und wissen Sie, Fiona, am eigenartigsten ist, dass es sich manchmal so anfühlt, als ob das schon ein ganzes Menschenleben her ist, und dann wieder sind die Erinnerungen so lebendig, als ob das alles wirklich erst gestern passiert wäre.«

Fiona sieht mich skeptisch von der Seite an, antwortet aber nicht.

Ich laufe schnell nach oben und werfe meinen Mantel und die Handtasche auf mein Bett. Dann suche ich im Schrank einen halblangen Daunenmantel heraus, den ich dieses Jahr noch kein einziges Mal getragen habe, und schon eile ich weiter, um Fiona ein duftendes Bad einzulassen. Ich hole zwei unserer besten und flauschigsten Badetücher aus ägyptischer Baumwolle aus dem Wäschetrockenschrank und lege sie seitlich auf den Waschtisch. Zum Schluss hänge ich noch einen frisch gebügelten weißen Baumwollbademantel an den Haken innen an der Badezimmertür.

Ein Freudenschauer durchfährt mich, als ich mir vorstelle, wie Fiona dieses Erlebnis genießen wird.

»Ihr Bad läuft ein«, sage ich, als ich wieder nach unten komme. Fiona steht an der Tür, die von der Küche in den Garten führt, und schaut hinaus.

»Das Badezimmer ist die Treppe hinauf, die erste Tür rechts.« Ihr Gesicht hellt sich auf, als ich ihr den Mantel entgegenstrecke. »Und der ist für Sie. Er hält Sie bestimmt viel besser warm als dieses dünne Strickding da. Ich lege ihn auf den Buggy, dann können Sie ihn später mitnehmen.«

Ich bin erstaunt, wie bereitwillig sie Hank an mich übergibt. »Danke, Mrs Jukes ... Judi. Das alles ist ... ja, das ist wirklich wahnsinnig nett von Ihnen.«

»Nein, hören Sie auf. Genießen Sie Ihr Bad, und wenn Sie wieder runterkommen, werde ich ein köstliches Mittagessen für Sie fertig haben.«

Als ich höre, wie sie oben die Badezimmertür hinter sich schließt, trage ich Hank und die Flasche mit der warmen Milch ins Wohnzimmer. Ich schiebe mir ein paar Kissen in den Rücken und sitze mit dem kleinen Jungen in den Armen da, während er seine Milch trinkt und dabei vertrauensselig mit seinen dunkelblauen Augen zu mir hochstarrt.

Als David etwa fünf oder sechs Monate alt war, konnte er seine Milch nicht bei sich behalten. Es kam so weit, dass wir unsere Kleidung beim Füttern mit Handtüchern abdeckten, weil ihm ausnahmslos nach wenigen Minuten wieder alles hochkam. Als das einfach nicht aufhören wollte und David schon Gewicht verlor, verwies man uns ans Krankenhaus. Dort wurde festgestellt, dass David an gastroösophagealem Reflux litt und eine kleine Operation nötig war, um das zu beheben. Danach ging es ihm für eine kurze Weile gut, bevor es wieder losging. Die Ärzte konnten einfach nicht herausfinden, woran es lag.

Ich erinnere mich, dass das eine sehr sorgenreiche Zeit war, vor allem, als wir keine Erklärung für das Problem bekamen. Irgendwann hörte das Erbrechen jedoch auf und er begann, wieder zuzunehmen. Aber in der Zeit dazwischen, in diesen fürchterlichen Wochen, als wir nicht wussten, was ihm fehlte, rückten Familie und Freunde näher zu mir heran. Alle kümmerten sich um mich und David. Henry, der zu diesem Zeitpunkt bereits das Interesse an mir als Ehefrau verloren zu haben schien, verwandelte sich über Nacht in einen Ritter ohne Furcht und Tadel. Er packte uns beide in Watte, nahm sich einige Zeit von der Arbeit frei und gestattete mir nicht, auch nur einen Finger zu rühren.

Das machte mich einerseits völlig verrückt, führte aber auch dazu – wenn ich es auch nie jemandem erzählt habe -, dass ich mich sicher und geschätzt fühlte, und für kurze Zeit war es noch einmal so wie in den ersten paar Monaten unseres Liebeswerbens.

Selbst heute noch schenkt es mir ein warmes Gefühl, wenn ich an diese Zeit zurückdenke.

VIERZIG

JUDI

Als Hank die Flasche halb ausgetrunken hat, setze ich ihn auf und reibe ihm sanft den Rücken.

Um seinen Hals und unter dem Ohr ist eine Linie von angetrocknetem Schmutz und seine winzigen Hände liegen gespreizt auf meinem Unterarm wie schmuddelige Seesterne. Am Ansatz seines hellen sandblonden Haars entdecke ich kleine Stellen mit einer schorfigen Kruste.

Seine Wangen sind gerötet und um die Lippen herum ist es wund. Ich ärgere mich, dass ich in der Drogerie, in die wir auf dem Heimweg wegen des Zahnungsgels gegangen sind, nicht auch gleich Babyshampoo und ein Öl gegen seinen Milchschorf gekauft habe.

Ich weiß, dass Fiona ihr Bestes gibt, was ihre Kinder anbelangt, aber das reicht leider bei Weitem nicht aus. Ich schaudere beim Gedanken, dass dieser kostbare, gesunde Junge, der noch sein ganzes Leben vor sich hat, in der Lotterie des Lebens, was seine Mutter anbetrifft, schon verloren hat.

Hank gibt ohne weitere Hilfe einen kleinen Rülpser von sich und ich lege ihn wieder flach hin. Begierig und hungrig nimmt er den Rest der Mahlzeit zu sich. Als er die Flasche fast leer getrunken hat, habe ich das Gefühl, dass er ohne Weiteres mehr vertragen könnte, und ich frage mich, ob er die nötigen drei Mahlzeiten am Tag gefüttert bekommt.

Ich reinige meinen Zeigefinger mit etwas Desinfektionsschaum und als dieser getrocknet ist, gebe ich einen Spritzer Zahnungsgel auf die Fingerspitze und warte darauf, dass Hank sein rosiges Mäulchen öffnet.

Dabei singe ich ihm etwas vor und lasse ihn ganz sanft auf meinem Knie auf- und abhüpfen. »Hoppe, hoppe, Reiter, wenn er fällt, dann schreit er. Fällt er in den Graben, fressen ihn die Raben.« Hank lässt ein gackerndes kleines Lachen hören und ich stecke ihm den Finger in den Mund und verreibe das betäubende Gel auf der einen Zahnfleischseite.

Die feuchte Schleimhaut unter meiner Fingerspitze ist geschwollen und heiß und an zahlreichen Stellen spüre ich einen zerklüfteten kleinen Hügel, wo sich ein Zahn herausschiebt und bald durch das entzündete Zahnfleisch brechen wird. Als ich auch die andere Seite versorgt habe, wische ich mir den Finger an einem Taschentuch ab und halte Hank vor mir in die Luft.

Sowohl Noah als auch Josh haben fürchterlich gelitten, als sie zahnten. Ich kann mich erinnern, dass ich sie beide mehrere Nächte zu mir genommen habe, als sie klein waren, damit Ben und Louise einmal eine Pause hatten. Louise fühlte sich durch meine Nähe zu Ben und den Jungs niemals bedroht. Im Gegenteil, sie war immer gern bereit zuzugeben, wie sehr sie meinen Rat und meine Erfahrung schätzte.

Ich halte Hank unter den Armen fest und lasse ihn mit den Füßen leicht auf meinen Knien hüpfen. Seine blassblauen Socken sehen flusig und abgetragen aus und gehören ganz dringend in die Wäsche, wenn nicht sogar in den Abfall.

»Ist es Zeit, Hanks Stinkewindel zu wechseln? *Ist es das?*«, säusle ich mit alberner Stimme. »Ich glaube, das muss Granny Judi jetzt aber wirklich mal tun, *ja, das glaube ich!*«

Ich will ihn gerade wieder hinsetzen, als er eine Art holprigen Seufzer von sich gibt und eine klebrige kleine Hand nach vorn schießt, sich auf meine Wange legt und dort liegen bleibt. Er sieht mich mit großen Augen treuherzig an und schenkt mir dann ein breites zahnloses Grinsen, als könnte er sein Glück gar nicht fassen, hier zu sein.

Es ist so wunderbar, sich wieder gebraucht zu fühlen.

Ich wechsle rasch Hanks Windel und sehe dabei gnädig darüber hinweg, wie schlecht ausgestattet Fionas Wickeltasche ist. Ihr magerer Inhalt besteht aus der dünnsten und billigsten Windel, die mir jemals untergekommen ist, einer fast leeren Tube Babypflegecreme und einem Schnuller. Das war es dann aber auch schon.

Ich schäle die völlig durchnässte Windel von Hank ab, um festzustellen, dass das arme Kind eine starke Windeldermatitis hat. Nachdem ich ihn großzügig eingecremt habe, ist die Tube völlig leer.

Ich sehe hinauf zur Decke, weil mir das Knarren der Bodendielen verrät, dass Fiona die Badewanne verlassen hat.

Dann gehe ich mit Hank auf dem Arm in die Küche und rühre das Lammcurry im Schongarer durch. Ich habe es gestern Abend zubereitet und dann auf ganz niedriger Hitze garen lassen, sodass das Fleisch jetzt fast zerfällt.

Ich gebe eine Packung Reis in die Mikrowelle und freue mich daran, wie der kleine Hank alles begeistert aufnimmt und dabei vor sich hin gluckst und auf alle möglichen Dinge zeigt. Es kommt mir in den Sinn, dass Fiona ihn vielleicht sträflicherweise festgeschnallt in seinem Buggy vor dem Fernseher abstellt oder Ähnliches. Ich möchte sie nicht verurteilen oder auch nur schlecht über sie denken, aber ihr Kind wirkt so verzückt über alles Neue rundherum. Von unserer Begegnung im Park weiß ich ja, dass sie den Kopf voll mit allen möglichen Problemen hat.

Mit dem vergnügten Hank auf einer Hüfte ziehe ich den alten Kinderhochstuhl aus der Vorratskammer heraus. Er wurde sowohl für Noah als auch für Josh verwendet, und als sie zu alt dafür waren, hab ich ihn in eine Ecke der Kammer verbannt und nie auf den Dachboden gebracht. Irgendwas in mir sieht ihn wohl noch ganz gern dort.

Ein paar Minuten später erscheint Fiona mit feuchten Haaren und einem sauberen Gesicht ohne jedes Make-up, was sie jünger aussehen lässt. Sie hat sich wieder vollständig angezogen – obwohl noch immer mehr Haut zu sehen als bedeckt ist – und wir setzen uns an den Tisch, auf den ich ganz einfach nur Schüsseln mit Reis und Curry und hohe Gläser mit eisgekühltem Wasser gestellt habe.

Als sie nach dem Salzstreuer greift, rutscht ihr Ärmel nach oben und ich schnappe unwillkürlich nach Luft, als eine säuberliche Reihe fingerkuppengroßer Blutergüsse zum Vorschein kommt.

Fiona sieht mich an, folgt meinem Blick und zieht den Ärmel sofort wieder herunter.

»Ich stoß mich andauernd irgendwo an«, sagt sie, starrt auf ihren Teller und vermengt den Reis mit dem Curry. »Ganz oft weiß ich dann gar nicht mehr, wo ich die blauen Flecken herhabe.«

Kurz flackert in mir die Erinnerung auf, wie Maura mir von Fionas Verletzungen an ihren Oberschenkelinnenseiten berichtet hat.

Ich wähle meine Worte mit Bedacht. »Es sieht mehr so aus, als hätte jemand Ihren Arm gepackt, Fiona.«

»Nein!«, kommt es wie heißer Dampf aus ihrem Mund geschossen. »Ich weiß, dass sieht vielleicht so aus, aber das ist nix. Ich würd schon sagen, wenn es so wäre.«

»Das hoffe ich«, entgegne ich und greife nach meinem

Wasserglas. »Sie können nämlich mit mir über alles reden. Ich werde sie nicht verurteilen.«

Sie presst ihre Lippen zu einer schmalen Linie zusammen.

»In diesem Badezimmer hab ich mich gefühlt wie Kim Kardashian, Judi«, sagt sie und lässt das Essen von ihrer Gabel fallen, nur um es gleich darauf wieder aufzuladen. »Das ganze heiße Wasser und die Schaumblasen. Da hat nur noch ein Glas Moët gefehlt.«

»Ich freu mich, dass Sie es genießen konnten«, sage ich. »Sie haben es verdient, ein bisschen verwöhnt zu werden.«

Sie sieht mich komisch an, als dächte sie, ich hätte das ironisch gemeint.

»Hören Sie, Fiona, ich will Sie wirklich nicht kränken, aber …«

Sie lässt Messer und Gabel mit einem Klappern fallen und schiebt ihren Stuhl zurück. Hank im Hochstuhl zuckt sichtlich zusammen, lässt einen Protestschrei los und drischt mit dem Handballen auf das Plastiktischchen.

»Verstehe. Sie wollen, dass ich verschwinde? Das müssen Sie mir nicht sagen. Ich weiß schon, dass ich Ihre Freundlichkeit genug ausgenutzt habe. Tut mir leid, ich wollte nicht …«

»Fiona, setzen Sie sich.« Ich berühre sie am Arm. »Das ist überhaupt nicht das, was ich sagen wollte.«

Sie setzt sich wieder hin und starrt auf ihre kurzen, abgebissenen Fingernägel.

»Ich wollte sagen, dass ich Ihnen sehr gern helfen würde«, sage ich sanft. »Ein paar Dinge für Hank kaufen, vielleicht sogar hin und wieder auf ihn aufpassen, damit Sie mal eine Stunde Ruhe haben, wenn Ihnen das recht ist. Was meinen Sie dazu?«

Sie starrt mich an. So, wie sie dreinschaut, frage ich mich, ob alle Menschen, die ihr bisher angeboten haben, ihr einen Gefallen zu tun, dabei schlechte Hintergedanken hatten.

»Bitte seien Sie nicht gekränkt, Sie dürfen auch Nein

sagen«, versichere ich. »Es ist einfach nur ein Angebot, etwas, das ich gern tun würde. Sie müssen es nicht annehmen, wenn Sie nicht wollen, aber Sie sollten wissen, dass ich da bin, wenn Sie Hilfe brauchen.«

»Vielen Dank, ich …« Sie schließt ihren Mund und dreht sich plötzlich in ihrem Stuhl nach hinten um.

Beide sind wir aufgeschreckt und setzen uns jetzt gerade hin, weil zu hören ist, wie die Haustür geöffnet wird. Nach ein wenig Geschlurfe und Gepoltere fällt die Tür wieder ins Schloss. Ich stehe auf, gehe schnell zur Küchentür und blicke durch die Diele.

»Henry«, sage ich leise.

EINUNDVIERZIG

JUDI

»Na, das ist ja mal eine herzliche Begrüßung.« Henry runzelt die Stirn und macht sich mit seinem kleinen Koffer und der Reisetasche auf den Weg nach oben. Er ist der einzige Mann, den ich kenne, der zum Angeln einen Koffer mitnimmt. »Freut mich auch, dich zu sehen, Judi.«

»Entschuldige«, entgegne ich rasch. »Ich wollte nicht …«

Hinter mir lässt Hank einen unkontrollierten Jauchzer los.

»Pscht!«, höre ich Fiona flüstern.

»Was zum Teufel war *das*?« Henry macht ein finsteres Gesicht, geht die drei, vier Treppenstufen wieder hinab und stellt beide Gepäckstücke im Flur ab. Als er den Buggy unter der Treppe herausragen sieht, macht er große Augen.

»Das ist nur Fiona, die ich aus der Arbeit kenne«, sage ich mit gespielter Fröhlichkeit. »Sie ist mit ihrem Kleinen vorbeikommen, um mich zu besuchen, und ich hab sie eingeladen, schnell mit mir zu Mittag zu essen.«

Ich blicke hinter mich in die Küche und sehe, wie Fiona Hank hastig aus dem Hochstuhl zerrt und gleichzeitig nach ihrer schäbigen Handtasche greift.

»Du musst nicht gleich gehen, Fiona«, sage ich und

bemerke, wie angespannt meine Stimme klingt. »Das ist nur Henry, mein Mann.«

Henry geht zur Küche und verharrt stocksteif in der Tür. Der Mund bleibt ihm offen stehen, während er erst mich ansieht und dann den kleinen Hank in Fionas Armen. Ich stehe da, schweigend und voller Scham. Ich kann gar nicht glauben, dass er so offen unhöflich ist.

»H… Henry, das ist Fiona und der kleine Mann heißt Hank«, stammle ich und sehe abwechselnd Henry und Fiona an, mit einem falschen Lächeln in meinem Gesicht. Fiona sieht aus wie ein verschrecktes Kaninchen, das gleich die Flucht ergreifen wird.

Dann bewegt sie sich. »'tschuldigung, aber ich muss weg.« Sie läuft an Henry vorbei in die Diele, schlüpft eilig in ihre Stöckelschuhe und sieht den Mantel, den ich ihr gegeben habe, mit einem Stirnrunzeln an.

»Fiona, nein! Sie sind ja noch gar nicht fertig mit dem Essen.« Ich will ihr nacheilen, aber Henry fasst meinen Arm.

»Lass sie gehen«, sagt er mit unterdrückter Stimme.

Zwei Minuten später ist das Haus wieder still. Fiona und Hank sind gegangen und ich stehe noch immer mit meinem Ehemann in der Küche und frage mich, was da gerade geschehen ist.

»Warum hast du das getan?« Ich rolle meine Finger ein und die Nägel bohren sich langsam in das weiche Fleisch meines Daumenballens.

»Was getan?«

»Das arme Mädchen verjagt. Du warst so unhöflich, hast sie nur angestarrt und nicht mal Hallo gesagt. Sie sah zu Tode erschrocken aus.«

»Kennst du dieses Mädchen gut?«

»Gut genug«, sage ich und wende den Blick ab.

»Judi, du musst schon ein wenig aufpassen, mit wem du dich einlässt. Du kannst nicht jedes dahergelaufene Mädchen von der Straße zu uns nach Hause bringen. Es ist einfach nicht sicher, den Leuten vorzuführen, wo wir wohnen, was wir haben.«

Mein ganzer Körper verkrampft sich, weil das, was er da von sich gibt, so ungerechtfertigt ist.

»Das ist so unfair. Du weißt nichts über sie«, gebe ich zurück, während ich spüre, dass meine Atmung sich beschleunigt.

»Das muss ich auch gar nicht *wissen*. Es liegt doch ganz klar auf der Hand, dass sie dir einfach leidgetan hat und du ihr helfen wolltest, aber ...« Er zögert. »Du solltest das wirklich nicht außer Kontrolle geraten lassen, will ich dir sagen. Du kannst nicht jedem helfen.«

»Du benimmst dich total lächerlich«, zische ich. »Ich sollte ja wohl auch ohne deine Erlaubnis jemanden zu einem kleinen Plausch und einem Happen zu essen einladen können. Außerdem kenne ich sie aus der Praxis. Sie ist kein dahergelaufenes Mädchen von der Straße, wie du es formulierst.«

»Darüber werde ich mich mit dir gewiss nicht streiten.« Er geht an mir vorbei, das Gesicht noch immer äußerst verärgert. In der Diele fällt ihm wohl noch etwas ein und er dreht sich noch einmal um und sieht mich an. »Das darf nicht noch mal vorkommen, Judi. Das ist nicht gesund.«

»Wie kannst du es wagen! Ich lasse mir bestimmt nicht vorschreiben, wie ...«

»Judi.« Sein energischer Ton lässt mich verstummen. »Wir alle haben festgestellt, dass du in letzter Zeit häufig durcheinander bist und feindselig zu den Leuten, die dich am meisten lieben. Auf der anderen Seite benimmst du dich jetzt gegenüber einem Mädchen, das du nur flüchtig aus der Praxis kennst, gastfreundlich und tolerant. Ich weiß nicht, was in dich gefahren ist, aber es muss aufhören, und zwar augenblicklich.«

Wir *alle* haben festgestellt? Mir fällt wieder ein, dass er mit Ben gesprochen hat, während er auf seinem Angelausflug war.

»Das ist kompletter Blödsinn«, bricht es aus mir heraus. »Ich weiß nicht, was Ben dir erzählt hat, aber nicht *ich* bin es, die hier im Unrecht ist.«

»Es ist wohl am besten, wenn du dir einen Termin bei Phil Fern besorgst. Und alles mal mit einem Spezialisten besprichst.«

Henry kennt Dr. Fern gut. Sie sind gemeinsam in Newcastle auf die Universität gegangen und gleich alt. Dr. Fern hat zwar Medizin studiert und Henry Finanzwirtschaft, aber sie haben im Rugby-Team Bekanntschaft geschlossen und sind gute Freunde geworden.

Hin und wieder treffen sie sich auf ein Bier oder um sich gemeinsam ein Spiel anzusehen, woraus Henry idiotischerweise das Recht ableitet, über die Krankengeschichte seiner Ehefrau, immer Bescheid zu wissen. Ich war erst neulich bei Dr. Fern und, ganz wie es sich gehört, hat Henry nicht die leiseste Ahnung davon.

»Falls ich einen Arzt brauche, bin ich sehr wohl in der Lage, mir einen Termin zu besorgen, besten Dank«, stoße ich zwischen zusammengebissenen Zähnen hervor. »Viel wichtiger wäre für mich, dass Leute wie du endlich aufhören, mir verdammt noch mal zu sagen, was ich mit meinem Leben anstellen soll.«

Und damit stürme ich an ihm vorbei und lasse ihn einfach stehen, obwohl er ganz offensichtlich schockiert und empört ist. Laut stapfe ich die Treppe hinauf und knalle die Tür von Davids Zimmer hinter mir zu.

ZWEIUNDVIERZIG

AMBER

Die letzten Tage waren ganz schön turbulent gewesen.

Amber hatte das Gefühl, als würde ihr Leben in halsbrecherischem Tempo ablaufen, und verspürte zum ersten Mal den Wunsch, es wäre alles Wirklichkeit. Sie hatte sogar darüber nachgedacht, ob sie ihre Perspektive nicht lieber wechseln sollte. Wenn sie es tun würde, könnte die ganze Sache dann die Schrecken der Vergangenheit vielleicht auslöschen?

Doch schon in dem Moment, als ihr der Gedanke durch den Kopf ging, wusste sie, dass das nie geschehen würde.

Ben war von Anfang an nett zu ihr gewesen; sie dagegen hatte ihn nur dazu benutzt, um der Person näher kommen zu können, die sie eigentlich verletzen wollte. Und jetzt – kaum zu glauben – hatte er ihr auch noch erklärt, dass er sie liebte. Sie liebte! Dabei kannte er sie nicht einmal; er kannte nur das Gesicht, das sie gewillt war, ihm zu zeigen.

Auch wenn es ihr widerstrebte, merkte sie, wie der kleine Josh ihr immer mehr ans Herz wuchs. Sein kindlicher Charme und sein Bemühen, alles richtig zu machen, waren manchmal einfach unwiderstehlich. Nicht nur einmal hatte sie sich sogar gewünscht, der Kleine könnte den stählernen Panzer aufbrechen, mit dem ihr Herz für immer verschmolzen zu sein schien, auch wenn sie im Grunde wusste, dass er ihr bis zum letzten Atemzug bleiben würde.

Noah dagegen war völlig anders als sein jüngerer Bruder.

In ihm erkannte sie Judi. Er war erstaunlich eigensinnig für sein Alter, festgefahren in seinen Gewohnheiten. Manchmal, wenn sie und Ben abends noch auf dem Sofa saßen, um fernzusehen oder sich zu unterhalten, bemerkte sie beim Aufschauen, wie Noah sie mit einem Blick bedachte, der ihn älter erschienen ließ, als er selbst war.

Sie fragte sich, ob Judi ihn womöglich damit beauftragt hatte, sie auszuspionieren oder ihre Gespräche zu belauschen. Er würde zweifellos einen brauchbaren kleinen Maulwurf für seine intrigante Oma abgeben. Amber war nicht verborgen geblieben, dass er immer öfter schlecht gelaunt war und sich kaum mehr etwas sagen ließ, aber sie ließ ihm nichts durchgehen. Wenn Ben nicht da war, zeigte der Junge sich von einer ganz anderen Seite, war eher duldsam und still. Das war wesentlich besser.

Ben schien nicht das Geringste dagegen zu haben, dass sie in seinem Haushalt eine gewisse Disziplin einführte. Sie hatte ihm dargelegt, es sei nur zum Besten der Jungs, nachdem seine Mutter es bisher zugelassen habe, dass die beiden so über die Stränge schlagen. Obwohl sie bei alledem natürlich stets behutsam vorgehen musste.

Doch nachdem, was gestern geschehen war, würde sich all das nun ohnehin ändern. Das Wort »überrascht« reichte nicht aus, um zu beschreiben, wie sie sich fühlte, als Ben sie bat, sich zu setzen, und ihr all diese Dinge sagte. Sie hatte gespürt, wie sie plötzlich komplett emotional wurde, und auch er hatte es wahrgenommen und sich über ihre Reaktion gefreut.

Sie hatte jedoch nur deshalb fast geweint, weil sie sich wünschte, sie könnte sich darüber freuen wie jeder normale

Mensch, ohne all die Lügen und bösen Absichten, die unter der Oberfläche brodelten.

Dennoch war es schön, sich endlich unbesiegbar zu fühlen, zu wissen, dass alles perfekt nach Plan lief und dass sie nun niemand mehr aufhalten konnte.

Am allerwenigsten Bens Mutter.

DREIUNDVIERZIG

JUDI

Am Samstagmorgen meldet mein Handy eine Nachricht. Mir wird warm ums Herz, als ich sehe, dass sie von Ben kommt.

Ich tippe darauf und ein Foto von Noah und Josh wird geladen, wie sie winkend vor dem Affengehege im Twycross Zoo stehen. Ich freue mich über die lachenden Gesichter der Jungs und weil das Foto zeigt, dass sie eine schöne Zeit haben.

Etwas in einer Ecke des Schnappschusses fällt mir ins Auge und ich vergrößere ihn mit zwei Fingern. Eine Hand mit langen rosa Nägeln hat Joshs Hand fest im Griff. Besitzergreifend.

Plötzlich überkommt mich das dringende Bedürfnis, zu handeln. Irgendetwas zu tun, statt hier in diesem großen, stillen Haus zu sitzen und dabei zuzusehen, wie mir meine Familie genommen wird.

Ich greife nach Mantel und Handtasche und gehe raus zum Auto. Henry wird erst viel später von seiner Fotogruppe zurückkommen; er wird nicht mal bemerken, dass ich weg gewesen bin.

Es ist später Vormittag, als ich am Haus ankomme. Es macht mich ein wenig nervös, Ambers Fiat davor geparkt zu sehen, obwohl ich ganz sicher weiß, dass sie alle im Zoo und wohl mit Bens Ford Focus unterwegs sind.

Auf dem Weg hierher habe ich mir eine plausible Ausrede zurechtgelegt, nur für den Fall, dass sie unerwartet früher zurückkommen. Ich hätte meine Lesebrille verloren und mich daran erinnert, dass ich sie zuletzt noch in ihrem Haus gehabt hätte. Das ist eine glaubwürdige Geschichte, denn ich benutze die Brille recht selten. Meistens lese ich auf meinem Kindle, wo ich die Schrift einfach vergrößern kann.

Die Straße liegt ruhig da und ich entdecke auch niemanden von den unmittelbaren Nachbarn, sodass ich aussteige, rasch zur Haustür gehe und aufschließe.

Drinnen habe ich das Gefühl, als befände ich mich in einem anderen Haus als dem, das ich bisher gekannt hatte. Es ist mir ja nicht neu, dass Amber die Gestaltung der Räume entscheidend verändert hat, aber jetzt gibt es auch noch einen neuen Tisch im Flur mit einem Spiegel darüber. Keine Jacken, die über dem Treppengeländer hängen, keine Schuhhaufen in der Ecke direkt bei der Eingangstür.

Und das Haus riecht anders; im Erdgeschoss werden wohl jeden Abend Räucherstäbchen angezündet, denn der Geruch ist sogar jetzt noch ziemlich durchdringend.

Ich schließe die Tür hinter mir zweimal ab und ziehe meine Schuhe aus. Ich weiß nicht, wonach ich suche oder warum ich hergekommen bin. Ich weiß nur, dass das hier ein Anfang ist.

Irgendetwas will bei Amber Carr nicht so recht zusammenpassen und ich werde mein Bestes geben, um herauszufinden, was das ist.

Ich gehe direkt nach oben ins Schlafzimmer. Es wirkt jetzt kleiner, zugestellter, und mir wird klar, dass ein weiterer Doppelkleiderschrank gekauft und an der Wand gegenüber dem anderen aufgestellt wurde. Er ist weiß, ohne Spiegeltüren, und als ich hineinsehe, stelle ich fest, dass Bens gesamte Kleidung darin viel zu gedrängt aufbewahrt wird.

Ich lasse mich auf meine Hände und Knie nieder und sehe unters Bett. Unter Bens Seite sind ein paar ordentliche Zeitschriftenstapel, unter der von Amber steht lediglich ein Paar flauschiger Pantoffeln.

Ich halte nach etwas Ausschau, von dem Amber nicht unbedingt will, dass andere Leute es sehen. Es grenzt wahrscheinlich an Irrsinn – ich weiß ja nicht mal, wonach ich suche -, aber ich bin mir völlig sicher, dass es etwas zu finden gibt.

Ich lasse die Kommode links liegen und auch den Nachttisch. Den Inhalt *dieser Möbel* will ich wirklich nicht noch einmal sehen. Ich öffne alle Spiegeltüren des Dreifachkleiderschranks. Dass Amber diesen größeren Stauraum für ihre Sachen beansprucht, war mir sonnenklar.

Ich ignoriere die Kleidungsstücke, die an der Stange hängen, gehe in die Hocke und schiebe alles, was lang herabhängt, zur Seite, um den Schrankboden untersuchen zu können. Hier stehen eine ganze Menge Schuhe, alle sauber paarweise in zwei Reihen angeordnet. Ich kann bis ganz nach hinten sehen, weil durchs Fenster viel Licht hereinkommt, aber außer Schuhen ist da nichts.

Ich stelle mich auf Zehenspitzen und spähe auf das durchgehende Brett oben im Doppelteil des Schranks. Wie ich es von Amber schon nicht mehr anders erwarte, ist auch hier alles ordentlich. Ich hebe eine gefaltete Decke und ein Ersatzkopfkissen hoch und luge in eine große flache Tasche aus Veloursamt, die Modeschmuck enthält.

Ich strenge mich an, alles genauso zu hinterlassen, wie ich es vorgefunden habe. Nervös sehe ich aus dem Fenster und male mir aus, wie ich reagieren werde, wenn Bens Auto auf einmal draußen vorfahren würde. Aber sein Auto ist nicht da. Ich liege noch gut in der Zeit.

Im Schrankteil mit der einzelnen Tür sind Ambers Mäntel und ihre dickeren Jacken verstaut. Auch Bens Wintermantel entdecke ich. Auf dem Boden stehen drei Paar hohe Stiefel, einschließlich des Overknee-Wildlederpaars, das sie so gern mit ihren zerrissenen Skinny Jeans trägt.

Ich weiß nicht, wo ich noch suchen soll.

Schweren Herzens schließe ich die dritte Schranktür wieder, habe aber dann, kurz bevor die Magnete zusammenklicken, eine Art Geistesblitz und öffne sie noch einmal. Mäntel und Jacken haben Taschen und manche Leute vergessen, dass sie irgendwelche Sachen dort hineingesteckt haben, vor allem, wenn sie nicht damit rechnen, dass jemand nachsieht.

Soweit Amber sich ausrechnet, erscheine ich nicht mehr im Haus; sie hat es ja geschafft, Ben zu überzeugen, dass er meine Hilfe nicht mehr braucht. Ich war nicht mehr hier, seit sie eingezogen ist, und bin mir sicher, dass sie keine Gefahr sieht, dass ich herumspionieren könnte.

Ich ignoriere das Anklopfen meines schlechten Gewissens, das sich wie ein Stich im Unterleib anfühlt, und denke stattdessen an Noahs verletzte Hand. Dann suche ich alle Außen- und Innentaschen systematisch ab. Eine Jeansjacke, ein Kunstpelzmantel. Ein langer schwarzer Mantel mit einem glänzenden Pelzkragen. In seinem seidigen Futter gibt es keine Innentaschen. Jetzt fehlt nur noch eine gewachste Outdoorjacke. Ich versenke meine Hand in der geräumigen Tasche und meine Finger bekommen ein Kuvert zu fassen.

Ich trage es hinüber zum Fenster und spähe hinein. Dann nehme ich die Fotos heraus und sehe sie mir an. Zwei junge Mädchen: im Meer, beim Eisessen, beim Streicheln eines Hundes.

Ich stecke sie zurück in das Kuvert und deponiere dieses wieder in der Manteltasche – Fehlanzeige.

Ich überprüfe noch die andere Tasche und ziehe eine verknitterte Geschäftskarte heraus. Ich streiche sie mit der

Hand glatt, um lesen zu können, was darauf steht. Sie ist von einem Pflegeheim in Sheffield: Sunbeam Lodge. Auf der Rückseite ist »Mum: Zimmer 15A« mit Kugelschreiber notiert.

Als Amber das erste Mal zu uns kam, hat mir Ben erzählt, dass ihre Eltern beide bei einem Autounfall zu Tode kamen.

Bingo.

VIERUNDVIERZIG

JUDI

Am Sonntagmorgen stehe ich um sechs Uhr auf. Diese Nacht habe ich im Gästezimmer verbracht und so gut wie lange nicht mehr geschlafen. Denn ich musste weder Henrys Geschnarche ertragen noch war ich gezwungen, trotz seines unmöglichen Benehmens gegenüber der armen Fiona, freundlich zu ihm zu sein.

Ich mache das Bett im Schlafzimmer und nehme Henrys Tabletten und Diabetesmedikamente mit ins Bad. Bereits mehrmals habe ich ihn schon gebeten, seine Arzneimittel nicht offen herumliegen zu lassen. Die Jungs sind sehr vernünftig, aber man kann nie wissen, was passieren könnte, wenn sie Blödsinn im Kopf haben.

Ich will mich nicht lange ärgern. Der wertvolle Fund der Karte des Pflegeheims hat mir wirklich Auftrieb gegeben. Es ist noch zu früh, sich übermäßig zu freuen, aber es könnte doch ein Hinweis auf Ambers dunkle Vergangenheit sein. Wenn ihre Mutter tatsächlich noch munter und lebendig ist und geschützt vor neugierigen Blicken in einem Pflegeheim wohnt, dann eröffnet das vielleicht einen Weg, wie ich Amber in die Falle locken und ihre fürchterliche Lüge vor Ben entlarven kann. Ist erst einmal bewiesen, wie verlogen sie ist, wird er sicherlich nichts mehr mit ihr zu tun haben wollen.

Ich habe im Internet nach der Sunbeam Lodge gesucht und das Heim sah auf den Fotos alles andere als hell und sonnig aus. Daneben habe ich einen zwei Jahre alten Online-Zeitungsartikel ausfindig gemacht, in dem steht, dass das Haus wegen Vernachlässigung der Bewohner unter Beobachtung stand und nur knapp der Schließung entging. Wenn Ambers arme Mutter tatsächlich dort lebt, führt sie wohl ein trauriges und bemitleidenswertes Dasein.

Nach meinem gestrigen Besuch in Bens Haus bin ich zum Park hinübergefahren, in der Hoffnung, ich könnte Fiona dort treffen. Es herrschte trübes Nieselwetter und ich dachte mir eigentlich schon, dass sie nicht auf ihrem üblichen Platz auf der Bank sitzen würde, aber ich wollte es wenigstens versuchen, weil ich mich noch einmal entschuldigen wollte.

Schließlich hatte ich darauf bestanden, dass Fiona mit mir nach Hause geht, und fühle mich verantwortlich für das unangenehme Vorkommnis mit meinem Ehemann. Hank hatte sich während des Fütterns so verletzlich und doch geborgen in meinen Armen angefühlt und Henry hatte es geschafft, dieses warme mütterliche Gefühl, das ich so genossen hatte, zunichtezumachen.

Ich zwinge mich dazu, die Gedanken an Fionas verpfuschtes Leben beiseitezuschieben, zumindest im Moment.

Unten in der Küche, nach der lebensnotwendigen Tasse Tee, beginne ich dann mit den ersten Vorbereitungen fürs Mittagessen.

Ich bereite Bens Lieblingsgericht, überbackenen Blumenkohl, so weit zu, dass es nur noch in den Ofen geschoben werden muss. Ich habe beschlossen, auch Henrys Favoriten zuzubereiten, nämlich Kartoffelpüree mit Senf. Auch Joshs geliebte geröstete Pastinaken werde ich auftischen und dann noch das Dessert, das Noah am liebsten isst.

»Und noch haufenweise in Entenfett gebratene Röstkartoffeln«, murmle ich vor mich hin, und lächle schon vor Vorfreude auf die saure Miene, die sich ganz bestimmt über Ambers perfekt geschminktes Gesicht legen wird. Gesättigte Fettsäuren werden noch die geringste Sorge von Madame sein, wenn ich erst einmal meine Sunbeam-Lodge-Recherchen als Trumpf ausspiele.

Henry tritt so gegen neun in Erscheinung, murmelt ein flüchtiges »Guten Morgen« und macht sich eine Schüssel mit Frühstücksflocken. Eine halbe Stunde später verschwindet er in seinem Overall in den Garten, ohne noch etwas gesagt zu haben.

Ich nehme mir seine schlechte Laune nicht zu Herzen. Nichts soll die kostbare Zeit trüben, die ich heute mit meinen Enkeln verbringen werde.

Ich arbeite an diesem Vormittag in meinem eigenen Rhythmus ruhig vor mich hin, sodass ich nicht in Stress gerate. Es gelingt mir auch, alle meine Sorgen in Schach zu halten, indem ich einfach an Noah und Josh denke. Sie werden sicherlich übersprudeln mit allem, was sie mir über ihre Woche zu erzählen haben, und es wird wieder ein neues raffiniertes Roboterspielzeug zu bestaunen geben. Ich kann es kaum erwarten.

Als sie eintreffen, bin ich bereit. Ich bin umgezogen, meine Frisur sitzt und ich habe sogar etwas Lippenstift aufgetragen. Das Haus glänzt vor Sauberkeit und außer ein wenig Gemüse, das noch geschnitten werden muss, ist das Essen komplett vorbereitet und das meiste davon bereits im Ofen.

»Hallo Mum, Dad«, ruft Ben vergnügt, als er in die Diele tritt, gefolgt von Noah und Ben, die in gedämpfter Stimmung und wortlos ihre Schuhe ausziehen.

Amber steht auf der gepflasterten Stufe am Hauseingang und beobachtet die beiden.

»Halleluja, so leise wart ihr beiden ja noch nie«, sage ich und versuche meine Stimme fröhlich klingen zu lassen. »Geht es euch denn gut?«

»Ja«, sagt Josh und Noah nickt ohne ein Wort.

Irgendetwas fühlt sich seltsam an. Ich breite die Arme aus, und in dem Moment als Amber durch die Haustür hereintritt, lehnen sich beide Jungs an mich, jeder auf einer Seite. Ich lege meine Arme um sie und drücke sie fest an mich.

»Hallo, Amber«, sage ich.

Ein paar Augenblicke lang scheinen Ben und Henry den Atem anzuhalten, um herauszufinden, wie die Dinge zwischen uns beiden jetzt stehen.

»Hallo, Judi«, sagt sie. Sie zieht ihre Schuhe aus und vermeidet dabei, mich anzusehen. »Wie geht es dir?«

Ich öffne den Mund, um ihr zu antworten, aber Henry kommt mir zuvor.

»Oh, uns geht es sehr gut, liebe Amber«, verkündet er lauthals und mit übergroßem Enthusiasmus. »Wie wunderbar, dich wiederzusehen. Euch *alle* wiederzusehen, nicht wahr, Judi?«

»Ja«, sage ich. »Es fühlt sich wie eine Ewigkeit an, seit wir die Jungs zuletzt gesehen haben.«

»Noah, Josh. Stellt eure Schuhe ordentlich hin, bitte«, sagt Amber knapp. »Ihr habt sie ja schon durch die halbe Diele gekickt.«

»Ach, das macht gar nichts.« Ich ziehe die Jungs noch fester an mich. »Wir haben schließlich Wichtigeres vor, als Schuhe ordentlich hinzustellen, oder, ihr beiden Frechdachse?«

Josh grinst, sieht zu mir hoch und nickt. Noah jedoch macht sich ein wenig steif und blickt zu Amber.

»Also gut«, seufzt Amber. »Wenn eure Granny damit kein Problem hat, ist das auch in Ordnung.« Sie dreht sich zu Ben. »Ich geh nur mal kurz rauf ins Badezimmer.«

Sie verschwindet nach oben. Ich starre Ben an, der seinen Mund auf- und wieder zuklappt. Am liebsten würde ich mich oben an der Treppe postieren, um sicherzustellen, dass sie nicht heimlich in eins der Schlafzimmer schleicht.

»Kommt her, ihr Racker, ihr könnt mir hier drinnen alles erzählen«, flüstert Henry den Jungs verschwörerisch zu und schenkt Ben ein Zwinkern.

Noah und Josh folgen Ben und Henry ins Wohnzimmer und ich gehe wieder in die Küche, um alles fürs Mittagessen fertig zu machen.

Mein Herz ist erfüllt, mein Schritt leicht und ich würde am liebsten von den Dächern schreien, dass meine Enkel bei mir sind. Dass ich die blöde Amber Carr verärgert habe, juckt mich überhaupt nicht.

Nur einige Minuten später kommt Ben in die Küche geschlichen. Ich sehe vom Gemüseschneiden auf und lächle ihn an. »Weißt du, es macht wirklich nichts aus, dass die Diele ein wenig unordentlich ist, wenn die Jungs hier sind, Schatz.«

»Aber es schadet auch nicht, wenn man ihnen mal vor Augen führt, dass sie etwas ordentlicher sein könnten, Mum.« Ben senkt das Kinn auf die Brust und sieht mich mit aufgerissenen Augen an.

»Ich weiß, ich weiß, ich bin zu gutmütig mit ihnen.« Ich muss grinsen. »Mein Kardinalverbrechen ist, dass ich sie zum Fressen gern habe.«

»Mum, könntest du das Essen einen kleinen Moment allein lassen und ins Wohnzimmer kommen, bitte?«

»Was?« Ich halte beim Abgießen der Kartoffeln inne und sehe ihn an, während mich plötzlich eine kindische Furcht davor überkommt, was er zu verkünden hat. »Ich kann nicht … Ich meine, kann das nicht warten, bis …«

»Bitte, Mum. Ich brauche nur ein paar Minuten deiner Zeit. Wir haben euch was Wichtiges mitzuteilen.«

FÜNFUNDVIERZIG

JUDI

Der Kochtopf klappert, als ich ihn abstelle. Mein Herz pocht schon jetzt laut und mir ist auf einmal sehr heiß.

Ich bekomme irgendwie mit, dass Ben mich sanft am Arm fasst und in die Diele hinausführt, wo Amber mir schnell ein breites hämisches Grinsen zuwirft. Dann geht sie uns voran ins Wohnzimmer.

Als ich den Raum betrete, warten da schon Henry und die Jungs mit strahlendem Lächeln und Amber höchstpersönlich reicht mir ein Glas Champagner.

»Mum, Dad, Amber und ich, wir wollen euch ganz wundervolle Neuigkeiten mitteilen.« Ben nickt und Amber geht nach vorn, hebt ihre linke Hand in meine Richtung und wackelt mit ihrem Ringfinger. Ein Ring mit einem Solitärdiamanten prangt darauf. »Wir sind verlobt! Ich habe Amber einen Heiratsantrag gemacht ... und, also, sie hat Ja gesagt!«

»Und gestern sind wir in den Zoo gegangen, um es den Kindern in einer lockeren Atmosphäre mitzuteilen und mit ihnen einen schönen Tag zu verbringen!«, verkündet Amber und dreht sich entzückt um ihre eigene Achse. Der kleine Josh hüpft aufgeregt und lacht übers ganze Gesicht, während er zu mir hochsieht.

»Nun, das sind ja wirklich großartige Neuigkeiten«, verkündet Henry und hebt sein Glas. »Auf Amber und Ben. Herzlichen Glückwunsch, ihr beiden!«

Ich betrachte, wie alle miteinander anstoßen, am Champagner nippen und sich zulächeln. Ihre Stimmen klingen gedämpft, als befände ich mich unter Wasser und alles um mich herum geschähe in extremer Zeitlupe.

»Ihr werdet heiraten?«, höre ich mich selbst inmitten des ganzen Getöses flüstern.

»Ist das nicht fantastisch?« Henry schlägt Ben auf den Rücken und küsst Amber auf beide Wangen. »Willkommen in der Familie, meine Liebe.«

»Danke, Henry.« Sie klimpert mit ihren langen Wimpern und dann wird es im Raum auf einmal ganz still und mir wird bewusst, dass alle, sogar die zwei Jungs, auf eine Reaktion von mir warten.

»Ihr seid offiziell verlobt?«, frage ich langsam und stelle mein Glas ab. »So ... rasch?«

»Wir sind ja auch keine Teenager mehr, Mum.« Ben zwinkert Amber zu. »Wir sind alt genug zu wissen, dass das, was wir haben, echt ist.«

»Wir haben beide das Gefühl, großes Glück zu haben, Judi.« Amber lächelt gekünstelt und lehnt sich an Ben. »Und wir dürfen ja nicht nur an uns selbst denken; schließlich sind da auch noch die Kinder. Es ist so wichtig für sie, die Beständigkeit eines festen Familienverbands zu erfahren. Und genau aus diesem Grund habe ich nicht gezögert, Bens Antrag aus vollem Herzen mit Ja zu beantworten.«

Ben strahlt seine zukünftige Ehefrau an.

»Und wie lange habt ihr das alles schon geplant?«, bringe ich mühsam heraus.

»Ich habe mich seit ungefähr einer Woche mit dem

Gedanken getragen, Amber einen Antrag zu machen«, antwortet Ben und sieht dabei zu seinem Vater hinüber. Henry setzt zum Sprechen an, lässt es aber dann bleiben. Er weicht meinem Blick aus und auf einmal offenbart sich mir, warum.

»Du hast es gewusst«, sage ich und sehe ihn mit zusammengekniffenen Augen an. »Du hast *gewusst*, was sie vorhaben.«

»Auch erst seit ein paar Tagen«, erwidert Henry hastig. »Ich meine, Ben hat mich angerufen, um mir zu sagen, dass er über einen Heiratsantrag nachdenkt, und um mich zu fragen, ob das für dich in Ordnung wäre.«

»Ich hatte nicht das Gefühl, es dir vorher erzählen zu können, Mum«, murmelt Ben und sieht zu Boden. »Mir wäre es viel lieber gewesen, wenn du und Dad vorher informiert gewesen wärt, aber mir ist dann schnell klar geworden, dass das angesichts der Umstände wohl nicht das Beste ist.«

»Angesichts welcher Umstände«, blaffe ich ihn an. »Angesichts dessen, dass ich dir geraten hätte, einen Gang runterzuschalten und nicht völlig unbesonnen eine so wichtige Entscheidung übers Knie zu brechen?«

»Es ist wirklich sehr schade, dass unsere glücklichen Neuigkeiten solche Empfindungen bei dir hervorrufen, Judi«, sagt Amber ruhig. »Es war alles sehr unaufgeregt; wir haben es den Jungs erzählt und einen wunderbaren Tag gemeinsam im Zoo verbracht. Das hat sich alles ganz normal angefühlt.«

»Das glaube ich sofort«, murmle ich und fixiere Ben.

»Nun komm schon, Liebling.« Henry greift nach meinem Champagnerglas und drückt es mir in die Hand. »Freu dich doch mal für die beiden jungen Turteltauben, ja?«

Ich sehe die Jungs an. Josh lächelt, aber Noah schaut todernst drein. Er scheint über die Neuigkeiten der beiden ebenfalls nicht gerade außer sich vor Freude zu sein. Mein Blick trifft sich mit dem von Ben und ich lese daraus, wie überglücklich er ist und dass er stumm um mein Einverständnis bittet.

»Glückwunsch«, sage ich seufzend und nehme widerwillig einen Schluck Champagner. »Ich kann nicht leugnen, dass es ein Schock ist, aber ich hoffe, dass ihr beide sehr glücklich werdet.«

»Danke für deinen Segen, Judi.« Amber lächelt, lehnt sich nach vorn und gibt mir ein Küsschen auf die Wange. »Wir werden auf jeden Fall alle sehr glücklich sein. Das garantiere ich dir.«

SECHSUNDVIERZIG

JUDI

Nach weiteren fünf Minuten mit geheuchelten Glückwünschen und gegenseitigem Zuprosten kann ich es nicht mehr ertragen. Ich entschuldige mich und gehe zurück in die Küche, bevor das Essen nicht mehr zu gebrauchen ist.

Als ich mit dem Schneiden der letzten Gemüse beginne, überkommt mich auf einmal ein höchst eigenartiges Gefühl. Mir ist, als würde ich mich selbst von außen betrachten, mechanisch arbeitend, völlig abgetrennt von der fürchterlichen Realität, welchen Fehler Ben da gerade begeht.

Der Ben, den ich kenne, der vernünftige Junge, den ich aufgezogen habe, ist durch einen kopflosen und leicht zu täuschenden Idioten ersetzt worden, der nicht mehr Weitblick hat als bis zu seiner Nasenspitze. Amber Carr hat an dem Tag, an dem sie ihm begegnet ist, den Fang ihres Lebens gemacht.

Nichts, was ich sage, nichts, was ich ihm erzähle, bewirkt auch nur den geringsten Unterschied, und die Zeit wird knapp, denn schon bald werden sie verheiratet sein. Aber ich danke dem Schicksal, dass ich das Kärtchen der Sunbeam Lodge gefunden habe. Besondere Umstände erfordern besondere

Maßnahmen und ich beschließe in diesem Moment, alle mir zur Verfügung stehenden Mittel zu nutzen, um zu meinem Sohn durchzudringen und ihn zur Vernunft zu bringen.

Ich drehe mich um, weil ich hinter mir ein Geräusch höre, und sehe Ben im Türrahmen stehen und mich beobachten. Er lächelt und sein Gesicht ist vor Freude ganz lebendig. Ich kann sehen, wie glücklich er mit dieser Person ist, dieser quasi Fremden, die die Dynamik unserer Familie von heute auf morgen völlig verändert hat.

»Danke, Mum.« Er küsst mich auf den Scheitel.

»Wofür?«

»Dafür, dass … Nun ja, dass du keinen Tobsuchtsanfall bekommen hast, als wir dir unsere Neuigkeiten verkündet haben.«

»Tja, das hast du nun selbst verbrochen, Ben«, sage ich kurz angebunden. »Es ist jetzt ein bisschen spät für Vorhaltungen, so gern ich sie dir auch machen würde.«

»Ja, ich weiß. Das zu tun war schon ziemlich verrückt, ich gebe es zu. Aber es fühlt sich wie eine *gute* Verrücktheit an, falls du verstehst, was ich meine. Wir sind nämlich so glücklich miteinander, Mum. Wir alle vier.«

»Darf ich fragen, ob ihr die Hochzeit schon geplant habt?«

»Noch nicht. Aber wir wollen nicht allzu lange warten«, antwortet Ben aufgekratzt. »Und es ist auch einfacher, weil Amber kein großes Theater haben will, nur etwas Nettes und Einfaches.«

Und ohne Zweifel so schnell wie möglich.

»Gibst du mir bitte mal das andere Schneidbrett rüber?«

»Amber meint, dass Noah ADHS haben könnte«, sagt Ben beiläufig und klaut sich einen Karottenstift von dem kleinen Berg, den ich anhäufe.

»Was?« Ich nehme das Schneidbrett entgegen und sehe ihn stirnrunzelnd an.

»Noah. Amber meint, dass er an einer Aufmerksamkeitsdefizit-Hyperaktivitätsstörung leiden könnte.«

»Ich weiß, was die Abkürzung bedeutet, Ben.« Ich sehe genug Kinder mit diesem Krankheitsbild in der Praxis. »Ich wundere mich nur, wie sie zu dieser doch sehr unwahrscheinlichen Schlussfolgerung kommt. Sie kennt ihn ja gerade mal ein paar Minuten.«

Ich bekomme einen roten Kopf, als Amber erscheint. Ich habe sie zuerst gar nicht bemerkt, wie sie da so im Dunkel der holzgetäfelten Diele gelauert hat.

»Mir ist aufgefallen, dass Noah bei allen Aufgaben große Schwierigkeiten hat, konzentriert dabeizubleiben, Judi«, sagt sie und greift nach Bens Hand. »Und er hört nicht immer zu, wenn man mit ihm redet.«

»Er ist acht Jahre alt!« Ich lache, weil ich denke, dass das alles sicher nur ein Witz ist. »Alle Achtjährigen sind so.«

»Nein, das sind sie nicht.« Amber sieht Ben an.

Die beiden treten zur Seite, um Henry durchzulassen. Er stellt sein leeres Glas ab und plappert wenig hilfreich dazwischen. »Ich bin mir sicher, Amber weiß, wovon sie spricht, Liebling. Überlass das mal lieber der Expertin.«

»Mit Verlaub, ich weiß auch, wovon ich spreche. Hier scheinen alle gerade zu vergessen, dass ich es fertiggebracht habe, zwei Söhne aufzuziehen, ohne dass sie in Therapie gelandet sind oder sich den Bauch ausschließlich mit Junkfood vollschlagen.«

»Ach, komm schon, Mum«, meint Ben seufzend. »Niemand behauptet das. Bitte fang jetzt nicht wieder damit an, nicht heute.«

Amber lässt seine Hand los und geht ein paar Schritte nach vorn.

»Die Zeiten ändern sich, Judi.« Sie spricht ganz langsam, als wäre ich senil oder blöde. Oder beides. »Aufgrund der

Forschung weiß man heute weit mehr über die Entwicklung von Kindern als in Bens Jugend.«

»Oho, was glaubst du denn, wie alt ich bin?« Ben stupst sie mit gespielter Empörung an und sie kichern vertraulich miteinander.

Ich kann nicht lächeln. Mein Gesicht fühlt sich verzerrt und wie eingefroren an.

Henry und Ben sehen Amber beide an, als wäre sie ein verdammtes Orakel oder so. Aber sie ist alles andere als eine Quelle der Weisheit und ich für meinen Teil werde sie nicht damit davonkommen lassen, dass sie in diesem Haus einen solchen Blödsinn predigt.

»Noah benimmt sich wie jeder andere Achtjährige auch, den ich kenne«, sage ich knapp und drehe mich zur Spüle, als mir unerwartet Tränen in die Augen steigen. »Bei ihm ist alles völlig in Ordnung. Aber wirklich alles.«

»Nun, meiner Meinung nach kann es nicht schaden, ihn mal testen zu lassen«, erwidert Ben leichthin. »Sollen wir schon mal Besteck hinlegen oder sonst was tun, Mum?«

Ich wirble herum.

»Was soll das heißen, *testen lassen?*«

»Von einer Verhaltenstherapeutin«, klärt Amber mich auf und spricht dabei seltsam prononciert. »Ich habe über die Arbeit einen Kontakt, sie ist sehr gut. Eine rechtzeitige Behandlung ist bei diesen Krankheitsbildern entscheidend. Wenn Noah *tatsächlich* ADHS diagnostiziert bekommt, kann das sehr effektiv medikam …«

»Seid ihr jetzt völlig übergeschnappt, ihr beiden?« Ich ziehe eine Porzellantasse aus dem Spülwasser und knalle sie so fest auf die Abtropfschale, dass sie zerbricht. Dünne Blutrinnsale entstehen zwischen meinen Fingern und laufen mir auch gleich die Hand und den Unterarm hinunter.

»Oh!«, ruft Amber aus und dreht sich mit großen Augen zu Ben um.

Die Jungs kommen in die Küche gelaufen und bleiben wie angewurzelt in der Raummitte stehen.

»Granny hat sich geschnitten«, ruft Noah alarmiert.

»Herrgott noch mal!« Henry schnappt sich ein Handtuch vom Haken und streckt es mir entgegen. »Wickel das rum, um die Blutung zu stillen, dann können wir sehen, wie schlimm es ist. Was zum Teufel hast du dir nur dabei gedacht?«

SIEBENUNDVIERZIG

JUDI

»Ich kümmere mich schon darum, Dad.« Ben kommt auf mich zu und wickelt vorsichtig das Tuch um meine blutende Hand.

Zuerst bringe ich gar nichts heraus. Ich bin schockiert über die Gewalt der abartigen Gehässigkeit, die mich mit ihrem unerbittlichen Sog erfasst hat.

Ben reißt einige Blatt Küchenpapier von der Rolle ab und betupft damit vorsichtig die zwei kleinen Schnitte, die jetzt in der dünnen Haut zwischen meinen Fingern zu erkennen sind. Er ist erstaunlich aufmerksam. »Sie sind nicht besonders tief«, sagt er und dreht den Kopf zu Amber hin.

Sie kommt herüber und sieht sich die Schnitte an.

»Das überlebst du«, sagt sie unverblümt. »Es wird bald zu bluten aufhören, du solltest nur weiterhin draufdrücken.«

Sie zieht sich wieder ein paar Schritte zurück.

»Tut mir leid.« Ich sehe zu Ben hinauf, mit tränenglänzenden Augen. »Ich wollte die Tasse nicht kaputt machen.«

»Schon gut, Mum«, beruhigt mich Ben. »Du bist zurzeit einfach über die Maßen angespannt. Du musst einen Weg finden, zur Ruhe zu kommen.«

»Ich habe versucht, sie dazu zu bringen, dass sie zu Dr. Fern geht«, erzählt Henry seinem Sohn wichtigtuerisch. »Aber sie will nichts davon hören.«

»Ich bin übrigens anwesend«, fahre ich ihn an. »Und als ich ihn das letzte Mal besuchte, war ich noch selbst in der Lage, mir einen Termin zu besorgen, besten Dank.«

Henry grummelt etwas vor sich hin, schnappt sich die Jungs und geht mit ihnen hinter Amber aus der Küche ins andere Zimmer.

»Noah fehlt gar nichts, Ben«, flüstere ich. »*Bitte*, hör nur dieses eine Mal auf mich. Es wird ihm mehr schaden als nutzen, wenn diese sogenannten Experten ins Spiel kommen. Glaub einfach nicht alles, was Amber sagt, auch wenn sie jetzt deine Verlobte ist.« Allein dieses Wort nur auszusprechen, lässt mir schon die Galle hochsteigen. »Ich kann es dir nicht erklären, aber hör nicht auf sie.«

»Okay, Mum«, sagt Ben besänftigend. »Versuch dich zu beruhigen. Vergiss das jetzt und lass uns gemeinsam ein schönes Mittagessen in der Familie genießen. Die Jungs haben dich wirklich vermisst.«

Ich entferne das Küchenpapier und sehe, dass die Hand beinahe zu bluten aufgehört hat. Ich klebe zwei kleine Pflaster über die Schnitte an diesen ungewöhnlichen Stellen und Ben hilft mir, die Gemüse auf dem Herd in Wasser garzukochen. Ein paar Minuten später sind wir fertig.

Während ich den Braten aufschneide, schiebe ich meine Bedenken wegen Noah beiseite, weil ich mir keine einzige Sekunde mehr über Ambers Einfluss Sorgen machen will. Sie mag zwar bald Bens Frau sein, aber sie ist nicht seine Aufpasserin, und sicher hat er jetzt eingesehen, dass es nicht nötig ist, Therapeuten einzuschalten.

Noahs Fleischportion richte ich sorgfältig extra an, darauf bedacht, ihm auch die leicht angebrannten Stücke zu geben, die er am liebsten mag. Amber wird nicht gewinnen, wenn es um das Wohlergehen meines Enkels geht. Ich werde nicht tatenlos zusehen, wie nach ihrem Willen eine selbsternannte *Therapeutin* ihn taxiert und in ihm herumstochert, die dann darüber entscheidet, ob er den Stempel ADHS aufgedrückt bekommt, der ihm für den Rest seines Lebens anhängen wird.

Die Liebe überwindet alles, und solange meine Motive lauter sind, muss ich Ambers Urteil oder das anderer Menschen nicht fürchten, Henry und Ben eingeschlossen.

Jetzt zählt nur, Zeit mit meiner Familie zu verbringen und alles zu geben, damit ich Amber als die Teufelin entlarven kann, die sie ist.

»Apple-Pie!«, verkünde ich, als ich das hausgemachte Dessert auftrage.

Trotz des vorausgegangen Dramas haben wir das üppige Sonntagsessen letztlich doch genossen und es hat wohl allen geschmeckt außer Amber, die lediglich ein paar Gemüse auf ihrem Teller herumgeschoben hat.

»Hier kommt Noahs Lieblingsdessert und heute habe ich auch noch Zimt drangegeben. Wie klingt das? Nun, Herr Jukes, soll es heute Sahne oder Vanillesoße dazu sein?«

Ich zwinkere meinem Enkel zu, bemerke aber, dass er verunsichert zu Amber hinüberblickt. Sofort nach seiner Ankunft heute ist mir aufgefallen, dass der Verband von seiner Hand entfernt wurde. Ich beschließe, nicht darüber zu reden, bemerke aber, als er sich die Augen reibt, dass er sie immer noch nur sehr zurückhaltend benutzt.

»Bitte denk dran, was wir heute Morgen wegen der Entscheidungen besprochen haben, Noah«, sagt Amber ruhig und hält dabei Augenkontakt mit ihm.

»Entscheidungen?« Verdutzt stelle ich den Pie auf dem Untersetzer ab und lasse mich auf der Vorderkante meines Stuhls nieder.

»Ich hab mich entschieden, zum Frühstück Frosties zu

essen«, äußert Noah kleinlaut und hat schon tränenfeuchte Augen.

»Und?«

»Die Jungs essen zu viel Zucker, Mum«, erklärt Ben, während Amber zustimmend nickt. »Sie dürfen jetzt nur noch einmal am Tag etwas Süßes essen und sie haben sich dafür entschieden, das am Morgen zu tun.«

»Aber ich will was von Grannys Pie«, quengelt Noah und zieht an Bens Arm.

»Jetzt hab ich den Pie schon gemacht«, sage ich in nüchternem Ton. »Und bei uns gibt es ja immer ein Dessert nach dem Essen ...« Ich zwinkere Noah noch einmal zu und lächle dann meinen Sohn an. »Vielleicht nur dieses eine Mal?«

Ben wendet sich Amber zu und sie schaut ihn vielsagend an.

»Nein, Mum. Entschuldige«, sagt er, wieder an mich gewandt. »Es ist ja nur zu ihrem Besten.«

Noah bricht in Tränen aus und schleudert seinen Spielroboter in die Luft. Als er krachend auf den Boden fällt, knurrt er wütend und kickt ihn mit dem Fuß weg.

»Nun, du bist auch gesund groß geworden, trotz eines Desserts hin und wieder«, sage ich zu Ben und stehe auf. Ich zittere. Ich weigere mich, noch länger zu bleiben und zu versuchen, sie zur Vernunft zu bringen. »Wenn die Jungs keinen Nachtisch haben dürfen, dann gilt das genauso für alle anderen.«

Henry meidet meinen Blick. Mir ist aufgefallen, dass er sich seit meinen Ausbrüchen in letzter Zeit in meiner Gegenwart ruhiger und angenehm zurückhaltend verhält.

Ich nehme den Pie wieder und gehe damit in die Küche. Dort stelle ich die weiß-blaue Emailleform unsanft auf der Arbeitsplatte ab, aber dann kommt mir eine bessere Idee.

Ich stoße die Tür zum Garten auf, schleiche mich zur Mülltonne und werfe den Pie hinein, mit der Form und allem. Dann schmettere ich den Deckel zu – was für ein Triumph.

Als ich in die Küche zurückkomme, wartet dort Henry und schaut ungläubig drein. Ben und Amber erscheinen, als hätten sie hinter ihm gelauert.

»Was?« Angesichts ihrer offenen Münder werfe ich meine Hände in die Luft. »Wenn meinem Enkel kein Dessert zugestanden wird, dann bekommt eben keiner von uns eins. Was haltet ihr davon?«

Ich ziehe die Tür zum Garten hinter mir zu.

»Mum, das ist aber jetzt ausgesprochen lächerlich«, meint Ben.

Noah schlängelt sich durch das Grüppchen der Erwachsenen und drückt sich an meine Seite.

»Du benimmst dich wie ein Kind, Judi«, sagt Henry wutschnaubend. »Ich habe mich auf ein Stück von diesem Pie gefreut.«

»Das hat Noah auch«, antworte ich und wuschle meinem Enkel durchs Haar. »Aber wie wir alle heute lernen durften, kann man nicht immer haben, was man möchte.«

Mit funkelnden Augen starre ich Amber an, die meinen Blick kühl erwidert.

Ein Gedanke blitzt in meinem Kopf auf, eine Art Offenbarung, wenn man so möchte. Diese Frau ist wie ein Krebsgeschwür in unserem Leben. Sie hat sich eingenistet, man hat ihr erlaubt, sich ungehindert auszubreiten, und jetzt haben wir ein echtes Problem.

Dr. Fiedler in unserer Praxis pflegt zu sagen, dass es gegenüber Krebs nur eine einzige Einstellung geben kann, und zwar die, mit Zähnen und Klauen zu kämpfen. Die größte Chance zu überleben hat man, wenn man mit jeder Faser seines Lebens dagegen ankämpft.

ACHTUNDVIERZIG

AMBER

Das Wochenende war einfach genial gewesen. Es hätte nicht besser laufen können, selbst wenn Amber zuvor eine Wunschliste mit Judis Gefühlen und Reaktionen geschrieben hätte.

Dass die Nachricht von ihrer geplanten Verlobung Judi verärgern würde, war zu erwarten gewesen, und ihr Kommentar dazu durchaus berechtigt.

Es *war* verrückt, dass sie heiraten wollten.

Es *war* vorschnell und Ben kannte sie *tatsächlich nicht.*

Nie hatte er sich darüber gewundert, dass sie so plötzlich in sein Leben getreten war. Manchmal fragte sie sich, ob er Angst hatte, sie wieder zu verlieren. Vielleicht hatte er sich nach Louises Tod ja eingeredet, er müsste den Rest seines Lebens allein verbringen und würde nichts anderes tun als arbeiten, seine beiden Söhne großziehen und jeden Tag bei seiner Mutter zu Abend essen. Eine trostlose Vorstellung, für alle Beteiligten.

Doch es gab nun mal Zeiten, in denen das Leben einen schonungslos mit dem schlimmsten Albtraum konfrontierte; manchen Menschen blieb nichts anderes übrig, als sich damit abzufinden. Das wusste sie selbst nur zu gut.

Ben war seinem Herz gefolgt und hatte ihr schon sehr bald – nach allgemeinen Maßstäben vielleicht sogar zu bald – einen Antrag gemacht, doch was andere dachten, war Amber egal. Es konnte ihrem Plan nur dienlich sein.

Sie hatte Judi inmitten des Trubels um ihre Verlobung genau beobachtet, hatte deutlich wahrgenommen, wie viel Mühe es ihr bereitete, mit dem klarzukommen, was da gerade geschehen war, was da schiefgelaufen war.

Bis jetzt war es immer Judi gewesen, die in ihrer Familie unsichtbar die Strippen zog.

Amber kam der Gedanke, dass jemand, der weniger aufmerksam war als sie, den Eindruck gewinnen konnte, Henry, dieser selbstgefällige alte Knacker, wäre das Familienoberhaupt, doch das war alles nur Fassade.

Das Bild von der selbstlosen Meisterköchin, das Judi über die Jahre von sich erschaffen hatte, war ihr bislang zweifellos zugutegekommen, hatte sie dahinter doch ihr matriarchalisches, alles beherrschendes Alter Ego, das unbemerkt aus dem Verborgenen heraus agierte, fast gänzlich verbergen können.

Nicht-wahrhaben-Wollen – damit ließ sich Judis Reaktion auf die gute Nachricht wohl am besten beschreiben ... Nicht-wahrhaben-Wollen, dass sie den Kampf darum, ihren Sohn und die Enkel fest in ihrem eisernen Griff zu behalten, am Ende verloren hatte.

Mit der Hochzeit wäre dieser Prozess vollends abgeschlossen. Dann wäre es endgültig vorbei mit Judis Einfluss, und das wusste sie auch.

Amber hatte mit großer Genugtuung in Judis verhärmtem Gesicht ablesen können, wie ihr diese Gewissheit allmählich dämmerte wie die Sonne, die nach einem sehr langen, verstörenden Tag endlich unterging.

NEUNUNDVIERZIG

JUDI

Später, als alle gegangen sind, gönne ich mir ein Schaumbad und lasse mich so weit ins warme Wasser zurücksinken, dass es über meine verspannten Schultermuskeln schwappt.

Der Tag war nicht der Erfolg, den ich mir versprochen hatte; im Gegenteil: Er war eher ein Albtraum. Ich habe das Gefühl, mein Sohn und meine Enkel befinden sich in einem Geisterzug, der sich Stunde um Stunde mit rasender Geschwindigkeit weiter von mir entfernt.

Obwohl ich mir fest vorgenommen hatte, unseren Familiennachmittag zu genießen, ohne irgendwelche Überlegungen darüber anzustellen, was Amber von den Abläufen hält, hat sie es doch geschafft, unsere Familienzeit zu vergiften.

Natürlich könnte sie nichts ausrichten, würde Ben sich nicht jedes Mal fügen, wenn sie abermals eines ihrer unbedachten Urteile darüber fällt, was am besten für die Jungs ist. Ihre Macht und die Gefahr durch sie haben zugenommen, weil Ben fest entschlossen ist, sie zu seiner Ehefrau und damit offiziell auch zur Stiefmutter der Jungs zu machen.

Mir wird etwas Beunruhigendes klar. Seit kurzer Zeit verspüre ich jedes Mal, wenn ich an meinen Sohn denke, leisen

Ärger, dass er nach allem, was wir nach dem Verlust von Louise durchgemacht haben, jetzt zu einem solchen Waschlappen geworden ist, und zwar von einer Sekunde auf die andere, kaum dass eine attraktive Frau auf den Plan getreten ist.

Es ist in diesen Tagen so selten, dass ich allein mit ihm sprechen kann, aber wenn es dann doch einmal möglich ist, kann ich den Verteidigungswall, den er für Amber errichtet hat, nicht durchbrechen, ganz egal wie unvernünftig sie sich benimmt. Seit ich den Inhalt ihrer Nachttischschublade gesehen habe, ist mir auch klar, warum. Sie hat ihn mit einem raffinierten Verführungszauber belegt und er bemerkt es nicht einmal.

Ben ist Akademiker, ein hingebungsvoller Vater und arbeitet jeden Tag mit jungen Menschen. Und dennoch akzeptiert er Ratschläge zu seinen geliebten Söhnen von einer Frau, die ... eine Expertin in Sachen Kinderbetreuung ist? Wir wissen es nicht. Wie bei den meisten Dingen mussten wir auch das für bare Münze nehmen, ebenso wie das, was sie uns über ihr Leben vor Ben erzählt hat.

Natürlich ist mir klar, dass es vielleicht ungelöste Traumata aus ihrem früheren Leben gibt, den äußerst sparsamen Details nach zu urteilen, die Ben mir gegenüber geäußert hat. Sie scheint jedenfalls sehr geübt darin zu sein, jedes Mal sofort das Thema zu wechseln oder Unwohlsein zu verspüren, wenn ihr etwas nicht passt. Und meine Sunbeam-Lodge-Entdeckung wird vielleicht zu einer möglichen Erklärung beitragen, warum dies so sein könnte.

Ich habe die Hoffnung aufgegeben, dass Amber uns von sich aus mit mehr Informationen versorgt. Ich werde wohl selbst in ihrer Vergangenheit nachforschen müssen.

Ich bleibe nicht lange in der Wanne. Ich bin unruhig und finde es immer schwieriger, mich zu entspannen. Früher hab ich es genossen, beim Baden einen Roman zu lesen, aber jetzt beschäftigen mich zu viele Gedanken.

Einen Plan zu schmieden, wie ich mehr über Amber herausfinden kann, finde ich aufregend und es gibt mir das Gefühl, wieder mehr Kontrolle zu haben – eine willkommene Abwechslung zu der Frustration und Hoffnungslosigkeit, die bis jetzt bei mir vorherrscht.

Zwei Dinge beschäftigen mich momentan ganz besonders: ein Besuch in der Sunbeam Lodge und ein paar weitere Nachforschungen über Ambers Arbeit.

Ich trockne mich ab und streife mir den unbenutzten Baumwollbademantel über, der noch von Fionas verunglücktem Besuch am Freitag an der Badtür hängt.

Im Schlafzimmer kämme ich mein nasses Haar durch und verteile etwas Feuchtigkeitscreme auf meiner trockenen Gesichtshaut. Früher war es mir ein echtes Vergnügen, meine Haut immer gut zu pflegen, aber während der letzten Wochen hab ich das sträflich vernachlässigt und jetzt fühlt sich meine Haut gespannt und schuppig an.

Ich bemerke, dass ich noch immer meine Ohrringe trage, nehme sie heraus und öffne meine Schmuckschatulle, um sie hineinzulegen. Und erstarre.

Die Kette mit dem goldgefassten Citrinanhänger liegt da wieder, ganz oben auf all dem anderen Schmuck.

Es ist, als wäre sie nie weg gewesen.

Als Henry kurz nach neun Uhr abends von seinem monatlichen Treffen der Geschichtsgruppe im Heimatverein wiederkommt, empfange ich ihn schon an der Tür. Zuerst nimmt er mich gar nicht wahr, so beschäftigt ist er damit, auf sein Handy zu starren. Jeglicher Gedanke daran, ihn weiterhin mit Schweigen zu bestrafen, ist wie weggeblasen. Mit erhobener Hand stehe ich da.

»Was ist los?« Er steckt sein Handy wieder in die Tasche und sieht beunruhigt aus. »Was ist denn jetzt wieder passiert?«

»S… Sie hat sie zurückgelegt«, stammle ich. »Sie liegt wieder drin.«

»Was?« Er runzelt die Stirn. »Wer hat *was* zurückgelegt?«

»Die Halskette«, flüstere ich. »Sie ist wieder in meiner Schmuckschatulle.«

Kopfschüttelnd geht er an mir vorbei. »Ich bezweifle, dass sie überhaupt jemals weg war, Judi. Wahrscheinlich hast du einfach nicht gründlich genug nachgeschaut.«

»Ich habe nachgeschaut und ich sage dir, sie war weg«, protestiere ich und folge ihm ins Wohnzimmer. »Amber hat sie wieder zurückgelegt. Das ist die einzige logische Erklärung.«

»Judi.« Er wirbelt herum und klatscht sich mit der flachen Hand auf die Stirn. »Genug davon. Ich ertrage das nicht länger, diesen … diesen kompletten Blödsinn, den du ständig verbreitest. Vernünftig ist wirklich was anderes.«

»Es ist mir egal, ob du mir glaubst oder nicht«, entgegne ich ihm. »Ich weiß, dass ich recht habe, und binnen Kurzem wird auch dir ein Licht aufgehen. Ich hoffe nur, dass Ben sie durchschaut, bevor es zu spät ist, bevor etwas wirklich Schlimmes passiert.«

»Spar dir das, okay? Sie werden bald heiraten.« Henry setzt sich und schaltet den Fernseher ein. »Und ehrlich gesagt, will ich nichts mehr hören. Wir *alle* wollen nichts mehr hören.«

Trotz seiner Beleidigungen und nur, um irgendetwas zu tun, mache ich ihm aus reiner Gewohnheit und wie ferngesteuert einen Kakao und bringe ihn ins Wohnzimmer. Während er ihn trinkt, räume ich die Küche auf und schalte die Geschirrspülmaschine ein. Ich will dann gleich hinauf ins Bett gehen und weiß schon jetzt, dass ich mich wahrscheinlich stundenlang herumwälze, ehe ich in einen mit Albträumen durchzogenen Schlaf sinken werde. Aber ich habe große Sehnsucht danach, allein zu sein, fern von Henrys schneidenden Bemerkungen.

Ich finde es äußerst schwierig, irgendeinen Sinn hinter dem Wiederauftauchen der Kette zu entdecken. Sogar ich kann es kaum glauben, dass Amber die Unverschämtheit besitzen sollte, sie zuerst zu entwenden, um sie danach wieder zurückzulegen. Es ist jedoch die einzige Erklärung, die irgendwie einen Sinn ergibt, und tatsächlich *ist* sie am Nachmittag wieder allein hinaufgegangen.

»Judi.« Ich höre Henrys genervte Stimme aus dem Wohnzimmer nach mir rufen. »Dein Handy klingelt die ganze Zeit.«

Ich rase hinüber und schaffe es, rechtzeitig danach zu greifen und Annehmen zu drücken, während ich Bens Namen auf dem Display erfasse.

Im Bruchteil einer Sekunde beschließe ich, dass ich ihm gleich jetzt von der Halskette erzählen werde. Und Ambers tückischen Spielen ein für alle Mal ein Ende setzen.

FÜNFZIG

JUDI

»Mum?« Ben klingt außer Atem.

»Ben? Ist alles in Ordnung?« Henrys Kopf schnellt nach oben, als ich mich an der Rückenlehne seines Sessel festhalte.

»Es geht um Noah, Mum. Er ist ernsthaft krank, wir sind mit ihm in der Notaufnahme. Die Ärztin hat ihn gerade untersucht und sagt, dass er eine Lebensmittelvergiftung hat. Wahrscheinlich Kolibakterien, meinen sie. Der arme kleine Kerl ist stark dehydriert, sodass sie ihn an den Tropf hängen mussten.«

»Oh, nein!« Ich muss an das Mittagessen denken, dass er bei uns zuvor gegessen hat, und schlucke schwer. »Wollen sie ihn dabehalten?«

»Zumindest eine Zeit lang. Sie sagen, er hatte Glück, dass wir ihn rechtzeitig hergebracht haben, weil es sonst als Nächstes zu einem Nierenversagen hätte kommen können.«

»Mein Gott.« Ich reiße erschreckt die Augen auf.

»Was?« Henry steht auf und breitet irritiert die Arme aus. »Was ist passiert?«

Ich halte das Handy für einen Moment etwas weiter weg. »Es geht um Noah. Er hat eine Lebensmittelvergiftung«, flüstere ich heiser und spreche dann wieder in mein Handy. »Was ist denn passiert, Ben? Wie habt ihr überhaupt bemerkt, dass er krank ist?«

»Nachdem wir von euch nach Hause gekommen sind, war er den restlichen Nachmittag ein wenig still. Amber hat dann die Jungs zur gewohnten Zeit ins Bett gebracht. Eine Stunde später hat Noah aus dem Klo nach uns gerufen. Er hatte ganz fürchterlichen Durchfall, Mum, da kam sogar Blut.«

»Oh, mein armer Noah.« Ich schlage mir die Hand vor den Mund, während mir Tränen in die Augen steigen.

»Sie haben eine Stuhlprobe ins Labor geschickt, aber die Ärztin ist zu neunundneunzig Prozent sicher, dass es Kolibakterien sind.«

»Und wie geht es ihm jetzt?«

»Er ist in ziemlich schlechter Verfassung. Ich ...« Die Stimme meines Sohnes bricht. »Sie meinen, er wird sich schnell wieder erholen, wenn er erst mal wieder hydriert ist, aber mir wird ganz schlecht, wenn ich daran denke, was hätte passieren können, Mum.«

»Ach, mein Schatz.« Ich wische mir mit der Hand übers Gesicht. »Dad und ich werden gleich zu euch fahren.« Ich sehe Henry an, der noch immer vor mir steht und jetzt energisch nickt.

Am anderen Ende der Leitung herrscht kurz Schweigen.

»Es hat keinen Sinn, dass ihr kommt, Mum, ehrlich. Amber ist dabei und kümmert sich um Josh. Sie war einfach großartig; ich weiß nicht, wie ich das ohne sie durchgestanden hätte. Noah ist völlig ausgeknockt und schläft jetzt, aber sie wirken zuversichtlich, dass er außer Gefahr ist.«

»Aber ...«

»Sie werden ihn bald vom Tropf nehmen und meinen, dass er dann wohl fit genug ist, entlassen zu werden. Es ist wohl am besten, du kommst morgen zu uns nach Hause, um nach ihm zu sehen.«

Ich zögere, aber dann sage ich es einfach: »Nein, Ben, ich

möchte ihn sehen. Wir können in genau fünfzehn Minuten da sein. Sonst kann ich heute Nacht nicht ruhig schlafen.«

»Wir machen das schon, Mum. Bleibt am besten zu Hause. Ich hab nur angerufen, damit du weißt, was los ist. Das ist alles.« Er schweigt einen Moment lang. »Amber und ich kommen wirklich gut zurecht.«

Ich bitte ihn, uns auf dem Laufenden zu halten, und beende das Gespräch. Dann lasse ich mich schwer in den Sessel sinken.

»Was passiert denn jetzt?«, will Henry wissen.

Ein paar Augenblicke lang bringe ich gar nichts heraus. Ich muss daran denken, wie Bens Gesicht aussah, als er ein kleiner Junge war. Er war wissbegierig und liebevoll, immer auf dem Sprung, etwas Neues auszuprobieren. Ich war die Person, zu der er immer gelaufen kam, wenn etwas in seinem jungen Leben nicht so gut lief, zum Beispiel wenn er von einem Streit am Spielplatz lädiert zurückkam, oder wie damals, als er sein Kaninchen steif und kalt im Stall liegend vorfand, als er es vor der Schule füttern wollte. Das waren die Dinge, bei denen ich ihn trösten konnte, indem ich ihn einfach in die Arme nahm und an mich drückte.

Wenn unsere Kinder älter und selbst erwachsen werden, erreichen wir, ohne es gleich zu merken, einen Punkt, ab dem unsere Bedeutung als Eltern in ihrem Leben abnimmt.

Jetzt ist Noah sehr krank und Ben und Josh sind bei ihm in der Klinik. Amber ist auch dort. Nur wenige Wochen früher wäre ich diejenige gewesen, die sie dort unterstützt hätte.

Ich weiß nicht, wie oder wann genau es angefangen hat, aber mein Sohn ist weitergezogen. Sie sind jetzt eine Familie.

Ich höre Henry wieder sprechen, aber seine Stimme klingt wie aus großer Ferne. Ich schließe die Augen und gestatte mir, den krampfenden Schmerz, der meinen Körper erfasst, ganz bewusst zu spüren. Heute bin ich zu einem neuen Verstehen gelangt. Einem kalten, grauen Ort, von dem ich gar nicht wusste, dass ich dorthin unterwegs bin.

Heute ist der Tag, von dem an mein Sohn mich nicht mehr in seiner Nähe braucht.

Natürlich kann ich nicht einschlafen. Ich wälze mich unruhig umher und in meinem Kopf erscheinen Szenarien, über die ich etwas gelesen oder in der Praxis gehört habe.

In all diesen Fällen war es so, dass die Ärzte glaubten, ein Kind wäre außer Gefahr, und dann *peng*. Es folgen Nachforschungen, Ermittlungen, Rechtfertigungen. Aber was danach kommt, ist nicht mehr wirklich wichtig, weil das Kind tot ist und das einen Strudel an Gefühlen nach sich zieht, von dem die Familie sich nie wieder erholen kann.

Zweimal stehe ich auf und ziehe mich an. Ich gehe nach unten und starre auf den Autoschlüssel. Ich sehe aus dem Fenster im Vorderzimmer auf den trübe orangefarbenen Lichtkegel der Straßenlaterne, die am Anfang der Einfahrt wie ein gedimmter Bühnenscheinwerfer steht. Beide Male höre ich das Echo von Bens Stimme mit ihrem entschiedenen Ton in meinen Ohren: *Amber und ich kommen wirklich gut zurecht.* Es tut schrecklich weh, aber ich kann nicht aufhören, es wie in einer Endlosschleife in meinem Kopf wieder und wieder abzuspulen.

Dann liege ich wieder auf dem Rücken in meinem Bett und starre nach oben ins Dunkel. In meinem Solarplexus beginnt die Hitze sich brodelnd zu winden wie ein Knäuel Vipern, die gerade aus dem Schlummer erwachen. Ich kann die Zimmerdecke und die Wände nicht sehen, aber ich weiß, dass sie da sind, mich einschließen und aufhalten. Henry neben mir schnarcht leise und ich lausche dem Hintergrundgeräusch meines eigenen Atems; ein leises Schnauben, flach und unregelmäßig.

Als mich gerade wieder der Schlaf einholen will, schwebt auf einmal Davids Gesicht vor meinem. Auf ewig jung und lebendig. Für mich ist er am Leben, wie konserviert an jenem Ort und in jener Zeit. Er kann nicht altern und diesen verletzlichen Jungen hinter sich lassen.

Niemand kann ihn mir jetzt jemals wieder nehmen.

EINUNDFÜNFZIG

JUDI

Ich schrecke hoch, noch bevor es draußen hell wird.

Ich strecke den Arm aus und tippe auf das Handydisplay. Als ich sehe, dass eine Textnachricht von Ben gekommen ist, greife ich sofort nach dem Handy. Er hat um ein Uhr dreißig nachts geschrieben.

Hallo Mum, wir sind zu Hause. Noah geht's gut, ich rufe später an. x

Ich sehe schnell nach, wie viel Uhr es ist. Fünf Uhr dreißig und damit natürlich viel zu früh, um Ben anzurufen. Aber ich kann hier jetzt nicht stundenlang rumsitzen und mir den Kopf darüber zerbrechen, ob Noah wirklich wieder auf den Damm ist oder Ben mich einfach nur beruhigen will. Ich kann es einfach nicht.

Leise schlüpfe ich aus dem Bett. Das Laken fühlt sich feucht an. Nur der liebe Gott weiß, wie lange diese Phase meines Lebens dauern wird. Es war zwar jetzt kein wirklich schwerer Anfall auf der Skala meiner Hitzewallungen, aber ein

Lakenwechsel wäre schon angebracht. Damit würde ich jedoch riskieren, Henry aufzuwecken. Das Letzte, was ich jetzt gebrauchen kann, ist eine weitere Predigt, dass alle sagen, etwas sei mit mir nicht in Ordnung und ich solle doch zu Dr. Fern gehen.

Ich schnappe mir meine Kleider von gestern – Jeans, ein langärmeliges Oberteil und meine benutzte Unterwäsche – und schleiche nach unten. Dann gestatte ich mir noch eine Tasse Tee – ohne geht bei mir gar nichts – und ziehe mich rasch an. Ich fahre mir kurz mit der Bürste durchs Haar und schlüpfe mit nackten Füßen in meine flachen Schuhe für die Arbeit. Dann werfe ich mir die alte Jacke über, die in der Diele hängt, greife nach Handtasche und Schlüsseln und verlasse das Haus.

Es ist dunkel und kalt draußen und das, was ich tue, fühlt sich unlogisch an und irgendwie geheimnistuerisch. Aber jetzt, wo ich weiß, dass Noah aus dem Krankenhaus entlassen wurde, spüre ich das brennende Verlangen, meinen Enkel mit eigenen Augen zu sehen, um erleichtert feststellen zu können, dass es ihm wirklich gutgeht. Das fühlt sich einfach richtig an.

Die Fahrt zu Bens Haus ist nur kurz, aber der Weg erscheint mir endlos. Die langen Straßen sind leer, und obwohl die Straßenlaternen brennen, fühle ich mich von Düsternis umhüllt.

Ich biege in Bens Straße ein, parke aber nicht vor dem Haus. Stattdessen fahre ich daran vorbei, wende und suche mir einen Parkplatz ein Stück weiter weg, von dem aus ich die Eingangstür und die Fenster noch gut sehen kann.

Es stehen weit mehr Autos herum als üblicherweise, aber das liegt wohl daran, dass die Leute so früh noch nicht zur Arbeit gefahren sind. Bei all den Häusern rundum ist lediglich in ein, zwei Fenstern hinter geschlossenen Vorhängen Licht zu sehen. Bens Haus liegt im Dunkeln. Im Erdgeschoss sind die Rollläden heruntergelassen und im Schlafzimmer nach vorn im ersten Stock die Vorhänge zugezogen.

Ich schließe meine Augen und stelle mir Ben und Amber vor, wie sie ineinander verschlungen in ihrem Bett schlafen. Das leise Ticken von Bens altmodischem Wecker – er mag keine Digitalanzeigen – und die Schränke, vollgestopft mit Ambers Kleidung. Als mir der Inhalt der beiden Schubladen, in die ich unglücklicherweise hineingesehen habe, in den Sinn kommt, blinzle ich, um die Bilder zu verscheuchen.

Es ist jetzt sechs Uhr fünfzehn. Am Himmel ist noch kein Licht, aber er ist auch nicht mehr nachtschwarz. Die Sonne wird in etwa zwanzig Minuten aufgehen. Ich muss hier geduldig sitzen bleiben und Trost daraus ziehen, dass ich Noah körperlich so nah bin wie in diesem Moment nur möglich.

Es ist ganz schrecklich, dass er so krank geworden ist, aber hoffentlich hat diese Episode Ben gezeigt, dass er in Zeiten wie diesen seine Familie um sich braucht. Wenn ich so darüber nachdenke, hätte ich darauf bestehen sollen, ins Krankenhaus zu fahren, und seine anderslautende Anweisung ignorieren.

Aber jetzt bin ich hier und das ist, was zählt. Da Ben und Amber beide ganztags arbeiten, werden sie meine Hilfe brauchen, solange Noah noch nicht wieder in die Schule gehen kann und gesund werden muss. Ich weiß, dass es Maura nicht stören wird, wenn ich ein paar Tage meines Jahresurlaubs nehme, und wenn das nicht ausreichen sollte, wird Henry eben seine Freizeitvergnügen opfern müssen, um bei Noah zu Hause zu bleiben, bis ich am Nachmittag wieder heimkomme.

Etwas erregt meine Aufmerksamkeit und ich blicke auf und stelle fest, dass soeben das Licht in Bens Schlafzimmer angegangen ist. Der Schatten einer Person geht hinter den Vorhängen vorbei und wirkt für einen Augenblick bedrohlich und übergroß wie eine raubtierhafte Gestalt in einem Albtraum.

Wie gelähmt verharre ich, als übergroße Schatten sich ruckartig nach vorne und hinten bewegen wie in einem makabren Puppenspiel. Dann gehen schlagartig die Lichter im Erdgeschoss an und ich weiß, dass jetzt jemand im Wohnzimmer ist und sehr wahrscheinlich auch in der Küche an der Hausrückseite.

Ich nehme die Autoschlüssel aus dem Zündschloss, öffne die Autotür und strecke meinen Arm nach der Handtasche auf dem Beifahrersitz aus. Das Herz rutscht mir in die Hose, als ich auf der Anzeige am Armaturenbrett sehe, wie viel Uhr es ist. Es ist erst zweiundzwanzig Minuten nach sechs. Ich kann den leichten Schimmer des beginnenden Sonnenaufgangs wahrnehmen, ein verheißungsvoll glänzender Schleier, der noch unter einer Glocke aus dichten Dunstwolken liegt.

Nach normalen Maßstäben ist es eindeutig noch zu früh. Ich erwäge, noch bis sieben Uhr im Auto sitzen zu bleiben, dann aber gewinnt ein anderer Gedanke die Oberhand: Ben hat mich schließlich gezwungen, so zu handeln. Hätte ich Noah gestern Abend im Krankenhaus selbst sehen können, hätte ich zweifellos weit besser geschlafen und wäre beruhigt genug gewesen, heute erst später vorbeizukommen.

Mich noch einmal abwimmeln zu lassen, kommt nicht infrage. Es ist völlig klar, dass Ben ganz detaillierte Instruktionen bekommt und die sind nicht von mir.

Ich nehme die Handtasche, steige aus und schließe das Auto ab. Es wirkt jetzt so, als würde der Himmel mit jeder Sekunde ein klein wenig heller, und gleichzeitig steigt mein Selbstbewusstsein. Es ist mein gutes Recht, hier zu sein.

Als ich aber den Gehweg vor dem Haus erreiche, zögere ich wieder und gebe mir noch ein, zwei Augenblicke Bedenkzeit. Widerstrebend beschließe ich, lieber leise an die Haustür zu klopfen, als meinen Schlüssel zu benutzen. Vor ein paar Wochen wäre das völlig undenkbar gewesen, aber jetzt komme ich mir ein wenig wie ein Eindringling vor. Das Ärgerliche daran ist, dass meine Entscheidung völlig anders ausfallen würde, wenn Ben und die Jungs allein im Haus wären.

Aber wenn es *sie* nicht gäbe, wäre ich während Noahs traumatischem Erlebnis ohnehin an Bens Seite gewesen.

Ich ordne mit der Hand mein Haar, atme tief ein und betätige den Türklopfer.

ZWEIUNDFÜNFZIG

JUDI

Nach dem Pochen an der Tür, lasse ich den Arm fallen. Ich balle die Hand zur Faust und bete still, dass Ben an die Tür kommen möge und nicht Amber.

Ein paar Sekunden verstreichen und ich will gerade noch einmal klopfen, als ich höre, wie die Kette gelöst wird. Die Tür geht auf.

»Oh«, sagt Amber zögerlich. »Du bist das, Judi.«

»Ja«, erwidere ich ruhig und sehe verstohlen auf ihren knappen Pyjama und den funkelnden Ring an ihrer Linken, der alles verändert hat. »Ich bin's. Ich weiß, dass es noch früh ist, aber ich konnte nicht schlafen. Ich musste einfach vorbeikommen und nachsehen, wie es Noah geht.«

»Ben«, ruft sie über die Schulter nach hinten, bevor sie mich wieder ansieht. »Deine Mutter ist da.«

Sie steht in der Tür und ich immer noch draußen.

Ich gehe einen Schritt auf sie zu. »Wenn es recht ist, komme ich rein.«

Etwas widerwillig tritt sie zur Seite.

»Mum!« Ben taucht auf, in seinen gestreiften Pyjamahosen von Marks and Spencer, die ich ihm letztes Jahr zu Weihnachten gekauft habe. »Was zum Teufel ... Was machst du so früh hier?«

»Ich konnte nicht schlafen, Ben. Ich bin die halbe Nacht wach gewesen und habe mir Sorgen gemacht. Wie geht es Noah?«

»Das weiß ich nicht. Er ist noch gar nicht wach.«

»Wir sind ja erst um eins in der Nacht aus dem Krankenhaus zurückgekommen«, fügt Amber hinzu. »Ich bin nur runtergegangen, um uns Tee zu machen, damit wir ihn oben im Bett trinken können.«

Ihre unterschwellige Botschaft ist unüberhörbar: *Lass uns allein.* Ich höre darüber hinweg.

»Nun, wenn du Tee machst, hätte ich auch gern eine Tasse«, antworte ich und streife den Mantel und meine Schuhe ab. Die ungeschminkte Wut, die sich auf ihrem Gesicht abzeichnet, ist es dreimal wert, dass ich hierhergefahren bin. »Können wir mal kurz reden, Ben?«

Er sieht Amber an und dann wieder mich.

»Ich will nur ein paar Minuten deiner Zeit, wenn das nicht zu viel verlangt ist«, sage ich ruhig. »Ich würde gern wissen, was sie im Krankenhaus gesagt haben. Es überrascht mich, dass sie Noah nicht über Nacht zur Beobachtung nicht dabehalten haben.«

Ben seufzt. »Er war außer Gefahr, Mum, und ich bin mir sicher, die Ärzte wissen, was sie tun. Lass uns ins Wohnzimmer gehen.«

»Dann mach ich schnell den Tee fertig, oder?«

»Danke, Liebling.« Ben lächelt Amber an und ihre Blicke treffen sich kurz, aber sie lächelt nicht zurück.

»Ich würde Noah gern sehen«, sage ich.

»Klar«, erwidert Ben. »Magst du jetzt schnell raufgehen?«

»Glaubst du wirklich, dass das eine gute Idee ist?« Amber dreht sich in der Tür noch einmal um. »Er war erschöpft, als wir zurückgekommen sind; man sollte ihn jetzt doch schlafen lassen, damit seine Selbstheilungskräfte wirken können.«

Ich umklammere fest die Henkel meiner Handtasche. »Ich werde ihn nicht aufwecken.« Zu meinen Entsetzen höre ich einen flehenden Unterton aus meiner Stimme heraus.

»Er war wirklich unruhig, Judi. Ich habe in der Nacht ein paarmal nach ihm geschaut und er hat sich immer hin und her gewälzt.« Sie zuckt die Achseln und sieht Ben an. »Deine Entscheidung, Darling, aber ich denke, wir sollten ihn ausruhen lassen.«

»Dann lassen wir es jetzt erst mal. Ich erzähle dir, was im Krankenhaus los war.« Ben scheucht mich mit dem Arm durch den Flur. »Vielleicht wacht er ja auf, bevor du gehst, und dann kannst du noch schnell nach ihm sehen.«

Er öffnet die Tür zum Wohnzimmer und wir betreten die Kitschbude, die einst ein ganz wunderbarer und geschmackvoller Bereich zum Wohnen war. Ben lässt die Vorhänge zu und schaltet eine neue Lampe mit einem lila Schirm ein, die kaum Licht spendet.

»Mein Gott, wie die Dinge sich verändern«, sage ich und sehe mich um.

»Du kennst ja das Sprichwort«, meint Ben und nickt fröhlich. »Abwechslung wirkt Wunder.«

Ich sage nichts dazu.

Ben liefert einen ziemlich kurzen Abriss dessen, was in der Nacht im Krankenhaus vor sich ging.

»Das Hauptproblem war die Dehydrierung, aber das wurde durch den Tropf behoben. Sie haben gesagt, er ist jetzt außer Gefahr, braucht aber eine Menge Ruhe und Flüssigkeit.«

Ich seufze. »Was für eine Erleichterung. Du hattest wahrscheinlich einen ziemlichen Schock, mein Schatz.« Ich lehne mich nach vorn und lege meine Hand auf seine. »Ich nehme mal an, dass er eine ganze Weile nicht in die Schule gehen kann, oder?«

»Nur eine Woche, sagen sie. Kinder sind ja immer erstaunlich schnell wieder auf dem Damm, nicht?«

»Ja, das stimmt. Es ist natürlich völlig klar, dass wir ihn zu uns nach Hause holen. Ich nehme mir ein paar Tage von der Arbeit frei und dann ...«

Ben hebt die Hände. »Das ist gar nicht nötig, Mum.«

»Unsinn, deinem Vater und mir macht das nicht das Geringste aus. Im Gegenteil, etwas anderes kommt für uns überhaupt nicht infrage.« Ich spüre, wie in meinem Brustkorb Panik aufsteigt. »Du arbeitest Vollzeit, wie um Himmels willen willst du denn sonst zurechtkommen?«

Ben atmet hörbar ein. »Amber wird für Noah sorgen. Ich kann dir gar nicht sagen, wie fantastisch sie ist, Mum. Sie nimmt ihre Rolle als Stiefmutter der Jungs wirklich ernst. Sie stellt dafür sogar ihre Karriere zurück.«

Fassungslos starre ich meinen Sohn an.

»Bitte schau nicht so. Noah wird wieder gesund, Mum. Und wie Amber sagt, ist er hier, in seinem eigenen Zuhause, weit besser aufgehoben als anderswo.«

Anderswo? Nein. Er wäre bei seinen Großeltern, die sich seit dem Tag seiner Geburt mit um ihn gekümmert haben. Ich spüre eine plötzliche und sonderbare Leere in mir.

Natürlich sollte ich jetzt den Mund halten, aber ich kann es nicht. Ich kann es einfach nicht. »Noah betrachtet das hier wahrscheinlich gar nicht mehr als sein Zuhause. Hier drin hat sich ja auch alles bis zur Unkenntlichkeit verändert.«

»Es tut mir leid, dass du so empfindest, was das Haus anbelangt, Judi.« Amber trägt ein Tablett mit drei Teetassen herein. Sie will sich wohl zu uns gesellen. »Ich wollte es ja nur ein wenig gemütlicher gestalten, mehr wie ein Zuhause, verstehst du? Da es in den letzten zwei Jahren nur den drei Männern überlassen war, hat es ein wenig langweilig und steril gewirkt.«

Die Beleidigung lässt mich zusammenzucken, aber ich sage nichts. Ben besitzt wenigstens so viel Anstand, den Blick abzuwenden. Er weiß ganz genau, dass ich Louise geholfen habe, die ganzen Einrichtungsgegenstände und die Wohndeko auszusuchen, und ich habe auch ihn dabei unterstützt, seit sie verstorben ist. Einen wirren Moment lang würde ich am liebsten auf Ben losgehen, dass er alles, was wir gemeinsam geschaffen haben, so leichtfertig aufgibt.

Amber lächelt uns beide süßlich an und stellt das Tablett auf dem leer geräumten Couchtisch ab, der früher mit gerahmten Familienfotos vollgestellt war. Kostbare Erinnerungen für die Jungs, jetzt sind sie verschwunden.

Ben nimmt eine Tasse in die Hand und hält sie sich beim Sprechen vor den Mund.

»Ich hab Mum gerade gesagt, dass du Noah betreuen wirst«, meint er vielsagend zu Amber.

»Sehr gut.« Lächelnd reicht sie mir eine Tasse Tee. »Wir werden dafür sorgen, dass er bald wieder topfit ist.«

Ein unangenehmes Schweigen legt sich wie ein unsichtbarer Schleier über uns.

Ich bin hin- und hergerissen, ob ich mich in Schweigen hüllen und es vermeiden soll, Amber zu kränken, oder doch äußern, was ich denke. Aber das hier ist die einzige Chance für mich, mit Ben zu reden, bevor folgenreiche Entscheidungen über Noahs Rekonvaleszenz gefällt werden. Ich hatte gehofft, mit ihm allein sprechen zu können, nur wir beide, aber sie hat das jetzt unmöglich gemacht.

Wenn Noah unter ihrer Aufsicht etwas zustoßen würde, könnte ich mir selbst nie verzeihen, nicht für sein Wohl gekämpft zu haben.

»Ich habe folgende Bedenken«, sage ich und sehe Ben mit einem Blick an, der Bände spricht. »Amber kennt Noah noch nicht wirklich gut. Sollte sich sein Zustand wieder verschlechtern, würde sie die Anzeichen vielleicht nicht früh genug erkennen.«

»Ich arbeite ständig mit Kindern und kann dir versichern,

dass ich *alle* Anzeichen des Unwohlseins bei ihnen erkenne.« Sie lächelt und spricht scheinbar unbeeindruckt, aber ich bemerke, wie angespannt ihre Schultern sind, wie ihre Finger nervös über ihre Pyjamahose reiben.

»Denk dran, dass Amber auch eine Ausbildung als Ersthelferin hat, Mum«, fügt Ben hinzu.

»Ja, aber keine ärztliche Ausbildung«, entgegne ich rasch.

»Aber die hast du ja wohl auch nicht«, entgegnet Amber gelassen.

»Ich mag zwar keine Ärztin sein, aber ich hab mich um meinen Enkel seit seiner Geburt gekümmert und ich ...«

»Bitte mach dir keine Sorgen«, unterbricht mich Amber. »Noah ist wirklich in sicheren Händen hier bei mir.«

Ihre Worte haben etwas Endgültiges. Als ob sie das Gespräch damit beenden wollte.

Ich sehe meinen Sohn an. »Ich denke, du machst einen Fehler, Ben«, sage ich knapp. »Nichts gegen Amber, aber Noah kennt sie noch nicht gut genug. Bei uns zu Hause wäre es weit entspannender für ihn.«

Bens Wangen werden immer röter, während Amber und ich ihn von beiden Seiten anstarren und auf eine Entscheidung von ihm warten.

Er seufzt und zuckt mit den Schultern.

»Wir schätzen dein Angebot wirklich sehr, Mum, aber du tust sowieso schon viel zu viel für uns. Es ist jetzt entschieden, dass Amber sich um Noah kümmert. Es wird ihm gut gehen und du kannst ihn jeden Tag besuchen, das weißt du ja.«

Ben schaut jetzt auf den Boden und Amber steht auf, geht zu ihm hinüber und legt ihm den Arm um die Schultern.

»Bitte mach dir keine Sorgen, Judi«, sagt sie. »Ich verspreche, dass ich mich um *alle* deine Jungs gut kümmern werde.«

Ich stehe auf und die Handtasche fällt mir vom Schoß und stößt die noch unberührte Tasse um. Ein großer dunkelbrauner

Fleck breitet sich über den Teppich aus, der Tee dringt in die weichen beigen Fasern ein und ruiniert alles, was er erreicht.

DREIUNDFÜNFZIG

JUDI

Ich kann Ambers Gegenwart keine Sekunde länger ertragen. Nach einem hastig gemurmelten Abschiedsgruß verschwinde ich so schnell wie möglich aus dem Haus und laufe über die Straße zu meinem Auto. Als ich losfahre, öffnet Amber die Vorhänge im Wohnzimmer und winkt mir nach.

Ich winke nicht zurück.

Es ist erst sechs Uhr fünfundvierzig, aber schon hell. Die Straßen sind immer noch halbwegs ruhig, obwohl jetzt mehr Verkehr ist als bei meiner Herfahrt. An die Heimfahrt erinnere ich mich nur verschwommen. Mir ist heiß und mein Bauch fühlt sich aufgebläht an, obwohl ich seit gestern Abend nichts gegessen habe.

Ich biege in unsere Einfahrt ein und eile ins Haus. Henry sitzt in der Küche und starrt blicklos auf den Bildschirm seines Laptops. Ein wenig außer Atem bleibe ich zögerlich in der Küchentür stehen und sein Kopf schießt hoch.

»Wo bist du denn gewesen?«

Ich ziehe mir einen Hocker zu unserem Frühstückstresen, an dem er sitzt. »Ich konnte nicht schlafen. Ich ...« Zu meinem Erstaunen kämpfe ich jetzt mit den Tränen.

Er kneift die Augen fest zusammen und drückt mit Daumen und Zeigefinger auf seinen Nasenrücken. »Judi, so kann das nicht weitergehen. Die Art, wie du hektisch durch die Gegend läufst und allen geradezu den Kopf abreißt ... das ist äußerst besorgniserregend.«

Eine einzelne Träne läuft mir die Wange herunter.

»Komm schon, das kann doch jetzt wirklich nicht so schlimm sein, oder?« Er beugt sich zu mir und tätschelt mir die tränenfeuchte Wange. »Was ist denn los, Liebling?«

»Sie haben mich Noah nicht sehen lassen«, flüstere ich.

»Wie bitte?«

»Ich war bei Ben«, erkläre ich. »Ich weiß, dass es früh ist, aber ich musste einfach hinfahren. Aber sie wollten nicht, dass ich raufgehe und nach Noah sehe.«

»Natürlich wollten sie das nicht. Du kannst doch nicht ohne Ankündigung einfach so bei ihnen aufkreuzen, Jude? Da sind ja jetzt nicht mehr nur Ben und die Jungs, oder? Du musst auch auf Amber Rücksicht nehmen.«

»Du verstehst das nicht. Ich muss Noah einfach sehen. Ich muss sicher sein, dass es ihm gut geht, ich bin schließlich für ihn verantwortlich.«

»Sein *Vater* ist für ihn verantwortlich und wir werden den Jungen sowieso bald sehen. Ich nehme mal an, dass du ihn hier gesund pflegen wirst, da Ben ja arbeiten muss, oder?«

»Darum geht es ja. Das werde ich nicht, Henry. *Sie* wird sich freinehmen und sich um ihn kümmern.« Während ich diesen Satz hervorstoße, schlage ich mit der Hand auf den Küchentresen. »Sie schließt mich aus. Verhindert, dass ich meinen eigenen Enkel sehen kann.«

Henry schüttelt den Kopf und verdreht die Augen. »Jetzt mach aber mal halblang, Judi. Du solltest dich wirklich beruhigen. Die Fantasie geht ja total mit dir durch. Ich bin mir sicher, Amber wird das sehr gut machen. Ben hat wirklich Glück, dass er eine Frau heiratet, die ...«

»Nichts wird sich ändern, wenn sie heiraten, Henry. Die Jungs *kennen* sie nicht mal richtig. Sie sind es noch nicht gewohnt, dass sie ständig da ist.«

»Unsinn. Sie lebt bei ihnen, verdammt noch mal; sie wird ihre Stiefmutter sein. Natürlich kennen die Jungs sie. Du solltest eigentlich froh sein, dass sie dir eine Pause gönnen und endlich allein zurechtkommen. Wurde ja wirklich allerhöchste Zeit.«

»Aber ich will keine Pause. Ich vermisse die Jungs schrecklich. Ich möchte einfach nur, dass alles wieder normal ist.«

Henry legt seine Hand auf meine und seine Stimme klingt jetzt etwas weicher.

»Judi, wann kapierst du endlich, dass es nicht mehr darum geht, was *du* willst? Die Dinge haben sich verändert. Ben, Amber und die Jungs – sie fangen jetzt gemeinsam ein neues Leben an. Und du darfst dich ihnen dabei nicht in den Weg stellen. Lass sie doch endlich ein wenig los, verstanden? Es ist wirklich Zeit dafür, Liebling.«

Ich entziehe ihm meine Hand und rutsche von dem hohen Hocker herunter.

»Niemals«, sage ich und recke mein Kinn energisch nach vorn. »Vielleicht durchschaut sie sonst niemand, aber mir ist völlig klar, was sie vorhat. Ben und die Jungs, das ist meine Familie. Sie sind ein Teil von mir, Henry. Und ich werde sie *niemals* loslassen.«

Ich lasse das Auto in der Einfahrt stehen und gehe zu Fuß zur Arbeit. Den peitschenden kalten Wind und den feinen Regen auf meinem tränenüberströmten Gesicht nehme ich kaum wahr.

Henry wollte das Gespräch weiterführen, aber ich wusste, dass ich genug gesagt hatte. Am Ende beschloss ich, es gut sein zu lassen, weil er ganz offensichtlich nicht einsieht, welche Gefahr Amber für uns alle darstellt.

Ich konnte einfach nicht mehr zu Hause bleiben, ruhelos umherwandern und mir all die schrecklichen Dinge vorstellen, die passieren könnten, wenn Noahs Zustand sich verschlechtert und er nicht die Hilfe bekommt, die er benötigt.

Während ich so mit gleichmäßigem Schritt vor mich hingehe, zieht der Verkehrsstrom an mir vorbei. Das unregelmäßige Brummen im Hintergrund erfüllt meine Ohren und mildert meine sorgenvollen Gedanken etwas ab.

»Du meine Güte!«, ruft Maura aus, als ich eine gute Viertelstunde später als gewohnt die Praxis betrete. »Du bist ja völlig durchnässt.« Sie kommt zu mir gelaufen, nimmt mir den Regenmantel ab, den ich gerade ausgezogen habe, und hängt ihn an den Garderobenständer. »Jude, ist alles in Ordnung mit dir?«

»Ich weiß, ich sehe aus wie ein begossener Pudel.« Ich schenke ihr ein kleines verlegenes Lächeln. »Aber ich musste einfach in die Praxis kommen. Ich habe es zu Hause schlicht nicht mehr ausgehalten.« Dann breche ich in Tränen aus.

»Oh, komm her, Süße.« Maura legt mir tröstend den Arm um die Schultern und zieht dabei routiniert ein Papiertaschentuch aus der Box am Empfangstresen. »Da schau, lass einfach mal alles raus.«

»Danke.« Ich schniefe, nehme das Taschentuch und halte es mir vors Gesicht. »Das war wirklich ein höllisches Wochenende.«

»Okay, wir haben noch gut zehn Minuten, bis die Sprechstunde beginnt«, sagt sie mit einem Blick auf die Wanduhr. »Setz dich hin und erzähl mir alles.«

Ich überspringe, dass ich Fiona mit zu mir nach Hause genommen habe, weil ich weiß, dass Maura mir deswegen Vorwürfe machen würde; wahrscheinlich gäbe sie sogar Henry mit seiner Mädchen-von-der-Straße-Einschätzung recht. Ich beginne an der Stelle zu erzählen, als Ben, Amber und die Jungs zum Mittagessen kamen.

Maura fällt buchstäblich die Klappe herunter, als sie von der spontanen Verlobung erfährt. Sie schüttelt den Kopf und verdreht die Augen, als ich ihr von Ambers selbst gestrickter ADHS-Diagnose für Noah berichte, wie ich mir versehentlich in die Hand geschnitten habe und dass den Jungs ein Süßigkeitenverbot auferlegt wurde, und zwar von ihrer neuen Stiefmutter, wie sie sich mit Bens Einverständnis neuerdings bezeichnet.

Sie reißt vor Schreck die Augen auf, als ich ihr von Noahs Infektion mit Kolibakterien erzähle und dass Ben mir verweigert, mich um ihn zu kümmern, während er nicht in die Schule geht und gesund werden soll.

»Du solltest dir trotzdem keine allzu großen Sorgen machen, Jude. Ich bin mir sicher, dass mit Noah alles gut gehen wird, jetzt, wo die Ärzte sagen, dass er außer Gefahr ist«, meint sie. »Aber ich kann mir vorstellen, dass es sich für dich wie ein Schlag ins Gesicht anfühlen muss, nach all dem, was Ben und Amber dir jetzt schon zu tun untersagt haben.«

»Das ist lieb von dir, Maura.« Ich schniefe dankbar in mein Taschentuch. Es tut so gut, dass mich endlich einmal jemand versteht und meine Partei ergreift. »Ich habe Ben eine Nachricht geschickt, dass er mich auf dem Laufenden halten soll, wie es Noah den Tag über geht.«

Dann fällt mir die verschwundene Halskette ein, die auf so mysteriöse Weise wieder in meiner Schmuckschatulle aufgetaucht ist. Schnell erzähle ich Maura auch diese Geschichte.

»Bitte fass das jetzt nicht falsch auf, ich will nicht behaupten, dass du verrückt wirst«, neckt sie mich, »aber besteht denn die leiseste Möglichkeit, dass die Kette irgendwie unter deinem anderen Schmuck lag und du sie einfach übersehen hast?«

»Nein, nicht im Geringsten«, entgegne ich bestimmt und schüttle den Kopf. »Als ich die Schatulle aufgemacht habe, lag sie direkt da. Ganz oben. Ich hätte sie gar nicht übersehen können, wenn sie so dagelegen hätte. Es gibt einfach keine andere Erklärung, als dass Amber sie wieder reingelegt hat.«

Maura sieht mich an, sagt aber eine ganze Weile lang nichts. Dann schüttelt sie sich.

»Weißt du was?« Sie spricht in dem fröhlichen Ton, den man anschlägt, wenn man ein Kind aufmuntern und ihm sagen will, dass es seine Sorgen vergessen soll. »Geh schnell nach hinten und mach dich ein wenig frisch. Du kannst meine Haarbürste verwenden, die liegt auf der Ablage unter dem Spiegel. Ich mache uns eine Tasse Tee und dann lassen wir die Meute rein.«

Ich nicke und muss über Mauras diplomatische Art schmunzeln, mir zu sagen, dass ich fürchterlich aussehe. Als ich heute Morgen ohne Schirm zur Arbeit ging, habe ich keinen Gedanken daran verschwendet, wie mein Haar aussehen würde, wenn ich in der Praxis ankomme.

Später, als Dr. Latif Maura zu sich ruft, um sie über einige Krankenhauseinweisungen zu informieren, und zum Glück der Patientenstrom gerade kurz abreißt, logge ich mich in die Patientendatenbank ein.

Ich gebe »Fiona Bonser« ein und sofort erscheint ihre Akte auf dem Bildschirm. Ich öffne sie mit einem Doppelklick, überfliege sie kurz und markiere die letzten beiden Seiten der Notizen, um sie auszudrucken, zusammen mit Fionas persönlichen Kontaktdaten.

Während der paar Sekunden, die der Drucker braucht, um in Aktion zu treten, blicke ich schuldbewusst um mich, während mir das Herz in der Brust fast zerspringt. Als der Ausdruck fertig ist, stehe ich auf, nehme die Seiten aus dem Drucker, falte sie gut zusammen und stecke sie seitlich in meine Handtasche.

»Judi?«

Ich schrecke in meinem Stuhl auf und bemerke, dass Maura hinter mir steht. Mein Gesicht erglüht, als ich mich frage, ob sie mitbekommen hat, wie ich den Papierstoß in meine Handtasche geschoben habe.

»Schau nicht so verschreckt.« Sie grinst mich an. »Du bist ja ganz schön zusammengezuckt. Du bist völlig übernächtigt. Was hältst du davon, eine Stunde früher zu gehen? Ich muss ein paar Updates auf dem Server machen, dabei kann ich genauso gut am Empfang sitzen. Carole wird auch bald kommen; sie ist meistens eh zu früh dran.«

»Oh! Bist du dir sicher?« Mir fällt sofort ein, was ich unternehmen kann, wenn ich früher Feierabend habe.

»Red es mir bloß nicht aus.« Sie lacht. »Ab mit dir.«

»Danke«, erwidere ich, greife nach meiner Tasche und logge mich aus dem System aus. Das lasse ich mir nicht zweimal sagen.

VIERUNDFÜNFZIG

AMBER

Judi hatte sich genauso aufgeführt, wie es jeder von Bens Söhnen getan hätte – als wäre sie eine verzogene Göre, die nicht weiß, wie sie mit der Tatsache umgehen soll, dass sie nicht mehr tun kann, was sie will.

Amber war stolz darauf gewesen, wie Ben sich hinter sie stellte. Sie hatten sich bereits ausführlich darüber unterhalten, wie Judi wohl reagieren würde, während sie sich wegen Noah im Krankenhaus aufhielten und stundenlang warten mussten.

Es war unübersehbar, wie schmerzhaft und enttäuschend es für Judi gewesen war, dass ihr Angebot, sich um Noah zu kümmern, abgelehnt wurde.

Am liebsten aber hätte sie Judi noch viel mehr verletzt. Es müsste allerdings noch eine ganze Menge mehr passieren, bevor sie ihr Ziel erreichen würde.

Judi positionierte sich gerne im Randbereich ihrer Familie und gefiel sich darin, die »Ich-Arme«-Rolle zu spielen. In ihrem Innersten jedoch war diese Frau hart wie Stahl und Amber wusste, dass sie sie auf keinen Fall unterschätzen durfte.

Stattdessen würde sie damit fortfahren, Judi in ihrem Innersten zu beschädigen, ihr von dem, was ihr am meisten bedeutete, nach und nach alles zu nehmen, bis sie eines Tages aufwachen und feststellen würde, dass ihr nichts geblieben war. Bis es nur noch einen süßen Ausweg für sie geben würde und sie alle von ihr befreit wären und Amber nachts endlich wieder schlafen könnte.

Ja, sie würde sich auf die kleineren Aktionen beschränken, die Judi zu Fall bringen und ihr schließlich den Rest geben würden.

Wie bei einem Boxkampf, wo die unablässigen Körperschläge den eigentlichen Schaden anrichteten: Sie waren vielleicht nicht so spektakulär wie der K.-o.-Schlag, aber – kontinuierlich ausgeführt – genauso verheerend.

FÜNFUNDFÜNFZIG

JUDI

Da ich morgens zu Fuß gekommen bin, rufe ich mir ein Taxi für die Heimfahrt. Das fühlt sich ein wenig übertrieben an, aber ich gebe eigentlich nicht sehr viel Geld aus, schon gar nicht für mich selbst. Und ein wenig mehr Zeit heute Nachmittag kann ich gut gebrauchen.

Es sind nicht unsere Lebensumstände, die mich genügsam machen – wir könnten es uns ohne Zweifel leisten, wenn mir das Geld etwas lockerer säße. Aber ich tendiere wohl aufgrund meines Naturells eher dazu, wenig auszugeben. Vielleicht kommt das daher, dass ich in einer Familie aus der Arbeiterklasse aufgewachsen bin, wo wir während meiner ganze Jugend nicht viel hatten. Henry und ich sind jetzt bestens situiert, zumindest im Vergleich zu den meisten Leuten, die ich kenne.

Zum Glück ist der Taxifahrer einer von der stillen Sorte. Ich bin nicht in der Stimmung für höflichen Small Talk; ein Trinkgeld hat er sich also verdient. Ich nehme mein Portemonnaie aus meiner Handtasche und krame nach passenden Münzen. Ich trage nie viel Bargeld bei mir.

In unserer Beziehung hat sich immer Henry um die Geldangelegenheiten gekümmert. Ich weiß, dass manche Frauen darüber die Nase rümpfen, aber ehrlich gesagt wollte ich nie etwas damit zu tun haben. Mit seinem beruflichen Hintergrund als Banker organisiert er alle Finanzunterlagen gewissenhaft in mehreren Ordnern, die mit unterschiedlichen Farben markiert und in einem Aktenschrank im Arbeitszimmer eingeschlossen sind.

»Man kann nie wissen, wer da vielleicht mal rumspioniert«, sagt er immer voreilig, wenn er seine Post direkt vom Briefkasten schnell mit nach oben nimmt. Obwohl ich mich oft frage, wen er damit wohl meint. Wir haben ja nicht viele Besucher, nur Ben und die Jungs. Und jetzt *sie*.

Deswegen war ich erstaunt, als ich vor ein paar Wochen einen Brief mit einer neuen Debitcard neben seiner Bettseite gefunden habe. Er muss wohl irgendwann aus einem der Ordner gerutscht sein.

Wie ich feststellte, bezog sich das Schreiben auf unser Platin-Kreditkartenkonto. Auf einer kurzen Übersicht waren regelmäßige hohe Bargeldabhebungen aufgelistet und der aktuelle Kontostand war weit niedriger als in meiner Erinnerung, da Henry die einmalige Kapitalauszahlung der Bank zu seinem Renteneintritt dort angelegt hatte.

Noch mehr erstaunte mich, als ich sah, dass Henry trotz seiner gewöhnlichen paranoiden Sicherheitsmaßnahmen vier Ziffern – meines Erachtens die PIN – auf die rechte obere Ecke des DIN-A4-Blattes gekritzelt hatte. Ich nehme an, er hatte vor, es direkt in einen der Ordner in seinem verschließbaren Aktenschrank abzulegen, und hat nicht bemerkt, dass es unters Bett gerutscht war.

Ich verdrängte ein ungutes Gefühl, faltete den Brief mit der Debitcard und steckte ihn mir in die Hosentasche, um ihn später Henry zu geben. Ich war der Ansicht, es gäbe sicher eine gänzlich logische Erklärung für den niedrigen Kontostand. Ich beabsichtigte ihn zu fragen, ob er das abgehobene Geld auf ein anderes Konto eingezahlt habe, und kam zu dem Schluss, dass es sicher nicht schaden würde, wenn ich zukünftig etwas mehr Interesse für diese Dinge zeigte.

Während der kurzen Fahrt nach Hause blättere ich durch den Ausdruck von Fionas Patientenakte.

Wieder meldet sich ein leises Schuldgefühl wegen meines Verstoßes gegen den Datenschutz. Es nagt an mir wie eine bösartige Natter, aber ich verdränge es ganz schnell wieder.

Ben mag mich vielleicht jetzt nicht mehr brauchen, aber die junge Fiona hat niemanden. Niemanden, der auf sie aufpasst, ihr Orientierung bietet und sie dabei unterstützt, den kleinen Hank aufzuziehen.

Ich überfliege den Ausdruck. Demnach ist Fiona das erste Mal im Januar zu Dr. Latif gekommen, mit Schmerzen im Unterbauch. Die Ärztin hat zu Beginn des Termins die folgende Notiz gemacht:

Patientin besteht darauf, nicht schwanger zu sein.
Verweigert Schwangerschaftstest.

Sie hat Fiona dann untersucht und nichts ernsthaft Besorgniserregendes festgestellt, sondern lediglich eine mögliche Entzündung und Blähungen diagnostiziert und eine Antibiotikatherapie verordnet.

Anfang Februar kam Fiona dann wieder. Die Schmerzen waren viel schlimmer geworden und sie hatte Schwierigkeiten beim Wasserlassen. Dr. Latif nahm eine Urinprobe und äußerte den Verdacht auf einen Harnwegsinfekt. Sie verschrieb vorerst nichts, sondern bat die Patientin, nach fünf Tagen wegen der Testergebnisse wiederzukommen. Anhand der Einträge konnte ich sofort sehen, dass Fiona tatsächlich nicht wiedergekommen war, um diese Ergebnisse zu erfahren.

Der nächste Eintrag in der Akte betraf Fionas Termin erst letzte Woche, den, bei dem Maura Nachforschungen angestellt hatte. Dr. Latif hatte wieder eine Untersuchung vorgenommen und die Blutergüsse an Fionas Oberschenkelinnenseiten dokumentiert. Sie schrieb:

> *Patientin hat offensichtlich mittelstarke bis starke Schmerzen. Test auf HWI negativ. Versuch, Ursache der Verletzungen von Patientin zu erfahren. Patientin verneint, dass die Verletzungen beim Sex entstanden sein könnten. Keine Diagnose oder Verschreibung möglich, da die Patientin die Praxis abrupt verlässt.*

Ich runzle die Stirn und grüble über die Details nach. Fiona ist offensichtlich krank. Sie sucht Hilfe, zieht sich aber dann im letzten Moment wieder zurück. So, als fürchte sie sich vor etwas. Oder jemandem.

Ich weiß absolut nichts über Fionas Herkunft, ihre Kindheit. Aber es ist mir schon früher aufgefallen, dass sie Probleme damit hat, Menschen zu vertrauen. Ihr Gesichtsausdruck bei ihren Besuchen in der Praxis und als ich sie das erste Mal im Park getroffen habe – dieser Ausdruck besagt, dass sie sofort in Habachtstellung geht und immer von anderen Menschen nur die schlechteste Behandlung erwartet, wie ein geprügelter Hund.

Meine Hand fasst nach meiner Kehle und ich schlucke schwer, weil ich an Noahs blasses, gezeichnetes Gesicht denken muss. Ich habe ihn nicht gesehen, seit er krank ist, aber oft genug in der Vergangenheit, wenn er sich mit Kinderkrankheiten herumschlagen musste. Seine farblosen Lippen und trüben Augen sind mir noch im Gedächtnis.

Ich kneife meine Lider fest zu und ersetze ganz bewusst das besorgniserregende Bild meines Enkels mit Hanks süßen molligen Gesichtszügen. Ich lasse das warme Gefühl noch einmal aufleben, das ich empfand, als ich ihn an mich drückte; sein vernachlässigter kleiner Körper, geschützt in meinen Armen. Voller Vertrauen und Unschuld.

Fiona und Hank haben es beide so bitter nötig, dass sich jemand um sie kümmert.

Ich nehme das Blatt mit den Patientendaten zur Hand und lese es durch.

Name des Patienten/der Patientin: Fiona Heather Bonser
Geburtsdatum: unbekannt
Adresse: Calvin Chase, St. Ann's, 8. Stock, Wohnung 6, Nottingham
Tel.-Nr.: unbekannt

Ich weiß genau, wo dieser Wohnblock ist. Ich bin im Laufe der Jahre sehr oft daran vorbeigegangen und habe mit einer Art schauriger Faszination hinauf zu den Leinen mit sauberer Wäsche gestarrt, die manche Mieter dort wie Wimpelketten über ihre rostigen Balkone spannen.

Ich bezahle den Taxifahrer und durchquere unsere Einfahrt, gehe aber nicht ins Haus. Ich steige direkt in mein Auto.

Es gibt etwas sehr Wichtiges, das ich tun muss.

SECHSUNDFÜNFZIG

JUDI

Beim Googeln nach Informationen über die Sunbeam Lodge habe ich mir die Besuchszeiten notiert und freudig festgestellt, dass sie sich gut mit meinen Arbeitszeiten vereinbaren lassen.

Ich schnalle mich an, gebe die Adresse des Pflegeheims ins Navi ein und bin schon fünf Minuten später auf der Landstraße.

Ich habe keine Ahnung, was ich zu Ambers Mutter sagen soll, wenn sie tatsächlich noch immer in diesem Heim wohnt – ich weiß ja nicht, wie lange das Kärtchen des Heims schon in Ambers Jackentasche steckte. Ich weiß auch nicht, was genau ich eigentlich herauszufinden hoffe, ich weiß nur, dass Amber mir keine andere Chance lässt, als nach jedem verfügbaren Strohhalm zu greifen. Wenn ihre Mutter noch lebt, dann war es gelogen, dass beide Eltern bei einem Verkehrsunfall ums Leben kamen, und dafür muss es irgendeinen Grund geben. Gibt es vielleicht etwas in ihrer Vergangenheit, das sie unbedingt im Verborgenen halten will?

Das ist es. Genau das will ich herausfinden.

Eine Stunde später parke ich das Auto auf einer rissigen zubetonierten Fläche vor einem heruntergekommenen zweistöckigen Gebäude.

Ein zerbeultes und gebrochenes Schild an der Außenfront identifiziert es als »Sunbeam Lodge Care Home«. Die Strahlen der lächelnden Sonne im Logo sind ausgeblichen und kaum mehr sichtbar.

Ich hole mein Handy aus der Handtasche und werfe einen Blick darauf. Obwohl ich Ben heute Vormittag schon zweimal geschrieben und nach Noah gefragt habe, hat er mir noch immer nicht geantwortet.

Ich schließe das Auto ab und gehe zu dem glasverkleideten Vorbau, von dessen splitternder Holzkonstruktion die Farbe abblättert. Meine Füße streifen über unverwüstliches Unkraut, das es geschafft hat, sich durch den schadhaften Betonpfad zu bohren und bis in die schmalen Randstreifen auszubreiten, um dort jegliche Blumenbepflanzung zu ersticken, die es dort vielleicht einmal gegeben hat.

Ich betrete den feuchten und schmuddeligen Vorbau, wo ein Besucherbuch aufgeschlagen auf einer schiefen Ablage liegt. Darüber befindet sich ein Klingelknopf mit der Anweisung »Für Einlass bitte läuten«.

Ich ignoriere sowohl das Buch als auch die Klingel und warte. Nach wenigen Minuten sehe ich durch das gemusterte Milchglas eine Gestalt, die sich nähert, und dann öffnet eine Frau etwa meines Alters die Tür. Sie ist wohl selbst eine Besucherin, die jetzt wieder geht, und hält mir freundlicherweise die Tür offen, damit ich das Gebäude betreten kann.

Im Innern verlangsame ich etwas meine Schritte. Ich war noch nie an einem Ort wie diesem, und da ich jetzt selbst älter werde, befällt mich ein ungutes Gefühl und eine bedrückende Vorahnung.

Der muffige und modrige Geruch, das düstere und leicht flackernde Licht und die Geräusche ... ein verstörendes Hintergrundstöhnen, begleitet von den Arbeitsgeräuschen des Personals und eiligen Schritten.

Ich durchquere einen kleinen Gemeinschaftsbereich mit zusammengewürfelten Plastikmöbeln. Aus einem kleinen Fernseher tönt überlaut eine Nachmittagstalkshow, aber niemand hält sich hier auf. Etwas in mir will kehrtmachen und fortlaufen, aber stattdessen beiße ich die Zähne zusammen und gehe in Richtung eines Korridors, der mit »Bewohner« beschildert ist.

Ich gehe an den ansteigenden Zimmernummern entlang, die geraden auf der einen, die ungeraden auf der anderen Seite, bis ich Zimmer 15A erreiche. Die Tür ist leicht angelehnt. Gerade als ich die Hand hebe, um anzuklopfen, läuft eine Pflegerin in dunkelblauer Hose und einem weißen Kittel rasch auf mich zu.

Ich lege mir ein paar Ausreden zurecht, warum ich hier bin, wo ich doch weder eine Angehörige bin noch mich ins Besucherbuch eingetragen habe, aber sie verlangsamt ihren Schritt nicht. Sie schenkt mir nur ein Nicken und ein gleichgültiges Lächeln und geht an mir vorbei.

Mit pochendem Herzen klopfe ich an die blassgrün gestrichene Tür und drücke sie vorsichtig auf.

Am Fenster sitzt eine alte Dame in einem farblosen Kleid mit dreiviertellangen Ärmeln, die Hände zerbrechlich und zittrig, und starrt hinaus auf den Parkplatz. Das Fenster hat keine Gardinen und das Licht fällt auf ihr Haar, sodass ihre rosa Kopfhaut deutlich zu sehen ist.

»Kathryn, du bist gekommen!« Sie dreht sich lächelnd um, erblickt mich und runzelt die Stirn. »Sie sind nicht Kathryn. Wer sind Sie denn?«

»Nur eine Freundin«, sage ich lächelnd. »Ich wollte sehen, wie es Ihnen geht. Wer ist Kathryn?«

Sie schaut indigniert drein. »Meine Tochter!«

»Natürlich. Tut mir leid.«

Auf ihrem Nachttisch liegt ein Brief. Sie sagt nichts dazu, als ich ihn in die Hand nehme und sehe, dass er an Martha Carr, c/o Sunbeam Lodge adressiert ist.

»Sie sind Martha, oder?«

»Ja, das bin ich«, sagt sie bestimmt. »Wissen Sie, wo Kathryn hin ist? Sie sollte schon seit Stunden hier sein.«

»Ich glaube, sie ist auf dem Weg«, sage ich freundlich. »Und Amber kommt auch. Ihre andere Tochter, Amber?«

»Pah. Die kann gerne wegbleiben. Bringt nichts als Ärger, die.«

»Kommt sie oft zu Ihnen zu Besuch? Amber?«

»Wer sind Sie?« Martha lehnt sich vor und mustert mich. »Ich glaube, ich kenne Sie nicht.«

»Aber klar kennen Sie mich. Ich bin Mary«, antworte ich, da mir mein zweiter Vorname in den Kopf schießt. »Ich habe bei Ihnen in der Nähe gewohnt, erinnern Sie sich?«

Die alte Dame legt die Stirn in Falten und starrt ins Leere, offensichtlich im Versuch, den Zipfel einer Erinnerung zu erhaschen.

Ich möchte sie ganz gewiss nicht beunruhigen oder ihr Kummer bereiten, bin aber, obwohl ich erst ein paar Minuten hier bin, ziemlich sicher, dass Martha Symptome von Demenz aufweist. Auf Geschehnisse vergangener Jahre kann sie sicher zugreifen und sich deutlich erinnern, aber bei Dingen, die vor fünf Minuten passiert sind, gleicht ihr Gedächtnis einem Sieb.

Die Ärzte in der Praxis begutachten regelmäßig Patienten mit ähnlichen Symptomen.

»Nun, Martha, besucht Amber Sie denn hier?« Ich wiederhole meine Frage und versuche damit, Sie wieder in die Gesprächsbahnen von zuvor zu lenken.

»Nie.« Wutschnaubend verschränkt Martha ihre Arme mit den Altersflecken. »Die seh ich nie. Aber meine Kathryn, die kommt fast jeden Tag. Wir fahren bald zusammen nach London.«

»Das ist ja wunderbar.« Ich lächle. »Was glauben Sie denn, warum Amber nicht vorbeikommt?«

»Das kann man bei ihr nie sagen. Ich glaube, sie war einfach nach dem Unfall nie mehr dieselbe.«

Ein elektrostatisches Kribbeln stellt mir die Haare im Nacken auf. »Unfall?«

»Als Kathryn gestorben ist.« Ihre Augen werden feucht und das lässt die sowieso blassblaue Iris noch farbloser erscheinen. »Ihre Schwester.«

»Aber hatten Sie nicht gesagt, dass Kathryn Sie hier besucht?«

Martha schaut düster drein und schüttelt ihren Kopf, als versuche sie, ihre Gedanken in die richtige Reihenfolge zu bringen. »Meine Kathryn ist gestorben. Wer sind Sie gleich wieder?«

»Ich bin Mary«, sage ich leise. »Es ist sehr traurig, dass Kathryn gestorben ist. Vielleicht ist es ja Ihre Tochter Amber, die Sie hier besucht?«

»Die seh ich nie«, fährt Martha mich an. »Die will ich auch gar nicht sehen. Ich hab mir wirklich Mühe gegeben, ihr zu helfen. Aber der war nicht zu helfen. Die wollte immer nur durch die Absperrung laufen, um zu ihnen zu kommen, und als ich versucht hab, sie zurückzuhalten, hat sie nach mir geschlagen. Wirklich fest.« Martha berührt vorsichtig ihre Wange und zuckt zusammen.

»Zu wem wollte Amber kommen?« Ich schlucke schwer und wünschte, ich hätte ein Glas Wasser. Ich habe keine Ahnung, worüber Martha spricht, aber es fühlt sich so an, als stecke ein Kern von Wahrheit im Dickicht ihres Wortwirrwarrs. Ich spüre etwas Bedeutsames in der Luft hängen. »Wo war das?«

»Am Straßenrand«, entgegnet Martha ungeduldig. »Hören Sie nicht zu? Sie wollte versuchen, sie zu retten, aber sie waren bereits tot, wissen Sie. Alle miteinander.«

»Ambers Eltern?« Ich rate einfach ins Blaue. Ich bin hoffnungslos verwirrt. Vielleicht hat es ja doch einen Autounfall gegeben und Martha ist gar nicht wirklich Ambers

Mutter. Vielleicht sind ihre leiblichen Eltern umgekommen und ...

»Nicht ihre *Eltern,* Dummchen.« Martha verdreht die Augen, wendet den Blick von mir ab und sieht zum Fenster hinaus. »Ihre Familie. Ihr Mann und ihre Kinder. Tot. Alle miteinander.«

SIEBENUNDFÜNFZIG

JUDI

Zurück im Auto nehme ich mir einen Moment Zeit, um über das, was Martha mir erzählt hat, nachzudenken und darüber, was sich daraus ergeben könnte.

Es ist, als würde ich versuchen, ein Puzzle zusammenzusetzen, bei dem die Hälfte der Teile fehlt.

Ich blicke zurück auf das Gebäude, dessen Fenster nur Dunkelheit und Leere offenbaren. Hinter einem von ihnen sitzt Martha, aber ich könnte nicht sagen, welches es ist. Wahrscheinlich hat sie mich schon vergessen. Ich hoffe es. Das Letzte, was ich möchte, ist, ihr Leben noch jämmerlicher zu machen.

Ich habe einen sauren Geschmack im Mund. Ich bin nicht stolz auf das Gespräch mit einer alten Frau, der nichts mehr geblieben ist, auf das sie sich freuen kann. Die jetzt im Spätherbst ihres Lebens am Fenster sitzt und, so wie es klang, darauf wartet, dass ihre tote Tochter sie besuchen kommt.

Da habe ich Glück. Mein Sohn und meine Enkel sind noch sehr lebendig. Mir ist etwas geblieben, für das ich kämpfen kann, und ich würde gern glauben, dass Martha, wenn sie noch bei vollem Verstand wäre, das verstehen würde. Dass sie verstehen würde, dass mir keine andere Wahl bleibt.

Hinter ihren wirren Worten scheint sie sich über Ambers negative Seiten im Klaren zu sein und hält sie wohl für jemanden, den man besser meidet und aus seinem Leben fernhält.

Ich lasse den Motor an und gebe ins Navi die Heimatadresse ein. Als ich vom Parkplatz auf die Straße fahre, hallen Marthas Worte in meinem Kopf wider.

Ihre Familie. Ihr Mann und ihre Kinder. Tot. Alle miteinander.

Was kann das bedeuten? Wer ist sie wirklich, diese Amber Carr?

Und was ist mit der Familie passiert, die sie noch nie erwähnt hat?

ACHTUNDFÜNFZIG

JUDI

Wieder zu Hause fahre ich mein wenig genutztes Laptop hoch und beginne, nach einem Verkehrsunfall zu googeln, bei dem eine ganze Familie ums Leben kam.

Schon bald stellt sich heraus, dass das eine undankbare Aufgabe ist, ähnlich der sprichwörtlichen Suche nach der Nadel im Heuhaufen. Es gibt zu viel, was ich nicht weiß. Wann ist dieser mutmaßliche Unfall passiert? Wo hat er stattgefunden? Wie hieß Amber während ihrer Ehe mit Nachnamen?

Die Online-Suche nach *Amber Carr* ist enttäuschend. Sie ergibt nur Personen, die denselben oder einen ähnlichen Namen haben, auf allen möglichen Social-Media-Plattformen.

Ich klicke ein paar Links und Accounts an, aber sie ist offensichtlich nicht darunter, soweit ich es aus den verfügbaren Fotos erschließen kann.

Seufzend klappe ich den Laptop wieder zu. Welche Richtung ich auch einschlage, immer lande ich in einer Sackgasse.

Zu meiner Enttäuschung fühlt es sich auch zu früh an, Amber mit den Informationen, die ich aus ihrer Mutter herausbekommen habe, zu konfrontieren. Und was beweisen sie schon wirklich?

Ben hat mir von einem tödlichen Autounfall erzählt, aber dass diesem ihre Eltern und ihre Schwester zum Opfer fielen. Er hat nie erwähnt, dass Amber verheiratet war und Kinder hatte, was aber natürlich nicht automatisch bedeutet, dass sie es ihm nicht anvertraut hat.

Das Ganze ist ein scheußliches Durcheinander aus Halbwahrheiten und Verschwiegenem.

Ich muss hier behutsam vorgehen. Ich kann mir gut vorstellen, dass Ben *mich* attackieren und mir vorwerfen wird, dass ich herumschnüffle und einer senilen alten Frau wie Martha glaube.

Je mehr ich darüber nachdenke, desto wahrscheinlicher erscheint es mir, dass Ben über Ambers Vergangenheit völlig im Bilde sein könnte, von Amber aber gebeten wurde, mir nicht die ganze Geschichte zu erzählen ... warum, weiß ich allerdings nicht.

Es gibt nur eine Sache, die ich mit Bestimmtheit weiß: Je mehr ich über Amber Carr herausfinde, desto mehr fürchte ich mich davor, was sie meiner Familie antun könnte.

Ich habe nur eine echte Chance, die Wahrheit herauszufinden: indem ich Amber selbst frage.

Aber zuerst muss ich noch etwas anderes erledigen. Vielleicht liegt ja ein weiteres Puzzleteil in Reichweite.

NEUNUNDFÜNFZIG

JUDI

Ich biege in die Zufahrt von Bens Schule ein und nehme die Abzweigung nach rechts zum Parkplatz des Familienzentrums.

Während der Fahrt hierher habe ich mir zwei hoffentlich plausible Geschichten ausgedacht. Wenn in der Kita jemand arbeitet, der mich kennt, kann ich schlecht so tun, als würde ich Amber nicht kennen. Ich werde dann einfach nur Überraschung heucheln, dass sie heute nicht dort arbeitet.

Wenn ich Glück habe, kennt mich niemand vom Personal und ich kann vorgeben, dass ich im Familienzentrum einen Kitaplatz für mein Enkelkind organisieren will.

Ich schließe das Auto ab und gehe auf das lang gezogene flache Gebäude zu. Unter meinen Füßen knirscht der Kies. Ich läute und warte, bis die Gegensprechanlage zum Leben erwacht. Als ich erklärt habe, dass ich mir die Kita gern ansehen möchte, öffnet sich automatisch die Tür.

Im Inneren des Zentrums herrscht ein Wirbelsturm aus Farben und Geräuschen. Kleine Kinder laufen in alle Richtungen und drängen sich um die vorwiegend weiblichen Angestellten. Ich suche den großen offenen Bereich mit den Augen ab und bin erleichtert, dass ich kein bekanntes Gesicht entdecke.

»Kann ich Ihnen helfen?« Eine junge Frau mit glanzlosem mittelbraunem Haar und einer dicken Brille mit schwarzem Gestell kommt lächelnd auf mich zu. Von den Kleinen gemalte Meisterwerke hängen über ihren Armen. »Entschuldigen Sie, dass es ein wenig hektisch zugeht, aber es ist fast Abholzeit.«

»Ja, das sehe ich. Ich hoffe, es macht Ihnen nichts aus, dass ich einfach so vorbeikomme«, antworte ich leicht nervös. »Ich wollte mir das hier einfach nur mal anschauen, weil meine Enkelin vielleint in diese Kita kommt.«

»Aber natürlich, das ist völlig in Ordnung. Ich kann auch einen Termin mit Ihnen vereinbaren, damit Sie etwas mehr Zeit dafür haben, wenn Sie möchten.« Sie lächelt. »Warten Sie einfach eine Sekunde, dann lege ich diese Kunstwerke schnell ab.«

Während sie auf der anderen Seite des Raums beschäftigt ist, gehe ich auf eine lange Wand zu, die Information über das Familienzentrum bietet. Es ist für Familien mit Kindern zwischen null und fünf Jahren konzipiert; im Vorschulalter also. Ich gehe an der Wand entlang und mein Herzschlag beschleunigt sich, als ich am Ende eine Übersicht mit Fotos des Personals unter dem Titel »Wer wir sind« entdecke.

Ich lasse meinen Blick schnell über die einzelnen Gesichter gleiten, auf der Suche nach Ambers kurzem blondem Haar und ihrem hübschen Näschen. Zu meiner Enttäuschung kann ich sie nicht sofort entdecken, aber es sind insgesamt so um die fünfzehn Gesichter, sodass ich noch einmal von vorn anfange und mir ein Porträt nach dem anderen ansehe, von Anna Ross, der Leiterin des Zentrums, bis zu Wendy Ratner, Kinderpflegerin – die junge Frau, die ich gerade kennengelernt habe – und dann noch Mary Bower, der Reinigungskraft.

Ambers Foto ist nicht darunter.

Ich kann mich nicht mehr erinnern, was sie dazu gesagt hat,

wie lange sie schon hier arbeitet, aber es ist natürlich auch sehr gut möglich, dass die Fotoübersicht einfach nicht aktualisiert wurde. Woran ich mich aber genau erinnern kann, ist, dass sie sagte, sie sei »Leitende Fachkraft in der Erziehungshilfe«.

Auf der Personalübersicht gibt es zwei Fachkräfte in der Erziehungshilfe: Maisie Poulter und Dean Grant. Definitiv keine Amber Carr.

»Ich heiße Wendy.« Die junge Frau erscheint wieder und streckt mir die Hand entgegen. »Ich arbeite hier als Erzieherin – ich sehe, Sie haben mich auf der Übersicht schon gefunden.«

Sie lächelt, als ich ihr die Hand schüttle.

»Sie haben ja ganz schön viel Personal hier«, sage ich und deute mit einer Kopfbewegung auf die Fotos. »Ich wundere mich nur gerade, dass es da kein Foto von der Tochter meiner Freundin gibt. Sie ist Leitende Fachkraft in der Erziehungshilfe hier im Zentrum.«

»Oh.« Wendy schaut fragend drein. »Wir haben eigentlich gar keine leitende Fachkraft. Nur Maisie und Dean.«

Das Herz klopft mir jetzt bis zum Hals.

»Ihr Name ist Amber Carr«, sage ich.

»Ach ja, jetzt weiß ich, wen Sie meinen«, entgegnet sie und ich sacke innerlich etwas in mich zusammen. »Sie hat eine Weile hier gearbeitet, aber nur als Zeitkraft von einer Agentur. Das war in der stressigen Phase, als wir die neuen Kinder eingewöhnten, sie ist in der Zeit als Assistenzkraft in der Kita eingesprungen.«

»Dann arbeitet sie momentan hier gar nicht?«

»Nein, das ist schon eine Zeit lang her.«

»Ach, dann muss ich das falsch verstanden haben«, sage ich. »Ich war mir sicher, sie sagte, dass sie hier als Leitende Fachkraft in der Erziehungshilfe arbeitet.«

Wendy muss lachen. »Hört sich ganz nach Amber an; sie übertreibt gern mal. Sie hat tatsächlich nur unter Aufsicht mit den Kindern gearbeitet, ihnen beim Händewaschen und beim Buchstabieren und Rechnen geholfen. So Dinge.«

Ich wusste es. Ich wusste, sie lügt. Alles Lügen, sogar darüber, wer in ihrem Leben gestorben ist und wer nicht. Übelkeit steigt in meiner Brust hoch.

Wendy sieht mich ein wenig neugierig an. »Haben Sie nicht gesagt, Sie wären gekommen, weil Sie daran interessiert sind, dass Ihre Enkelin hierherkommt?«

»Ja, aber es tut mir leid.« Ich blicke hektisch um mich, weil ich nicht weiß, was ich jetzt tun soll. »Mir ist gerade eingefallen, dass ich jetzt schon woanders sein sollte. Ich muss sofort gehen. Tut mir leid.«

Ich drücke auf den Türöffner, verlasse durch die Doppeltür das Gebäude und eile im Laufschritt zu meinem Auto.

Amber ist eine Lügnerin. Sie ist eine pathologische Lügnerin und sie kümmert sich um meinen Enkel, ohne jegliche Aufsicht.

Ich rufe Ben auf dem Handy an, das, wenig überraschend, ausgeschaltet ist, weil er wohl unterrichtet. Aber es dauert jetzt nicht mehr lange bis zum Unterrichtsende.

»Ben, ruf mich in der Sekunde an, in der du diese Nachricht abhörst«, sprudelt es aus mir heraus, als die Mailbox angeht. »Es ist dringend. Es geht um Amber. Bitte ruf mich so bald wie möglich zurück.«

Ich kann das Dach der Gesamtschule über die Hecken ragen sehen, die den schmalen Grünbereich um das Familienzentrum säumen. Ben ist in diesem Gebäude und doch weiß ich, dass ich nicht mit sprechen könnte, wenn ich so plötzlich wie beim letzten Mal dort aufkreuze. Er hat wahrscheinlich das Personal an der Rezeption angewiesen, ihn nicht noch einmal zu holen. Das ist so frustrierend.

Ich muss geduldig warten, bis er mich kontaktiert, und in der Zwischenzeit das tun, was ich kann.

Ich öffne die Autotür, schleudere meine Handtasche auf den Beifahrersitz und lasse den Motor an. Dann bleibe ich ein paar Augenblicke einfach nur sitzen und zwinge mich, zur Beruhigung ein paarmal tief durchzuatmen, bevor ich losfahre.

Ich schaue hinüber zum Hauptfenster des Familienzentrums und sehe, dass Wendy dort steht. Sie sieht mir mit besorgter Miene nach und telefoniert dabei.

Ich hebe meine Hand, um ihr zu signalisieren, dass alles in Ordnung ist, lenke dann das Auto vom Parkplatz und fahre durch die Schulzufahrt wieder auf die Straße.

Mein Ziel ist Bens Haus. Ich will meinen Enkel sehen und dieses Mal wird mich niemand daran hindern.

SECHZIG

JUDI

Als ich bei Bens Haus ankomme, klopfe ich erst an der Haustür, verschaffe mir dann aber mit meinem Schlüssel Eintritt. Nachdem was ich heute herausgefunden habe, pfeife ich auf vornehme Zurückhaltung. Ich kann nicht darauf warten, dass Amber mir Zugang zum Haus meines eigenen Sohnes gewährt.

»Hallo«, rufe ich im Flur. »Das bin nur ich.«

Im Haus ist es vollkommen still. Ich streife meine Schuhe ab und stürme zur Küche, strecke den Kopf ins Wohnzimmer. Hier unten ist niemand.

Ich steige die Treppe hinauf.

»Hallo? Amber?« Ich rufe ein wenig leiser, für den Fall, dass Noah noch schläft. »Bist du hier oben?«

Keine Antwort.

Ich gehe ins Zimmer der Jungs und schnappe nach Luft, als ich Noah mit großen, angsterfüllten Augen hinter seiner Bettdecke hervorlugen sehe.

»Ach, mein Schatz, da bist du ja!« Ich knie mich neben das untere der Stockbetten, wo Amber ihn für die Dauer seiner Erkrankung wohl untergebracht hat, weil das praktischer ist.

Dann lege ich ihm meine Hand auf seine schweißkalte Stirn. »Geht es dir ein wenig besser, Herzchen.«

Er nickt. »Kann ich bitte was zu trinken haben, Granny?«, fragt er mit rauer Stimme.

»Natürlich kannst du das.« Ich sehe mich um und bin fassungslos, dass Amber ihm nicht einmal ein Glas Wasser ans Bett gestellt hat. Ich will ihm gerade etwas holen gehen, bleibe dann aber stehen. »Noah, wo ist Amber?«

»Weiß ich nicht«, sagt er schwach. »Ich bin gerade aufgewacht und hab nach ihr gerufen, aber sie ist nicht gekommen. Dann hab ich unten die Tür gehört und das warst du.« Ein Schauer des Entsetzens läuft mir über den ganzen Körper. Ich eile in Bens Schlafzimmer. Das Bett ist gemacht, die Vorhänge sind offen. Ich blicke auf die Straße hinunter und stelle fest, dass Ambers Auto nicht dasteht. Ich sehe mich im Rest des oberen Stockwerks um und hetze dann ins Erdgeschoss, um dort alle Räume gründlich abzusuchen.

Meine Befürchtungen bestätigen sich. Dieses Miststück ... dieses absolute *Miststück* hat meinen kranken achtjährigen Enkel allein gelassen. Ganz allein im Haus.

Ich hebe meine Handtasche auf und nehme sie mit in die Küche. Nachdem ich endlich meine Wut in den Griff bekommen habe, richte ich her, was ich brauche, und bereite Noahs Getränk zu.

Ich muss sie stoppen. Ich muss erreichen, dass alle kapieren, was sie ist, und dass man ihr nicht trauen kann. Ganz besonders Ben.

Oben trinkt Noah sein Wasser in großen Schlucken und ich reibe ihm die Schultern.

»Tun dir dein Nacken und deine Schultern weh, mein Schatz?«

»Ja. Alles tut weh, sogar meine Zehen«, antwortet er gähnend. »Und mir wird immer heiß und kalt und dann wieder heiß, Granny.«

»Und ist dir jetzt gerade auch heiß?«

Er nickt. »Und mein Bauch tut weh.«

Ich nehme das kleine Medikamentenbehältnis aus meiner Handtasche, ziehe die Bettdecke zurück und tupfe ein wenig von der kühlenden Betäubungssalbe auf seinen Bauch.

»Jetzt mach einfach die Augen zu, Herzchen, und Granny reibt dir deinen armen Bauch ein.«

Noahs Gesicht ist bleich und er sieht dünner aus als beim letzten Mal, als ich ihn gesehen habe. Ich kann meinen Zorn auf Amber wie einen harten Kloß in meiner Kehle spüren.

»Aua.« Er zuckt zusammen und reißt die Augen auf. »Das tut weh.«

Seine Hand fliegt zu seinem Bauch und ich wehre sie mit dem freien Unterarm ab, bis ich fertig bin.

»Ich weiß, dass du Schmerzen hast und sich alles wund anfühlt, aber es wird dir bald besser gehen«, sage ich schnell. »So, das war's, mein Schatz. Jetzt ruh dich aus. Granny ist hier und ich werde auch nicht fortgehen. Du kannst mir vertrauen, dass ich immer nur das Beste für dich will, Noah. Hast du das verstanden?«

Er nickt schwach.

Ich bleibe noch ein paar Minuten länger bei ihm sitzen, halte seine Hand und spreche leise und beruhigend auf ihn ein. Als ich aufstehe, öffnet er die Augen. Er kann mich offensichtlich nicht richtig fixieren und seine Blässe hat einen neuen, beunruhigenden Grad erreicht.

Ich versuche, nicht in Panik auszubrechen, während ich mein Handy aus der Handtasche hole und die 999 anrufe.

»Einen Rettungswagen«, sage ich dringlich. »Bitte schicken Sie ihn schnell. Der Zustand meines Enkels hat sich verschlechtert.«

Ich rufe in der Schule an und hinterlasse Ben eine Nachricht, genauso auf seiner Mailbox. Eine halbe Stunde, nachdem ich ins Haus gekommen bin, schieben Sanitäter Noah gerade auf einer Trage in den Rettungswagen, als Bens Auto vorfährt und er herausspringt.

»Was ist passiert?« Seine Augen fliegen zu den hinteren Türen des Rettungswagens. »Oh Gott, Mum, geht es ihm gut?«

»Sie hat ihn allein gelassen, Ben«, sage ich außer Hörweite der Sanitäter und so ruhig, wie ich nur kann. »Ich bin auf Verdacht vorbeigekommen, um zu sehen, wie es ihm geht, und er war völlig allein.«

Ben gibt mir keine Antwort, sondern läuft zu den offenen Türen des Rettungswagens.

»Kann ich zu ihm?«, fleht er einen Sanitäter an.

Der Mann nickt und Ben klettert in den Wagen und streichelt Noahs Kopf. Als ich näher herankomme, bemerke ich eine einzelne Träne, die über die Wange meines Sohnes herabrollt. Von den Türen aus kann ich sehen, dass Noah zittert und Schüttelfrost hat.

»Wir haben ihn stabilisiert«, meint der Sanitäter. »Momentan ist alles unter Kontrolle. Im Krankenhaus werden sie Ihnen dann mehr sagen.«

»Die Ärzte haben mir gesagt, dass er gesund wird, dass er das Schlimmste überstanden hat«, sagt Ben anklagend.

»Ihre Mutter hat mir erzählt, dass er sich mit Kolibakterien infiziert hatte ...?«

»Ja, das stimmt«, entgegnet Ben. »Sie haben ihn an den Tropf gehängt und wieder entlassen. Meinten, es würde ihm wieder gut gehen.«

»Nun, ich bin mir nicht sicher, ob diese Episode jetzt etwas damit zu tun hat.« Der Sanitäter runzelt die Stirn. »Die Symptome könnten daher rühren, dass er eine Weile nichts gegessen hat, aber normalerweise sehen wir da nicht eine so schwere Reaktion.«

Er sieht zu mir herüber.

»Ein Glück, dass Ihre Mutter uns rechtzeitig gerufen hat.«

Ben wird sichtbar blass. »Meine Verlobte, sie sollte auf ihn aufpassen ...« Seine Stimme erstirbt.

»Ich werde mich von jetzt an um Noah kümmern«, werfe ich rasch ein, bevor Ben erzählen kann, dass Noah im Haus allein gelassen wurde und der Sanitäter sich verpflichtet fühlt, das Jugendamt einzuschalten.

Ich spüre heftige Gewissensbisse, als Ben den Kopf hängen lässt und äußerst erbärmlich aussieht.

»Er wird bald über den Berg sein, mein Sohn«, sage ich.

»Danke, Mum. Ich meine, danke, dass du hier bist. Es tut mir leid ... Das alles tut mir so leid.«

»Nun, der Schaden hält sich diesmal Gott sei Dank wohl in Grenzen.« Ich lege meinen Arm um ihn, als er aus dem Krankenwagen heraussteigt. »Ich bin jetzt hier. Aber bitte verlange nicht wieder von mir, ihn allein zu lassen. Ich möchte Noah von jetzt an pflegen, bis er wieder gesund ist. Aber etwas solltest du doch wissen über ...«

Alarmiert drehen wir uns beide um, weil das Geräusch von Bremsen zu hören ist. Amber springt aus ihrem Auto und läuft uns entgegen, während sie hektisch zuerst auf das Haus und dann auf den Krankenwagen starrt. Auf ihrem Gesicht malt sich erst dann Furcht, als ihr klar wird, dass sie aufgeflogen ist.

»Ben! Was ist passiert? Ich bin nur ... Wo ist Noah?«

Ben wirft einen Seitenblick auf die Sanitäter, die sich zur Abfahrt bereit machen.

»Wie konntest du ihn allein lassen?«, zischt er und seine Wangen laufen dunkelrot an. »Wo zum Teufel warst du?«

»Ich ... Ich ...« Sie starrt mich an. »Das Familienzentrum hat mich angerufen. Sie ... Deine Mutter war dort und hat Fragen über mich gestellt.«

Das ist jetzt wirklich ihr geringstes Problem; sie hat wirklich keine Ahnung. Aber ich entschließe mich, meinen Besuch in der Sunbeam Lodge erst zu erwähnen, wenn ich vollständig dazu bereit bin. Ben muss konzentriert sein, um die volle Bedeutung dessen, was ich ihm zu sagen habe, zu verstehen.

Diese hinterhältige junge Frau, Wendy, im Familienzentrum. Ich habe sie telefonieren sehen, als ich in meinem Auto saß. Sie muss Amber in der Sekunde, in der ich das Gebäude verlassen habe, angerufen haben.

»Was?« Ben schüttelt verwirrt den Kopf und sieht erst Amber und dann mich mit fragendem Blick an.

»Sie haben mir gesagt, sie wäre noch auf dem Parkplatz, haben mir deine Mutter und ihr Auto beschrieben und mir das Kennzeichen genannt. Also bin ich schnell hingefahren, um zu sehen, welches Spiel sie da treibt. Ich war nur etwa zehn Minuten fort.«

»Ich bin schon mindestens eine halbe Stunde hier«, sage ich knapp und sehe zu Boden. »Als ich kam, warst du einfach weg.«

»Judi, warum warst du bei meiner Arbeitsstelle und hast Fragen über mich gestellt?«

Jetzt sehen sie mich beide an, aber ich lasse mich nicht einschüchtern.

»Du arbeitest dort ja gar nicht mehr, oder? Es ist also kaum deine Arbeitsstelle. Wir können später darüber sprechen. Im Moment gibt es etwas viel Wichtigeres zu klären, nämlich wie du Noah im Haus allein lassen konntest.«

Ich bin dankbar, als Ben Ambers Protest wegen ihrer Arbeit ignoriert und meine Bemerkung aufnimmt.

»Gott sei Dank ist Mum vorbeigekommen. Was hast du dir nur dabei gedacht?«, stößt er hinter zusammengebissenen Zähnen hervor.

Ich werfe Amber einen Blick von der Seite zu und genieße die nackte Panik und Verwirrung, die sich auf ihrem sonst so verschlagenen und selbstbewussten Gesicht breitmacht.

»Ben, es tut mir leid. Wirklich. Er hatte schon ganz lange fest geschlafen. Ich dachte, er käme klar, nur für zehn Minuten oder so.« Sie sieht mich an. »Nur eine kurze Weile. Es hat mich verunsichert, als ich hörte, dass Judi im Kinderzentrum ist; es war einfach eine reflexartige Reaktion.«

»Es ist eine verdammt schwache Leistung, einen kranken Achtjährigen einfach so allein zu lassen.« Ich würde ihr am liebsten den dürren Hals umdrehen, aber versuche, meine Stimme freundlich und ruhig klingen zu lassen. »Meiner Meinung nach läuft das auf Vernachlässigung heraus und wenn das Jugendamt wüsste, was du getan hast …«

»Das tun sie aber doch nicht, oder?«, erkundigt sie sich schnell.

»Nein, tun sie nicht. Aber nur, weil Mum zum Glück ihren Mund gehalten hat«, fährt Ben sie an, wendet sich dann mir zu und lächelt mich dankbar an.

»Gott sei Dank wird Noah das diesmal überstehen.« Ich sehe Amber an. »Aber dir sollte wirklich klar sein, dass ich *alles* tun werde, um dafür zu sorgen, dass meine Enkel in Sicherheit sind. Alles, was nötig ist. Meine Loyalität gilt ausschließlich ihnen.«

Sie starrt mich ebenfalls an und unsere Blicke begegnen sich in einem kurzen, stummen Kampf.

»Bereit zur Abfahrt!«, ruft der Sanitäter.

Ich mache mich auf den Weg zum Krankenwagen, ohne Amber eines weiteren Blickes zu würdigen.

»Ich fahre mit ihm«, teile ich Ben entschlossen mit.

»In Ordnung, ich komme mit dem Auto hinterher«, erwidert er.

Ich sehe ihm zu, wie er Amber den Rücken zudreht. Und ich kann mir nicht helfen, aber ein Lächeln stiehlt sich in mein Gesicht. Endlich fühlt es sich so an, als würde das Blatt sich wenden.

EINUNDSECHZIG

AMBER

Die Ampel schaltete auf Rot um. Amber schlug mit ihrer Handfläche auf das Lenkrad ihres Wagens.

Dieses Miststück. Dieses verdammte *Miststück*. Offenbar hatte sie jede einzelne Sekunde von Ambers Niedergang vor den Augen ihres geliebten Sohnes so richtig genossen.

Sie wusste nicht, ob sie sich mehr über Judi ärgern sollte oder über sich selbst, weil sie so dermaßen unaufmerksam gewesen war. Sie war dumm gewesen – anders konnte man es nicht sagen.

Als Wendy Ratner sie angerufen und ihr erzählt hatte, dass gerade eine Frau bei ihnen im Familienzentrum gewesen sei, die neugierige Fragen über sie gestellt habe, war Amber in Panik geraten. Sie hatte zu Noah ins Zimmer geschaut, doch der hatte geschlafen wie ein Stein. Das war schon den ganzen Vormittag über so gewesen; er hatte sich nicht ein einziges Mal gerührt.

In der Eile war ihr gar nicht in den Sinn gekommen, dass sie, wenn sie rechtzeitig dort wäre, um Judi zur Rede zu stellen, dieser zuerst einmal würde erklären müssen, wer gerade bei ihrem geliebten Enkel war und sich um ihn kümmerte. Doch diese dumme Kuh, die sich überall einmischte, war natürlich schon wieder fort gewesen und Amber hatte sich nur noch kurz mit Wendy unterhalten.

Amber hatte zweifellos einen schweren Fehler begangen, der alles zerstören könnte, was sie bislang erreicht hatte. Es war einer jener Fehler, die sie niemals hatte machen wollen – zumindest hatte sie sich das geschworen, als alles begann. Wenn Judi ihr hinterherschnüffelte, was ihre Arbeit betraf, wo steckte sie ihre Nase dann sonst noch hinein?

Dann hatte dieses blöde Kind auch noch prompt aufwachen und so einen Anfall bekommen müssen ... und Judi, die vor Ort gewesen war und alles mitbekommen hatte, bauschte die Sache nun natürlich unglaublich auf.

Eigentlich geschähe es ihnen recht, wenn Noah *tatsächlich* etwas zustoßen würde. Als eine Art Denkzettel. Aber selbstverständlich nicht, während Amber ihn gerade beaufsichtigte. Viel besser wäre es, wenn Judi irgendwie schuld daran wäre, dass es ihm so richtig schlecht ging.

Sowohl Ben als auch Judi behandelten Noah, als wäre er ein zartes Prinzchen, das man in Watte packen müsste. Es war lächerlich.

Amber und ihre Schwester waren als Kinder mehr oder weniger sich selbst überlassen gewesen. Ihrer Mutter war es egal, ob sie noch spätabends unterwegs waren oder genug zu essen hatten – was meist nicht der Fall war. Und auch wenn sie inzwischen alt und gebrechlich war, dachte Amber auf ihren Fahrten zur Sunbeam Lodge oft daran zurück, wie ihre Mutter sie vernachlässigt hatte. Kathryn war immer ihr Liebling gewesen, was die Sache für Amber nur noch verschlimmerte.

Schon früh kristallisierte sich heraus, dass ihre Mutter sich wünschte, sie, Amber, wäre damals ums Leben gekommen und nicht Kathryn. Die Therapeutin hatte ihr erklärt, dies habe die negativen Gefühle der Schuld und Trauer, die sie nach dem Tod ihrer Schwester empfunden habe, noch verstärkt.

Es machte Amber krank, mitansehen zu müssen, wie die Jukes' die beiden Jungen die ganze Zeit verwöhnten und von allen anderen erwarteten, dass sie es ebenso machten. Ja, sie mochten ihre Mutter verloren haben, doch sie waren nicht die Einzigen, die im Leben mit irgendwelchen Schicksalsschlägen konfrontiert waren. Manche Kinder mussten sogar ganz allein damit fertigwerden.

In *diesem* Punkt würde sie sich jedenfalls nicht anpassen. Ganz im Gegenteil: Wenn sie und Ben erst einmal verheiratet wären, würde sie schon dafür sorgen, dass die kleinen Kröten sich fügten.

Schließlich war viel zu lange viel zu nachsichtig mit Noah und Joshua Jukes umgegangen worden.

Das Leben der beiden würde sich schon bald gründlich ändern.

ZWEIUNDSECHZIG

JUDI

Als wir in der Klinik ankommen und sich die Türen des Krankenwagens öffnen, bin ich verwundert, nur Ben vor mir zu sehen.

»Wo ist Amber?«, frage ich und wappne mich innerlich schon für eine Auseinandersetzung, wer Noah nach drinnen begleiten soll.

»Sie holt Josh von der Schule ab und wartet dann mit ihm zu Hause, bis wir zurückkommen«, entgegnet Ben mit betretener Miene. »Wenn mehr Zeit gewesen wäre, hätte ich das anders organisiert. Mir ist klar, dass es alles andere als ideal ist, dass Amber jetzt auf ihn aufpasst, nach dem, was gerade passiert ist.«

»Ben, du musst Amber von den Jungs fernhalten, zumindest so lange, bis wir beide Zeit für ein ausführliches Gespräch hatten. Es gibt da etwas …«

»Mum, bitte nicht hier. Lass es jetzt einfach sein; wir müssen uns jetzt vor allem wegen Noah Gedanken machen.«

»Aber wegen Josh müssen wir uns auch Gedanken machen«, fahre ich ihn an. »Warum fährst du nicht zurück und holst ihn jetzt gleich? Wenn du erst hörst, was ich dir zu sagen habe …«

»Sie bringen Noah jetzt rein«, sagt Ben abgelenkt.

Eine Hilfskraft empfängt die Sanitäter an der Tür und wir begleiten Noah, während er hineingefahren und in ein abgetrenntes Untersuchungsabteil geschoben wird.

Ich sehe auf ihn hinab und könnte in Schluchzen ausbrechen, als ich sein armes blasses Gesicht sehe. Seine großen braunen Augen sind offen, können aber nichts fixieren und wirken irgendwie wässrig. Ich kneife meine Augen fest zusammen und wende den Blick ab. Es bricht mir das Herz … warum musste es so weit kommen?

»Es tut mir so leid, Mum. Ich hätte auf dich hören sollen und dir erlauben, dass du dich um Noah kümmerst.«

Ich nicke. »Mir tut es auch leid, Ben. Ich wollte nie, dass Noah in einen solchen Zustand gerät. Ich hätte alles dafür getan, dass das nicht passiert.«

»Amber ist kein schlechter Mensch, weißt du?«, fährt er fort. »Es war ein schreckliches Versäumnis und ich bin so wütend auf sie wegen dem, was sie getan hat, aber unter uns, es liegt ihr wirklich viel an den Jungs. Ich weiß, was du denkst, aber du solltest mal sehen, wie gut sie auf die beiden achtet.«

»Du brauchst sie nicht zu entschuldigen.« Ich starre ihn an. »Sie betont ja immer wieder gern, dass sie eine Expertin ist, was Kinder anbelangt, und dann tut sie so etwas Falsches und Gefährliches, wie das hier. Es ist unfassbar.«

»Ja, ich weiß«, antwortet er beschämt. »Es war dumm. Und ich kann auch kaum glauben, dass sie das getan hat. Ich weiß gar nicht, wie ich damit umgehen soll.«

»Du musst dir erst die ganze Geschichte anhören«, sage ich. »Ehe du entscheidest, was zu tun ist.«

Er wirft mir einen Seitenblick zu.

»Was Amber da gesagt hat, dass du ins Kinderzentrum gegangen bist … Ist das wahr?«

»Ja, ich bin zu ihrer angeblichen Arbeitsstelle gefahren«, sage ich und versuche dabei, jeglichen Anklang von Reue in meiner Stimme zu vermeiden.

»Das hast du getan? Aber warum?«

»Weil ich ihre Lügen nicht einfach so schlucke, wie du es tust. Sie arbeitet dort nicht mehr und sie hatte dort niemals eine wichtige Funktion inne, wie sie uns glauben machen wollte. Den Aussagen der Mitarbeiterin nach, mit der ich gesprochen habe, stand sie grade mal eine Stufe über der Reinigungskraft.«

»Sei nicht gehässig, Mum, das passt nicht zu dir.« Ben runzelt die Stirn. »Amber hatte mir bereits erzählt, dass sie nicht mehr dort arbeitet. Sie wollte sich um Noah kümmern und hält Ausschau nach anderen beruflichen Möglichkeiten; sie kann viel mehr.«

Meine Nasenflügel beben.

»Ich sage dir, sie hat unverhohlen *gelogen*, Ben. Sie war lediglich eine Aushilfe, keine leitende Fachkraft oder welchen tollen Titel sie auch immer für sich beansprucht haben mag, verdammt noch mal. Hat sie dir *das* auch erzählt?« Ich starre auf den kleinen Noah und bin mir bewusst, dass er unsere Unterhaltung vielleicht mitbekommt. »Wir müssen darüber später sprechen; das ist nicht der richtige Ort zum Streiten. Ich werde mit dir ins Familienzentrum gehen und dann kannst du es dir selbst anhören.«

Ich schüttle resigniert den Kopf, als Ben wegsieht. Sie ist mir bei ihm immer einen Schritt voraus. Aber ich werde das nicht auf sich beruhen lassen. Es ist wichtig und es ist eine von zwei Lügen, die ich ihr nachweisen kann; zwei Lügen, aus denen sie sich nicht mehr herausreden kann.

Der Vorhang wird aufgezogen und ein kleiner, leicht untersetzter Mann in einem weißen Kittel erscheint. »Ich bin Dr. Kareem«, stellt er sich vor und lächelt dem apathischen Noah zu. »Nun, was ist dem jungen Mann denn passiert?«

»Kannst du das bitte erklären, Mum?«, fragt Ben mit verunsichertem Blick. Er überlässt es mir, die Vernachlässigung von Amber öffentlich zu machen – oder nicht.

Ich schildere kurz die vorausgegangene Vergiftung mit Kolibakterien und dass wir erwartet hatten, dass Noah sich ohne Komplikationen erholen würde. »Er war zu Hause und hat geschlafen. Als er aufgewacht ist, wollte er etwas trinken, und ich erinnere mich, dass er über Bauchschmerzen geklagt hat. Dann hat er zu zittern angefangen und seine Augen konnten nichts mehr fixieren, sodass ich den Krankenwagen gerufen habe.«

Dr. Kareem nickt und studiert die Patientenakte auf seinem Klemmbrett. »Da haben Sie absolut richtig gehandelt, sehr gut.«

Ich lächle ihn dankbar an und sonne mich in dem Gefühl, etwas Hilfreiches für Noah getan zu haben. Ben lehnt sich nach vorn und berührt dankbar meinen Arm. Es fühlt sich herrlich an, meinen Sohn wieder auf meiner Seite zu haben.

»Wir werden eine Urinprobe benötigen«, meint Dr. Kareem. »Können Sie den jungen Mann dazu bringen, dass er etwas Wasser trinkt?« Er deutet mit dem Kinn zur Seite auf ein Glas und einen Krug mit Wasser mit einem kleinen Urinfläschchen daneben.

Ich nicke und Dr. Kareem verschwindet mit der Ankündigung, später wiederzukommen.

»Danke, Mum«, sagt Ben peinlich berührt. »Dafür, dass du dem Arzt nicht erzählt hast, was passiert ist.«

»Ich habe es für dich und Noah getan«, erwidere ich kurz angebunden. »Das Jugendamt würde dir beide Jungs sofort wegnehmen, wenn sie erfahren würden, was sie getan hat.«

Ben schluckt und zieht den Vorhang auf. »Ich geh mal und hole uns Kaffee aus der Cafeteria«, meint er kleinlaut.

Ich sehe auf Noah hinunter, streiche ihm das Haar aus der Stirn und lasse meine warme Hand schützend einen Moment dort liegen.

»Meinst du, du könntest Granny zuliebe ein wenig Wasser trinken?« Ich schenke aus dem Krug Wasser in das Glas ein.

Noah sagt nichts, aber als ich seinen Kopf von hinten etwas anhebe, trinkt er durstig in großen Schlucken aus dem Glas, das ich ihm an die Lippen halte. Er leert es zur Hälfte und ich schenke gleich wieder aus dem Krug nach.

Dann nehme ich das Urinfläschchen zur Hand und schraube den Deckel ab. Während Ben noch unterwegs ist, um uns Getränke zu besorgen, kümmere ich mich um alles Notwendige.

Als Ben zurückkommt, hat Noah bereits die Einwegbettpfanne aus starker Pappe benutzt und seine Urinprobe steht bereit.

Wir sehen den Arzt erst um sieben Uhr abends wieder.

»Wir haben seine Laborergebnisse.« Er runzelt die Stirn. »Das ist alles sehr verwirrend. Wir haben Glukose in Noahs Urin gefunden, die unter anderem ein Indiz für Diabetes sein könnte.«

»Oh nein«, stöhnt Ben auf. »Der arme Kerl, das heißt doch hoffentlich nicht, dass es ihm wie Dad gehen wird.«

»Aber«, fährt Dr. Kareem fort, »was es noch verwirrender macht, sein Bluttest hat normale Werte ergeben; in anderen Worten, der Blutzucker ist nicht erhöht. Es tut mir leid, aber wir müssen noch weitere Tests durchführen.«

»Wenn Noah auf Station verlegt wird, kann ich bei ihm bleiben«, biete ich an und werfe Ben einen fragenden Blick zu. Er nickt.

»Das wird wahrscheinlich nicht nötig sein«, fährt der Arzt fort. »Noahs Zustand hat sich stabilisiert und zum Glück besteht keine akute Gefahr mehr, aber natürlich sollten Sie ihn auf jeden Fall sofort herbringen, wenn es wieder einen solchen Vorfall wie heute gibt. In der Zwischenzeit vereinbaren wir einen Termin für die Tests.«

»Er kann also nach Hause?«, sagt Ben voller Hoffnung.

»Nicht sofort, tut mir leid.« Dr. Kareem zögert und bedenkt Ben mit einem eigenartigen Blick. »Vielleicht in ein, zwei Stunden; es gibt da noch ein paar Unklarheiten, denen wir zuerst nachgehen müssen.«

»Ich glaube wirklich, Noah muss mit zu mir nach Hause kommen, Ben«, sage ich, als der Arzt wieder gegangen ist. »Nicht wieder zu dir.«

»Mum, ich weiß nicht …«

»Was weißt du nicht?« Ich greife nach meiner Handtasche, lasse sie dann aber wieder aufs Bettende fallen. »Wirst *du* dir freinehmen, damit du dich um ihn kümmern kannst?«

»So gern ich das auch wollte, ich kann nicht«, räumt er widerstrebend ein.

»Genau.«

»Aber Amber arbeitet zurzeit ja nicht und …«

»Willst du mir allen Ernstes erzählen, dass du ihn noch einmal *ihr* anvertrauen willst?«

»Nein! Natürlich nicht, aber … Ich mach mir einfach Sorgen, wie du damit zurechtkommst, Mum. Du wirkst wirklich völlig aufgelöst. Ich würde es eigentlich gern vermeiden, aber ich könnte mich natürlich selbst krankmelden.«

»Ist es ein Wunder, dass ich mich aufrege, nach dem, was sie getan hat? Noah kommt mit zu mir und ich werde ihn umsorgen, bis es ihm besser geht.« Ich mache eine Sprechpause. »Ich habe nur deswegen nichts von der Vernachlässigung durch Amber gesagt, weil ich fest damit gerechnet habe, dass du ihn mir überlässt.«

»Mum, das ist nicht fair!« Ben Gesicht läuft rot an. »Wirst du mir das jetzt jedes einzelne Mal vorhalten, wenn ich eine Entscheidung treffe, die dir nicht in den Kram passt? Ich muss mir erst überlegen, was zu tun ist. In dieser Sekunde will ich das nicht entscheiden.«

»Natürlich werde ich das nicht als Drohung benutzen. Jetzt übertreibe mal nicht«, entgegne ich. »Schau, lass uns sehen, dass Noah wieder gesund wird und sich alles ein wenig beruhigt. Du weißt ja, dass er sich bei seiner Granny gänzlich wohlfühlen wird.«

»Mum«, sagt Ben seufzend. »Ich bin entsetzt darüber, was Amber getan hat. Ich bin schockiert und enttäuscht, genau wie du. Ich werde ein sehr ernstes Gespräch mit ihr führen müssen, damit ich sicher sein kann, dass so etwas nie mehr passiert. Aber wir sind verlobt und werden bald heiraten ... Wir sind jetzt eine Familie. Wir müssen an unseren Fehlern arbeiten, wenn es uns ernst damit ist.«

Ich sehe ihn an.

»Geh für ein paar Stunden nach Hause, Mum. Komm ein wenig runter und ruh dich aus.«

»Wie soll ich runterkommen, wenn ich nicht weiß, wie es Noah geht?«

»Es wird ihm wieder gut gehen. Ich rühre mich hier nicht vom Fleck. Es ergibt einfach keinen Sinn, dass du ebenfalls stundenlang hier herumsitzt.«

Unsere Blicke treffen sich und ich verstehe, dass er etwas Raum braucht, etwas Zeit zum Nachdenken. Ich habe ernsthaft das Gefühl, dass alles, was ich ihm jetzt über Amber erzähle, nur auf taube Ohren stoßen würde.

Ich drehe mich um, ziehe den Vorhang auf und verlasse die Klinik.

Ich glaube nicht, dass ich mich schon jemals so unerwünscht, so allein gefühlt habe.

DREIUNDSECHZIG

JUDI

Ich nehme ein Taxi zu Bens Haus, damit ich mein Auto dort abholen kann. Ambers Fiat steht nicht da und ich nehme an, sie ist noch auf dem Weg, um Josh abzuholen. Ich zwinge mich, zu meinem Auto zu gehen und wegzufahren. In der Schule oder vor Josh kann ich sie nicht konfrontieren. Ich muss den richtigen Augenblick abwarten.

Unbewusst nehme ich die längere Strecke nach Hause; vorbei an den Wohnblock, von dem ich jetzt weiß, dass Fiona dort lebt.

Wegen des Chaos, das sich in meinem eigenen Leben zuträgt, habe ich zuletzt nicht viel an sie und den kleinen Hank gedacht. Schon eigenartig. Fiona braucht mich im Moment wahrscheinlich mehr als jeder andere und es kann gut sein, dass ich den einzigen positiven Einfluss in Hanks Leben darstelle.

Mein Sohn hat mich sozusagen aus dem Krankenhaus in die Wüste geschickt und ich habe den Verdacht, dass ich wie ein wild gewordener alter Drachen auf Amber losgehen würde, wenn ich jetzt auf sie träfe. Ich kann im Moment also nichts tun, als die Situation auszusitzen.

Ein lähmendes Gefühl des Getrenntseins hat sich zwischen

mich und meinen Sohn geschoben. Eine unsichtbare Wand des Schweigens, die plötzlich dastand, die er sich aber weder eingestehen noch über sie sprechen will.

Alle wollen mir einreden, dass das nur in meinem Kopf stattfindet, aber ich weiß es besser.

Welchen durchtriebenen Zauber auch immer Amber auf die männlichen Mitglieder dieser Familie ausübt, ich bin Gott sei Dank weiterhin immun dagegen.

Diese Frau hat etwas an sich, das bei mir ein fürchterliches Unbehagen auslöst, wie eine Art tickende Zeitbombe. Ich kann es an dem Kribbeln spüren, das über meine Haut läuft, wenn sie in der Nähe ist, an dem Ausmaß meiner Sorgen über ihren scheinbar positiven Einfluss auf Ben und die Jungs. Und die Beweise, die ich gerade sammle, scheinen meine Befürchtungen nur zu bestätigen.

Während ich auf den Bahnübergang zufahre und das Gebäude in Sichtweite kommt, blitzt in mir auf einmal die Idee auf, dass ich mit diesem Tag genauso gut etwas Nützliches anfangen könnte.

Ich parke auf der Straßenseite gegenüber dem Wohnblock und zähle an der Fassade die Etagen bis zum achten Stock ab. Ich bin mir nicht sicher, ob Fionas Fenster zur Straßenseite hinausgehen oder auf die Vielzahl an Industriegebäuden hinter dem Haus. Keiner der beiden Ausblicke wird wohl besonders großartig sein.

Verblichene Englandflaggen flattern von mehreren Balkonen, während andere als vorübergehender Stauraum verwendet werden, vollgestopft mit Fahrrädern, Spielgeräten und Haufen von nicht identifizierbarem und wahrscheinlich nutzlosem Krempel.

Ich greife nach meiner Handtasche, steige aus dem Auto und schließe es ab. Dann überquere ich die Straße und gehe in Richtung des Hauseingangs. Drinnen fallen mir sofort die Schilder an den abgewetzten Metalltüren der beiden Aufzüge ins Auge, die *Außer Betrieb – Reparaturservice verständigt* verkünden.

Ich habe sie nicht gezählt, aber es sah so aus, als lägen über Fionas Etage noch mindestens sechs weitere. Ich nehme an, dass hier Menschen jeglichen Alters leben; was mögen wohl ältere oder weniger mobile Personen tun, wenn sie mit diesen nutzlosen Liften konfrontiert sind? Sich beladen mit Einkaufstüten alle diese Treppen hochzukämpfen, ist ein ernüchternde Vorstellung, die die Aufzugsreparaturfirma wohl kaum in ihrer ganzen Tragweite erfasst.

Ich spreche mir selbst Mut zu und mache mich daran, die Treppen hinaufzusteigen. Bis zum zweiten Stock geht es mir ganz gut, dann wird das Atmen doch mühsam. Ich gehe noch bis in den dritten Stock und pausiere zum Verschnaufen. Durch das kleine trübe Fenster blicke ich auf die belebte Straße hinunter.

Ich kann von hier aus mein Auto sehen und die Fahrzeugschlange, die am Bahnübergang darauf wartet, dass ein Zug vorbeifährt.

Über mir schlägt eine Tür zu und ich drehe mich rasch um, als ich schnelle Schritte hinter mir höre. Ein kleines Mädchen ungefähr in Joshs Alter lächelt mir entgegen, während sie leichtfüßig die Treppenstufen vom Stockwerk darüber herunterhüpft.

»Hallo«, sage ich, sehe zu ihr hinauf und stelle fest, dass kein Erwachsener sie begleitet. »Wie heißt du denn?«

»Lily.« Sie strahlt mich an und bleibt schüchtern auf der letzten Stufe stehen.

»Und wo ist deine Mummy, Lily?«

»Zu Hause.« Ihr Zeigefinger schnellt in Richtung der Treppe hinter ihr. »Sie füttert grade Ryan und ich muss Brot aus dem Laden holen.«

Sie öffnet ihre klebrige Kinderfaust, um mir die einzelne Pfundmünze zu zeigen, die sich darin versteckt.

Ich weiß, dass es ganz in der Nähe einen Spar-Markt gibt, etwa hundert Meter vom Eingang des Wohnblocks entfernt. Trotzdem, hundert Meter sind doch für eine Fünfjährige ohne Begleitung eine beträchtliche Distanz und würden ausreichen, dass sie verloren geht ... wenn nicht Schlimmeres.

Ich frage mich gerade, ob ich ihr anbieten soll, sie zu begleiten, als über uns eine Tür geöffnet wird und eine junge Frau ungefähr in Fionas Alter oben an der Treppe erscheint. »Lily! Hab ich's doch gewusst, dass ich deine Stimme gehört hab. Was zum Teufel treibst du da?« Sie sieht mich, runzelt die Stirn und streicht verunsichert ihr fettiges Haar glatt, das oben auf dem Kopf zu einem Dutt gebunden ist. »Wer sind Sie? Sind Sie vom Jugendamt?«

»Nein, nein«, entgegne ich rasch und lächle sie an. »Ich will hier jemanden besuchen und habe mir nur ein wenig Zeit mit der kleinen Lily hier vertrieben.«

Sie schaut das Mädchen finster an. »Hab ich dir nicht gesagt, du sollst nicht mit Leuten reden, die du nicht kennst?«

»Ja, Mummy«, sagt Lily mit großen Augen und schaut zu ihrer Mutter hinauf.

»Jetzt hör auf zu quatschen und geh. Denk dran, ich muss hier wie der letzte Depp am Fenster stehen, damit ich aufpassen kann, dass du gut zum Laden kommst.«

Lily nickt und lächelt und hüpft weiter die Treppe hinunter, ohne mich noch einmal anzusehen.

»Entschuldigung«, sage ich zu ihrer Mutter, während ich ihr über die Treppe entgegengehe. »Ich habe nicht nachgedacht. Sie ist ja wirklich eine süße Kleine, was?«

Die Frau starrt mich an und dreht sich stumm auf dem Absatz um. Ein paar Sekunden später höre ich die Tür zu ihrer Wohnung zuknallen.

Nach zwei weiteren Pausen und endlosem Gekeuche erreiche ich endlich den achten Stock. Das Treppenhaus befindet sich in der Mitte des Gebäudes, sodass ich mich entscheiden muss, ob ich nach links oder nach rechts gehe. Auf beiden Seiten gelangt man in einen Flur mit lauter identischen Türen, die unterschiedliche Nummern tragen. Ich entscheide mich richtig für links und gehe an absteigenden Nummern entlang, bis ich schließlich vor Wohnung Nummer 6 stehe. Die ursprünglich weiße Tür ist fleckig in Blau überstrichen und mit Schrammen bedeckt. Man kann ganz deutlich den schwarzen Umriss einer vollständigen Schuhsohle auf ungefähr einem Drittel der Türhöhe erkennen.

Ich hebe meine Hand, um anzuklopfen, halte aber mitten in der Bewegung inne, als ein Kreischen aus der Wohnung kommt, gefolgt von einem Strom von Verwünschungen und Flüchen. Als ich Fionas Stimme erkenne, ziehe ich mich alarmiert einen Schritt zurück.

»Ich sag nichts.« Dann, ruhiger: »Bitte lass mich in Ruh. Ich will, dass damit Schluss ist.«

Ich brauche einen Moment, um herauszufinden, dass es zwischen dem Geschrei und Gefluche immer eine Pause gibt, aber keine andere Stimme zu hören ist. Dann wird mir klar, dass sie ein Telefongespräch führt.

VIERUNDSECHZIG

JUDI

Ich stehe vor Fionas Wohnung und trete von einem Fuß auf den anderen. Ich weiß nicht, was ich tun soll.

Soll ich sofort wieder gehen, zurück nach Hause fahren und an einem anderen Tag wiederkommen? Oder soll ich hier draußen warten, bis sie sich beruhigt hat, und dann versuchen, mit ihr zu reden?

Ich spähe in beide Richtungen in den Flur hinein und frage mich, was es für einen Eindruck machte, wenn jemand von den Nachbarn aus der Tür schaut und bemerkt, dass ich mich da herumdrücke und ganz offensichtlich an einer Tür lausche.

Aber der Flur ist leer und außer gedämpfter Musik, die aus einer der Wohnungen hinter mir kommt, gibt es auf dieser Flurseite kein Lebenszeichen.

Ich gehe noch näher an die Tür heran und neige meinen Kopf ein wenig. Noch immer ist Fionas Stimme zu hören, aber zum Glück scheint sie sich etwas beruhigt zu haben. Sie spricht zwar noch immer laut, kreischt und flucht aber nicht mehr.

Ich frage mich, ob ihre großen Kinder in der Schule sind oder zu Hause und dann ihren Ausbruch mitbekommen. Würde ihnen das Angst machen oder sind sie daran gewöhnt?

Wahrscheinlich Letzteres. Die kleine Lily, die ich im Treppenhaus getroffen habe, sah mir nicht so aus, als könnte sie ein solches Benehmen auch nur annähernd verunsichern – vielleicht ist das ja einfach die Art von Leben, die die Kinder hier kennen.

Ich halte den Atem an und lausche noch eine Zeit lang. Fiona hat wohl das Gespräch beendet und ich kann nur ganz schwach Geräusche aus einem Fernseher hören.

Ich klopfe an die Tür und warte, bin mir aber unsicher, was ich sagen soll, wenn sie aufmacht. Dazu habe ich mir zuvor nicht wirklich was überlegt; ich wollte mich nur für Henrys Benehmen neulich entschuldigen und fragen, wie es Hank mit dem Zahnen geht.

Aus der Wohnung kommt keine Reaktion. Ob sie wohl aus irgendeinem Grund Angst davor hat, an die Tür zu gehen? Es gibt auch keinen Briefschlitz, durch den man etwas rufen könnte; ich bin unten im Haus an einer riesigen Briefkastenanlage für die Mieter vorbeigegangen.

Ich klopfe noch einmal und gehe ganz dicht an die Tür.

»Fiona?«, rufe ich. »Hier ist Judi aus der Arztpraxis. Ich bin nur vorbeigekommen, um zu sehen, ob …«

Plötzlich wird die Tür von innen aufgerissen und ich falle beinahe in die Wohnung hinein.

»Was wollen Sie?«

Fionas Gesicht ist aufgequollen und tränenverschmiert. Sie trägt nur Unterhosen und ein Top und hat sich eine Art kurzen Morgenmantel aus einem seidigen Material um die Schultern gelegt, sodass die Arme darunter frei sind. Ich bin schockiert, wie viel dünner sie ohne ihre ärmliche Kleidung wirkt.

Hinter ihr sehe ich Kylie, ihre Tochter, die mit großen Augen dasteht und die Hand des kleinen Harrison hält. Das Gesicht des Jungen ist schokoladenverschmiert.

»Ich … Ich bin nur gekommen, um mich für das Verhalten meines Manns neulich zu entschuldigen«, erwidere ich hastig.

»Und um zu fragen, ob das Zahnen von Hank mit dem Zahnungsgel besser geworden ist.«

Fiona spricht nicht, starrt mich aber so eindringlich an, dass ich mich unter ihrem Blick förmlich winde. Sie mustert mich von oben bis unten und verzieht ihr erschöpftes Gesicht zu einer höhnischen Fratze.

»Und, macht es Ihnen Spaß, mich so zu sehen?« Ich setze gerade zu einer Antwort an, als sie lauter wird. »Ich hab Ihnen nix zu sagen. Wie konnte ich Ihnen bloß vertrauen? Jetzt verpissen Sie sich und kommen Sie nie wieder.«

»Mummy?« Kylie klingt ängstlich und den Tränen nah.

Fiona dreht sich abrupt um und der seidige Morgenmantel rutscht ihr dabei von den Schultern und fällt zu Boden. Als ich sehe, was da zum Vorschein kommt, entfährt mir ein Schreckenslaut und ich schlage mir die Hand vor den Mund.

Aber bevor ich noch etwas sagen kann, tritt Fiona zurück und knallt mir die Tür vor der Nase zu.

Ein, zwei Augenblicke lang kann ich mich gar nicht bewegen; schockiert bleibe ich wie angewurzelt stehen. Dann klopfe ich noch einmal an die Tür.

»Fiona! Bitte, lassen Sie uns reden. Sie müssen mit jemandem darüber sprechen, was da mit Ihnen passiert.«

Stille. Jetzt kann ich nicht einmal mehr den Fernseher hören.

Ich klopfe erneut. »Wenn schon nicht für Sie selbst, dann holen Sie sich doch wenigstens um der Kinder willen Hilfe.«

Ich warte, aber es kommt keine Antwort. Ich durchquere den Hausflur und bleibe oben an der Treppe stehen. Ich halte den Atem an, weil mir aus einem offenen Innenfenster der Geruch von Urin entgegenschlägt.

Während ich in der Handtasche nach meinem Handy krame, kann ich gar nicht klar denken, weil mich diese Situation in ein Dilemma bringt. Nach dem, was ich gerade gesehen habe, bleibt mir wohl keine andere Wahl, als die Polizei zu verständigen … oder eventuell auch die Sozialbehörden. Wenn Fiona oder ihren Kindern etwas geschieht, könnte ich mir das niemals verzeihen.

Ich tippe mit einem Finger auf das Handy, starre auf das erhellte Display und warte auf eine Erleuchtung.

Panik steigt in mir auf und ich beschließe spontan, dass ich erst darüber nachdenken muss, bevor ich überstürzt handle. Ich werde heimfahren und gründlich überlegen, was das Richtige ist. Was ich tue, könnte Fionas Leben verändern; die Sozialbehörden könnten ihr die Kinder wegnehmen, was ihr wahrscheinlich den Rest geben würde.

Ohne jeden Zweifel gibt Fiona ein ziemlich klägliches Beispiel für ihre Kinder ab. Sie ist gewiss keine Mutter, wie sie im Buche steht, oder eines dieser Vorzeigeelternteile aus der Mittelschicht, wie die, die von den Postern auf unserem Schwarzen Brett in der Praxis herunterlächeln. Aber nachdem ich jetzt schon ein wenig Zeit mit ihr verbracht habe, bin ich mir einer Sache doch ganz sicher.

Sie liebt ihre Kinder und soweit ich weiß, sind sie im Augenblick auch das Einzige, was in ihrem Leben noch gut ist.

Zurück im Auto bleibe ich eine Weile sitzen und schaue zu den Wohnungen hinauf. Ich weiß jetzt, dass Fionas Apartment zur anderen Seite hinaus liegt. Selbst wenn sie aus dem Fenster hinausschauen würde, könnte sie mich hier unten nicht sehen.

Ich nehme mein Handy aus der Handtasche und starre auf das Display. Es ist keine Nachricht von Ben da, wie es Noah geht.

Ich spüre einen großen Druck im Kopf. In der letzten Zeit kommt es mir so vor, dass ich, egal wohin ich mich im Leben auch wende, jedes Mal gegen eine Mauer laufe. Es fühlt sich so an, als wäre ich im wahrsten Sinne des Wortes zu einer unsichtbaren Frau geworden: Niemand hört, was ich sage, oder sieht, was ich tue. Meine Handlungen haben anscheinend nicht den geringsten Einfluss auf die Menschen um mich herum.

Ein Gedanke beschleicht mich, setzt sich fest und klopft aus dem Unterbewusstsein an. Das ist mir schon zuvor so ergangen, allerdings habe ich ihn immer unterdrückt, aber dieses Mal schließe ich die Augen und versuche, dem Gefühl nachzuspüren, das der Gedanke in mir hervorruft.

Es ist eine Art Trotz, der aufkeimende Antrieb, etwas zu tun. Sobald ich es eingeordnet habe, bemerke ich, dass das Gefühl zunimmt und mächtiger wird.

Die alte Judi, die immer wusste, wie man das Beste aus jeder Situation macht, sie existiert noch irgendwo in mir. Ich kann spüren, wie sie wieder zum Leben erwacht.

Ich bin es so was von leid, ein Schattendasein zu führen. Es ist allerhöchste Zeit, dass ich mich dem ganzen Mist in meinem Leben stelle.

FÜNFUNDSECHZIG

JUDI

Ich fahre nach Hause, um mich zu beruhigen. Aber irgendwie gelingt es mir kaum, mich abzulenken, denn schon bald halte ich es einfach nicht mehr aus.

Ich schreibe Ben eine Nachricht, dass ich mich auf den Weg ins Krankenhaus mache und schalte das Handy ab. Ich werde hinfahren, ob er will oder nicht.

Als ich im Krankenhaus ankomme, sieht Ben müde und besorgt aus.

»Sie haben mir noch immer nicht gesagt, wann er entlassen wird«, meint er.

Noah schläft immer wieder ein, und obwohl er unglaublich blass aussieht, scheint es ihm doch ganz passabel zu gehen.

Ich muss mir auf die Zunge beißen, als mir der Gedanke kommt, dass ich von meinem Besuch bei Martha Carr berichten könnte. Es ist definitiv nicht der richtige Augenblick.

Wir sitzen in vertraulichem Schweigen neben Noahs Bett, als auf einmal der Vorhang zurückgezogen wird.

»Amber!« Ben sieht auf und runzelt die Stirn. Ich kann sehen, wie er mit sich kämpft.

Der kleine Josh ist bei ihr und ich klopfe einladend auf

mein Knie. Er kommt zu mir und klettert auf meinen Schoß. Ich kann kaum glauben, wie groß er schon ist. Er ist jetzt wirklich nicht mehr mein Baby.

»Ich habe es einfach vor Sorge zu Hause nicht mehr ausgehalten.« Amber lächelt Ben gekünstelt an. »Es tut mir so leid, Darling. Bitte verzeih mir.«

»Hier können wir nicht darüber sprechen«, antwortet er knapp. »Aber um ehrlich zu sein, begreife ich noch immer nicht, was du getan hast. Seit Stunden tue ich nichts anderes, als mir deswegen den Kopf zu zermartern, aber es fehlt mir noch immer das Verständnis. Ich kann einfach nicht glauben, dass du Noah so allein gelassen hast.«

»Ich weiß.« Sie lässt den Kopf hängen, ganz die Schauspielerin. Sie hat bisher nicht einmal darauf reagiert, dass ich hier bin. »Ich stand einfach für einen Moment total daneben. Ich hab mich so ... wie soll ich sagen ... so gefürchtet, dass deine Mum im Zentrum Ärger für mich verursachen könnte.«

»Sollte es Ärger gegeben haben, hast du dir das nur selbst zuzuschreiben, Amber«, sage ich zu ihr. »Lügen zu erzählen hat noch nie zu etwas Gutem geführt.«

»Ich hab keine Lügen erzählt.«

»Du hast uns gegenüber behauptet, du wärst eine leitende Fachkraft, während du in Wirklichkeit nur eine ...«

»Könnt ihr beiden jetzt einfach damit *aufhören*?« Ben funkelt uns beide böse an und ich halte den Mund. »Ihr benehmt euch wie manche Kinder in meiner Klasse: Ständig wird aufeinander eingehackt und versucht, den anderen zu übertrumpfen. Warum könnt ihr euch nicht einfach vertragen?«

Ich presse die Lippen zusammen, weil ich Angst davor habe, was herauskommt, wenn ich erst mal zu sprechen beginne. Amber sieht mich an, beschließt aber dann offensichtlich ebenfalls, dass es besser ist, nicht mit mir zu reden.

Sie stellt ihre Handtasche neben meinen Stuhl und verlässt

gemeinsam mit Ben das Untersuchungsabteil. Ich kann hören, wie sie mit gedämpfter Stimme miteinander sprechen. Dann kommt Amber wieder herein und lächelt Josh zu.

»Joshy, dein Daddy geht Kaffee holen. Gehst du mit und hilfst ihm?«

Joshy? Ich denke mir mein Teil.

Josh hilft wie immer gerne, rutscht von meinem Knie herunter und rennt Ben hinterher. Ich stehe auf und fummle an dem Infusionsbeutel von Noahs Tropf herum, der ein wenig verrutscht zu sein scheint.

»Es tut mir wirklich leid, weißt du, Judi«, sagt Amber leise, als wir beide bei Noah allein sind. »Ich gebe zu, dass ich Noah niemals hätte allein lassen dürfen. Ich habe einfach gedacht, die paar Minuten wären für ihn kein Problem. Und mir war nicht klar, was du im Zentrum zu suchen hattest. Ich meine, warum solltest du dort hinfahren und Fragen über mich stellen?«

»Spar dir das«, erwidere ich und setze mich wieder hin. »Du wirst sonst nur feststellen, dass ich nicht so leicht zu bequatschen bin wie mein Sohn.«

»Du hast recht. Ich war nie eine leitende Fachkraft im Zentrum«, räumt sie ein und erwischt mich damit kalt. »Ich habe mit dem Job leicht übertrieben, aber ich bin keine Lügnerin. Alles, was ich wollte, war, dich und Henry bei unserem Kennenlernen zu beeindrucken.«

»Du kannst es drehen und wenden, wie du willst, aber Tatsache ist, *dass* du gelogen hast, Amber. Deine Kollegin hat mir erzählt, du wärst nur als Zeitarbeitskraft von einer Agentur dort beschäftigt gewesen und konntest als solche nicht mal ohne Aufsicht mit den Kindern arbeiten.«

»Und was ist mit dir?« Ihre Augen blitzen. »Hast *du* noch nie gelogen?«

»Wie bitte?« Ich bin wieder durch den Tropf abgelenkt. Das Schläuchlein sieht so aus, als wäre ein Knick drin.

»Hast du noch nie in deinem Leben eine Lüge erzählt, um etwas zu verschleiern oder dich besser zu fühlen?«

Es ist ein netter Versuch, die Schuld auf mich zu schieben, den ich natürlich sofort durchschaue. Ich stehe auf und streiche mit den Fingern den dünnen Schlauch glatt, damit die Flüssigkeit auch wirklich gut passieren kann.

»Hier geht es nicht um mich«, erwidere ich, ohne mich umzudrehen. »Es geht um *dich*, Amber, und die Tatsache, dass du meinen kranken achtjährigen Enkel im Haus allein gelassen hast.«

»Ach, dann liegt alles also nur daran? Die ganzen Animositäten und das Misstrauen von deiner Seite kommen also nur von diesem einen Fehler, den ich heute gemacht habe?« Sie schüttelt lächelnd den Kopf und behält mich im Auge, während ich mich wieder hinsetze. »Du bist wirklich äußerst unergründlich, Judi. Wie ein ruhiges Gewässer, unter dessen Oberfläche eine so starke Strömung herrscht, dass sie leicht jemanden unter Wasser ziehen kann.«

Ich werfe den Kopf in den Nacken und lache. »Volle Punktzahl dafür, dass du dich als Psychoanalytikerin versuchst, Amber, aber wie so oft liegst du voll daneben.« Der unerwartet ehrliche Schlagabtausch zwischen uns beiden fühlt sich sowohl belebend als auch beunruhigend an, aber ich teile so gut aus, wie ich nur kann.

»Nein, mal ernsthaft«, redet sie weiter und ihre Augen verengen sich zu Schlitzen, während sie mich beobachtet. »Wovor hast du denn so viel Angst, Judi? Liegt es daran, dass Ben und ich bald heiraten werden und du nichts dagegen tun kannst? Wäre es nicht viel gesünder, einfach zu akzeptieren, dass die Dinge sich verändern? Dass deine Jungs dich jetzt nicht mehr brauchen?«

Ich stehe auf und greife nach meiner Handtasche. »Ich hab keine Zeit für so was, ich muss auf die Toilette. Anstatt dir noch länger abstruse Geschichten auszudenken, solltest du lieber mal versuchen, den Schlauch da geradezurichten.« Ich zeige auf Noahs Tropf. »Der Infusionsbeutel verrutscht immer wieder und ich hab versucht, das in Ordnung zu bringen, schaffe es aber nicht. Und die Schwestern sind alle so beschäftigt.«

»Ich schau es mir an.« Sie steht auf und scheint plötzlich um jeden Preis gefallen zu wollen.

Ich sehe ihr einen Moment von außerhalb des Untersuchungsabteils zu, schließe dann den Vorhang und wende mich an die Stationsschwester. Nachdem ich leise auf sie eingeredet habe, geht sie mit mir zu Noahs Abteil.

»Darf ich fragen, was Sie da tun?«, erkundigt sie sich scharf und macht ein paar Schritte vorwärts. Amber fährt erschrocken zusammen und dreht sich blitzschnell um.

»Oh! Entschuldigung, ich war gerade dabei, den Beutel wieder richtig hinzuhängen. Er ist nämlich verrutscht.« Sie starrt erst mich an, dann die Schwester. »Warum sehen Sie mich so an?«

Die Stationsschwester sagt nichts, aber dreht sich auf dem Absatz um und geht auf ihren flachen Schuhen rasch fort durch den Flur.

»Was sollte das denn?« Amber zieht eine Grimasse.

»Keine Ahnung«, antworte ich. »Als ich zu ihr ging, um zu fragen, wie lange es noch dauert, bis Noah entlassen wird, hat sie mich gefragt, ob du allein bei ihm bist.«

Schweigend sehen wir einander an.

Ein paar Minuten später erscheint Dr. Kareem mit der Stationsschwester und ich halte den Atem an, als ich sehe, dass Ben und Josh ihm folgen.

»Was geht hier vor?«, fragt Ben und sieht zuerst zu Amber, dann zu Noah. »Was stimmt denn nicht? Alles in Ordnung mit Noah?«

Josh kommt ganz nah zu mir und ich drücke ihn mit einem Arm an mich. Amber rückt näher an Ben.

Dr. Kareem wendet sich an Ben. »Wir haben Grund zu der

Annahme, dass jemand absichtlich versucht, ihrem Sohn Schaden zuzufügen, Mr Jukes.«

»Was?« Ben presst sich eine Hand auf die Stirn. »Was um Himmels willen meinen Sie?« Er dreht sich um und blickt sich argwöhnisch um. »Meinen Sie, ein anderer Patient hat Noah etwas angetan?«

Dr. Kareem hüstelt. »Nein, das meine ich nicht. Wie Sie wissen, Mr Jukes, waren unsere Labortests mehr oder weniger ergebnislos und doch scheint Noahs rätselhafter Zustand sich weiter zu verschlechtern.« Er sieht Ben an und wendet sich dann an Amber. »Ich muss Sie leider fragen, ob sie die Infusion von Noah in irgendeiner Weise manipuliert haben.«

»Was? Um Gottes willen, das hab ich natürlich nicht.«

»Kann ich dann bitte erfahren, was Sie gemacht haben, als ich zuvor hereingekommen bin?«, will die Stationsschwester wissen. »Es sah so aus, als hätten Sie den Infusionsbeutel angefasst.«

»Ich habe lediglich versucht, den Beutel wieder richtig zu befestigen!«, japst Amber.

»Warum haben Sie nicht einfach eine von uns Schwestern darum gebeten?«

»Weil Sie alle beschäftigt waren – ich wollte Ihnen eigentlich nur Arbeit abnehmen.« Sie blickt zu mir. »Sag es ihnen, Judi.«

»Das ist ja völlig verrückt.« Ben wird jetzt laut. »Amber würde so etwas niemals tun. Ich meine, warum sollte überhaupt irgendjemand so etwas Schreckliches tun?«

»Damit Noah krank erscheint, obwohl er es in Wirklichkeit gar nicht ist«, sage ich leise. »Du hast auch gesagt, sie würde Noah niemals allein lassen, aber genau das hat sie getan.«

Ben reißt die Augen weit auf und sieht Amber an. »Du würdest so was nicht tun, oder? Sag mir, dass du das nicht tun würdest.«

Sie schüttelt den Kopf, offensichtlich sprachlos. Dann greift sie nach seiner Hand, aber er zieht sie weg.

»Ich habe sie gesehen«, flüstere ich Ben zu. »Sie hat an diesem Tropf rumgemacht, als ich mit der Schwester reinkam.«

»*Du!* Du hast mich doch darum gebeten, dass ...« Amber stockt der Atem. Die Haare, die ihr Gesicht einrahmen, wirken feucht und sie schnappt nach Luft wie ein Fisch auf dem Trockenen. Sie packt Bens Schultern mit beiden Händen. »Ben, das ist Wahnsinn. So was würde ich nie tun. Du weißt, dass ich es nicht tun würde!«

Ben sieht Dr. Kareem an. »Das ergibt keinen Sinn, Doktor, diese – diese Anschuldigung. Welchen Nutzen sollte Amber daraus ziehen, wenn sie so etwas Abscheuliches tut? Das ist wirklich lächerlich.«

Amber ist stumm, ihr Gesicht sieht blass und mitgenommen aus.

Als ich ihre Handtasche nehme und darin herumwühle, versucht sie nicht, mich aufzuhalten. Ich finde eine kleine Flasche darin, gefüllt mit einer Flüssigkeit. Ich ziehe sie heraus und strecke sie in die Luft, sodass alle sie sehen können.

»Was ist das? Das gehört mir nicht!«, schreit Amber.

Dr. Kareem nimmt mir das Fläschchen aus der Hand und mustert das Etikett. »Glukose«, sagt er mit ernster Miene. »Exakt das, was wir in Noahs Urinprobe gefunden haben, aber nicht in der Blutprobe, die direkt von den Schwestern abgenommen wurde.«

»Irgendwer muss das in meine Tasche gesteckt haben.« Amber bricht in Tränen aus. »Ben, ich schwöre bei Gott, das gehört mir nicht.«

Mein Sohn ist leichenblass im Gesicht und wirkt wie geschrumpft.

»Sie werden verstehen, dass wir die Polizei verständigen müssen«, sagt die Stationsschwester ruhig. »Wir haben hier eine Fürsorgepflicht.«

»Nein!« Amber blickt sich hektisch im Raum um. Ihre Augen bleiben an dem armen Noah hängen, der apathisch in seinem Bett liegt. »Ich würde ihm niemals schaden wollen. Das würde ich einfach nicht.«

Ben kommt zu mir herüber und ich sehe zu ihm hinauf, unfähig zu sprechen, meine Augen und mein Herz schreckerfüllt wegen allem, was hier gerade passiert.

SECHSUNDSECHZIG

JUDI

Am nächsten Tag ist Josh in der Schule, Noah liegt in eine Decke gewickelt auf meinem Sofa und ich habe Maura informiert, dass ich die nächsten paar Tage nicht zur Arbeit kommen werde. Das Jugendamt hat Kontakt mit Ben aufgenommen und ich tue mich schwer, damit zurechtzukommen, wie mir alles um die Ohren geflogen ist. Ich beschließe, mich für den Rest des Tages mit Hausarbeit abzulenken.

Es mag manchen sonderbar vorkommen, aber ich kann mich in der Routine des Putzens und anderer Haushaltsarbeiten verlieren. Etwas an diesen mechanischen Tätigkeiten, die ich aus dem Effeff beherrsche, lässt mich aus mir selbst hinaustreten und gibt mir eine vorübergehende Atempause von dem ununterbrochenen quälenden Geplapper der Stimme in meinem Kopf.

Ich weiß nicht, was jetzt mit Amber und der Polizei passiert. Ich habe es Ben überlassen, sich darum zu kümmern, und konzentriere mich darauf, für meine Enkel zu sorgen. Bevor wir das Krankenhaus verließen, fiel mehrmals der Begriff »Münchhausen-Stellvertreter-Syndrom« und Amber brach völlig in sich zusammen.

Ich beginne mit dem Schmutzwäschesack im großen Bad. Da ich in letzter Zeit tagaus, tagein dieselben Sachen getragen habe, gehört die Kleidung darin vorwiegend Henry.

Ich weiß nicht, wo er heute ist. Er hinterlässt nie eine Notiz und ich erwarte es auch gar nicht. Aus seinem üblichen Tagesprogramm schließe ich, dass er wohl erst zum Abendessen wieder auftauchen wird.

Ich nehme immer eine große Handvoll Wäsche heraus und werfe sie zum Sortieren auf den Badezimmerboden: Weißwäsche, dunkle Wäsche und Buntes. Ich greife nach der dunklen Wäsche und gerade als ich mich wieder aufrichte, fällt mir ein Kleidungsstück auf dem Stapel mit der Weißwäsche ins Auge.

Ich lasse die Wäsche in meinen Armen fallen und nehme eines der weißen T-Shirts, die Henry gern unter seinen Wollpullis mit V-Ausschnitt trägt, genauer unter die Lupe. Direkt unter der Schulternaht sitzt ein ungefähr zwei Zentimeter langer Fleck.

Ich nehme das Shirt in die Hand. Ich schnüffle an dem Fleck, berühre ihn leicht mit der Fingerspitze und sehe, dass da hellrosa Lippenstift verschmiert ist. Sieht ganz so aus, als wäre er wieder in sein altes Verhaltensmuster zurückgefallen.

Ich bin nicht dumm; natürlich habe ich festgestellt, dass schon seit langer Zeit keine emotionale Verbindung zwischen mir und Henry mehr besteht.

Um ehrlich zu sein, sind wir schon vor Jahren auseinandergedriftet. Es hat langsam angefangen, fast zu langsam, um es zu bemerken, aber dann habe ich festgestellt, dass wir uns mit großer Geschwindigkeit vom Dasein als Paar wieder zu dem als zwei Einzelpersonen bewegt haben. Aber wir haben uns beide längst daran gewöhnt.

Was uns unterscheidet, sind, glaube ich, die Bedürfnisse. Ich fühle kein Verlangen nach einer sexuellen Beziehung mehr. Umarmungen und Gefühlsnähe sind es, was für mich zählt, und die kann ich von meinem Sohn und meinen Enkeln bekommen. Oder zumindest war es für mich selbstverständlich, sie von ihnen zu bekommen, bevor Amber auf den Plan trat.

Henry ist sehr viel außer Haus auf seinen diversen Treffen und geselligen Zusammenkünften und ich habe das eigentlich nie in Zweifel gezogen. Ich habe angenommen, er würde dort seine Bedürfnisse nach Freundschaft stillen, aber es sieht so aus, als hätte ich allzu lange weggeschaut.

Ich habe niemals auch nur für einen Moment darüber nachgedacht, ob er die Wahrheit sagt, wohin er geht, wenn er aus der Haustür verschwindet.

Und doch verwandelt sich beim Anblick des Lippenstiftflecks der schon lange vor sich hin gärende Ärger in mir in eine sengende Hitze, die wie Säure in meinem Magen brennt.

Es ist eine völlige Überraschung für mich, dass meine Gefühle für ihn so tief gehen.

Ich dachte wirklich, dass es mir inzwischen egal wäre.

Ich lasse den Kleiderhaufen mitsamt dem ärgerlichen T-Shirt auf dem Boden im Badezimmer liegen und gehe wieder nach unten.

Dann bringe ich Noah Essen auf einem Tablett. Ich bin so dankbar, als ich sehe, dass seine Wangen wieder etwas Farbe haben.

»Ich habe keinen Hunger«, krächzt er heiser, als er ganz wach ist und die zerdrückte Banane und den Toast sieht, den ich für ihn vorbereitet habe. Im Krankenhaus haben die Ärzte vorgeschlagen, ihm etwas Leichtes anzubieten, sobald ihm wieder nach Essen zumute wäre.

»Nur einen Mundvoll«, dränge ich ihn, aber er presst die Lippen aufeinander und schaut weg.

Ich werde ihn nicht zwingen; er fühlt sich ja gerade erst ein winziges bisschen besser nach seinem besorgniserregenden Rückfall gestern.

»Ist Amber nett zu dir, wenn sie auf dich aufpasst?«, frage ich probehalber und weiß dabei genau, dass es nicht in Ordnung ist, Noah so auszufragen.

Er zuckt mit den Schultern, antwortet aber nicht.

»Ich wette, sie macht viele spaßige Sachen mit euch zwei Jungs, oder?«

»Sie mag Josh lieber als mich«, sagt er kleinlaut.

»Ach, ich bin mir sicher, das stimmt nicht.« Ich lächle ihn an. »Warum denkst du das, Herzchen?«

»Sie übt mit ihm Lesen und er kriegt nie solchen Ärger wie ich.«

»Ärger?«

»Sie schimpft mit mir und manchmal schickt sie mich rauf in unser Zimmer.«

Etwas in mir schnürt sich zusammen.

»Hast du das Daddy erzählt?«

Noah schüttelt den Kopf.

»Nun, vielleicht solltest du mal mit ihm reden. Nur du mit Daddy. Was hältst du davon?«

»Aber er ist immer mit Amber zusammen«, flüstert Noah, seine Augen dunkel. »Er ist jetzt nie mehr allein.«

Ich drücke seine Hand und ziehe ihm die flauschige Decke bis unters Kinn.

»Ruh dich jetzt ein wenig aus«, sage ich besänftigend. »Vielleicht magst du ja einen Bissen essen, wenn du wieder aufwachst.«

Mir fällt nichts anderes ein, um meinen Enkel zu trösten.

Meine Kopfhaut kribbelt und ich könnte schreien.

Am späten Nachmittag schleicht Henry wieder durchs Haus und versucht, Noah mit seinen albernen Späßen aufzumuntern.

Mir fällt ein, dass ich den Lippenstiftfleck auf Henrys T-

Shirt über Noahs Krankheitsdrama völlig vergessen habe. Die ganze Krankenhausgeschichte hat mich wirklich belastet, ähnlich wie damals, als David klein war.

Dass ich mitten im Geschehen bin, alles zusammenhalte für das Wohl von Ben … für das Wohl der Jungs …, das ist wichtiger als alles andere.

Jeder Mensch braucht jemandem, dem er vertrauen kann, was mich an Fiona denken lässt und meinen vergeblichen Besuch in ihrer Wohnung.

»Könntest du hier die Stellung halten, während ich schnell noch mal wegfahre?«, frage ich Henry. »Ich will Milch und Brot holen, beides ist uns ausgegangen.«

»Hm?« Er sieht mich kurz an, bevor er den Blick wieder auf den Fernseher richtet. »Ja, in Ordnung.«

Ich hole meine Handtasche aus der Küche und schnappe mir die Autoschlüssel. »Dauert nicht lange«, rufe ich, schon an der Tür.

Er gibt keine Antwort und ich muss wieder daran denken, wie unhöflich er sich benommen hat, als Fiona zu Besuch war.

Ich war nahe daran, die Polizei zu rufen, wegen der fürchterlichen Blutergüsse, die ich an Fionas Oberarmen und Rücken gesehen habe, als ihr der Morgenmantel von den Schultern rutschte. Heftige violett und blau gefärbte Blutergüsse, wie explodierende Gewitterwolken überall auf ihrer blassen Haut. Wer misshandelt sie? Sind die Kinder sicher? Ich schüttle den Kopf, betrübt darüber, dass ich inmitten meines eigenen Familiendramas die Misere dieser jungen Frau einfach so vergessen konnte.

SIEBENUNDSECHZIG

JUDI

Ich parke vor dem Mietshaus und stelle fest, dass die Aufzüge noch immer außer Betrieb sind.

Schnaufend und keuchend erreiche ich das achte Stockwerk und lausche an Fionas Tür. Ich kann den Fernseher hören und Kinderstimmen, aber zum Glück kein Kreischen und Schreien wie beim letzten Mal. Ich klopfe.

»Wer ist da?«, ruft gedämpft eine Stimme aus der Wohnung.

»Judi, von der Arztpraxis«, rufe ich zurück.

Ich höre, wie ein Riegel zurückgeschoben wird und der Schüssel sich im Schloss dreht.

»Was wollen Sie schon wieder?«

Fiona sieht fürchterlich aus. Dünner als je zuvor, mit großen dunklen Augenschatten. Ihr blondes Haar sieht dunkler aus, ist zurückgestrichen und fettig, aber wenigstens hat sie Leggings und ein langärmeliges T-Shirt an, sodass ich zum Glück die fürchterlichen Flecken nicht sehen muss, die ihren Körper verunstalten.

»Ich bin nur gekommen, um mich zu erkundigen, wie es Ihnen geht«, sage ich.

Sie lacht und breitet ihre Arme zur Seite aus. »Dann sehen Sie mich an. So geht's mir.« Sie geht einen Schritt zurück, um mich in die Wohnung zu lassen. »Nämlich beschissen, sehn Sie doch.«

»Ich wollte auch sagen, dass es mir leidtut, wie mein Mann Sie behandelt hat.«

Sie blickt mich eine ganze Weile an und sagt dann einfach: »Darüber will ich nicht sprechen.«

Ich betrete ein Viereck aus Bodenbrettern, das so klein ist, dass es den Namen »Diele« nicht verdient. Sie führt mich in ein kleines kaltes Zimmer, in dem ich sofort Schimmel riechen kann. Es ist angefüllt vom Lärm des Fernsehers und allerlei Krempel; Stapel von Zeug – vor allem Kleidung, soweit ich sehen kann – häufen sich an der Wand. Eine leuchtende nackte Glühbirne hängt von der Decke und meine Schuhsohlen bleiben an dem abgenutzten Teppich kleben.

»Totales Chaos.« Sie macht mit ihrem Arm völlig ungeniert eine Bewegung, die den ganzen Raum einschließt. »Wir leben mehr oder weniger in diesem Zimmer; es ist wärmer als die anderen. Manchmal schlafen wir sogar alle hier.«

Hank sitzt auf einer zerrissenen Flauschdecke am Boden. Ich bekomme plötzlich das starke Bedürfnis, ihn mir zu schnappen, ihn wegzubringen aus diesem Loch.

Als er mich sieht, grinst er und wippt auf seinem Hintern.

»Da freut sich jemand, Sie zu sehen«, sagt Fiona. Verloren betrachtet sie einen Augenblick ihren Sohn und stellt dann den Fernseher leiser. »Er versteht nicht, was los ist.«

»Hallo, kleiner Mann.« Lächelnd gehe ich auf ihn zu. »Darf ich?«, frage ich, bevor ich ihn hochnehme.

»Nur zu. Sonst sind Sie ja auch nicht so zurückhaltend.« Fiona setzt sich hin und nimmt eine Zeitschrift zur Hand. Offensichtlich hat sie das Interesse an meinem Besuch verloren, aber ich bemerke, dass sie nicht wirklich liest, sondern nur durch die Seiten blättert.

Ich spreche mit Hank, singe ihm ein Kinderlied vor und kneife ihn in seine kalten, geröteten Bäckchen. Seine Windel stinkt und fühlt sich schwer an, aber er blüht unter meiner Aufmerksamkeit auf wie eine Blume; er grinst, lacht und quietscht. Es ist wunderbar, das zu beobachten.

»Fiona«, sage ich und sie sieht von ihrer Zeitschrift auf. »Wer tut Ihnen das an?«

Sie schüttelt den Kopf, lässt ein bitteres Lachen hören und starrt zu dem kleinen nackten Fenster, an dem Kondenswasser herabrinnt.

»Tut diese Person auch den Kindern etwas an?«

»Nein!« Sie klappt die Zeitschrift zu und starrt mich an. »Ich würde es nie zulassen, dass jemand meinen Kindern etwas antut.«

»Sie müssen medizinisch versorgt werden.« Es gibt zwar nichts, was ein Hausarzt gegen Blutergüsse tun könnte, aber ich mag gar nicht daran denken, welche Verletzungen sie vielleicht im Inneren davongetragen hat, die keiner sehen kann. Ich kann natürlich nicht zugeben, dass ich weiß, dass sie bereits wegen innerer Verletzungen Rat gesucht hat.

»Ich geh morgen früh in die Praxis.«

Ich stelle mir vor, wie Maura der Mund offen stehen bleiben wird, wenn sie danach die Eintragungen in Fionas Akte liest, und bin froh, dass ich nicht da sein werde, um es mitanzusehen.

»Ich hätte beinahe die Polizei gerufen«, gestehe ich. »Als ich Ihre Verletzungen gesehen hab.«

»Dazu haben Sie kein Recht; das alles geht Sie einen Scheißdreck an«, fährt sie mich an und wird rot im Gesicht. »Hören Sie gefälligst auf, sich in mein Leben einzumischen. Sie werden sich noch wünschen, dass Sie es nie getan hätten. Das können Sie mir glauben.«

Sollte das eine Drohung sein? Ich ignoriere sie.

»Die Polizei könnte Ihnen helfen. Sie beschützen.«

Sie sieht mich an und schüttelt langsam den Kopf. »Auf welchem Planeten leben Sie denn? Sie haben keinen blassen Schimmer vom wirklichen Leben. Sie kriegen nicht mal mit, was direkt vor Ihrer Nase abgeht, Sie blöde Kuh. Wenn ich zur Polizei gehe, werden die mir ins Gesicht lachen.«

»Das verstehe ich nicht.« Ich seufze, weil ich genug von ihren grundlosen Beleidigungen habe. »Kein Mensch wird lachen, wenn Sie berichten, was Ihnen passiert ist. Dass Sie angegriffen wurden.«

»Kein Mensch hat mich angegriffen, Sie bescheuertes Weibsstück. Ich habe jemandem erlaubt, mir das anzutun. Gegen Geld. Verstanden?«

Ich sehe sie an und verstehe gar nichts.

»Es gibt da draußen eine ganz andere Welt, die Sie gar nicht kennen. Von der wissen Sie nicht mal, dass es sie gibt.«

»Von welcher Welt sprechen Sie?«

»Von einer Welt, in der Männer für Sex bezahlen. Jetzt kapiert?« Sie schiebt ihre Zunge unter ihre Unterlippe, wie um meine Dummheit zu untermalen.

Man kann sich solche Verletzungen nur auf eine Art und Weise zuziehen. Dieses verdorbene Luder. Mauras Worte hallen in mir wider.

»Jetzt fällt Ihnen nichts mehr ein, was?« Sie lacht freudlos auf. »Gucken Sie nicht so geschockt. Sie würden sich wundern, wer alles für so was zahlt. Und welche Sorte von Menschen das ist. Das würde Sie auf jeden Fall umhauen.«

»Wo machen Sie ...« Es fällt mir schwer, höflich auszudrücken, was ich sagen will. »Ich meine, bringen Sie sie hierher?«

»Was glauben Sie denn von mir?« Ihr Gesicht verdüstert sich. »Ich würde meine Kinder niemals so was sehen lassen. Und Männer bringe ich ganz bestimmt nicht hierher.« Sie steht auf und stolziert aus dem Zimmer.

Das ist wirklich starker Tobak, und ich würde mich hier auf

sehr unvertrautes Terrain begeben, wenn ich in solchen Dingen einen Rat erteilen wollte.

Mein Handy in der Handtasche gibt einen Laut von sich. Ich greife um Hank herum und hole es heraus. Die Nachricht ist von Ben.

Bin bei euch. Noah hat nach dem Aufwachen nach Apfelsaft gefragt. Könntest du bitte einen mitbringen? X

Ich lächle. Das ist ein Zeichen, dass es Noah besser geht; er liebt seinen Apfelsaft.

»Ich will, dass Sie jetzt gehen«, lässt Fiona emotionslos aus dem Flur hören. »Das hier ist nicht Ihre Welt, Mrs Jukes.«

»Judi«, verbessere ich sie und ziehe vorsichtig meinen kleinen Finger aus Hanks klebriger Faust. Ich stehe auf und setze ihn wieder auf seine Decke. Dann wende ich mich Fiona zu. »Sie haben recht. Das ist keine Welt, die ich verstehe, aber das heißt nicht, dass ich nichts ausrichten, die Dinge nicht für Sie besser machen kann.«

»Was?«

»Wie viel zahlen sie Ihnen denn, diese Männer?« Ich sehe sie an und sie schüttelt langsam den Kopf, als ob ich in einer fremden Sprache mit ihr geredet hätte.

In Erwartung ihrer Antwort weite ich meine Augen, aber sie bleibt stumm.

»Die Frage ist ganz einfach, Fiona. Wie viel bezahlen die Männer dafür, Sie zu misshandeln? Für den Sex?«

»Darüber rede ich ganz bestimmt nicht mit Ihnen«, antwortet sie.

»Warum nicht? Die Frage ist ganz einfach. Sind es zwanzig, fünfzig …«

»Zwanzig für vollen Sex, zehn für einen Blowjob«, antwortet sie. »Zufrieden?«

Das also sind die Summen, mit denen man den Körper dieser jungen Mutter von drei Kindern kaufen kann. Der

Betrag, den irgendjemand irgendwo mal als fairen Preis festgelegt hat.

»Ich bezahle Sie«, sage ich ruhig. »Ich gebe Ihnen, so viel Sie benötigen, damit Sie das nicht mehr tun müssen.«

»Haben Sie den Verstand verloren?«

»Nein«, sage ich und sehe zu dem kleinen Hank hinüber. »Aber vielleicht Sie, wenn Sie in Erwägung ziehen, mein Angebot abzulehnen.«

»Warum?« Sie flüstert dieses Wort und ihre Augen glänzen. »Warum wollen Sie das für uns tun?«

»Weil ich damit etwas verändern könnte«, sage ich und ziehe ein Bündel Zwanzig-Pfund-Noten heraus, die ich mit der Karte, die neben Henrys Bettseite lag, vom Geldautomaten abgehoben habe. Ich strecke ihr die Scheine entgegen. »Wenn Sie es mir erlauben, werde ich Ihnen helfen, so gut ich kann.«

»Judi, ich glaube, Sie sind diejenige, die sich Hilfe holen sollte«, antwortet Fiona. »Gucken sie mal auf das, was in ihrer Nähe vorgeht.«

»Was?«

»Ihr Mann. Er ist einer von den Männern, über die Sie sprechen. Nicht bei mir, Gott sei Dank, aber ich hab ihn einmal gesehen, bei meiner Freundin ... Deswegen war er bei Ihnen zu Hause so geschockt und wütend. Deswegen wollte er mich loswerden.«

Henrys Gesicht ... seine Wut ... die schrecklichen Dinge, die er über Fiona gesagt hat. Der Lippenstiftfleck auf seinem T-Shirt.

Ich gehe hinüber zu Hank, nehme ihn noch einmal auf den Arm, drücke ihn an mich und spüre seine beruhigende Wärme, seine Bedürftigkeit.

»Ich will Ihnen trotzdem helfen«, sage ich. »Ich werde Ihnen Geld geben, alles, was Sie brauchen.«

Fiona kommt zu mir und nimmt mir Hank aus den Armen.

»Ich weiß, dass Sie es gut meinen, Judi«, sagt sie mit einem traurigen Lächeln. »Aber mein Baby, das steht nicht zum Verkauf.«

ACHTUNDSECHZIG

JUDI

Ich öffne meine Augen und Maura ist da. Ich versuche, meinen Kopf von seiner weichen Unterlage hochzuheben, aber das, was da auf meinen Schultern sitzt, fühlt sich wie eine Bleikugel an.

»Alles in Ordnung, du bist zu Hause«, beschwichtigt sie mich. »Du hast Beruhigungsmittel genommen und mehrere Stunden geschlafen. Henry hat sich Sorgen gemacht.«

Ich erinnere mich dunkel daran, dass ich wieder zu Hause war und Henry anbrüllte, dass ich wüsste, was er so treibe, und Gegenstände nach ihm warf, die an die Wand krachten. Und danach, oben, griff ich hinten in die Schublade, nach den Tabletten, die Dr. Fern mir verschrieben hat.

Mein Mund fühlt sich an, als ob dadrin eine Schicht Pelz gewachsen wäre.

Dann wabert mitten aus einem betäubenden Nebel die schreckliche Realität in meinen Kopf. Noah, der krank ist, Fiona, die meine Hilfe ablehnt ... Henry, der mit Prostituierten schläft.

Eine Träne zieht ihre Spur über meine Wange und bleibt kurz an meinem Unterkiefer hängen, bevor sie heruntertropft.

»Alles wird wieder gut werden, Judi«, sagt Maura mit

sanfter Stimme. »Henry bleibt ein paar Tage weg und Ben ist mit den Kindern nach Hause gefahren. Er holt dich morgen ab, damit du bei ihm und den Jungs sein kannst.«

»Danke«, flüstere ich. »Und Amber?« Ihr Gesicht hat sich in meine Seele eingeprägt wie ein hässliches Tattoo.

»Keiner hat was von ihr gehört«, meint Maura grimmig. »Sieht so aus, als wäre sie von der Bildfläche verschwunden, zumindest vorerst.«

Das klingt wie Musik in meinen Ohren.

NEUNUNDSECHZIG

JUDI

Am nächsten Tag erwarte ich Ben zu Hause, mit ein paar gepackten Sachen, um das Wochenende bei ihm zu verbringen.

Ich packe gerade in der Küche ein paar von den Lieblingslebensmitteln der Jungs zum Mitnehmen ein, als ich ein Geräusch höre. Ich gehe zur Küchentür und taumle einen Schritt zurück, als ich Amber in der Diele stehen sehe.

»Was machst du hier? Wie bist du reingekommen?«

Sie hält einen Schlüssel in die Luft und schwenkt ihn hin und her. »Den habe ich schon ewig.«

Ich gehe rückwärts in die Küche und sie folgt mir mit großen Schritten, bleibt aber in der Tür stehen.

»Sie haben mich gehen lassen. Hast du gehört?«

Ich sage nichts.

»Nicht genug Beweise, verstehst du? Trotz all deiner Bemühungen: der Lügen und des Fläschchens Glukose, das du in meiner Handtasche platziert hast.«

Ich kehre ihr den Rücken zu und packe Tupperware-Boxen in einen Einkaufsbeutel.

»Du hast gewonnen«, sagt sie.

»Was?«

»Du hast gewonnen, Judi. Wir hassen einander. Ich wollte dich fertigmachen und du mich. Und irgendwie haben wir wohl beide das Spiel verloren, aber du hast trotzdem gewonnen, weil ich heute Nottingham verlassen werde.«

Mein Herz macht einen Hüpfer vor Freude, aber noch lege ich mein Pokerface nicht ab.

»Du kannst Ben haben und auch deine kostbaren Jungs – unter einer Bedingung.«

Ich sehe sie an.

»Sag mir, warum. Lass uns nur dieses eine Mal den ganzen Mist vergessen und ehrlich miteinander reden.«

Ich zucke mit den Schultern. Es ist ein Vabanquespiel und doch amüsiert mich das Ganze seltsamerweise. Aber ich bin weiterhin auf der Hut.

»Schau!« Sie kehrt ihre Manteltaschen nach außen. »Ich nehme unser Gespräch nicht auf oder so, wenn du das befürchtest. Und ich gebe zu: Ich wollte Ben, Noah und Josh nicht wirklich. Ich habe das alles nur getan, um dich zu verletzen. Aber dazu kommen wir später.«

Sie zeigt mir ihr Handy und legt es beiseite, sodass ich sehen kann, dass das Display nicht aktiviert ist.

»Du warst diejenige, die Noahs Testergebnisse verfälscht hat, nicht wahr?«

Ich sehe sie an und schlucke.

»Ich weiß, dass du es warst. Aber ich weiß nicht, warum. Warum hast du das getan, obwohl es ihm hätte schaden können?«

Ich blende ihre Stimme aus und bin für einen Moment wieder dort in der Vergangenheit. All die Jahre, weggeschmolzen wie Eis.

Es hat eher zufällig angefangen, das erste Mal, als David noch ein Baby war. Ich war schon daran gewöhnt, von meinem Ehemann links liegen gelassen zu werden, und ständig fühlte ich mich so erschöpft, dass ich auf der Stelle hätte zusammenklappen können. Aber dann, als David erkrankte, behandelte mich Henry auf einmal wieder mit Respekt und Liebe.

So lange ist das her. All diese Liebe und Fürsorge in seinen Augen.

Das Personal im Krankenhaus konnte nicht genug für mich tun. Niemand sieht gern eine Mutter gemeinsam mit ihrem Kind leiden; es gibt da etwas in uns Menschen, das die Hand ausstrecken und alles in Ordnung bringen will.

»Du siehst aus, als stündest du unter Drogen«, faucht Amber. »Wie weggetreten.«

Ich ignoriere sie.

Sie operierten David dann und fanden die Ursache für seinen Reflux. Von da an ging es ihm sofort besser. Er konnte seine Nahrung behalten und gedieh prächtig, und je besser es ihm ging, desto mehr ließ die Aufmerksamkeit mir gegenüber nach. Die Leute bemühten sich gar nicht mehr und Henry blieb abends wieder lange weg.

»Ich weiß, dass du es warst, Judi. Sag es mir doch einfach. Warum hast du das getan? Warum hast du deinen eigenen Enkel so krank gemacht?«

Ich fand heraus, dass ich David nur meinen kleinen Finger hinten in den Rachen schieben musste und daraufhin seine Nahrung wieder herauskam, genauso wie in der Zeit vor der OP. Ich wurde sehr geschickt in diesem Manöver – ich redete mir ein, dass ich ihm nicht richtig wehtat; er weinte ja nicht mal. Nur kurz den Finger rein und raus und schon kam die Milch wieder hoch. Dass mir ein Arzt oder eine Schwester ein, zwei Sekunden lang den Rücken zudrehte, reichte aus und schon passierte es sozusagen direkt vor ihren Augen.

Eine Zeit lang fühlte es sich so an, als wäre ich zurück im Sonnenlicht. Alle bemühten sich um David und mich und machten sich Sorgen. Alle möglichen Tests mussten gemacht werden, wir blieben über Nacht im Krankenhaus und sie konnten trotzdem nichts finden.

Irgendwie wurde es auch zwischen Henry und mir wieder besser und ein paar Monate später war ich schwanger mit Ben und hörte dann einfach auf damit. David erholte sich und für eine lange Zeit war alles in Ordnung.

Ich sinke schwer auf den Küchenstuhl, während lautlos Tränen über meine Wangen rollen.

SIEBZIG

JUDI

»Judi. Judi!« Amber schüttelt mich. »Um Himmels willen, was ist los mit dir?«

Verschwommen steht sie vor meinen Augen, gerät kurz in den Fokus und wird wieder unscharf.

»Ich weiß, dass deine Mutter lebt«, flüstere ich.

Ihr Gesicht wird blass. »Meine Mutter ist tot.«

»Ich habe sie getroffen, Amber. Ich weiß von deiner Familie, deinem Ehemann und den Kindern.«

Sie schlägt mir ins Gesicht und ich schnappe nach Luft und setze mich aufrecht hin. Sofort ist alles wieder brutal real. »Sag nichts mehr. Wag es bloß nicht.«

»Deine Schwester ... sie ist auch gestorben. Alle Menschen um dich sterben.«

»Genau wie bei dir«, sagt sie höhnisch und kommt mir mit ihrem Gesicht so nah, dass ich abgestandenen Kaffee in ihrem Atem riechen kann. »David ist gestorben. Und zwar nachdem er vor all den Jahren in eurem Cottage-Urlaub das Mädchen kennengelernt hatte.«

»Woher weißt du das?«

»Jetzt sag es mir einfach.« Sie zuckt mit den Schultern. »Was ist passiert?«

Ich höre mich sprechen. Wie mir die Worte von der Zunge gehen, das fühlt sich sonderbar an. Sie wollten seit so langer Zeit gesagt werden und jedes Mal habe ich sie hinuntergewürgt wie Klumpen saurer Milch. Jetzt kann ich sie gar nicht mehr zurückhalten.

»Er war erst vierzehn Jahre alt und trotzdem ganz vernarrt in dieses Mädchen. Das war sehr eigenartig.« Ich wende den Blick von Ambers starrenden Augen ab und schon bin ich zurück an diesem Ort. »Ein schlaksiges, sommersprossiges Ding war sie, überhaupt nicht hübsch meiner Meinung nach. Unvorteilhaftes rotes Haar, ein wenig jungenhaft. Hat mit den Jungs Fußball gespielt, ist auf Bäume geklettert und mit David auf dem Boden rumgekrochen auf der Suche nach Steinen, oben an der Steilküste und unten am Strand.«

Ich sehe wieder zu Amber, deren Augen glühen vor Gehässigkeit. Es kümmert mich nicht. Es gibt jetzt nichts mehr, womit sie mich noch verletzen könnte.

»Denk, was du willst, aber es war nicht das, was ich mir für meinen Sohn vorgestellt hatte. Er vernachlässigte die Schule, sogar seine Klavierstunden. Das Einzige, was er tun wollte, war, jeden Abend mit ihr zu telefonieren, und dann nervte er uns, viel öfter zum Cottage zu fahren, als wir es normalerweise taten.«

Amber schweigt.

Ich höre auf zu sprechen und erinnere mich. An die Woche im Mai, als wir die Frühlingsferien im Cottage verbrachten. David hatte kein Interesse mehr, an den Spielen der Familie am Strand, an den Spaziergängen entlang der Steilküste oder unseren Muschelsuchen teilzunehmen. Seine Persönlichkeit veränderte sich. Er gab mir freche Antworten und machte sich gemeinsam mit seinem Vater über mich lustig. Die ganze Zeit über hatte ich ihn vor Henrys brutalen Bestrafungsmaßnahmen geschützt, aber das zählte nicht mehr.

Das Mädchen war gehässig. Sie lachte mich offen aus, wenn ich von David verlangte, zu einer bestimmten Zeit zurück zu sein oder an einer Familienaktivität teilzunehmen. Sie fing an, hinter meinem Rücken einen Schimpfnamen für mich zu verwenden. Als ich es ein-, zweimal mitbekam, hörte ich einfach weg. »Die Meckermutter«, pflegte sie zu sagen und sowohl David als auch Ben übernahmen es sofort. Dann fing sogar Henry damit an, wenn ich auch nur im Geringsten mürrisch war. Aber es war David, der mich am meisten verletzte. Er wandte sich gegen mich und ich musste etwas tun. Mir blieb in dieser Sache keine andere Wahl.

EINUNDSIEBZIG

DAVID

Sechsundzwanzig Jahre früher

Als er die Augen aufschlug, wusste David sofort, dass etwas Schlimmes passiert war. Etwas sehr Schlimmes.

Die Dunkelheit um ihn herum war so tief und erdrückend, dass er sich einen Moment lang nicht sicher war, ob seine Augen schon ganz geöffnet waren oder ob er sich das nur einbildete.

In seinen Beinen und im Becken verspürte er starke, nagende Schmerzen. Tief drinnen in seinen Knochen.

Eine akustische Erinnerung hallte in seinen Ohren wider: laut rufende Leute, ein schreiendes Mädchen, herabfallende Felsbrocken, ein knackendes Geräusch ... dann Stille.

Die Schmerzen in seinen Beinen breiteten sich aus, wurden rasch stechender und pulsierten durch seinen ganzen Körper. Er versuchte, seine Hand zu bewegen, doch sie gehorchte ihm nicht.

Die Dunkelheit legte sich schwer auf sein Gesicht und drückte ihn tief hinunter, an einen anderen Ort.

Als er die Augen wieder öffnete, war es hell.

Die grauen Wolken am Himmel zogen schnell über ihn hinweg und verdeckten jede Spur von Blau. David zitterte, er versuchte, den Kopf zu bewegen, und verzog das Gesicht vor Schmerzen, die ihm durch Schulter und Nacken schossen.

Endlich schaffte er es, den Kopf so weit zu bewegen, dass sich sein Gesichtsfeld änderte. Er blickte über die formlose Gestalt neben ihm hinweg in die Ferne zu den Boulby Cliffs, wo sich reglos die Dinosaur Coast erstreckte, hart und kalt und teilnahmslos trotz seines Wimmerns.

Zum Schutz vor dem eisigen Wind, der ihm die Haare ins Gesicht wehte, kniff er die Augen zusammen.

Und dann richtete er den Blick auf sie.

Langes rotes Haar wehte über herabgestürztes, zerborstenes Gestein, ein paar Strähnen hatten sich zwischen seinen Fingern verfangen. Ihr Gesicht war von ihm abgewandt. Er kannte sie, konnte sich aber nicht mehr an ihren Namen erinnern und auch nicht daran, warum sie beide hier zusammen waren.

Sie trug Shorts und ihre bleichen Gliedmaßen waren unnatürlich verrenkt.

Ein erstickter Laut entrang sich seiner Kehle. Aber sie rührte sich nicht.

Ein Geräusch über ihm lenkte seinen Blick zum Cowbar Cliff, das sich über ihnen erhob. Auf einem Vorsprung in halber Höhe stand eine Gestalt. Er nahm eine kaum merkliche Bewegung wahr und hörte ein Schluchzen, konnte aber keine weiteren Details erkennen.

Mit aller Kraft versuchte er, eine Hand zu heben, schaffte es jedoch nur, einen Finger zu bewegen, der sich kurz von dem steinernen Bett unter ihm hob.

Die Gestalt oben bewegte sich wieder und kleine Felsbrocken polterten von dem Vorsprung hinunter und rollten hüpfend auf ihn zu, bis sie wenige Schritte vor ihm liegen blieben.

Ein gurgelnder Laut drang aus seiner Kehle. Er rang mühsam nach Luft.

Immer wieder verlor er das Bewusstsein. Als er die Augen erneut aufschlug, stand die Gestalt neben ihm. Eine verschwommene Silhouette. Ein scharrendes Geräusch neben seinem Gesicht.

Die Möwen kreischten hoch oben über dem Kliff und das Rauschen des Meeres antwortete ihnen.

Über seinem Gesicht schwebten eine Hand und dann eine dunkle Masse, sie senkten sich rasch auf ihn herunter; ein sanftes Streicheln auf seinen Wangen.

Die Empfindung verblasste, bis er nur noch schwach die Tränen spürte, die von oben auf ihn herabfielen.

Als er seinen letzten Atemzug tat, dachte er an die glatten Steine in seiner Hosentasche und an das Gesicht seiner Mutter.

ZWEIUNDSIEBZIG

JUDI

Gegenwart

»Du hast sie getötet. Das Mädchen und deinen eigenen Sohn, den Sohn, den du angeblich so angebetet hast.« Amber zögert einen Moment, bevor sie weiterspricht. »Du hast sie vom Cowbar Cliff gestoßen. Alle beide.«

Ich schüttle vehement den Kopf. Ich habe *sie* vom Kliff gestoßen. Aber sogar im Tod wollte sie ihn nicht loslassen. Sie hat sich an ihn geklammert, als sie fiel. Und meinen David mit sich genommen.

Mir kommen die Tränen und Amber verschwimmt vor meinen Augen. Ich kann ausmachen, dass sie sich bewegt, höre ein Klappern und dass sie nach etwas greift. Ich gehe ein Stück nach vorn und sehe, dass sie ein Messer aus dem Block gezogen hat, von denen, die Henry regelmäßig schärft.

»Judi, du hast mich reingelegt. Du musst ihnen sagen, dass es ein Fehler war, zu behaupten, ich hätte Noah schaden wollen. Du musst ihnen sagen, dass du die Flasche in meine Handtasche gesteckt hast.«

»Warum sollte ich das tun?«, sage ich lachend. »Du hättest

dich mit mir anfreunden können, wie es die liebe Louise vor dir getan hat. Ich wollte nur am Leben meines Sohnes und meiner Enkel teilhaben, das ist alles. Warum konntest du damit nicht umgehen?«

»Du kapierst es noch immer nicht.« Amber schüttelt den Kopf. »Du hast mir die ganze Geschichte erzählt und noch immer hat es nicht klick gemacht, weil du so in deinen eigenen Problemen befangen bist.«

Ich sehe sie fragend an und versuche, das Puzzle zusammenzusetzen.

»Jetzt erzähle ich dir meine Geschichte«, sagt sie. »Es war einmal ein wunderschönes dreizehnjähriges Mädchen namens Kathryn. Sie lebte nahe der Küste in einem Dauercampingwagen mit ihrer Mutter und ihrer Schwester. Ihr Scheißkerl von Vater war schon lange verschwunden.«

Jetzt endlich bekomme ich wohl die Geschichte ihrer Familie zu hören, allerdings zu spät.

»Die Mädchen waren immer am Strand und an der Steilküste unterwegs und eines Tages traf Kathryn einen Jungen aus Nottingham namens David.«

Meine Gesichtszüge entgleisen, während Amber jetzt triumphierend dreinschaut.

»Nein«, flüstere ich.

»Ja«, zischt sie. »Ich habe Kathryns Tagebuch gefunden. All die Jahre lag es in einer Kiste mit ihren Sachen, die meine Mutter nie angesehen hat. Ich habe sie vor drei Jahren gefunden, als sie ins Pflegeheim umzog und ich das Haus verkaufte.«

»Du bist in Davids Zimmer gegangen. Ich habe es mir also nicht eingebildet.«

»Ich habe es durchsucht. Habe versucht, etwas zu finden, irgendetwas, das er vielleicht aufgehoben hat, Zettelchen, die er meiner Schwester geschrieben hat.«

»Du hast die Halskette genommen und sie dann wieder zurückgelegt, nur damit ich dastehe wie eine Wahnsinnige.«

Sie zuckt mit den Schultern und lacht. »Wovon sprichst du? Du bist *wirklich* wahnsinnig.«

»Versuch erst gar nicht, es zu leugnen, ich weiß, dass du es warst. Nur du kannst es gewesen sein.«

Sie wehrt meine Worte mit einer ungeduldigen Handbewegung ab.

»Drei Jahre lang habe ich geplant, es dir heimzuzahlen. Drei lange Jahre. Ich konnte nicht zur Polizei gehen, weil es keine Beweise gab, aber ich kannte meine Schwester. Ich konnte zwischen den Zeilen lesen, dass sie sich davor fürchtete, was du vorhattest.«

»Ist es das, weswegen du diese Familie zerstören willst? Um dich an mir zu rächen?«

Amber schüttelt den Kopf. »Ich bin hierhergekommen, weil ich dich verletzen, dich dafür bezahlen lassen wollte. Ich wollte, dass auch du diesen Verlust erleidest, den man spürt, wenn einem jemand die Menschen wegnimmt, die man liebt. Das will ich nicht leugnen. Ich habe dich gesucht und es hat eine Weile gedauert, bis ich dich gefunden habe. Als ich dann die Situation begriff – dass Ben jetzt ein Witwer mit zwei kleinen Jungen ist –, war das wie ein Geschenk. Alles passte so perfekt zusammen und ich wusste, dass das Schicksal war; dass ich meine Familie zurückbekommen würde.«

»Deine Familie ist gestorben, Amber ... Ben, Noah, Josh – das ist nicht die Familie, die dir zusteht.«

Während ich sie so anstarre und versuche, zu beurteilen, wie verrückt sie wirklich ist, umwölkt sich ihr Blick und sie lächelt, als würde sie in ihrem Kopf einen Film ansehen.

DREIUNDSIEBZIG

AMBER

Sechs Jahre zuvor

Das Laub unter ihren nackten Füßen ist feucht und ekelhaft wie eine Schleimschicht. Der Wind dringt beißend durch ihr Nachthemd und es fühlt sich an, als würden Tausende kreischender Möwen Stücke aus ihr herauspicken, bis sie sie verschlungen hätten und nichts mehr von ihr übrig wäre.

Dennoch läuft sie weiter, und als ihr keuchender Atem schließlich nicht länger Schritt halten kann, lässt sie sich gegen den zerfurchten Baumstamm fallen, sinkt in die Hocke und beginnt zu wimmern wie ein Kind.

»Amber. Amber?« Die Stimme klingt freundlich und zieht sie vom Rande des Abgrunds fort.

Sie öffnet die Augen und sieht Dr. Stevens vor sich.

»Wir bringen Sie wieder auf Ihr Zimmer.«

Es sind noch andere da, die ihr aufhelfen, doch sie hält ihren trüben Blick fest auf die Ärztin geheftet, denn sie ist die Einzige, die wirklich versteht.

Später kommt Dr. Stevens zu ihr aufs Zimmer. Amber

nimmt den kleinen weißen Pappbecher voller Tabletten entgegen und schluckt sie mit etwas Wasser herunter.

»Warum sind Sie davongelaufen?«, fragt die Ärztin mit sanfter Stimme.

»Die Bilder«, flüstert Amber. »Ich bin vor den Bildern in meinem Kopf davongelaufen.«

»Wir haben doch darüber gesprochen. Sie können vor den Bildern nicht davonlaufen; sie werden immer bei Ihnen bleiben.«

»Ich weiß.«

»Erzählen Sie mir von diesen Bildern. Beschreiben Sie genau, was Sie sehen.«

Amber schließt die Augen und sofort fluten sie durch ihr Gedächtnis.

Das verbogene Metall, die Uniformen, die hellen Scheinwerfer. So viel Rot. Überall. Wie die Fingerfarben der kleinen Daisi; dickes Rot auf dem stahlgrauen Asphalt.

»Sie steckte unter dem Vordersitz, zusammengefaltet wie eine Stoffpuppe«, erzählt sie Dr. Stevens lächelnd. »Sie liebte diese Stoffpuppen mit ihren schlaffen Armen und Beinen, ihrem zerzausten Haar.«

Toms Schuh auf der Straße, der ordentlich dastand, als warte er nur darauf, dass der Junge jeden Moment seinen kleinen Fuß hineinschiebe.

Und Robbie. Der Kopf von Robbie, ihrem Mann, auf dem Lenkrad zerbrochen wie ein rohes Ei. Er schnallte sich nie an.

»Sie sind auf dem Heimweg an der Unfallstelle vorbeigekommen?«

»Ich habe das Nummernschild gesehen. Das Auto selbst war nicht mehr zu erkennen, es war nur noch ein Haufen Schrott.« Amber legt sich in ihrem sauberen weißen Nachthemd zurück auf das weiße Laken ihres Bettes und starrt an die Decke. »Ich bin aus meinem Wagen gestiegen und darauf zugerannt. Ich habe die Absperrung durchbrochen. Ich war bei

Robbie, noch bevor sie mich aufhalten konnten. Ich habe ihn in den Armen gehalten, konnte sein Sandelholz-Aftershave riechen, gemischt mit dem Geruch von Blut.«

Sie hebt ihre Hände, starrt voller Entsetzen auf das Blut und das Gehirn, das noch immer daran klebt, obwohl sie sie hundertmal am Tag wäscht.

»Eines Tages werden die Bilder verblassen«, tröstet Dr. Stevens sie. »Und eines Tages werden auch Ihre Hände wieder sauber sein. Daran glauben Sie doch auch, oder?«

Amber dreht den Kopf zu ihr und lächelt.

»Ich glaube daran, dass ich eines Tages meine Familie wiederhaben werde.«

VIERUNDSIEBZIG

JUDI

Gegenwart

Amber blinzelt und sieht mich an. Sie lächelt noch immer, was ich nervtötend finde.

»Du hast gesagt, deine Schwester hat ein Tagebuch geführt.« Ich linse auf ihre Handtasche und frage mich, ob sie es vielleicht dabeihat. Beweise gegen mich. »Was steht denn drin?«

»Sie hat über dich geschrieben und dass du sie gehasst hast. Dass sie gehört hat, wie du Henry sagtest, du wünschtest, sie würde tot umfallen. In den späteren Einträgen hat sie darüber geschrieben, mit David gemeinsam abzuhauen.«

Ich erblasse.

»Du hast das gewusst«, sagt sie frei heraus.

»Nicht im Detail, aber ich wusste, dass sie meinen Sohn vergiftet. Ich lauschte, wenn er auf den Stufen draußen saß und mit ihr telefonierte. Ich bekam zwar immer nur eine Hälfte des Gesprächs mit, aber aus seinen Antworten konnte ich erschließen, was sie zu ihm gesagt hatte.«

»Sie sagte, dass es ihr Angst gemacht hat, wie du sie angesehen hast.«

»Sie hat mir gemeine Spitznamen verpasst. Sie hatte keine Angst vor mir.«

»Kathryn ist immer zum Angriff übergegangen, wenn sie Angst hatte. Was anderes war es nicht.« Amber verzieht den Mund langsam zu einem Lächeln und blickt in die Ferne, versunken in Erinnerungen. »Weißt du, bei Kathryn gab es da noch einen anderen Jungen. Wenn David heimgefahren ist, hat sie sich mit Archie, einem Jungen aus dem Ort, herumgetrieben.«

Ein anderer Junge?

»Irgendwann wäre sie aus ihrer Vernarrtheit in David wieder rausgewachsen, wenn du dem Ganzen etwas Zeit gegeben hättest, anstatt unbedingt die Kontrolle über das Leben der beiden an dich reißen zu wollen. Sie waren einfach nur Kinder, Herrgott noch mal.« Amber verzieht das Gesicht. »Du hast nicht das Geringste gelernt; du verhältst dich noch heute genauso gegenüber Ben und den Jungs. Du bist wirklich gestört.«

»Halt den Mund«, sage ich leise. »Geh einfach. Lass meine Jungs in Frieden.«

»Ach, es war gelogen, dass ich dir das Feld überlassen will. Ich wollte dich nur zum Reden bringen. Selbstverständlich gebe ich meinen Plan nicht auf. Ben und ich werden heiraten. Wenn ich erst einmal offiziell die Stiefmutter der Jungs bin, kann ich verhindern, dass du sie überhaupt noch zu sehen bekommst. Und wenn ich Ben alles über dich erzählt habe, wird er nicht wollen, dass du auch nur in die Nähe der Jungs kommst.«

»Er wird eher mir glauben als dir.«

»Tatsächlich? Er ist der Meinung, du würdest ihn und die Jungs erdrücken. Sogar was die Gestaltung des Hauses anbelangt, hat er deine Einmischung wirklich gehasst.«

Es fühlt sich so an, als würde etwas in meiner Kehle feststecken. Als müsste ich ersticken.

»Ich habe Rechte. Ich bin ihre Großmutter«, erwidere ich hustend.

»Du hast keine Rechte. Null.« Sie lacht. »Wenn es hart auf hart kommt, haben Großeltern vor dem Gesetz überhaupt keine Rechte. Schau es nach.«

Ich bewege mich auf sie zu und sie wedelt mit dem Messer vor mir herum.

»Ich habe keine Angst davor, es zu benutzen.«

Ich lehne mich seitlich an die Arbeitsfläche und kneife die Augen zu, während sie weiterspricht.

»Wir haben beim Anwalt ein Schriftstück aufsetzen lassen«, sagt sie langsam. »Es war mein Vorschlag, aber Ben war damit einverstanden. Es gibt mir das volle Sorgerecht für beide Jungs, sollte Ben etwas zustoßen.«

»Nein!« Ich reiße die Augen auf.

»Tut mir leid, dir das sagen zu müssen, aber es ist die Wahrheit«, antwortet sie lächelnd. »Die Jungs werden mir gehören. *Mir!* Und, wie fühlt sich das an, wenn einem das eigene Fleisch und Blut genommen wird, so wie du uns Kathryn genommen hast? Ich habe meine ganze Familie verloren. Du hast Kathryn umgebracht und ein schrecklicher Unfall hat mich des Glücks mit meinem Ehemann und meinen Kindern beraubt.«

Sie sieht sich in der Küche um, und während sie noch immer das Messer in der einen Hand festhält, greift sie mit der anderen nach ihrem Handy. In dem Bruchteil einer Sekunde, in dem sie nach unten blickt, ziehe ich das größte und schärfste Messer aus dem Block.

Sie weicht blitzschnell zurück und wir stehen einander gegenüber.

»Lass es«, warnt sie mich. »Tu das nicht, denn du wirst den Kürzeren ziehen, das garantiere ich dir.«

In dieser Sekunde läutet ihr Handy und sie trifft die

verhängnisvolle Entscheidung, einen Blick darauf zu werfen. Ich mache einen großen Schritt nach vorn und das Messer gleitet in ihren Oberkörper, als wäre er aus Butter. Ich ziehe es heraus und sie steht stocksteif und mit entsetztem Gesichtsausdruck da und ihr Mund bildet ein perfektes O.

Sie sieht hinunter auf die rote Blume, die auf ihrer Bluse erblüht, und dann fällt sie um.

Ich höre das Knacken ihres Kopfs, als sie auf den Bodenfliesen landet, und dann liegt sie da, ganz still.

FÜNFUNDSIEBZIG

JUDI

Reglos stehe ich da und halte das Messer. Meine Finger in die feuchte, klebrige Schmiere gepresst, die den Griff bedeckt und in einem dünnen Rinnsal über meinem Handgelenk ausläuft.

Das Haus hält still, als hielte es den Atem an. Ich kann das Ticken der Wanduhr hören und manchmal ein tiefes Dröhnen, wenn ein großes Fahrzeug auf der Straße draußen vorbeifährt.

Ich starre hinunter auf Amber, die zusammengesackt vor mir auf dem Boden liegt. Wir haben einander so lange verachtet und zum Ende hin gab es Zeiten, in denen ich es nicht einmal ausgehalten habe, sie nur anzusehen. Jetzt aber kann ich die Augen gar nicht mehr abwenden. Der rubinrot erblühende Kranz, der sich um ihren Kopf bildet, hält mich gefangen.

Es konnte so nicht weitergehen, mit diesem stillen Krieg zwischen uns. Eine von uns beiden musste weichen.

Innerlich fühle ich mich jetzt ruhig, ruhiger als seit langer, langer Zeit. Wie sehr ich diese Frau gehasst habe. So lange Zeit gehasst und doch ... jetzt fühle ich nichts.

Die fürchterlichen Dinge, die ich wegen ihr zu tun gezwungen war ... Winzige Streifen von rohem Hühnerfleisch in Noahs Mittagessen am Sonntag, die bei dem armen Würmchen eine Lebensmittelvergiftung hervorgerufen haben. Die Verwendung von Henrys Medikamenten und die Insulininjektion, als sie ihn allein ließ, sodass er einen grässlichen hypoglykämischen Schock erlitt ... das Versetzen seines Urins mit Glukose ... all das musste ich tun, um meinen Jungen vor *ihr* in Sicherheit zu bringen.

Ambers Augen sind geschlossen, aber ihre Brust bewegt sich noch leicht. Alle paar Sekunden pulsiert etwas schnell und verzweifelt unter dem über der Brust rot durchtränkten dünnen Stoff. Einer Bluse, die zuvor strahlend weiß war.

Wer hat das Rotkehlchen umgebracht?
Ich, sagte der Spatz.
Mit Pfeil und Bogen ratzfatz.
Ich hab das Rotkehlchen umgebracht.

Flüsternd sage ich die Verse des Kinderreims auf und lächle, weil ich ihn als Kind am liebsten mochte. Die Jungs haben zu Hause ein Buch mit dem Reim und manchmal lese ich ihn dem kleinen Josh vor.

Meine Jungs.

Wie glücklich sie sein werden, dass sie jetzt endlich ganz mir gehören.

Das ist das Einzige, dessen ich mir immer sicher war: Die Jungs werden mir gehören.

Tot oder lebendig, sie gehören immer mir.

David, Ben, Noah und Josh. Niemand kann sie mir jetzt jemals wieder nehmen.

MEHR VON BOOKOUTURE DEUTSCHLAND

Für mehr Infos rund um Bookouture Deutschland und unsere Bücher melde dich für unseren Newsletter an:

deutschland.bookouture.com/subscribe/

Oder folge uns auf Social Media:

facebook.com/bookouturedeutschland
x.com/bookouturede
instagram.com/bookouturedeutschland

EIN BRIEF VON KIM

Vielen Dank, dass ihr *Die Lügnerin*, meinen dritten Psychothriller, gelesen habt.

Meine Leser:innen fragen mich oft, wo ich die Ideen für meine Plots herbekomme, und ich glaube, es beginnt meist mit irgendeiner Detailinformation, die mein Interesse weckt. So erging es mir auch bei *Die Lügnerin*.

Seit Langem beschäftigt mich das Verhältnis zwischen Schwiegermüttern und Schwiegertöchtern. Diese Beziehung kann sehr bereichernd sein – eng und mit gegenseitiger Unterstützung. Manchmal jedoch kann das Verhältnis von negativen Emotionen belastet sein, die dicht unter der Oberfläche köcheln – ein Machtkampf, der oftmals von außen nicht sichtbar ist und von anderen Familienmitgliedern nicht wahrgenommen wird.

Nehmen wir beispielsweise eine Mutter, die an ihrem heißgeliebten Sohn keinerlei Makel entdecken kann, sowie ein paar Enkel und Enkelinnen ohne Fehl und Tadel und denken uns eine temperamentvolle junge Frau dazu, die fest entschlossen ist, dass sich niemand in ihre kleine Familie einmischen soll ... und schon hat man jede Menge Ärger!

Die meisten Menschen schlagen dann natürlich einen gütlichen Mittelweg ein, aber *das* sind gerade nicht die Beziehungen, die mich interessieren! Ich bin fasziniert von dem Misstrauen, dem nagenden Groll und dem Sich-gegenseitigübertrumpfen-Wollen, die allesamt tatsächlich zu einer gefährlichen Obsession ausarten können.

Die Idee zu *Die Lügnerin* entstand, als ich auf einen Artikel über Großeltern stieß, denen der Kontakt zu ihren Enkeln und Enkelinnen verwehrt wurde, und von der traurigen Tatsache erfuhr, dass solche Großeltern im Vereinigten Königreich juristisch gesehen keinerlei Recht haben, ihre Enkelinnen und Enkel zu sehen. Bei weiterer Recherche stellte ich schockiert fest, dass in zahlreichen Internetgruppen und -foren Hilfe und Informationen für verzweifelte Großeltern angeboten werden, die aus dem einen oder anderen Grund vom Kontakt mit ihren Enkelinnen und Enkeln ausgeschlossen sind. Mir fiel dazu ein, wie meine eigene Tochter, jetzt eine junge Frau, als Kind ein sehr enges Verhältnis zu ihrer Granny hatte und durch diese ganz besondere Verbindung für ihr Leben eine wunderbare Bereicherung erfuhr, die die meisten Großeltern ganz selbstlos schenken.

Dann trat etwas für mich ganz Typisches ein: Der Schalter für den nächsten Psychothriller in meinem Kopf legte sich um und ich dachte darüber nach, was passiert, wenn ein neuer Partner oder eine neue Partnerin in eine enge Familienkonstellation eintritt und dabei große Probleme entstehen. Welche Schritte würde ein engagierter Großelternteil wohl unternehmen, um die eigene Familie zu schützen? Und wie viel Macht könnte eine raffinierte und überzeugend auftretende fremde Person dagegen einsetzen, wenn sie es unbedingt wollte?

Wir alle kennen den Unterschied zwischen Richtig und Falsch, Gut und Böse, aber wenn starke Emotionen ins Spiel kommen, wären wir dann immer noch so stark darauf bedacht, moralisch und integer zu handeln ... oder würde es dann für uns nicht eher an erster Stelle stehen, unsere Liebsten vor einer angenommenen Bedrohung zu bewahren?

Mit diesem Buch habe ich auch die Gelegenheit ergriffen,

anhand von Judis Figur die Wechseljahre zu thematisieren, und ein Licht darauf zu werfen, wie Frauen oft still darunter leiden. Wie sie es vielleicht peinlich finden oder sich sogar schämen, bei der Bewältigung dieser vollkommen natürlichen Lebensphase um Hilfe zu bitten, sondern sich damit stillschweigend abfinden. Ich bin da ganz anderer Meinung ... lasst uns offen darüber reden, Mädels!

Dieser Roman ist in Nottinghamshire angesiedelt, wo ich geboren wurde und mein ganzes Leben verbracht habe. Leser aus dieser Gegend sollten wissen, dass ich mir bisweilen die Freiheit nehme, Straßennamen oder geografische Details zu verändern, damit sie besser zu der Geschichte passen.

Rezensionen sind für Autor:innen enorm wichtig. Wenn Ihnen *Die Lügnerin* gefallen hat und Sie nur ein paar Minuten Zeit erübrigen können, um eine kurze Rezension zu schreiben, dann würde ich mich sehr freuen.

Ihr könnt auch über meine Website, über Facebook, Goodreads oder X mit mir in Kontakt treten. Bitte meldet euch zu meinem Newsletter unten an, um die aktuellsten Neuigkeiten zu erfahren, frisch aus der Druckerpresse.

deutschland.bookouture.com/subscribe/

Und gerade als ich dachte, ich hätte nach der Vollendung von *Die Lügnerin* eine Weile Ruhe vor den Stimmen bösartiger, hinterhältiger Figuren in meinem Kopf, ist mittlerweile eine komplette neue Besetzung bei mir eingetroffen – mein vierter Psychothriller wird also nicht lange auf sich warten lassen!

Alle guten Wünsche

Kim x

BLEIB IN KONTAKT MIT K.L. SLATER

https://klslaterauthor.com

facebook.com/KimLSlaterAuthor

x.com/KimLSlater

instagram.com/klslaterauthor

DANKSAGUNG

Ich habe das Glück, von so vielen hilfsbereiten und talentierten Menschen umgeben zu sein.

Ein großes Dankeschön verdient Jenny Geras bei Bookouture, die die Idee zu dem großartigen Titel für diesen Roman hatte und die mit mir unermüdlich an der Redaktion von *Die Lügnerin* gearbeitet und mir während des Schreibens so hilfreiche Vorschläge und viel Rat gegeben hat. Vielen Dank auch an Lydia Vassar-Smith, die früh Ideen für das Buch beigetragen hat, bevor sie ihren Mutterschutz antrat. Jetzt ist das Buch da, ebenso wie Lydias wunderschönes Töchterchen Mary, ein Schwesterchen für die niedliche kleine Violet!

Ich danke ALLEN vom Bookouture-Team für ihre viele Arbeit, besonders Lauren Finger und auch Kim Nash, die rund um die Uhr präsent sind, um die Autor:innen zu unterstützen und die – sicher – gar nie zum Schlafen kommen!

Ich danke meiner Schreibkameradin Angela Marsons. Wir haben von Anfang an die Hochs und Tiefs unserer Autorenlaufbahn miteinander geteilt und uns auf der verrückten Achterbahnfahrt des Schreibens an der Hand gehalten … und jetzt veröffentlichen wir beide bei demselben großartigen Verlag!

Mein Dank geht wie immer an meine Agentin, Clare Wallace, die mich in meiner Autorinnenlaufbahn ständig tatkräftig unterstützt und berät. Ich danke auch dem übrigen unermüdlich tätigen Team der Darley Anderson Literary, TV and Film Agency, besonders Mary Darby und Emma Winter, die so engagiert daran arbeiten, meine Bücher der Leserschaft in aller Welt nahezubringen, und dabei natürlich auch Kristina Egan und Rosanna Bellingham.

Unendlich dankbar bin ich meinem Mann Mac für seine Liebe, seine Unterstützung und für sein Engagement in allen Dingen, sodass ich Zeit zum Schreiben habe. Das Gleiche gilt für meine Familie, besonders meine Tochter Francesca und meine Mama, die beide immer für mich da sind und mich zum Schreiben ermutigen. Und auch für Dad, der immer nachfragt, wie es so läuft.

Besonderer Dank gebührt auch Henry Steadman, der für *Die Lügnerin* ein fantastisches Cover entworfen hat, das mir auf Anhieb sehr gut gefallen hat.

Ebenso danke ich allen, die Blogartikel und Rezensionen schreiben und damit meinen ersten beiden Thrillern zum Erfolg verholfen haben. Ein Dankeschön an alle, die sich die Zeit genommen haben, eine positive Rezension ins Internet zu stellen oder die an meiner Blog Tour teilgenommen haben. Das bleibt von mir nicht unbemerkt und wird sehr geschätzt.

Last but not least danke ich meiner wunderbaren Leserschaft SO sehr. Ich genieße es, all die wunderbaren Kommentare und Nachrichten zu erhalten, und ich bin wirklich dankbar für die Unterstützung von jeder und jedem Einzelnen von euch.

Printed in Poland
by Amazon Fulfillment
Poland Sp. z o.o., Wrocław

36669342R00224